诗经

〈上〉

沐言非/注译

民主与建设出版社

图书在版编目（CIP）数据

诗经：上下 / 沐言非注译．-- 北京：民主与建设出版社，2019.7（2021.4 重印）
ISBN 978-7-5139-2540-2

Ⅰ．①诗… Ⅱ．①沐… Ⅲ．①古体诗－诗集－中国－春秋时代②《诗经》－注释③《诗经》－译文 Ⅳ．① I222

中国版本图书馆 CIP 数据核字（2019）第 134343 号

诗经（上下）
SHI JING

注　　译　沐言非
责任编辑　刘树民
封面设计　三石工作室
出版发行　民主与建设出版社有限责任公司
电　　话　（010）59417747　59419778
社　　址　北京市海淀区西三环中路 10 号望海楼 E 座 7 层
邮　　编　100142
印　　刷　三河市天润建兴印务有限公司
版　　次　2019 年 8 月第 1 版
印　　次　2021 年 4 月第 2 次印刷
开　　本　630mm × 910mm　1/16
印　　张　40
字　　数　550 千字
书　　号　ISBN 978-7-5139-2540-2
定　　价　136.00 元（上下）

前言

《诗经》是我国最早的一部诗歌总集，是我国古代人民智慧和经验的结晶，在文学史和文化史上产生了深远的影响。孔子曰:“不学诗，无以言。”《诗经》以丰富的内涵与深刻的思想性为我们描绘了一幅无比生动的社会历史画卷，是中华民族宝贵的精神文化财富，是绽放于世界文学巅峰之上的艺术奇葩。

《诗经》按其内容分为“风”“雅”“颂”三部分，在语言技巧、体裁形式、艺术形象和表现手法上，都显示出早期诗歌作品在艺术上的巨大成就，为后世的诗歌创作奠定了深厚的文学基础，堪称中国文学宝库中的基石。

作为中国古典文学的源头之一,《诗经》如同黄河一般，一直流淌着，延伸着，浸润滋养着中国文学之树，使之发荣生长，蔚为大观。《诗经》中的许多诗句因其美好、内涵丰富、意味深长而为后世的人不断引用，至今仍熠熠生辉。《诗》之风，或泼辣，或讽刺，或含蓄，或蕴藉，纯朴真挚，生趣盎然;《诗》之雅，或幽怨，或铿锵，或清雅，或柔润，言尽意远，激荡心灵;《诗》之颂，或肃穆，或雄健，或虔诚，或谦恭，回旋跌宕，意蕴无穷。

孔子曰："诗可以兴，可以观，可以群，可以怨，迩之事父，远之事君；多识于鸟兽草木之名。"《诗经》不仅讽刺了统治阶级的荒淫腐朽，也描述了人民劳动生活的情景；不仅反映了劳动人民被剥削压迫的悲惨命运和他们的反抗斗争，也反映了沉重的兵役和徭役给劳动人民带来的深重灾难……可以说，它是西周初期到春秋中期大约五百年间社会生活的一面镜子，是我们了解当时政治、经济、文化、历史和社会的珍贵资料。阅读《诗经》，不仅可以加深我们对当时政治、经济、文化、历史和社会的了解，还可以开拓视野，陶冶道德情操，提升人生品位，从这博大精深的传世经典中，真正汲取到智慧和力量。

两千年来，注释、研究《诗经》的著作数不胜数，但有的旧注过于繁重，初学者无法驾驭，勉强读之，不得要领，反而降低了学习兴趣；有的版式过于单调，阅读时很容易产生疲劳。为了让广大读者能够轻松愉悦、全面深入地了解这部传世巨著，我们编写了这本《诗经》。

《诗经》分为风、雅、颂三部分，内容十分丰富，几乎涉及当时社会生活的方方面面，包括劳动与爱情、战争与徭役、风俗与婚姻、压迫与反抗、祭祖与宴会，甚至天象、地貌、动物、植物等方面。为了全方位、多层次地展示这部传世经典巨著，我们对每篇作品进行诠解、详注，并生动解析作品的写作背景、艺术特色、创作技巧等。同时，科学简明的体例、典雅流畅的文字、注重传统文化与现代审美的设计理念，多种视觉要素有机结合，全面提升本书的欣赏价值和艺术价值，值得你终生收藏、品读。

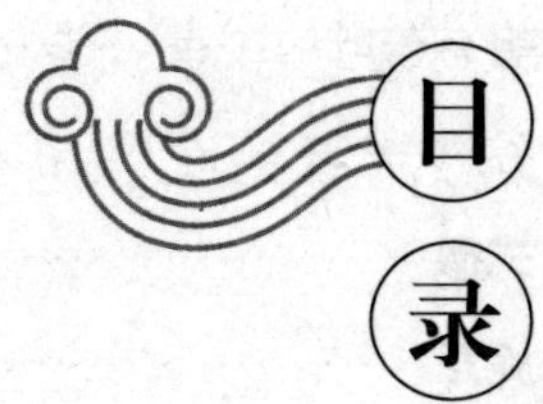

目录

风篇

雅 篇

颂　篇

风篇

《风》出自各地的民歌，是《诗经》中的精华部分。

周　南

关　雎

关关雎鸠[①]，在河之洲。窈窕淑女，君子好逑[②]。
参差荇菜[③]，左右流之[④]。窈窕淑女，寤寐求之[⑤]。
求之不得，寤寐思服[⑥]。悠哉悠哉，辗转反侧。
参差荇菜，左右采之。窈窕淑女，琴瑟友之。
参差荇菜，左右芼之[⑦]。窈窕淑女，钟鼓乐之。

【注释】

①关关：鸟鸣之声。雎（jū）鸠：一种水鸟的名字，据说这种鸟用情专一，不离不弃，生死相伴。②逑（qiú）：配偶。③荇（xìng）菜：一种可以食用的水生植物。④流：捋取。⑤寤（wù）：醒来。寐（mèi）：入睡。⑥思服：思念。⑦芼（mào）：择取。

【赏析】

《关雎》写一位青年男子对一位姑娘一见倾心，而后朝思暮想、备受熬煎的感受。

“关关雎鸠，在河之洲。窈窕淑女，君子好逑。”啁啾鸣和的水鸟，相互依偎在河的碧洲。娇媚明丽的少女，是不凡男子的好配偶。首章写男主人公见到一位艳丽美好的姑娘，对她一见倾心，爱慕之情无法自制。他见到河中沙洲上雄雌水鸟相互依偎，由此想象：她若是能成为自己的妻子，两人天天如这水鸟一样相依不舍该有多好。

“参差荇菜，左右流之。窈窕淑女，寤寐求之。”任意采摘遍地鲜嫩的荇菜，不需顾及左右。日夜都希望那位娇媚明丽的少女与我携手。主人公回想日间姑娘随手采摘荇菜的样子，她苗条的身材、艳美的面庞在眼中和心间挥之不去，男子心中的深情已难以言表。

“求之不得，寤寐思服。悠哉悠哉，辗转反侧。”美好的她难以得到。日夜都想得我揪心。情深悠悠欲理还乱，翻来覆去思念不休。这里讲述了主人公内心爱她又不好表白的心情。他心乱如麻，不知她是否瞧得上自己，因而觉得很痛苦。翻来覆去睡不着觉。

“参差荇菜，左右采之。窈窕淑女，琴瑟友之。”遍地鲜嫩的荇菜，随手采摘不需要担忧。我要弹琴鼓瑟，迎娶娇媚明丽的少女。那日姑娘采摘荇菜时的婀娜形体在主人公的眼中和心间仍旧萦绕不去，他暗自设想自己要弹着琴鼓着瑟去向她示好，看看能否打动她的芳心。

“参差荇菜，左右芼之。窈窕淑女，钟鼓乐之。”遍地鲜嫩的荇菜。任由挑选不需烦恼。我要击鼓鸣钟，让那娇媚明丽的少女永久跟随我。那一日，红晕娇容的姑娘采摘荇菜的景象在主人公脑海里无法抹去，他经受不住这痛苦的折磨，下定决心，不顾一切击鼓鸣钟去向她求婚。

《关雎》这首诗描述了一个温婉美丽的情思故事：一名青年男子，见到一位采荇菜的姑娘，被她深深吸引，然而他顾虑重重，羞于开口，于是只能在想象中与她接触、亲近、结偶。诗的妙处在于对爱的叙述直白又含蓄：他不敢当面向她表白，却让自己沉浸在爱的幻想中。这是中华民族传统的爱慕方式，含蓄内敛，悸动而羞涩。《诗经》中有关爱情的描写有许多，有场景式的描写，也有对话式的叙述，更多的却是如《关雎》这样的矜持、羞怯的心理描绘，这种爱。朴素而健康，纯洁而珍贵。

自古中国就是一个诗的国度，两千多年前的春秋时代就产生了许多民歌，流传下来集成了这部《诗经》。它是中华民族的瑰宝。

《诗经》是中国最前沿的古文化典籍，而这首诗是《诗经》的第一篇，因此在中国文学史上具有特殊地位。

史载《诗经》是孔子晚年为授徒而编纂的教材。孔子把一首爱情诗放在《诗经》的第一篇，是有其用意的。他认为，食与性是人类生存的基本要求，谁都无法回避，但不回避并不代表放纵，欲念是需要尺度的。欲念的放纵，会对人类社会的秩序造成危害。而一切的克制都要从约束男女之欲开始。作为儒家思想开创人的孔夫子将《关雎》放在开篇，意在教化人们克制自己的欲望。

孔子在《论语》里说："诗三百，一言以蔽之，曰：思无邪。"《关雎》即是"思无邪"的典型标本。

《关雎》所写的爱情，其情感是克制的，行为是谨慎的。这种爱的方式，符合民族的婚恋观念，也符合儒家"以明教化"的目标，因而被编在《诗经》的首篇可谓适得其所。

这首诗的主题历来存有争论：大多数人认为它描写的是男女爱情；有的学者则认为是赞美"后妃之德"；还有人认为它不是一般意义上的爱情诗，而是抒发一种"志"：表象是君子对淑女志在必得的追求。实则是抒发君侯对贤人的渴求。

实际上，孔子引《关雎》为首篇，授人以教化，也只体现出老夫子的意图，并非诗作者的本意。

《关雎》作为春秋时代的民歌，即便经过人为的整理，也仍不失朴素天然的本真。其中，没有文人装腔作势的庸俗之声，更没有政治的教化之声。读这首诗。从中感受到的是浓浓的、远古的自然气息。

葛　覃

葛之覃兮①，施于中谷②，维叶萋萋③。黄鸟于飞④，集于灌木⑤，其鸣喈喈⑥。

葛之覃兮，施于中谷，维叶莫莫⑦。是刈是濩⑧，为絺为绤⑨，服之无斁⑩。

言告师氏⑪，言告言归⑫。薄污我私⑬，薄浣我衣⑭。害浣害否⑮，归宁父母⑯。

【注释】

①葛：一种蔓草，可以抽取它的纤维用来织布，俗称葛布，这种

草的藤蔓还可以用来做鞋，供夏天穿用。覃（tán）：延长，此处指蔓生之藤。②施（yì）：蔓延。中谷：在山谷中。③维：发语词。萋（qī）萋：茂盛的样子。④黄鸟：黄莺，一说黄雀。于：语气助词。⑤集：栖息。⑥喈（jiē）喈：鸟儿婉转鸣叫的声音。⑦莫莫：茂盛的样子。⑧刈（yì）：割取。濩（huò）：用热水煮东西，这里是指将葛放在水里煮。⑨絺（chī）：细葛布。绤（xì）：粗葛布。⑩斁（yì）：厌倦。⑪师氏：女师，教女子妇德、妇言、妇容、妇功。⑫言：语气助词。归：回娘家。⑬薄：助词。⑭浣：同"澣"，洗涤。衣：外衣。⑮害：何，什么。否：表示否定，此处指不用洗的衣服。⑯归宁：回家以慰父母之心。

【赏析】

历来人们对《葛覃》女主人公的身份说法不一：有人认为诗中女子应是一位后妃，这位后妃在女师的教导下，修习女工之事，借此影响民风妇道；有的学者认为诗中反映的是给贵族割葛、煮葛、织布的女奴告假、洗衣、准备回家的一段生活情景。到底是后妃还是女奴，这场争论最终也没有定论。

另外，关于这位女子已嫁人还是未嫁人，也有争论：诗的末章点出了女子将"归宁父母"，在古代，"归"既可指女子的出嫁，又可指嫁出去的女子返回娘家。所以有人认为此诗是赞美后妃出嫁前温习女工、躬行节俭、尊敬师长的美德。但诗中"归宁父母"最恰当的解释是"回家探视问候父母"，如此看来作者本意应该是描述已嫁女准备回娘家，解释为"准备出嫁"未免失之牵强。不管主人公是后妃还是女奴，是待嫁女还是新嫁娘，诗中描绘这位女子欣喜愉悦和企盼归宁的心情却是没有疑问的。整首诗写得意趣盎然，生动活泼，三个章节递进式地演示了三卷有趣的画面。

开篇一章的画面中，并没有出现人，出现的只是一派绿意葱茏的葛藤。生命力极强的葛藤在蓬勃浓郁的山谷之中蔓延，清碧幽静的浅谷中，一阵"喈喈"的鸟鸣响起，原来是一群美丽的黄雀飞来，它们展动翅膀在林间打转，而后又群落在灌木丛上，唧唧喳喳和鸣欢唱。一幅自然和谐的画卷展现在人们眼前，引起人们的无尽联想。

"是刈是濩，为絺为绤，服之无斁"，虽然文字中仍旧没有对容貌、形态进行描绘，却仿佛让人看到女主人公如葛蔓般纤纤细腰弯下去，割着长长的葛藤，又见她将割下的葛蔓拖回家去烧煮，煮好后剥下葛丝，织织复织织，织成了葛布，缝制成了衣裙，欢欢喜喜穿在身上。一句“服之无斁”。描述女主人公将自己织的布穿在身上永不厌弃的心情，生动形象地表达了辛苦操持获得劳作成果后的无尽欢慰。

第三章的情境又是一变，诗中多了一位“师氏”，她似乎静静地倾听着主人公的叙说：“告诉您，我的女师傅，我将要回家去，定要把内衣洗干净，再把外衣也泡上，哪些要洗哪些不要洗，我要回家看爹娘。”

“害澣害否，归宁父母”，抑制不住激动的女主人公向师氏这位女师傅连珠炮似地吐露出内心的喜悦。虽然不见形体及面容，然而一位勤劳、聪敏、活泼、孝顺的韶龄女子却活现在面前，可亲又可爱。

卷　耳

采采卷耳①，不盈顷筐②。嗟我怀人③，寘彼周行④。
陟彼崔嵬⑤，我马虺隤⑥。我姑酌彼金罍⑦，维以不永怀⑧。
陟彼高冈，我马玄黄⑨。我姑酌彼兕觥⑩，维以不永伤。
陟彼砠矣⑪，我马瘏矣⑫，我仆痡矣⑬，云何吁矣⑭。

【注释】

①采采：采摘。卷耳：一种野菜，今名苍耳。②顷筐：斜口筐，后高前倾。③嗟：语气助词，另一说，叹息声。④寘（zhì）：同“置”，放下之意。周行：大路。⑤陟（zhì）：登高。崔嵬（wéi）：高而不平的土石山。⑥虺隤（huī tuí）：因疲劳而生病。⑦金罍（léi）：青铜盛酒器。⑧维：发语词。永：长久。⑨玄黄：马生病而变色。⑩兕觥（sì gōng）：犀牛角做成的酒杯。⑪砠（jū）：有土的石山。⑫瘏（tú）：马因生病而无法前行。⑬痡（pū）：人过度疲惫、无法走路的样子。⑭吁（xū）：忧愁。

【赏析】

诗的开篇展示了一幅动感的画卷——“采呀采呀卷耳菜，采来采去装不满筐。想念那远方的亲人啊，竹筐停放在大路上。”翠峦蔓延，一条大路沿着山麓伸向远方，一个女子挎着浅竹筐，一棵一棵地采摘卷耳菜。可她采了好些时候也没装满浅筐，有很多卷耳菜都掉落在地上。因为她的心没在卷耳上，而是随外出征战的丈夫飞向了远方。

不断地苦想之下，她的心情越加凄惶，对卷耳菜已没有心力再采摘。她痴望着丈夫离开的那条大路，把竹筐放置在脚边，顺路张望，目光迷离，仿佛看到了远行归来的丈夫的身影。然而清醒过来时，她才知那只是幻觉。她不由得嗟叹连连，眼里也噙满泪水。短短四句诗，将女主人公思念丈夫的心情渲染得淋漓尽致。

“走在高高的石山上，马儿困倦又踉跄。待我斟满铜杯酒，醉后忘忧免思量。”第二章作者抒发情感的笔意进一步延展。采卷耳的女子的思绪已飞到丈夫的身边，她想象着：丈夫在征程中爬过荒坡、攀过高岗、越过山顶，连续的行军导致人困马乏，马匹已经积劳成疾，再难背负主人行走，仆人也因劳累而病倒难起，如此的艰难困苦使丈夫不禁想起家中贤德的妻子和平静的生活，心中不免会无限惆怅，他只得借酒浇愁以淡化乡愁，然而借酒浇愁愁更愁，酒落愁肠化作相思泪，反而令他更加思念家乡和妻子。

“登上了高高的乱山冈，我的马儿疲惫又彷徨。我打起精神斟满酒，但愿从此把思念和烦恼全都忘。”夫妻间的心灵是相通的，妻子思念丈夫，丈夫一定也在思念自己的妻子，于是作者把妇人放下，笔锋一转娓娓诉说起丈夫思念妻子的苦涩心境。妻子想到丈夫在山岗上人疲马乏，丈夫所遇的境况也恰如所料：他行到山顶上，又饿又累又彷徨，勉强提神斟酒，打算借酒消愁。

也许事实不会如此巧合，但作者以丈夫念妻思乡的臆想，把空间骤然拉大，连接起两地夫妻的情丝，扩展了诗的意境，渲染了相思气氛，使诗在形式上具有两地情书、互相应答、相映相衬的艺术效果。这一章，采用复沓的形式，深入描述了征战的丈夫在外的危难困苦以及思念家人的愁情，深刻揭示了战争给人们带来的深重灾难。诗中借马的病疲，喻示征途的艰危，以借酒浇愁，表达愁已沉淀，无法可解。

最后一章“陟彼砠矣，我马瘏矣，我仆痡矣，云何吁矣”，每句以语气词结尾，给人以呼吸急促之感，好似远方的征人身体疲惫不堪，心灵更受不了苦思的折磨，因而要尽快结束这场遥相呼应的痛苦对话；又像是他不想再让远方的妻子怀念自己，决断地让双方立即打住。如同在说："痛就让它痛去吧，我们都把思念埋在心里！"彼时彼刻，远方的他似乎已经疲惫到扑地不起，夫妻之间苦苦相思却不能相见，万般无奈之情溢于言表。

《卷耳》将描写、感情、想象融为一体，字字流露出夫妻间的深厚感情，读来感人至深。红学家俞平伯评论这首诗时说："当携筐采绿者徘徊巷陌，回肠荡气之时，正征人策马盘旋，度越关山之顷，两两相映，境殊而情却同，事异而怨则一。所谓'向天涯一样缠绵，各自飘零'者，或有诗人之恉乎！"俞先生的评价恰当地道出了这首诗前后映衬、花开两朵的艺术特色。

樛　木

南有樛木①，葛藟累之②。乐只君子③，福履绥之④。
南有樛木，葛藟荒之⑤。乐只君子，福履将之⑥。
南有樛木，葛藟萦之⑦。乐只君子，福履成之⑧。

【注释】

①樛（jiū）木：树向下弯曲。②葛藟（lěi）：葛和藟都是蔓生植物，茎可以缠树。累（léi）：缠。③只：助词。④福履：福禄，幸福。绥（suí）：安乐。⑤荒：覆盖，遮掩。⑥将：扶助。⑦萦（yíng）：缠绕。⑧成：成就。

【赏析】

就《诗经》而言，只有参透"比"与"兴"所负载的深刻蕴昧，才能真正认识"兴"的"所咏之词"。《樛木》一诗，从一开头便用比兴手法，先言"樛木""葛藟"以引起所咏"君子"与"福履"，而后又以"樛木"和"葛藟"比喻君子的福禄快乐。"比者，以彼物比此物也"，诗中的“彼物”即“樛木”和“葛藟”，“此物”即“君子”和“福履”——用“樛木”被“葛藟”缠绕，来比喻君子常得福禄相随，着实逼真鲜明。此处兴而兼比，二者相得益彰。

《诗经》通常都极为押韵，有句首人韵，一韵到底；有隔句相押；也有句尾相押之分。拿《樛木》来说，它重章叠句，回环复沓，实则整首诗只在两个字上反复改动，这种手法在“国风”中很常见，意在增加诗歌的音乐性和节奏感，可以充分抒发感情，具有回旋跌宕的艺术效果。

在《诗经》中，古人喜欢用自然界万物尤其是动植物寄托自己的情思，使其富于浓厚的负载意味，《樛木》亦不例外。借弯曲的树木和攀爬而上的葛藟，来喻指君子的福禄快乐。从字面上理解，这似乎是一首形象动人的祝福歌。然而《诗经》常常把真正的内涵和寓意埋在简单的表象之下，如《关雎》开头：“关关雎鸠，在河之洲”，原是诗人借眼前景物以兴起下文的“窈窕淑女，君子好逑”，但“关雎和鸣”也可以比喻男女求偶，或男女间的和谐恩爱。

若探究其植物意象背后的“隐语”，那么“樛木”所指代的应是高大英俊的男子，而“葛藟”则是温柔委婉的女子。恋爱中的男子因女子的依赖而满心欢愉，他自豪于成为心爱的女人的依靠，这种清纯清新的本色如同少女一见钟情时的欣喜和娇羞。不可否认，《诗经》中坚贞纯洁的爱情至今仍闪烁着不可磨灭的光辉。

清代文学家方玉润在《诗经原始》中这样推测：“观‘累’‘荒’‘萦’等字有缠绵依附之意，如葛罗之施松柏，似于夫妇为近。”

从这种角度看，《樛木》一诗似乎描绘了这样的景象：一个即将迎娶新娘的年轻男子，在众人“南有樛木，葛藟纍之。乐只君子，福履绥之”的反复吟唱和喝彩中，牵起了新娘的手。新娘梨花带雨的脸上饱含着娇羞，新郎脸上也洋溢着幸福的笑容。他们彼此心贴着心，从此快乐地生活下去。

这无疑是一首情真意切的婚礼祝福歌，这种解释，才算真正参透了《樛木》的真谛。而《毛诗序》中“后妃”“能逮下而无嫉妒之心焉”的说法，则有附会之嫌，与原诗的意义相差甚远。

总之，无论其主题是对君子福禄安康的单纯祝福，抑或是恋爱时的浪漫，还是结婚时的激动、兴奋、山盟海誓，《樛木》所传达的永远是生命里的那份欢愉，寄托的亦是彼此惦念的那份情思。

螽　斯

螽斯羽①，诜诜兮②。宜尔子孙，振振兮③。
螽斯羽，薨薨兮④。宜尔子孙。绳绳兮⑤。
螽斯羽，揖揖兮⑥。宜尔子孙，蛰蛰兮⑦。

【注释】

①螽（zhōng）斯：蝈蝈。②诜（shēn）诜：形容众多。③振振：盛多的样子。④薨（hōng）薨：很多虫飞的声音。⑤绳绳：绵延不绝的样子。⑥揖（jí）揖：会聚。⑦蛰（zhé）蛰：群聚欢乐的样子。

【赏析】

《螽斯》是一首非常新颖奇特的诗，它描写的对象是一种叫作螽斯的昆虫，也就是我们所熟悉的蝗虫。这种昆虫身体多为草绿色，有丝状触角，雄虫的前翅有发音器，群飞时会发出“薨薨”的声音。这首诗的主题是以蝗虫来比喻生殖力的强盛。《毛诗序》是这样分析这首诗的：“《螽斯》，后妃子孙众多也，言若螽斯。不妒忌，则子孙众多也。”

蝗虫生产后代的能力非常强盛，一年之内就可产下两三代。自古以来，蝗虫成灾都会给老百姓的生活带来巨大的灾难，但是这些灾难并没有让先民们对蝗虫一味深恶痛绝，相反，他们还非常羡慕蝗虫强大的繁殖能力，将蝗虫看成是“子子孙孙无穷尽”的象征。这其实体现了生产力匮乏的时代，人们对多子多孙的美好愿望。

诗的全篇都在围绕着“螽斯”描写，一语双关，以物寄情，浑然一体，带有强烈的象征意义。朱熹的《诗集传》继承了毛氏之说法，并进一步解释说：“故众妾以螽斯之群处和集而子孙众多比之。”这样的解释，虽然指出了诗的主旨，却因为引申出“后妃”“众妾”而使诗的内涵窄化和教条化。

清代方玉润认为：“仅借螽斯为比，未尝显颂君妃，亦不可泥而求之也。读者细咏诗词，当能得诸言外。”由此可见，对于这首诗还是就诗论诗的好。《螽斯》这首诗一共有三节，每一节都用“螽斯”开头。“宜尔子孙”这一句更是重复了三次，这种重复更加突出了诗的主题，而六组叠词的运用，也使全诗韵味十足。

这首诗中出现的叠词“诜诜”“振振”“薨薨”“绳绳”“揖揖”“蛰蛰”，意思都是形容群聚众多。这是《诗经》中典型的“重叠反复”的表现手法，这样的反复吟唱，充分表现了人们繁衍后代、多子多孙的强烈心愿。

方玉润的《诗经原始》有评论：“诗只平说，难六字炼得甚新。”《诗经》中有许多诗篇都运用叠词手法，而《螽斯》与其他诗篇相区别的独特之处在于：六组叠词，整齐，形象，生动，用韵和谐，又处在不同章节的相同位置，因而造成了韵律悠长的吟诵效果。而且这六个词在意思上也层层递进：第一节表达多子兴旺的愿望；第二节延伸至世代昌盛的祝福；最后一节则具体表现儿孙满堂的欢乐。

对于先民来说，“子孙”就是他们生命的延续，是他们晚年的慰藉，是整个家族的希望。在中国古代，多子多福一直都是传统观念中很重要的一种，这种观念在尧舜时代就已经深入民心了。

在阅读这首诗时，要体会其意象，细味其诗语，从先民颂祝多子多孙的诗旨出发，来分析这首诗。如此方能明白人们为什么希望子嗣众多：为了强调人多势众的群体力量，也是为了更好地利用自然条件、争取生存。

桃夭

桃之夭夭①，灼灼其华②。之子于归③，宜其室家④。

桃之夭夭，有蕡其实⑤。之子于归，宜其家室。

桃之夭夭，其叶蓁蓁⑥。之子于归，宜其家人。

【注释】

①夭夭：美丽而茂盛的样子。②灼灼：桃花盛开，色彩鲜艳如

火的样子。③ 之子：这位姑娘。于：往。归：出嫁。④ 室家：家庭。⑤ 有：语气助词，没有实际意义。蕡（fén）：果实累累的样子。⑥ 蓁（zhēn）蓁：叶子茂盛的样子。

【赏析】

《桃夭》叙写的是女子出嫁的情景和作者的美好祝愿。诗句清新淳朴，却有极强的感染力，读来就如喝了一杯浓浓的醇酒，让人在满口余香中感受着美的诱惑。

诗中之人美得让人心动。“桃之夭夭，灼灼其华”，“桃之夭夭，有蕡其实”，“桃之夭夭，其叶蓁蓁”，连续三章三起句，“桃之夭夭”四字扑面而来。“夭夭”二字，可以解释为绚丽茂盛，也可以解释为挺拔婀娜，它有着生机勃勃的气势，又有种袅袅婷婷的气质。“灼灼其华”，是指鲜艳明丽闪着光辉的桃花，给人光彩照人之感。

“夭夭”在汉语里还可以解释为体态安舒、容色和悦的样子，好比美人妖娆艳色；“灼灼”则可解释为明亮、照亮之意，好比桃花粉红而闪着艳光。因此这一句可看成“美人如花”的写照。

诗中对美丽一再铺陈渲染，引出后面披着婚装的少女。此时在众人心中，少女身材如桃树一样挺拔，行路如桃枝一样摇曳婀娜，脸蛋如桃花一样艳美，可谓千娇百媚，风情万种，沉鱼落雁。这样美的少女由缤纷绚烂的桃花烘托而来，有谁能不为之倾倒？“艳如桃花”，“人面桃花相映红”，不知有多少后人用桃花来比喻女人的美丽，《桃夭》也由此成了后世描写美女的词宗诗祖。诗里的自然美得让人心怡。诗中一再描写桃林中桃树枝叶繁茂，挺拔绚丽，且先写桃花，又写桃之果实，再写桃叶，排布了三幅风景画：一幅是满山桃树，繁花盛开，遍山艳色粉红；一幅是桃树上结满密密麻麻、又肥又大的桃子；一幅是葱葱郁郁的桃叶布满枝头，叶子上放着光华。无论哪一幅，都宛如世外桃源。尤其是树树桃花盛开，树树红桃垂挂的奇景，让人联想到西王母的蟠桃园。诗中以桃树的枝、花、叶、实，隐喻男女盛年，宜于及时嫁娶。植物的繁盛与人的盛年两相对照，相得益彰，更增添了诗中自然景物的寓意美。

诗里的“家”美得让人心欢。“之子于归，宜其室家”，“之子于归，宜其家人”，一个美丽的姑娘就要嫁人，她不仅艳如桃花，而且将会“宜室”“宜家”，给丈夫及其家人带来吉祥和幸福，这说明她的心灵一定是善良的，性情一定是贤惠的。这样好的姑娘，她所嫁的夫君一定也不会错——在这宜于迎娶婚嫁的春天里，那名新郎穿戴整齐，既俊雅，又健壮，像棕树一样挺拔。此时他激动万分，等待着和新娘相见相拥的那一刻。

整首诗都带有庆贺祝愿新婚之喜的浓厚况味，充溢着和和美美、快快乐乐的气氛。美丽姑娘今朝出嫁，将会把欢乐和幸福带给她的婆家。这种祝愿，让人不知不觉中产生了与诗中主人公、与诗作者一同欢乐的共鸣。

诗的韵律美得让人心醉。诗中重章叠句，朗朗上口，富有韵律感。通过反复咏唱，强化意识，加深印象，把美的事物不断加诸于人的感官和心灵，使人如聆天籁，舒泰无比。

兔 罝

肃肃兔罝①，椓之丁丁②。赳赳武夫③，公侯干城④。
肃肃兔罝，施于中逵⑤。赳赳武夫，公侯好仇⑥。
肃肃兔罝，施于中林⑦。赳赳武夫，公侯腹心⑧。

【注释】

①肃肃：端庄严正的样子。兔罝（jū）：捕兔子的网。②椓（zhuó）：敲、槌击。丁（zhēng）丁：打桩之声。③赳赳：武勇的样子。④公侯：周封列国爵位（公、侯、伯、子、男）之尊者，泛指统治者。干城：盾牌与城郭。比喻捍卫者或者御敌的将士。⑤逵（kuí）：四通八达的道路。⑥仇（qiú）：同伴，伴侣。⑦中林：林中。⑧腹心：比喻身边可以信赖的人。

【赏析】

《兔罝》这首诗所描绘的是打猎的场景，但是其中的意义却不单是打猎，而是借打猎这种行为来锻炼兵士，因此，打猎也就是一场大练兵。虽然到了现在，人们会觉得，将狩猎者与捍卫公侯的甲士联系起来，是一件不可思议的事情，但在先秦时期，狩猎本就是对行军布阵和指挥作战的一种演练。因为狩猎和行军打仗一样，是需要排兵布阵的，捕猎就是一场真实、危险的实战演习。

《兔罝》为我们展现了一场利用智谋进行捕猎的捕兽大战。将士们将用于捕虎的网结得又紧又密，然后安置在岔路口、林中，静静地等待猎物。身为公侯心腹的将士们个个意气昂扬，他们一边紧张观察着周围的动静，一边等待着猎物的到来。

从第一节的“肃肃兔罝，椓之丁丁”，到二、三节的“施于中逵”“施于中林”，都表明一场紧张的狩猎行动即将开始。

诗中“椓之丁丁”“施于中逵”“施于中林”几句着重描写猎手安装“兔罝”的景状，他们为了防止老虎逃脱，将网结得非常紧密，然后小心翼翼埋下网桩，再用力敲打，使它们变得更加牢固。

“中逵”“中林”这两个词也从侧面展现出狩猎的战士众多，他们按部就班地工作，分工明确、军容整肃。这些描写无一不体现出这次狩猎活动的恢宏有力，以及这些将士的士气之高涨和军纪之严谨。

《兔罝》最为独特的地方是：虽然它详尽地描述了将士为捕猎做准备的场景，却没有实际描写出捕猎的画面。作者省略了捕猎的过程，只让读者依靠自己的想象来丰富这些画面。

虽然整首诗没有对盛大的狩猎过程进行描绘和渲染，但是字里行间却流露出诗人对狩猎将士的热烈赞美：他们不但在狩猎之时十分勇猛，在沙场上也毫不含糊，奋勇杀敌，不愧为公侯们的得力干将。

由“兔罝”到“干城”，读者眼前好似出现了一种时空的转换，刚刚还在狩猎中的猎手，一下子变成了保家卫国的士兵。

通过这种转换，诗人写出了一种欣喜自豪的心情。三节相叠的咏唱，使这种自豪之情透过“干城”“好仇”“腹心”这些词，一步步推进，从中可见诗人抑制不住的夸耀。能有这样英勇无畏的勇士为其效命，那些公侯必然会感到十分骄傲和满足，但不能否认的是，只要是战争就一定会有伤亡。

所以从深层意义上看，这首诗也透露出那些因为战争离乡背井、久役不归或丧身异域的将士们隐藏在夸耀背后的无限悲哀。

芣 苢

采采芣苢[①]，薄言采之[②]。采采芣苢，薄言有之[③]。
采采芣苢，薄言掇之[④]。采采芣苢，薄言捋之[⑤]。
采采芣苢，薄言袺之[⑥]。采采芣苢，薄言襭之[⑦]。

【注释】

①采采：茂盛的样子。芣苢（fú yǐ）：草名，即车前子，可食。②薄言：发语词，没有实义。③有：藏有。④掇（duō）：拾取。⑤捋（luō）：以手掌握物，向一端滑动。⑥袺（jié）：手提着衣襟兜东西。⑦襭（xié）：翻转衣襟掖于腰带，以兜东西。

【赏析】

“车前子啊采呀采，采呀采呀采起来。车前子啊采呀采，采呀采呀采得来。车前子啊采呀采，一片一片摘下来。车前子啊采呀采，一把一把捋下来。车前子啊采呀采，提起衣襟兜起来。车前子啊采呀采，掖起衣襟兜回来。”

这首欢快的《芣苢》正是当时人们采车前子时所唱的歌谣。成熟之后成串的红色车前子，便是“芣苢”。《芣苢》作为诗经中很特别的一篇历来受到重视，但对于当时采芣苢的用途这一问题却存在争论。有一种说法是此草可以治疗麻风等恶疾。按现代中医学的理论，这种说法无实际根据。现在中医以车前子人药，是因它有清热明目及止咳功能。春秋时代的人可能相信车前子可以治疗麻风等恶疾，但得麻风病是很痛苦的事，不太可能会有大群的人为此欢乐地歌唱着去采摘。

另一种说法是说食“芣苢”有益于怀孕，这倒是值得欢欢乐乐去采摘的事。还有一种解释更合理。清代学者郝懿行在《尔雅义疏》中有一句话：“野人亦煮啖之。”他说的“野人”是指村野的穷人，他认为野人（穷人）以此为食物。其实春天采车前子的嫩苗，煮成汤菜，味道十分鲜美，至今农村仍有人食用这种野菜，但不一定都是穷人。

可以推想，古代民间曾经普遍食用车前子的嫩苗。用此来解释诗中采“芣苢”的缘由，就易于理解了。明代田汝成《西湖游览志》中记载：“三月三日男女皆戴荠菜花。”谚云：“三月戴荠花，桃李羞繁华。”荠菜花并不美丽，插戴于头上却感觉比桃李花还美。倒不是因它真的艳逾桃李，而是因为荠菜是当地人们喜食的野菜。

春秋时代，战乱频繁，除去赋税之后，农民耕地所得的粮食是不足以果腹的，本就易于繁殖的“芣苢”自然成为穷苦人赖以生存的食物。想必冬粮不足，春来后虽也是青黄不接。但万物复苏，季节天赐了大片鲜嫩的车前子，因而每当春天到了，就有成群的妇女在川原上欢快地采着车前子的嫩苗，一边唱着“采采芣苢”的歌。那是为了庆贺春暖的到来，也是忍饥之中对那一锅鲜菜汤的期待所带来的欢乐。

《芣苢》中展现出的情感是喜悦的，这种喜悦不是用喊叫来体现的，而是从春光融融的美景中体现出来的。虽然诗中也隐含着农人丝丝的苦涩，但喜悦的心情仍通过咏唱自然地流淌着，感染着读者一同生出愉悦之情。

《诗经》中有许多是民间歌谣，歌谣一般用重章叠句的形式，朗朗上口，但如此重叠的却是绝无仅有。通篇“采采”二子重叠最多，“采采”可以解释为“采而又采”，亦可解释为“各种各样”。就整首诗的意思来看，还是“采而又采”这个解释比较恰当。第二句“薄言”是语气助词，无实际意义，“采之”与前句相比，意义也相近。第三句重复第一句，第四句较第二句只改动一字。第二章、第三章也只是改动了每章第二、四句中的动词。也就是说，全诗十二句，只嵌进了采、有、掇、捋、袺、襭六个动词来变换语义，其余全是重叠。但这种单调的重叠，却又有它特殊的、内在的美好效果：

一是让人体味到一种自然美。每章中仅更换几个字，虽然重复，却使诗有了递进感和动作美，发乎自然，来自生活，活现了采摘的场景。作者直接从劳动生活中取材，不添加些许个人的感受。使人读来清新有泥土味。诗意与自然相合，犹如生活重现。

二是深蕴着艺术美。句子重重叠叠，随口而有押韵，由此使诗有了动感仪态，成为可以单人独唱或众人齐唱的歌词。和谐的韵律和欢快的节奏从简洁的语言中自然地流淌。诗的美如金铃作响感染人心，如配上音乐，曲调一定明净、舒展、轻灵。

汉 广

南有乔木[①]，不可休思[②]，汉有游女[③]，不可求思。汉之广矣，不可泳思。江之永矣[④]，不可方思[⑤]。

翘翘错薪[⑥]，言刈其楚[⑦]。之子于归[⑧]，言秣其马[⑨]。汉之广矣，不可泳思。江之永矣，不可方思。

翘翘错薪，言刈其蒌[⑩]。之子于归，言秣其驹。汉之广矣，不可泳思。江之永矣，不可方思。

【注释】

① 乔木：形容树木高大笔直。② 思：语气助词。③ 汉：汉水，为长江最长的支流。游女：外出游览的女子。④ 江：指长江。永：长。⑤ 方：筏子，此处用作动词，意思是乘木筏渡江。⑥ 翘翘：高出的样子。错薪：丛丛杂生的柴草。⑦ 刈（yì）：割。楚：荆树。⑧ 于归：女子出嫁。⑨ 秣（mò）：用谷草喂马。⑩ 蒌（lóu）：草名，即蒌蒿。

【赏析】

"南有乔木，不可休思，汉有游女，不可求思。"《汉广》开头四句，就将故事的结局交代清楚：南方有高大的乔木，却不能够在它下面歇息；汉水边有心仪的女子，却不能够追求。这是一个可见而不可求的爱情故事。一连两句"不可"，将年轻樵夫苦恋的怅惘心情表达得淋漓尽致。

隔着一条汉水遥望对岸心爱的女子，这一场景很容易让人联想到牛郎织女的传说，事实上，《古诗十九首》中的"盈盈一水间，脉脉不得语"便是脱胎于此。同样是隔水相望，可望而不可即，但是比起牛郎织女的心意相通，《汉广》中樵夫对游女单方面的感情则要寂寞得多，也辛苦得多。诗中"游女"的形象模糊不清，好比水中月镜中花，无怪乎樵夫只能远远望着，辗转叹息。

综观整首诗，提及"汉之游女"的地方只有一处，而且只是提及，不肯多费半点笔墨描述。因此。"游女"的形象和身份，便给了后人无尽的想象空间。古时讲解《诗经》最著名的四家，除了《毛诗》持“德广所及”的教化美刺说，《齐》《鲁》《韩》三家都认为“游女”是江汉之滨的神女。《韩诗外传》记载了一个美丽神奇的故事：

一个名叫郑交甫的男子在汉水边游玩时，遇到两位女子。郑交甫上前请求女子赠佩，两人于是解佩赠之。郑交甫很高兴，接过来小心翼翼收入怀中，走出十几步，探手入怀，怀中却已空无一物。回过头一看，两名女子亦杳无踪影。

神女转瞬即逝，有若惊鸿一现，虚无缥缈，《汉水》的故事也因此平添了一抹人神相恋的神秘色彩。但是。从第二章“翘翘错薪，言刈其楚。之子于归，言秣其马”这四句来看，人神之说不免显得有些牵强。

“错薪”“秣马”，一方面可以理解为一个樵夫的日常生活，每日劈柴、喂马；另一方面则有比兴之意，以错薪比喻嫁娶，以秣马比喻婚礼亲迎之礼，这是樵夫由现实的“不可求”转入幻想中的“得到”，想象自己迎娶游女的景象。无论哪一种解释，都落在了实实在在的生活细节和礼节风俗上，这也是《诗经》现实主义风格的一种体现。

就《汉广》而言，这种现实主义的风格主要体现在采用以情人景、以景写情的手法。《诗经》中有很多描写“可见而不可求”的爱情诗篇，其中比较出色的如《关雎》《汉广》《蒹葭》等。其区别是《关雎》热烈直白，《蒹葭》缥缈迷离，而《汉广》平和写实。

《关雎》和《蒹葭》整首诗都是对“窈窕淑女”和“伊人”或“辗转反侧”或“溯洄从之”的追寻，且都侧重于心境和意境的刻画，抒发的是空灵之情与虚幻之思。《汉广》则有具体实在的场景和景物作为依托，因而抒发的感情亦是平实的。因为平实，便有种格外真实的力量。

樵夫在采樵之地爱上了对岸的游女，这是实景。亦是实情，他在明白这份感情的“不可求”之后，便将目光投向了广阔无垠的汉水，发出了一声长长的叹息。“汉之广”“江之永”，岂可轻易逾越？樵夫将内心的痛苦和失望投射于眼前的景色之中，从而使景物与情感融为一体。

“汉之广矣，不可泳思。江之永矣，不可方思。”《汉广》反复吟咏这四句，一“广”，一“永”，用语平淡朴实，却极为贴切地再现了江水的浩荡与无边无际。针对这种平实而高妙的写景，清代的王士禛甚至将《汉广》列为中国山水文学的发轫之作。

这四句吟咏，在诗中形成了一种自足的感情，即使没有对岸的“游女”这一抒情对象作为起兴，樵夫澎湃的情思也能寄托于眼前的景物之中，与绵长浩渺的江水合二为一。那份深藏于内心的暗恋之情，也因为有了“汉之广”与“江之永”的描写而变得辽远开阔。

樵夫没有沉沦在苦苦的单恋之中不可自拔，而是于不甘、无奈之中保留了一份理智与平和。全篇八句“不可”，一气呵成，正如樵夫内心不可抑制的滔滔情思；而每一句的末尾偏偏都用了一个“思”字，语气助词“思”的平声发音，给这一组声势磅礴的排比留了一个减速的出口，使樵夫的感情带了一点审慎的余味。

不加克制的感情只会毁灭自我。《诗经》的“温柔敦厚”，便表现在这一分恰到好处的克制上。这种克制，不是艰难隐忍，亦不是委曲求全，而是一种健全的心态。《诗经》真实地反映了周代社会各个方面，因而也真实地表现出了先民的感情生活和内心世界。它所表现出的“乐而不淫”“哀而不伤”并非道德上的压抑，而是先民内心如水般绵长持久、始终不衰不绝的生命力。

所以，《汉广》中的樵夫尽管爱得辛苦，却依旧保持了心性的光明。“不可求思”“不可泳思”“不可方思”，并非绝望之情的流露，而是以朴素之语道尽情意的曲折深婉和无尽流连，以一唱三叹的手法完成一种浑然天成的情感表达。

汝坟

遵彼汝坟①，伐其条枚②。未见君子③，惄如调饥④。遵彼汝坟，伐其条肄⑤。既见君子，不我遐弃⑥。鲂鱼赪尾⑦，王室如燬⑧。虽则如燬，父母孔迩⑨！

【注释】

①遵：循，沿着。汝：水名，即汝河，源出河南省。坟：堤岸。②条：枝条，细而长的树枝。③君子：此处指在外服役或为官的丈夫。④惄（nì）：忧思。调（zhōu）饥：朝饥，即早上饥饿思食。比喻一种渴望的心情。⑤肄（yì）：树被砍伐后再生的小枝。⑥遐：远。⑦鲂（fáng）鱼：鱼名，今名武昌鱼。赪（chēng）：赤红色。⑧燬（huǐ）：

烈火。⑨孔：甚。迩（ěr）：近。

【赏析】

《汝坟》一诗，凄苦哀婉之情浸透于字里行间，读来催人泪下。

关于《汝坟》的题旨，存在多种说法。有的人认为这是文王的教化在汝坟之地施行，使妇人能够勉励丈夫行正道的诗。有的则认为这首诗是周南大夫的妻子所作，她担心丈夫懈于王事，劝其以国事为重，不要多顾及家人。还有人认为诗旨是妇人因家贫、父母难养，劝丈夫做官赚钱。今人还有“妻待夫归”说，“丈夫虐待妻子”说，“女待男野合”说。还有人认为本诗的主题是妻子挽留久役归来的征夫，这种说法比较符合此诗的本意。

“遵彼汝坟，伐其条枚”，诗的首句即揭示了女子的境况：汝河的大堤上长满了树木，一名女子沿堤用手中的斧子砍下一条条树枝。斧子本是重器，伐木也是男人做的活，然而此时这种沉重的劳作却是一名女子在承担。此情此景让人不由得诧异：她家没有男人吗？还是她被丈夫虐待？

作者并不卖关子，随后就告知：“未见君子，惄如调饥。”原来是丈夫在外不归，这样的重活只能由妻子来干。“君子”是当时妻子对丈夫的尊称，春秋时代男人多在外勤于王事，不是徭役就是兵役，丈夫久久在外行役，妻子怎能不“惄如调饥”？这一句是描述女子晨时没有进食又要伐木，因而又累又饥的模样。

“朝饥”在秦以前也用作男欢女爱的隐语。此处当是一语双关，既述妻子饱受饥饿折磨，又述妻子想念丈夫的难耐和煎熬。丈夫久在外行役，家中又有老人和孩子，只能由柔弱的妻子撑起一家人的生活。她在大清早饿着肚子来堤上砍柴，心中还在苦苦思念着丈夫。她那瘦弱的手不停地挥动，嘴里不停道出一句句幽怨。

“遵彼汝坟，伐其条肄”，诗的第二节，画面仍旧停留在汝河的大堤上，这名妇女挥动斧子在砍柴，但情况发生了变化。“肄”字是指树木砍伐后新长出的枝条，此一字之变就说明时间已经过去了一年或者数年，而这名妇人仍在这里砍伐。这一方面表明了她在孜孜不倦地为家庭辛勤劳作，另一方面也点出她还在苦苦等待丈夫。

时光流转，年年岁岁，悲苦在延续，期待也许无止境。但作者笔锋一转，“既见君子，不我遗弃”，意思是“终于见到丈夫回来了，这回你要时时刻刻留在我身边”。

盼望已久的丈夫在毫无预告的情况下突然回到家中，女子忍受了这么长时间的思夫、养家、劳作、饥饿之苦，心中既担心丈夫在外出事永远不归，又担心他厌弃抛弃了自己。因此丈夫归来时，她几乎不相信这是事实。她从惊喜中醒过来时，又担心丈夫会不会再次外出，是否还要把自己留在家中而远行。因而她在喜悦之余一再唠叨，希望丈夫不要再外出，不要再将自己抛弃。

“鲂鱼赪尾，王室如燬”，第三章开头就是丈夫对她的回复。妻子的担心和唠叨不是多余的，以王事为重的丈夫直言不讳地告诉妻子，他有可能还要离家。鲂鱼的尾巴颜色因劳瘁已变红，王室的事务紧急如火。古代认为鲂鱼尾变红是因劳累而致，此处丈夫的意思是王室不宁，事急如火，就像那劳瘁到尾巴都变红了的鲂鱼一样，我也不能在家歇息。残酷的回答中也包含着丈夫的无奈。

“虽则如燬，父母孔迩！”妻子此时一改温良顺从，质问丈夫：“虽然王事急如火，父母穷困谁养活！”你不要总是为王事付出，你要想想年迈的父母，你能让可怜的妻子独撑贫家、苦苦思念你吗？

麟之趾

麟之趾①，振振公子②，于嗟麟兮③！
麟之定④，振振公姓⑤，于嗟麟兮！
麟之角，振振公族⑥，于嗟麟兮！

【注释】

①麟：麒麟，传说中的动物。趾：足，此处是指麒麟的脚。②振（zhēn）振：诚实仁厚的样子。③于（xū）：通“吁”，叹词。④定：额头。⑤公姓：诸侯之子曰公子，公子之孙曰公姓。⑥公族：诸侯的宗族子弟。

【赏析】

“麟之趾”，直译就是麒麟的蹄子。第一章的大意是，“你有麒麟一样的脚趾啊，仁德宽厚的王侯公子，哎哟，你就是那高大的麒麟啊！”第二章“麟之定”的“定”指额头。本章的意思是。“你长着麒麟一样的额头啊，仁德宽厚的公侯贵族，哎哟，你就是高大的麒麟啊！”第三章的大意是，“你的帽饰镶得如麒角一样的威武啊，仁德宽厚的公侯贵族，哎哟，你就是高大的麒麟啊！”

为什么把王侯公子比作麒麟？在华夏民族的原始崇拜中，有一种灵异之物，它就是麒麟。传说伏羲氏教民“结绳为网以渔”，畜养家畜，促进了社会发展，改善了人们的生活，因此天授神物，麒麟出现。据记载，伏羲、舜、孔子所在的时代都伴有麒麟出现，并带来祥瑞吉兆和神的启示，从而百业兴旺。

据陆机《毛诗草木鸟兽虫鱼疏》记载，麒麟，长着麋鹿一样的身体，牛一样的尾，马一样的脚，黄颜色，圆蹄子，一只角，角顶端有肉。它的声音就如黄钟大吕一样，行步端端正正，游走一定要选择地点，审视清楚而后居处，不踩踏生虫，不践踏青草，不群居，独处独行，不与别的动物同行，不会落入陷阱，更不会遭遇罗网，这种动物只有在国君圣明的时候才会出现。总的来说，麒麟的外形类似于鹿、牛、马组成的怪兽样子；它声音洪亮，行为中规中矩，清高而喜独处；心灵仁慈宽厚，不伤生灵，不欺弱小；它的感应敏锐，不会落入任何圈套，不会受到任何伤害。

麒麟是将美行、美德、灵智集中于一身的圣灵，是仁德厚慈的化身。在先民的生活中，麒麟也无处不体现出其特有的珍贵：民间以麒麟为送子神兽，传说孔子就是由麒麟所送；麒麟还是岁星散开而生出的，因而它是主祥瑞之灵，是最著名的瑞兽之一；麒麟含仁怀义，而且有威仪，等等。

在中国古代文化中，有关帝王兴衰与麒麟相关的传说很多，古人常把战将和英雄比作麒麟，可见麒麟在人们心中的崇高位置。

这首诗用麒麟来比喻公侯的子孙，应是极高的赞誉了。

诗的首句“麟之趾”一出现，那尊雄威的巨兽仿佛来到眼前。它步履端正，神态和蔼，虽然庞大却感应敏捷，厚实的脚趾下“不践生草、不履生虫”，步伐如行云流水，悠然行走在山川原野之间。别看它巨大威猛，却丝毫不必惧怕担心，因为它是著名的仁兽，只给人们带来祥瑞和福祉，不会加于伤害和增添灾祸。

随后诗的笔意逐步趋进，“振振公子”，慈厚的麒麟出场之后，转而描写公子，“振振”二字，显示出他的诚实敦厚。到此作者以麒麟比公子之意不言自明，端端麒麟与翩翩公子两两相映，均成贵象，让人生出奇异而敬重之感。

诗再进一步描写，“于嗟麟兮”，对公子极尽嘉许：你就是高大的麒麟啊！接下去诗的第二章和第三章，由“之趾”到“之定”，进而到“之角”，由“公子”到“公姓”，进而到“公族”，其他语句未变。

诗义的本身没有突出的变化，但如此复沓回旋，麒麟和公子的形象交替出现形成深刻的视觉烙印，加上“于嗟麟兮”的反复赞美，造成一种复响的听觉效应，使公子伟岸的形象通过视觉和感觉一再突出，深深印在了读者的脑际。

《麟之趾》用麒麟来美喻王侯子孙，实是寄托着民众对贵族阶层德行和操守的期盼，寄望他们以仁德安邦，以厚慈殷民，反映的正是先民们对吉祥平安、生活美好的希望和追求。

召南

鹊巢

维鹊有巢①，维鸠居之②。之子于归，百两御之③。
维鹊有巢，维鸠方之④。之子于归，百两将之⑤。
维鹊有巢，维鸠盈之⑥。之子于归，百两成之⑦。

【注释】

①鹊：喜鹊。有巢：比兴男子已造家室。②鸠：斑鸠，今名布谷鸟，这种鸟自己不筑巢，而是住在喜鹊的巢里。③百：虚数，指数量多。两：同“辆”。御（yà）：同“迓”，迎接。④方：占据。⑤将（jiāng）：护送。⑥盈：满。⑦成：结婚礼成。

【赏析】

本诗以鸠居鹊巢起兴描写婚礼。喜鹊喜欢筑巢，斑鸠要来同住，这是两种鸟的天性。作者的意思是姑娘出嫁住进夫家，这种男娶女嫁就如鸠居鹊巢一般，是自然属性，也是人的天性，是值得恭祝和庆贺的。“鸠占鹊巢”现在通常是用来比喻强占别人的住屋或占据别人的位置，含有贬义，但在古时，鸠居鹊巢却并非贬义。

鸠就是斑鸠，也即布谷鸟。布谷鸟是吉祥鸟，《诗经·曹风》里就有描写布谷鸟（斑鸠）仁慈、无私的篇章。这首诗中，女子嫁人，入住男家，这是女子的心愿，更是男子乐求之事，他当然不会抱怨女子抢占了自己的家。

诗的第二章和第三章起句“维鹊有巢，维鸠方之”，“维鹊有巢，维鸠盈之”都以鸠居鹊巢作比，内容上与第一章“维鹊居之”相较，“方之”“盈之”含有递进关系。“方”，是比并而住，“盈”，是已经住满。这种递进的变化自然是加进了作者的臆想和祝愿。“居之”是刚婚娶接进家门之意，“方之”是一枕同眠亲亲密密感情加深之意，而“盈之”则是作者想象小鸟生出一窝窝，夫妻两人的孩子已经成群了。

清代学者方玉润认为，《鹊巢》一诗抒写他人成家之事，用斑鸠来比喻新嫁娘，是因为斑鸠性情温和而产子很多，是好妻子的代名。古时大凡男子迎娶妻子，周围人都会祝福她多生子女。这首诗以鸠与鹊的同巢比喻男女婚配，实是再恰当不过。

男人娶妻，无论对社会还是对家族、对个人，都是件大事，因而自古以来人们对婚礼都给予相当的重视。诗中这场婚礼举办得十分隆重，“之子于归”，点明这名女子出嫁的主题。“百两御之”，是婚礼的开端，这是新郎家来接亲，车辆来了很多；“百两将之”，接到新娘之后，人群车辆热热闹闹簇拥着婚车回男方家；“百两成之”，大家护着新娘到了男方家，举行了众人欢聚瞩目、热烈盛大的婚礼，礼毕而婚即成。

虽仅是“御”“将”“成”三个字的递进变换，却将成婚的整个过程烘托得热烈而隆重，让读者感同身受，如处其中。“御之”指迎接她，“将之”迎来她而回还，“成之”指成全，引申为护送成婚。这位姑娘的婚礼了不起，百辆的车和众多的人来接、来送、来保护她成婚。从字面来看，这样盛大的迎送婚娶，其主人一定是贵族。

不过，从另一个角度来看，古人以斑鸠的温和多子来比喻妇人之德，成婚的二人，一个是勤恳良厚如喜鹊的君子，一个是温善德馨如布谷的淑女，真是人世间的最好配偶。也正因为如此，这场婚姻才赢得人们的关注和拥戴，才使得众多的车辆和人群来恭迎、护送和热烈祝贺。

喜鹊是世上最爱助人的鸟，七月七日鹊桥会，喜鹊以身体搭建起连接织女和牛郎的天河之桥，它们是在牺牲身体为爱奉献。鹊巢，恐怕是人间最美好的爱巢了。

采 蘩

于以采蘩①？于沼于沚②。于以用之？公侯之事③。

于以采蘩？于涧之中④。于以用之？公侯之宫⑤。

被之僮僮⑥，夙夜在公⑦。被之祁祁⑧，薄言还归。

【注释】

①于以：问词，往哪儿去。蘩（fán）：白蒿。叶片形状很像艾叶，根茎可食，古代常用来祭祀。②沼：水池。沚（zhǐ）：水中小洲。③事：此指祭祀。④涧：山夹水曰涧。⑤宫：宗庙，代指祭典。⑥被（bì）：通“髲”，取他人之发编结披戴的发饰，相当于今天的假发。僮（tóng）僮：很多的样子。⑦夙：早。⑧祁（qí）祁：首饰繁多的样子。

【赏析】

《采蘩》是一首描述采白蒿的劳动者辛苦劳动的诗歌。这首诗自始至终都透露出一种悲凉的感情。

“于以采蘩？于沼于沚。于以用之？公侯之事。”《采蘩》开篇就直接描述了一群忙于“采蘩”的宫女辛苦工作的样子。《毛诗序》里曾经这样描述人们的采蘩：“采蘩，夫人不失职也。夫人可以奉祭祀，则不失职矣。”由此可见，人们采蘩的原因是为了祭祀。在古代，贵族们经常要进行祭祀活动，而为了保证各种各样的祭祀能够华丽地完成，就需要许多采摘、洗煮白蒿的劳作。这些劳作自然不是由贵族们去做的，而是由那些因连坐之罪而成为供人“役使”的“宫女”们来完成的。

这些宫人没日没夜地奔走于池沼和山涧之间，为了给贵族们采集足够的、祭祀所需要的白蒿。当她们采集白蒿达到一定的数量之后，就会急匆匆地把这些新鲜的白蒿送到“公侯之宫”。

这首诗的主人公就是这样一位忙碌的宫女。她“夙夜在公”地忙碌在“公侯之宫”，为了能够在祭祀场所守候侍奉贵族们完成祭祀，每天都要到野外的山涧去采摘白蒿。

诗中的语言十分平和，只采用简单的一问一答的方式进行表述。

“于以采蘩？于涧之中。于以用之？公侯之宫。”这首诗的第二节内容继续了第一节的一问一答，这样的复叠方式，更加让人感受到了宫女们的忙碌，同时宫女们的回答也混合着池沼、山涧的声音，和宫女们的脚步声一起传到了人们的耳中。

“被之僮僮，夙夜在公。被之祁祁，薄言还归。”第三节的内容初看之时，似乎与前两节的风格完全不同，忙碌的采摘白蒿的场景不见了，取而代之的是忙碌的宗庙供祭。《周礼》中就有着这样的记载，宫女必须在祭祀前三日开始，每天都住在宫中，以便能够一直从事洗涤祭器、蒸煮“粢盛（盛在祭器内的谷物）”等杂务。

因为要参与准备的是庄重的祭祀，所以每个宫女都穿着十分讲究的盛装，梳着一丝不苟的发髻，戴着光洁黑亮的发饰。但是她们的工作实在是太忙碌了，所以光鲜的外貌并不能维持很长的时间。很快，她们的头发就乱了，妆容也黯淡了，就这样，劳累得无暇自顾的宫女们在辛苦了一天之后，只能曳着松散的发辫行走在回家路上。

由此可见，第三节不但没有和前文脱节，反而升华了这篇诗歌，让人仿佛听到了宫女们的喟叹之声。

短短的三行文字，描述了一些每日千辛万苦到野外采白蒿，但是自己所做的一切却只是在为他人做嫁衣的可怜女子。从诗行间那淡淡的语气中，似乎可以体会到那些宫女的哀怨。

《采蘩》的诗文读来酸涩悲凉，它记录着宫女们供人驱使的身不由己和辛酸。她们付出辛劳，却没有得到任何的幸福，她们被迫为贵族们采集白蒿的痛苦和压抑，通过本诗完整地表现了出来。

草 虫

喓喓草虫①，趯趯阜螽②。未见君子，忧心忡忡③。亦既见止④，亦既觏止⑤，我心则降。

陟彼南山[⑥]，言采其蕨[⑦]。未见君子，忧心惙惙[⑧]。亦既见止，亦既觏止，我心则说[⑨]。

陟彼南山，言采其薇[⑩]。未见君子，我心伤悲。亦既见止，亦既觏止，我心则夷[⑪]。

【注释】

① 喓（yāo）喓：虫鸣声。草虫：蝈蝈。② 趯（tì）趯：昆虫跳跃之状。阜螽（zhōng）：蚱蜢。③ 忡（chōng）忡：心跳。④ 止：语气助词。⑤ 觏（gòu）：相会。⑥ 陟（zhì）：升，登。⑦ 蕨（jué）：植物名，蕨菜，嫩叶可食用。⑧ 惙（chuò）惙：愁苦的样子。⑨ 说（yuè）：通“悦”。⑩ 薇：野菜，嫩苗可食用。⑪ 夷：平。

【赏析】

自古以来，月有阴晴圆缺，人有悲欢离合，虽然有情人都盼望能够长相厮守，但是分别不会依人的意愿而有所改变。所以，当遭遇离别的时候，情人们能做的就只有在心中默默思念彼此，用想象来慰藉自己的心灵。

虽然有“大夫归心召公说”“室家思念南仲说”“托男女情以写君臣念说”等多种说法，但其实《草虫》就是一首以野菜为题，表现浪漫爱情的诗歌。诗中所表现的是思妇对心上人浓浓的思念之情，至于她思念的是丈夫还是情人，就不必去追问、探究了。

“喓喓草虫，趯趯阜螽”，《草虫》的第一节首先描述了一幅草虫鸣叫、阜螽蹦跳的画面。在这样秋高气爽的天气，有一位女子正在思念着他的情人。她听着虫鸣鸟叫，看着枯萎的秋草，枯黄的树叶，感受着秋风的凉意。秋意正浓的悲凉秋景，很容易就勾起了她的离愁别绪，激起了她心中无限的愁思：“未见君子，忧心忡忡。”

一时间，女子所有的感情都化作了丝丝缕缕的相思之情。她忧心忡忡地担心着意中人。此时，这名多情女子的思绪跳跃到了另一个方向，她撇开别离的愁苦、独处的凄凉、思念的痛苦，开始想象如果自己心爱的人出现在面前，会是怎样的一幅景象。“亦既见之止，亦既觏止，我心则降。”女子想象着和自己的心爱的人相见之后互相依偎，互诉衷情的情景，只是这样，她就十分欣喜和欢愉了。

接下来，诗中的时空开始转换，女子离开了自己的家，她为了自己的爱人，“陟彼南山”，登高望远，想要寻找心上人的踪迹。由此可见，女子对于心上人的思念更加强烈，爱意也更加浓烈了。

可怜的女子站在高高的山上，不管如何努力寻找，所能看到的也只有蕨和薇的嫩苗。她不禁黯然神伤，眼中这些嫩芽也失去了鲜丽的颜色。蕨和薇只有在春季才会生发，看到蕨、薇也就表示，此时的时令已经是春夏之间了。从第一节女子开始思念她的心上人开始，到现在已经过去了一年，而可怜的女子至今还没有见到她的爱人，可想而知，她的思念之情有多么的强烈。

“忧心惙惙”，写女子心情凝重，悲痛无语，如今唯一能慰藉她心灵的，只有想象中与君子的“见”“觏”。只有在想象中她才能投人情郎的怀抱之中，这种美好的想象已经成了她生活的精神依托和唯一的欢乐。

“我心则说”“我心则夷”，诗中真挚、热烈的爱情令人感动。整首诗以虚衬实，没有直接表露女子的闺怨、孤苦与痛楚，而是借对女子内心想象的描绘，表现女子的孤单和思念。全诗语言真挚感人，有一种新颖别致、浓情蜜意的意境。其实，同样的一首《草虫》，根据读者的不同也可以变成对朋友、对长辈、对故人的思念之情，就看用哪种心情来解读它了。

采 蘋

于以采蘋①，南涧之滨。于以采藻②，于彼行潦③。
于以盛之，维筐及筥④。于以湘之⑤，维锜及釜⑥。
于以奠之⑦，宗室牖下⑧。谁其尸之⑨，有齐季女⑩。

【注释】

①蘋：多年生水草。②藻：水藻。③行潦（háng lǎo）：沟中积水。④筥（jǔ）：圆形的筐。⑤湘：烹、煮。⑥锜（qí）：三足锅。釜（fǔ）：炊具。⑦奠：放置。⑧宗室：宗庙、祠堂。牖（yǒu）：天窗。⑨尸：主持祭祀。⑩齐（zhāi）：通“斋”，恭敬。季：少、小。

【赏析】

《采蘋》是一篇简单纯挚的诗歌，它通过描写一位士族少女在祭祀中所表现出来的种种礼仪和美德，展现了初期礼制社会的风貌。这首诗在格式上和《采蘩》非常相似，而且它的内容也和祭祀有关。

祭祀是商周时代的大事，在人们的生活中，大小事宜都要进行祭祀，女子出嫁这样的大事情就更不用说。所以在古代，贵族之女在出嫁之前，一定要到宗庙去祭祀祖先。祭祀的目的是为了让待嫁的少女学会婚后的礼仪。为了祭祀能够顺利进行，人们要做大量的准备工作，奴隶们主要负责采办祭品、整治祭具、设置祭坛，《采蘋》所描述的就是这样—个忙碌准备的过程。普通的祭品和烦琐的礼仪之中，饱含着众人的寄托和希冀。在先民心中，祭祀是一场无比虔诚、圣洁、庄重的活动。

在这首诗中，诗人用细致的笔墨，将祭品、祭器、祭地、祭人一一展现出来，将这项繁重枯燥的工作描绘得生动而形象。《采蘋》全诗共有三节，每节都有四句，都是采用两问两答的方式来进行叙述。第一节，诗人点出了采蘋菜、采水藻的地点；第二节，点出盛放、烹煮祭品的器皿；最后一节，诗人写出了祭地和主祭之人。

关于《采蘋》的主旨，历史上存在很多种看法。毛传云："古之将嫁女者，必先礼之于宗室，牲用鱼，芼之以蘋藻。"可见"蘋"是祭祀用品。明代的何楷在《诗经世本古义》也提出了自己的看法，他认为《采蘋》中提到的"季女"就是《左传·襄公二十八年》中的"季兰"，也就是周武王的元妃邑姜，这首诗其实就是在赞美邑姜。而现在的学者们则认为这首诗描写了为祭祀奔走的女奴们的辛劳。

其实，在阅读这首诗时，就诗论诗反而会比较恰当，所以唐代孔颖达将《采蘋》的场景设定成贵族待嫁少女在行"教成之祭"，这种观点自有其可取之处。

全诗有五个用"于以"开头的问句，来展开提问，节奏迅捷奔放，气势雄伟，五个"于以"的具体含义又不完全雷同，连绵起伏，摇曳多姿。吴闿生在《诗意会通》中这样评价这五个"于以"："五用'于以'字，有'群山万壑赴荆门'之势。"这样的问句，充分引出了女主人公的辛劳和尽职尽责。全诗情感交融，毫无阻滞突兀之感，将"季女"的守礼制、循法度通过层层递进的方式表现出来，将她的能干、虔诚一步一步推向了高潮。

《采蘋》的另一个特点就是，这篇诗文中没有一个华美的形容词，它在叙述事情时是不加任何修饰的。也正是这样平常的语言，使一位采蘋、烹煮、设祭、平静中蕴含着快乐和憧憬的少女形象跃然纸上。“谁其尸之，有齐季女”，最后这一句轻微的赞叹，更是起到画龙点睛的作用，季女的美好形象就这样浮现在了我们眼前。

全诗语言简洁平实，于情中叙事，于事中抒情，问答轻松明快，饱含着一种奔放单纯的少女之情，正像戴君恩在《读风臆评》中所说：“万壑飞流间，突然一注。”这场关于少女祭祀的描写既庄重又不失真挚、简诚而不失虔敬，“季女”的感情和她虔诚有礼的形象全都在诗中表现了出来。

甘 棠

蔽芾甘棠①，勿翦勿伐②，召伯所茇③。
蔽芾甘棠，勿翦勿败④，召伯所憩⑤。
蔽芾甘棠，勿翦勿拜⑥，召伯所说⑦。

【注释】

①蔽芾（fèi）：树木高大茂密。甘棠：棠梨树，落叶乔木，果实圆而小，味涩可食。②翦：同“剪”。伐：砍伐。③召伯：召公，名奭（shì），姬姓，封于燕。茇（bá）：草舍，此处作动词用，居住的意思。④败：毁坏。⑤憩（qì）：休息。⑥拜：掰手，擘。⑦说（shuì）：通“税”，休憩。

【赏析】

《甘棠》是一首颂歌，一首怀念召公的诗作。尽管也有人认为此诗“怀讽刺”之意，但更多学者都认为是怀颂之作。

诗中的召伯就是召公，召公名奭，是周文王姬昌的儿子，周武王姬发的弟弟。他协助周武王覆灭了商朝，功不可没。周朝建立后，诸侯为表示敬奉，纷纷向武王进贡稀有之物，武王经不住诱惑，由此耽于玩乐。召公唯恐武王丧志误国，便劝诫他，贤明的国君首要的是修养德行，应当随时检点自己的言行，切莫忽视行为细节。要把良好的品德一点一滴积累起来，就如筑起一座有德望的高山。

除此之外，召公还就治理国家向武王提出了“敬德保民”的措施。武王听取了召公的建议，从此严格检讨自己的一言一行，躬身为政，专心治国，深受百姓的爱戴，周王朝的经济也得以迅速发展。

周朝建立时，召公得到北燕的封地。周武王死后，周成王幼年即位，召公出任太保，与周公一同辅佐成王。他与周公分陕而治。陕以西归他管理。在任期间，召公对“敬德保民”的措施身体力行，成果卓越。

《史记·燕召公世家》中记载：“召公之治西方，甚得兆民和。召公巡行乡邑，有棠树，决狱政事其下，自侯伯至庶人，各得其所，无失职者。召公卒，而民人思召公之政，怀棠树，不敢伐，歌咏之，作《甘棠》之诗。”

召公听讼甘棠树下的故事也以民间传说的形式流传千古：召伯南巡，所到之处不占用民房，只在甘棠树下停车驻马、听讼决狱、搭棚过夜，他死后，人们怀念他，舍不得砍伐他停歇过的树。召公作为一方的统治者，为民众排忧解纷却不肯暂用一下民房，而是听讼住宿于甘棠树之下。正因为他如此克己怀德，仁柔如水地待民，后人才作这首《甘棠》诗寄予深情怀念。

细细品味，《甘棠》诗内蕴含着浓浓的情感：“高大茂盛的甘棠树啊，不要去剪它更不要去砍它，召伯当年就住宿在下边！高大茂盛的甘棠树啊，不要去剪它也不要去折它，召伯当年就曾在下边乘凉！高大茂盛的甘棠树啊，不要去剪它也不要去拔它，召伯当年就在下边休息！”

本诗虽然是一首颂歌，可作者没有描述召公的功业，也没有渲染他的威仪，只以一种素朴的心声，表达真真切切的爱戴。全诗由观物至思人，由思人至护物，“人”“物”“思”交融汇合，“缠绵笃挚，隐跃言外”，笔意纯粹却见波折，措辞亦有音在弦外之妙。

召公尊重普通百姓，修养自身德行，劝农耕作，为民造福。民众爱屋及乌，因爱其人，连他曾经栖息的树也爱之，古往今来，若非真正为百姓做事的人，是不会赢得人们如此崇敬的。这首《甘棠》之所以被后人永久欣赏，后世之所以对召公永久怀念和称颂，不仅仅是出乎对召公本人的敬仰，更包含着人们对统治者的喻示和劝导，以及祈盼统治者如召公一样待民爱民的心情。

行露

厌浥行露①，岂不夙夜，谓行多露②。

谁谓雀无角③，何以穿我屋，谁谓女无家④，何以速我狱⑤？虽速我狱，室家不足⑥！

谁谓鼠无牙，何以穿我墉⑦，谁谓女无家，何以速我讼⑧？虽速我讼，亦不女从！

【注释】

①厌浥（yì）：沾湿。行：道路。②谓：同“畏”，意指害怕露水浓。③角：鸟嘴。④女：同“汝”，你。无家：没有成家。⑤速：招致。狱：诉讼，打官司。⑥室家不足：要求成婚的理由不充分。⑦墉（yōng）：墙。⑧讼：诉讼。

【赏析】

这首诗很有意思。它像是一组誓言，又像是一篇讨伐词，还像是一纸辩护词。更有意思的是，一首小诗竟然聚讼纷纭，多方争执。

关于这首诗的主旨争议颇多。《毛诗序》认为是用于昭示强暴之男不能侵凌贞女。后世又有诸如“女子许嫁后，因夫家办礼不备拒婚而引起的争讼”，以及“贫士为避嫌而拒绝成婚”等多种解释。今人高亨《诗经今注》则认为是女子嫌丈夫家贫不肯回家，因而被丈夫告于官府；种种说法不一而足。

另外，对诗的内容也存有争议。诗中语气急促，措辞激烈，又带有“狱”“讼”字样，因此后人对主人公所处的境地、事实发生的阶段认识不一，莫衷一是。有的认为因女子悔婚已被投诉抓入监狱；有的认为被告到官府是实，但并非身被监禁，只是发生婚姻纠葛而诉诸官府裁断，就如现今的民事纠纷；有的则认为并没有告到官府，也不是由谁听讼，只是自行处理婚姻纠葛，诗中的“速我狱”“速我讼”只是假设之辞。

关于这首诗的完整性，也有人提出质疑。诗的首章与次章意义相去甚远，似乎没有什么联系，因而产生争议。宋人王柏《诗疑》认为是前人编辑“诗三百”时将其他诗的断章误添入此诗。今人也认为首章较为隐晦难懂，与第二至三章内容隔离，连在一起解析无法相容，存在他诗误入的可能。有观点认为，可以根据清张澍的《读诗钞说》将首章理解为女子表示自己心意决绝，而接下来的两章是假设的说法，不一定真的“讼”于官府，这种说法也能解释得通。

对主人公的身份更存在有趣的争执。有人认为这首诗是女子本人反对逼婚而进行驳斥；有人认为是女子的父亲对以讼官逼娶其女的强横男人的答复；还有的认为是男女婚辩：一个要以法来断姻缘，一个要以礼来结夫妻。

在此，不妨依照诗的第二、第三章来比对，看一看主人公的不同将导致诗歌内容发生怎样的变换。

按照这首诗是女子本人反对逼婚而进行驳斥的说法，第二至三章的大意是：谁说麻雀没有嘴，不然怎么啄穿我的房？谁说你没娶妻，为什么害得我入牢房？即便你害我入牢房，你也休想把我娶！谁说老鼠没牙齿，怎么就打通了我家的墙壁？谁说你还未娶老婆，为什么要害我吃官司？即便你害我吃官司，我也不会嫁给你！

按照女子父亲对以讼官逼娶其女的强横男人作出答复的说法，第二至三章的大意是：谁说麻雀没有嘴，为什么啄破我房屋？谁说我女儿没成亲，为什么送我在狱中受荼毒？虽然你送我进狱中受荼毒，但强迫我嫁女，是你理不足！谁说老鼠不长牙，为什么打穿我家墙？谁说我女儿没成亲，为什么硬逼我上公堂？虽说你硬逼我上公堂，要我女儿顺从却是妄想！

按照男女婚辩的说法，第二至三章的大意是：谁说雀儿没有喙，凭什么进了我的屋？谁说我不懂室家之道，凭什么要把官来告？即使你强行把我告，我也面不改色心不跳！这个社会可是以礼为上，明明是你不守室家礼！谁说老鼠没有牙，凭什么穿透了我的墙？谁说我不懂室家道，凭什么打起官司让我当被告？即使如此，我也不顺从你，这个社会可是唯礼至尊！

关于这首诗的主旨争议颇多，哪一种说法都有道理，但谁也不能定论，这就增加了诗的可欣赏性，让读者在争论中咀嚼它的滋味，不失为一件好事。

羔 羊

羔羊之皮，素丝五纥①。退食自公，委蛇委蛇②。
羔羊之革③，素丝五緎④。委蛇委蛇，自公退食。
羔羊之缝⑤，素丝五总⑥。委蛇委蛇，退食自公。

【注释】

①纥（tuó）：古代用以计算丝缕的量词，五丝或二丝称纥。②委蛇（wēi yí）：悠闲自得的样子。③革：皮。④緎（yù）：古时计算丝的单位。丝二十缕为緎。⑤缝：缝合之处。⑥总：八十根丝为一总。

【赏析】

这首诗描述了士大夫日常生活中的一个小片断，诗人冷静、客观、不动声色的笔法，使场景真实可信。

开篇两句是从视觉角度来描写的，“羔羊之皮，素丝五纪”，那些官员们穿着用白丝线镶边、精心缝制的羔裘衣服，这种描写提示了这些衣着华丽的官员的真实身份。毛传说：“大夫羔裘以居”，由此可知，这些人就是当时的士大夫之流。第三句“退食自公”则是诗人的所见所想，《左传·襄公二十八年》中提道：“公膳，日双鸡。”杜预注：“谓公家供卿大夫之常膳。”可见，当时的官员们是有公膳可吃的。

关于《羔羊》这首诗，在清代以前，学者们的观点主要是：它是一首赞美在位者的诗，它所赞美的是纯正之德或节俭正直的品行。

汉代薛汉在《韩诗薛君章句》中写道：“诗人贤仕为大夫者，言其德能称，有洁白之性，屈柔之行，进退有度数也。”

其实，无论是纯正之德还是节俭正直的说法，都与当时特定的历史环境有着密不可分的联系，一旦脱离了那种历史环境，认真推敲起来就有些牵强附会。

清代之后，开始有学者提出，《羔羊》这首诗其实是在批评士大夫的无所事事和无所作为。最初提出这种观点的人是清代的牟庭，他在《诗切》中这样说过：“《羔羊》，刺饩廪（膳食待遇）俭薄也。”这种观点一提出就得到很多人的赞同，因为从意义上来说比较符合诗文的原意。

《羔羊》将一小节就可以讲完的一件事，分成了三个小节来说明，这样写的目的一方面是为了加深语气，表达诗人的不满；另一方面也是为了告诉人们，这种现象并不是一天两天，或者一个人两个人，而是在那个时期普遍存在的现象。那些位高权重的大夫们，每日享受着奢华的生活，但是在其位却不谋其政，每日只是碌碌无为，吸取着民脂民膏。

这种回环咏叹的写法加深了全诗的讽刺意味。这种一咏三叹的手法也正是《诗经》的突出特点。

殷其雷

殷其雷①，在南山之阳②。何斯违斯③？莫敢或遑④。振振君子⑤，归哉归哉！

殷其雷，在南山之侧。何斯违斯？莫敢遑息。振振君子，归哉归哉！

殷其雷，在南山之下。何斯违斯？莫敢遑处⑥。振振君子，归哉归哉！

【注释】

①殷（yǐn）：雷声。②阳：山南为阳。③斯：指示词。前一“斯”字指此人，后一“斯”字指此地。违：离去。④或：有。遑（huáng）：闲暇。⑤振振：仁厚的样子。⑥处：停留。

【赏析】

《殷其雷》是一首描写妻子在雷声阵阵的天气中思念、担心丈夫的诗，后世对这首诗的解读没有多少分歧，古今学者对其主旨的观点也比较一致。

"殷其雷"一句，形象细致地表现出天空中雷声轰鸣的状态。"在南山之阳"表明雷声响起的地方在山的南坡，"在南山之侧"表明雷在山的旁边鸣响，"在南山之下"表明雷声轰响的地方在山脚下。

正像清代学者胡承珙在《毛诗后笺》所言："细绎经文，三章皆言（雷）在而屡易其地，正以雷之无定在兴君子不遑宁居。"他认为，三个"在"字，引出落雷的不同地点，而整首诗，正是以地点的变换来比兴君子的四处奔忙。这样的描写，充分体现出雷声之大和范围之广，同时也让读者得知，即将有一场狂风暴雨降临。这样的天气，女子的亲人还滞留在外没有回家，这叫她如何不担忧？由此联想开来，一位满面愁容的女子形象便跃然纸上了。

丈夫在这样恶劣的天气中忙碌奔波，女子不知道他到底怎么样了，是被大雨阻隔在路上，还是在温暖的屋子中避雨？万般忧心之下，她心中只剩唯一的期望：希望自己的丈夫能够早一点安全回来。

"何斯违斯"这一句，是女子无奈之下的感叹，且在全诗中出现了三次，可见其重要性。这一句中的两个"斯"字，意思其实并不相同，第一个"斯"指的是君子，也就是女子的丈夫，第二个"斯"则指的是此地。朱熹也承袭了这种说法。

在感叹之后，女子虽然心中埋怨丈夫晚归，让她担心，但是她转念一想，丈夫其实也是为了国家大事在忙碌，才不敢稍事休息。"遑""息""处"三字，层层深入地表现了丈夫忠于自己的职责、不肯放松分毫的认真态度。同时女子为自己的丈夫能够为国家做事感到十分骄傲，因此女子才发出了"振振君子"的赞叹。

不过，虽然女子能够体谅自己的丈夫，但是在她的内心深处还是渴望丈夫能够早点回来，所以，在她情不自禁地发出"振振君子"的赞叹之后，又发出了"归哉归哉"的呼唤，这是女主人公希望丈夫能早早归来的真实心情的流露。

如此看来，"振振君子"和"归哉归哉"似乎是相互矛盾的。其实不然。这种语意和情思上的转折正是情与理的矛盾冲突：理性上明白，但是感情上无法接受。这两句话，充分表现了女子内心的矛盾和混乱。

摽有梅

摽有梅①，其实七兮。求我庶士②，迨其吉兮③。
摽有梅，其实三兮。求我庶士，迨其今兮④。
摽有梅，顷筐塈之⑤。求我庶士，迨其谓之⑥。

【注释】

①摽（biào）：坠落。②庶：很多。士：未婚的男子。③迨（dài）：及。吉：好日子。④今：现在。⑤塈（jì）：取。⑥谓：开口说话，告诉。

【赏析】

《摽有梅》一诗表达了逾龄未嫁女子盼望出嫁的急切心情。这种热烈的渴望似乎不符合古人对闺中女子的礼教规范，但是，只要了解西周特殊的婚嫁礼俗，就不难理解这首诗了。

《周礼》规定，男子年满二十可娶，女子年满十五可嫁，而贵族男女的婚嫁年龄往往更加提前，“人君十五生子”为“礼”。诗中主人公正是一个年逾二十尚未出嫁的女子，她的迫切求爱之心是合情合“礼”的。

诗以落梅起兴，而“梅”与“媒”谐音，引出婚嫁之意。女主人公看到成熟坠落的梅子，不禁想到光阴无情、青春易逝，而自己仍未婚嫁的现实。于是以梅起兴，唱出了这首叹息青春、渴求爱情的诗歌。

“摽有梅，其实七兮。求我庶士，迨其吉兮。”树上的梅子落了三成，还剩七成，意味着时间还不算太晚，女子期盼趁着吉时，有合乎心意的男子来向她求爱。巧妙的是，明明是主人公自己在寻求意中男子，却不说“我求庶士”，而说“求我庶士”，用被动的语气来表达主动的愿望，表现出这个大胆求爱的女子面对婚姻时，内心的些许羞涩，直白中透着委婉。

时间继续流逝，原本七成的梅子此时只剩下三成，可是还没有合适的人来向她示爱。之前还算从容的心态此时急切起来，于是她说：“求我庶士，迨其今兮。”光阴不等人，只要有合意的男子求爱与我，那么就在今朝，我就可以跟他成婚。言辞之间，满是待嫁的焦急心绪。

“摽有梅，顷筐塈之。求我庶士，迨其谓之。”可是直到梅子落尽，女子也没有等到一个求娶她的男子。时间已是暮春，如果再没有求婚的男子出现，就只好等到明年春天了。可是到那时，女子的年龄又老了一岁，只怕更难有人来向她求婚了。因此主人公说道：“求我庶士，迨其谓之。”已经不期望能在这个春天出嫁了，但是仍希望有男子来向我说一声，今年成不了婚，我们可以等明年啊。但是人生苦短，谁都禁不起太长等待，女子看似大胆、热烈的求爱，实则包含着一丝辛酸和无奈。

诗篇分为三段，落梅逐渐增多，暗示时光在等待中渐渐消逝；三次提及“庶士”，表明女子一直在寻找可嫁之人。诗在重章复唱中循序渐进，层层逼近，生动展示了主人公渐趋急迫的心理发展过程。

《摽有梅》一诗诚然是未嫁之女催促爱情的心曲，但同时也是一曲感伤岁月无情、青春易逝的哀歌。诗中主人公之所以如此急切地盼望出嫁，正是因为她已经过了最美好的年华，经不起更久等待。其实，无论是待嫁女子，还是求取功名的士人，青春都是最宝贵的资本。能够抓住大好年华，实现人生理想，对谁来说都是一大幸事。

后世文学作品对青春和光阴有诸般感慨，而这首《摽有梅》作为开创之作，显得清新质朴，语浅情深，别有一番滋味。唐代一首《金缕衣》就有着相似的意味：“劝君莫惜金缕衣，劝君须惜少年时。花开堪折直须折，莫待无花空折枝。”千金易得，寸阴难买，不趁着花开之时折取花枝，过了花期，就只能对着无花的空枝扼腕长叹；不珍惜青春年华，到头来也只能对着镜中的白鬓兀自伤感。

小 星

嘒彼小星[①]，三五在东[②]。肃肃宵征[③]，夙夜在公，寔命不同[④]。

嘒彼小星，维参与昴⑤。肃肃宵征，抱衾与裯⑥，寔命不犹⑦。

【注释】

①嘒（huì）：微光闪烁。②三五：参宿三星，昴宿五星。③肃肃：急急忙忙的样子。宵：天未亮以前。征：行。④寔：是。⑤参（shēn）、昴（mǎo）：星宿名。⑥衾（qīn）：被子。裯（chóu）：床帐。⑦犹：若，如。

【赏析】

小星，指的是不时眨着眼睛的亮晶晶的小星星，它们闪耀着微弱的光芒，散布在天际。《小星》这首诗，描述像小星一样的、位卑职微的小吏们昼夜奔忙的生活，字里行间流露出对他们命运的不平和惋惜。

《小星》描述了这样一个场景：在静谧的夜晚中，小小星光朦朦胧胧，在天空的东方闪烁着，这时城中的百姓们还在安稳地睡着，只有那些忙于王事的小吏们，必须要在天还未亮的时刻起床，在寂静的夜晚独行，在满天星辰的陪伴下，为了工作而奔走。睡眼惺忪的小吏，仰望星空，一时想不起陪伴着他的是什么星辰，直到习习的夜风使小吏渐渐清醒，他才发现原来那是参星和昴星。此时，孤独的小吏想到自己每日谨奉王命，为了工作早起晚归，离开妻子，抛开香衾与暖裯。他感叹，自己一直兢兢业业地工作，不敢有丝毫的怠慢之情，但是在他拼命工作之时，其他人却可以安安稳稳在家中休息，和亲人快乐地生活在一起，这种人生际遇的天差地远，令他深感不平，但是最终，他也只能用“同人不同命”这样的说法自我安慰。

《小星》第一节“嘒彼小星，三五在东。肃肃宵征，夙夜在公。寔命不同”，展现了征人在凌晨奔走于夜空之下的情景和他的内心感受。小吏的感慨有着充足的根源，因为他和王臣做着同样的工作，但是他们的遭遇却完全不同。

第二节“嘒彼小星，维参与昴”，表明征人过了很久才清醒，这时他才知道那三五在东的小星是参星与昴星。妻子埋怨丈夫总是不能与她共眠，而小吏对于自己总是“抱衾与裯”的行为感到哀伤。这样的写法使本诗在结构上有了层次，情景交汇，相互融合。“塞命不犹”一句，更是生动表现出小吏的悲凉和无奈之情。

其实在古代，小吏并不算是官，他们的境遇比普通百姓好不了多少。《小星》这首诗写出小吏们的悲苦和不甘，他们位卑任重，处境困穷，无处诉说悲苦，因为收入低微，总不能让家人感到满意，所以回到家也得不到家人的安慰，有时还会受到讥讽，面对不如意的人生，只能自我安慰，不断地逃避。整首诗诗情并茂，凄苦悲凉，感人至深。

在格式上，《小星》是十分规整的，每节的前两句都是写景，但又不是单纯的景物描写，而是景中有情；后面的三句是言情，同样也不是单纯的抒情，而是景情相融。

江有汜

江有汜①，之子归，不我以，不我以，其后也悔。
江有渚②，之子归，不我与，不我与，其后也处③。
江有沱④，之子归，不我过，不我过，其啸也歌⑤。

【注释】

①汜（sì）：由主流分出而后重新汇合的河水。②渚（zhǔ）：水中小洲。③处：忧愁。④沱（tuó）：江的支流。⑤啸：号哭。

【赏析】

《江有汜》一诗，弥漫着一种不可名状的悲伤气息，仅仅从“汜”“渚”“沱”这三个字之中，就能让人感觉到一种空间的阻隔感。诗中的女子独自一人被留在了江沱之间，眼看着丈夫沿着长江之“汜”离她而去，因此，每章开头的一句写景，实则是为了引出“被弃”这一遭遇。

这是一首弃妇诗，弃妇诗大多抒写因婚姻破裂或丈夫变心而被抛弃的妇女的内心感受。这种类型的诗歌在《诗经》中十分常见，因为在当时的年代，女子在很大程度上只是男子的附属品，没有独立的经济地位和社会地位，丈夫是她们唯一的依靠。所以一旦夫妻间的关系亮起红灯，受害最深的往往是女子，遭弃后的妇女其生活状况和心理状态都十分凄惨。

诗中的丈夫是一位薄情郎，他在返回家乡时将女主人公遗弃了。因此女子满怀哀怨，唱出了这首如泣如诉的悲歌。

“江有汜，之子归，不我以，不我以，其后也悔。”开篇女主人公便哀诉着：“江河有着这条分流水啊，你啊——我的丈夫终于荣归故里，可是为什么不带我一同回去，为什么不带我一同回去，你将来一定会后悔莫及。”女子尽管伤心不已，然而从“其后也悔”这几个字当中，也可见出她的斩钉截铁。她可能是一位很有自信的女人，坚信自己在丈夫的生活中不可或缺，因而女子以一种预言式的语气宣告，丈夫必将因为今日的轻率背弃而受到内心的折磨与惩罚。

后两章中女子的愤怒之情愈演愈烈：“江有渚，之子归，不我与，不我与，其后也处。江有沱，之子归，不我过，不我过，其啸也歌。”浩浩荡荡的江水自有洲边水将其分出，你回到家乡，不再相聚便匆匆忙忙地要离去。不再相聚匆匆忙忙地离去，将来你必定会忧伤不已！江水自有分叉支流，你回到故里，不见一面就着急离开。你现在不顾夫妻情面狠心地离我而去，将来又哭又喊地求我原谅也毫无用处。

在女主人公心里，江水的每一条支流都是摆在自己眼前实实在在的障碍。从江水有支流，引出“之子归”的事实，则在赋之中又兼有比兴的意味。诗中一连用了“不我以”“不我与”“不我过”三句，将丈夫背信弃义的行径毫不留情地暴露在外，痛斥丈夫对她的薄情。

“不我以”，是不一道回去；“不我与”，是离开前不和我在一起；“不我过”，是描述丈夫有意回避。寥寥几笔就将丈夫的薄情寡义刻画得淋漓尽致，一副绝情绝义的嘴脸瞬间呈现在读者眼前。

诗中的“不我以”引出“悔”，“不我与”带来“处”，“不我过”导致“啸歌”，三者都是一一对应的关系。这个负心汉愈是绝情，所带来的后果也就愈严重。而女子除了对丈夫抱有这种报复性甚至诅咒性的心态之外，别无他法。甚至她根本无法预知丈夫离开她后，会不会如她所说的那样，后悔、忧伤、甚至号哭。或许，受伤的女子都善用或犀利或刻薄的语言武装自己，让自己显得很坚强。

《江有汜》一诗中，被弃的女子强忍着伤痛，在那个薄情寡义的男人面前把自己包装得像个刺猬。殊不知，身上的那些刺便是她最后也是唯一的设防。

野有死麕

野有死麕①，白茅包之。有女怀春②，吉士诱之③。

林有朴樕④，野有死鹿。白茅纯束⑤，有女如玉。

舒而脱脱兮⑥，无感我帨兮⑦，无使尨也吠⑧。

【注释】

① 麕（jūn）：同“麇”，獐子。② 怀春：思春。③ 吉士：对男子的美称。④ 朴樕（sù）：丛生的小型灌木。⑤ 纯束：捆扎，包裹。⑥ 舒：舒缓。脱（duì）脱：动作文雅舒缓。⑦ 感（hàn）：通“撼”，动摇的意思。帨（shuì）：围裙。⑧ 尨（máng）：多毛的狗。

【赏析】

《野有死麕》是《诗经》中迄今为止争议最多的诗歌之一。近代白话文学、民间文学的倡导者顾颉刚说：“《召南·野有死麕》是一首情歌……可怜一班经学家的心给圣人之道迷蒙住了！”顾先生所指的是以宋代经学大家朱熹为首的“经学家们”，他们认为此乃“淫诗”，是恶行邪说，非圣人之训。而现今人们普遍认为，《野有死麕》只是一首简单而优美的爱情诗。并不如郑玄所说“贞女欲吉士以礼来……又疾时无礼，强暴之男相劫胁”，显然郑玄把“怀春”之女看成了贞女，诗中的“吉士”也就成了强暴之男。

《野有死麕》的文字十分朴实、率真。第一段：“野有死麕，白茅包之。有女怀春，吉士诱之。”大致是说茂盛的山野中有只死去的獐子，白茅紧紧地包裹着它，村子里的妙龄少女刚刚春心萌动，幻想着爱情的如梦如幻，英俊的小伙子拿起锄头，背起镐头，看见可爱的姑娘们，便更加卖力地劳动，心里却暗自想着怎么追求自己心仪的女孩子。

“有女怀春，吉士诱之”这两句是导致此诗被批为“淫诗”的罪魁祸首。古时许多学者认为这是男女间淫邪的行为，有违大道。宋初欧阳修首倡此说，他认为：“纣时男女淫奔以成风俗，惟周人被文王之化者能知廉耻，而恶其无礼，故见其男女之相诱而淫乱者。”意在指出篇中少女不知检点，莽撞少年更是无法无天，两人光天化日的偷情之举，实在有伤大雅。

这种理解未免偏激，且盖上了后人的思想烙印。从《诗经》所处时代的社会风尚和习惯来看，“怀春”是很正常的一件事。妙龄少女到了恋爱的年龄春心萌动，年轻小伙子看到自己心仪的女子想要展开猛烈的追求，这并没有什么不妥。

“林有朴樕，野有死鹿。白茅纯束，有女如玉。”有学者认为这四句交代了恋爱的地点。树林里面有一排排整齐的小树，山野里有只死去的野鹿，用白茅紧紧捆住，少女们一个个拥有着姣好的容貌、白皙的皮肤，水汪汪的大眼睛深邃如一潭湖水。天真的少女终于没能抵制得了小伙子追求的攻势，害羞地答应了他，悄悄地相约相爱。

女孩子总是害羞腼腆的，两个人在一起卿卿我我，生怕被别人发现，谨慎地相互提醒“无感我帨兮，无使尨也吠”，别动我的围裙，小点声音，千万别惹得狗儿乱嚷乱叫。

前两章站在第三者的立场上描绘男女之情，如同旁白一样娓娓道来，朴实率真。最后一段卿卿我我时的言语，活泼生动，从侧面表现了男子的炽热直接和女子的含羞谨慎。开篇比兴，情景交融，正、侧面描写相互掩映，既含蓄委婉，又露骨诱人，赞美了男女之间自然、纯真的爱情。

本诗与其他《诗经》篇目相比还有一个独到之处值得注意：它打破了章法和句法。《诗经》中的诗大多都遵循四四一句、分章复沓的结构，而《野有死麕》的存在，使得《诗经》整体不那么格式化和程式化，更显生动隽永，清新自然。现代学者周蒙、冯宇在《诗经百首译释》中就说：“至于卒章三句，错互成文，且无来由，更觉‘兀突’，亦当有过渡衔接词句。”他认为卒章三句由祈使句组成，相互交错，起到了过渡和衔接的作用。

《诗经》在汉代被确立为经典之后，便开始了它漫漫的“厄运”历程。《诗经》不再被人们当作一部反映古代社会生活的歌谣集来看待，而是被曲解，并附会了诸多政治因素，披上了浓重的诗教色彩，在很大程度上掩盖了《诗经》的本相。到宋代情况更为严重，针对《野有死麕》内容的解析，各种说法层出不穷。且各有依凭。《野有死麕》弥漫着“恶无礼”“淫诗”甚至“拒招隐”的色彩，这些实际上都是一种经学阐释。到了现代，《诗经》研究大师闻一多、胡适、郭沫若等人渐渐除去笼罩在《诗经》诸多篇章上的障蔽和迷雾，将《诗经》推回歌颂爱情的轨道之上，终于使这首诗恢复了它的本相。

何彼襛矣

何彼襛矣[①]？唐棣之华[②]。曷不肃雝[③]？王姬之车[④]。
何彼襛矣？华如桃李。平王之孙[⑤]，齐侯之子[⑥]。
其钓维何？维丝伊缗[⑦]。齐侯之子，平王之孙。

【注释】

①襛（nóng）：繁盛的样子。②唐棣（dì）：植物名。属蔷薇科，花白色，有芳香。③曷：何。肃：庄严肃静的样子。雝（yōng）：雍容、安详。④王姬：君主的女儿。⑤平王：东周第一代君主，名宜臼。⑥齐侯之子：齐国诸侯之子。⑦缗（mín）：钓鱼的绳。

【赏析】

自古爱情都讲究“门当户对”，似乎婚姻也总跟“般配”二字形影不离。无论是《西厢记》中的穷书生张生，冲破重重障碍终与莺莺修成正果，还是《红楼梦》中循着“金玉良缘”成婚的宝玉宝钗。每段爱情都需要一个外在的“契机”，或者满足一个般配的“条件”。两千多年前的《何彼襛矣》便是一首描述门当户对的爱情诗。

“何彼襛矣，唐棣之华。曷不肃雝？王姬之车。”文章刚一开头就将态度和立场阐明，一股酸酸的讽刺之味油然而生。这四句的意思是说：看，前面浩浩荡荡的一行车队，锣鼓阵阵，鞭炮齐鸣，喇叭和唢呐吹得格外起劲，喝彩声，欢呼声，声声入耳。怎么如此浓丽绚烂？如同唐棣花般娇艳美丽。只是还有一处美中不足：太过喧闹而有失庄重，太过轻浮而有失内敛。呵，王姬出嫁的车驾，果然“不同凡响”啊！

开篇以唐棣花儿起兴，意在铺陈出嫁车及服饰的骄奢。“曷不肃雝，王姬之车”两句，俨然是路人旁观、赞叹、惊讶、冷语讽刺等的生动写照。

“何彼襛矣，华如桃李。平王之孙，齐侯之子。”第二章用桃李与男女主人公相比，着重刻画他们的光彩照人。意思是说，平王之孙容貌果真姣好，齐侯之子也的确风度翩翩。此处的赞美微露讽刺之意。

据此，《毛诗序》以为《何彼襛矣》一诗的主旨是“美王姬”：“虽则王姬，亦下嫁于诸侯，车服不系其夫，下王后一等，犹执妇道以成肃雍之德也。”古代学者多从其说。而近代多数学者俱从朱熹所言：“王姬下嫁于诸侯，车服之盛如此，而不敢挟贵以骄其夫家，故见其车者，知其能敬且和以执妇道，于是作诗美之。”大都认为是讥刺王姬出嫁车服奢侈的诗。

千百年来，《诗经》经久不衰，鸟兽虫鱼的意象至今仍神秘动人。“鱼”从古至今都与“多子多孙”“爱情美满”“连年丰收”等含义紧密相连。诗的第三章“其钓维何？维丝伊缗。齐侯之子，平王之孙”，按字面理解是：什么东西钓鱼最方便？撮合丝绳麻绳成钓线。齐侯之子风度翩翩，平王之孙容貌娇艳。此处看起来似乎晦涩难懂，但只要结合“鱼”在《诗经》中的意象便可让人醍醐灌顶。

闻一多先生曾说，“钓鱼”“吃鱼”是《诗经》中恋爱、婚姻的隐语。就像古今许多民歌多以鱼喻偶一样（如《安化民歌》中的“大河里涨水小河里浑，两边只见打鱼人。我郎打鱼不到不收网，恋姐不到不放心”，就是以鱼比喻爱情的例子），本诗中的“钓”字，即用钓鱼比喻爱情。

《何彼襛矣》通篇类比、隐语，交替运用复沓和咏叹等手法。“齐侯之子，平王之孙”两句，反复吟咏，极言赞美又冷嘲热讽。各章前后两句一设问、一作答，具有浓郁的民间色彩，引人入胜。整首诗在诗人的视线中逐渐展开，节奏紧密。

简单的三句话，道出了一段天赐佳偶、地造一双、琴瑟和谐、鸾凤和鸣的好姻缘。尽管作者对王姬出嫁时车服的豪华奢侈和结婚场面的浩大略有讽意，但全诗仍充满了一种明朗的喜悦。是欢欣之情的自然流露。古今人生之喜有三，男婚女嫁榜上有名，无论门当户对与否，大喜之事像甘霖，像皓月，总能让人感念于恬然的律动之中，赏心悦目，喜上眉梢。

驺虞

彼茁者葭[①]，壹发五豝[②]，于嗟乎驺虞[③]！
彼茁者蓬[④]，壹发五豵[⑤]，于嗟乎驺虞！

【注释】

① 茁（zhuó）：壮实。葭（jiā）：芦苇。② 豝（bā）：母猪。③ 于嗟乎：感叹词，表示惊异、赞美。驺虞（zōu yú）：官家的猎人。④ 蓬：蓬蒿。⑤ 豵（zōng）：小猪。

【赏析】

“葭”为芦苇，“蓬”为蓬蒿，“豝”为母猪，“豵”为小猪，整首诗描写猎人就地取材，用身旁的芦苇秆制作箭矢，一箭就射到了五只母猪。到了辽阔的大草原上，猎人用蓬蒿秆制作箭矢，一箭射到五只小猪。夸张的笔墨和描写，刻画出猎人技艺的高超。这样一来，这首诗就展现出一幅风光迤逦的高手猎人狩猎图，从诗意的贯通来看，本诗的实质的确应是赞美猎人之作。

诗中“彼茁者葭”。开篇就点明了田猎的背景和地点，春和景明，风和日丽。丝丝凉风吹拂着万物，树木成荫。野母猪藏在密密麻麻的芦苇之中，如此隐秘，聪明老练的猎人却能够“壹发五豝”。

打猎也要经常换地点，猎人来到了长满蓬蒿的原野，一望无垠的原野上，草浅兽肥，只见他“壹发五豵”，轻松地捕获了这些小猪。地点、环境不同，相同的是猎人高超的射猎水平和技巧。

整首诗内容简单，形式短小。诗人简单几笔就勾勒出了生动形象的捕猎场面，且用语通俗易懂，明白晓畅。

解读这首诗的关键之处在于对“发”字的理解，“发”在这里不取发达、发射之意，而取发育、生长的意思。此处有隐喻暗示之意。诗中关于草肥兽美、一派祥和的小农风光的描写。体现出周文王统治时期，政治清明、人民安居乐业的景象。

邶风

柏舟

汎彼柏舟[①]，亦汎其流。耿耿不寐[②]，如有隐忧[③]。微我无酒[④]，以敖以游。

我心匪鉴，不可以茹[⑤]。亦有兄弟，不可以据[⑥]。薄言往愬[⑦]，逢彼之怒。

我心匪石，不可转也。我心匪席，不可卷也。威仪棣棣[⑧]，不可选也[⑨]。

忧心悄悄[⑩]，愠于群小[⑪]。觏闵既多[⑫]，受侮不少。静言思之，寤辟有摽[⑬]。

日居月诸[⑭]，胡迭而微[⑮]。心之忧矣，如匪浣衣。静言思之，不能奋飞。

【注释】

①汎：浮行，漂流。②耿耿：不安的样子。③隐：深。④微：非，不是。⑤茹（rú）：容纳。⑥据：依靠。⑦愬（sù）：同“诉”，告诉。⑧棣棣：雍容娴雅的样子。⑨选：算，计算。⑩悄悄：忧愁的样子。⑪愠（yùn）：恼怒，怨恨。⑫觏（gòu）：遭逢。闵（mǐn）：忧伤。⑬寤：交互。辟（pì）：捶打。摽（biào）：垂胸。⑭居、诸：语

气助词。⑮迭：更替。微：无光。

【赏析】

关于《柏舟》一诗的主题，有两种说法，有人认为它是弃妇对不幸命运的控诉诗，还有人认为这首诗表现的是怀才不遇、遭人谗害的君子内心的痛苦。细读此诗，诗中“亦有兄弟，不可以据”的情形和“如匪澣衣”的比喻，更像女子的诉说，所以把《柏舟》看做弃妇诗应该更合适。

周代的纲常伦理还没有后世那么顽固，但夫权已经开始显露它的威力了。诗中女子的不幸遭遇就是夫权压制下的产物。开头兴句以柏舟为喻，形容出女子的艰难处境。《诗集传》说：“妇人不得于其夫，故以柏舟自比。言以柏为舟，坚致牢实，而不以乘载，无所依薄，但泛然于水中而已。”女子说自己就像柏木做的舟，坚固牢实，然而难以承受重负，在水上四处漂泊，没有依傍。柏木是具有芬芳气味的佳木，以柏舟作喻，似乎还暗示着主人公是具有美好品质的女子。家庭是古时女子生活的全部和一生的寄托，失去家庭的依靠，主人公的痛苦可想而知。“耿耿不寐，如有隐忧”，便是她精神状态的写照。“微我无酒，以敖以游”，酒的麻醉作用可以使人暂忘不快，遨游于逍遥之境，可是对这个女子来说，酒丝毫不能排解她的隐忧。

“我心匪鉴，不可以茹”，“茹”意为容纳，想来主人公已经承受了太多苦痛，再也无法容忍下去，因此对丈夫说：“我的心不是镜子，不可能什么东西都容纳得下。”话中暗含不屈的锋芒，不同于低眉顺眼的普通女子。在夫家受到不公待遇的主人公，想到了向娘家人求助。“亦有兄弟，不可以据。薄言往愬，逢彼之怒”，怎奈人情淡薄，兄弟们不仅不同情她，还怒气相加。见弃于夫，又得不到手足的理解，这让女子本来就痛苦不堪的心灵又添一层伤痛。

但是，即使在这种情况下，主人公也没有一点向丈夫屈服的意思。第三段接连两个比喻显示出她不可动摇的决心：“我心匪石，不可转也。我心匪席，不可卷也。威仪棣棣，不可选也。”我的心不是石头，也不是席子，岂能按别人的意志行事！我虽不容于人，但我的尊严谁也别想践踏。这几句字字铿锵有力。落地有声，一个坚持自我、性情倔强的弃妇形象凛然于前。

“忧心悄悄，愠于群小”，前面几节女子倾诉自己离开夫家的悲惨经历，至此才说出见弃于夫的原因。“群小”即众妾，原来主人公被丈夫抛弃是由于众妾的中伤陷害。众妾在丈夫面前不断毁谤她，致使她最终失去丈夫的宠爱。“觏闵既多，受侮不少。静言思之，寤辟有摽。”饱受“群小”欺凌的女子，常常独自品尝其中的辛酸，心中愁闷不已，只有抚心捶胸，暗自伤神。

“日居月诸，胡迭而微”，诗中女子极度痛苦又哭诉无门，觉得自己的遭遇实在悲惨，带着这样凄惨的心境去观看自然景物，便觉得连日月都暗淡无光了。正是“以我观物，则万物皆着我之色彩”。“心之忧矣，如匪澣衣”，心中的忧伤就像脏衣服一样，怎么都洗不干净，再次强调心中隐忧不仅深沉，而且无法摆脱。似乎人在现实中得不到解脱时，就格外渴望自由，希求不受现实束缚。诗中女子也流露出这种念头。她不堪忍受隐忧的折磨，希望能够奋飞。可是“静言思之，不能奋飞”。她虽然不肯向现实折腰，但又无法改变自己的处境，于是之前无比的愤怒到这里只好化作无可奈何的叹息了。

此诗感人之处在于。它使人看到一个遭遇不幸却仍保持倔强性格的女性形象。有人也许责怪诗中主人公没有采取实际行动，不懂得反抗，岂知在彼时的环境下，不顺从便是一种反抗。她作为一个受制于人的弱女子，没有顺从他人的意志，已属难能可贵。

在无数逆来顺受的传统妇女中，这样一个个性鲜明的女子形象的出现，委实让人心灵为之一动。很多时候，人在现实面前无能为力，软弱如同随风摇摆的芦苇。但是可贵之处在于，人会思考。一个人可能摆脱不了不公命运，避免不了掉入陷阱，但是只要还有思想，他的存在就有意义和价值。如同诗中的弃妇，可能她无法挽回被弃的命运，但至少她没有委曲求全地向现实低头。她的愤怒和忧伤说明这是一个有独立思想的人，仅这一点就足以让人敬佩了。

绿　衣

绿兮衣兮，绿衣黄里。心之忧矣，曷维其已①。

绿兮衣兮，绿衣黄裳②。心之忧矣，曷维其亡。

绿兮丝兮，女所治兮[③]。我思古人[④]，俾无訧兮[⑤]。
絺兮绤兮[⑥]，凄其以风[⑦]。我思古人，实获我心[⑧]。

【注释】

①曷：何。已：止。②裳：下衣，形状如今天的裙子。③女（rǔ）：同“汝”。治：缝制。④古人：故人，指已亡故之人。⑤俾（bǐ）：使。訧（yóu）：过失。⑥絺（chī）：细葛布。绤（xì）：粗葛布。⑦凄：凉而有寒意。⑧获：得。

【赏析】

《绿衣》是后世悼亡诗的开山之作，它在中国文学史上有着十分巨大的影响力，晋朝潘岳的《悼亡诗》便深受其影响。

《绿衣》在诗文的表现手法上也为后世做出了示例。中国古代文学的文体十分纷繁复杂，有论辨、序跋、奏议、书说、赠序、诏令、传状、碑志、杂记、箴铭、颂赞、辞赋、哀祭等十三大类。悼亡诗其实并非一种文体，它只是文学作品中的一种泛类，一定要分类的话，可以勉强把它归于哀祭。

这首诗是一首简单哀悼亡妻的诗，读者可以从中体会到诗人的心情和诗的意境。

《绿衣》所哀悼的对象是亡故的妻子，诗人通过睹物思人的方式表达出对亡故妻子的思念之情。这是在哀悼诗中最为常见的一种方式，也是最容易引起人们感情共鸣的方式。

当亲朋好友去世之后，陷入深深的悲痛中的人，每当看到亡者生前所用的事物时，哀伤之情都会涌上心头，《绿衣》就为我们描述了这样一幅场景：一位男子失去了自己的爱妻，每当他看到亡妻生前亲手为他所做的有着黄色衬里的绿色上衣时，他就感到无限的哀伤，那一针一线都是爱妻对他的心意。睹物思人。一想到转眼间和自己情意缠绵、心意相通的妻子就永远和自己天人永隔，他就感到悲痛不已，从今往后他将要独自面对人世间的纷纷扰扰，身旁再无妻子温暖的安慰和呵护了。

这些都使得这首诗有了一种凄寂而清冷、哀颓而黯淡的美感。它展现了诗人对亡妻的深厚感情以及诗人创作此诗时的心情。

想要了解蕴含在诗中的深厚感情，就必须将各个章节结合起来看。《绿衣》共有四节，诗人运用重章叠句的手法，来逐步地表达自己的感情。

“绿兮衣兮，绿衣黄里。心之忧矣，曷维其已”，是说诗人睹物思人，把亡妻为他做的衣服拿起来看。因为思念妻子，所以他将衣服翻过来反过去地看，可见他的心情之忧伤。

“绿兮衣兮，绿衣黄裳。心之忧矣，曷维其亡”，此时诗人一边翻看着衣裳，一边回想起妻子活着时的一些情景，那些情景历历在目，那些温馨的回忆是他永远也无法忘怀的。也正因为如此，他的悲伤也变得永无止境了。

“绿兮丝兮，女所治兮。我思古人，俾无訧兮”，写诗人正在细心看着衣服上的一针一线，他从每一针每一线中都感受到了妻子对自己的关心和爱护。这时，他想到妻子生前总是会在一些事情上给他意见和劝告，而这些劝告总是恰到好处，帮助他避免出现过失。如今回想起来。他才深深感受到这种劝说背后所包含的深厚感情。

“絺兮绤兮，凄其以风。我思古人，实获我心”，诗人在妻子去世之后就手足无措地过着日子。

妻子还在世时，他的生活起居都是由妻子照顾的，穿衣吃饭都是妻子为他操心。现在妻子去世了，但是诗人却没有摆脱对妻子的依赖。他没有学会自己照顾自己，即使已经天寒地冻了，他还穿着夏天的衣服，直到实在冷得受不了了，才想到要找保暖的衣物，而找到的又是妻子亲手为自己缝制的衣服，这就更加勾起了他对妻子的思念，因而心情也就愈是哀伤了。

《绿衣》是一首充满了浓浓哀伤之情的哀悼诗，它表达的是诗人对亡妻的无限思念。对于诗人来说，亡妻是谁都无法取代的，所以，他失去妻子的悲伤，永远无法终止。

燕 燕

燕燕于飞[①]，差池其羽[②]。之子于归[③]，远送于野。瞻望弗及，泣涕如雨[④]。

燕燕于飞，颉之颃之[⑤]。之子于归，远于将之[⑥]。瞻望弗及，伫立以泣。

燕燕于飞，下上其音。之子于归，远送于南⑦。瞻望弗及，实劳我心⑧。

仲氏任只⑨，其心塞渊⑩。终温且惠⑪，淑慎其身⑫。先君之思⑬，以勖寡人⑭。

【注释】

①燕燕：燕子。②差（cī）池：不整齐。③于归：出嫁。④涕：眼泪。⑤颉（xié）：上飞。颃（háng）：下飞。⑥将：送。⑦南：南方。⑧劳：使操劳。⑨仲：排行第二。氏：姓氏。任：信任。⑩塞：诚实。渊：深厚。⑪终：既，已经。⑫淑：善良。慎：谨慎。⑬先君：已故的国君。⑭勖（xù）：勉励。寡人：寡德之人，庄姜自称。

【赏析】

清代诗人王士稹将《燕燕》一诗推举为“万古送别之祖”（《带经堂诗话》）。在所有的情绪中，离愁应该算是一种凄美绝伦的感受。

“别离”是我国古典诗歌中歌咏的重要内容。《燕燕》开创了一个诗风，引领了一个时代，文人骚客相继吟咏着挚友离别之感，牵动着人们的心弦。从王维“劝君更尽一杯酒，西出阳关无故人”的珍重，以及李叔同“长亭外，古道边，芳草碧连天”的依依不舍中，仍旧依稀可辨《燕燕》的影子。

诗开首以飞燕起兴，它们唧唧喳喳，追逐打闹，作者用此乐景反衬哀情，这便是作者的高明之处。

明代陈舜百在《读风臆补》中评价道：“‘燕燕’二语，深婉可诵，后人许多咏燕诗，无有能及者。”全篇三节重章复唱，循序渐进，更将哀情刻画得入木三分。

“燕燕于飞，差池其羽”，燕子不时在天空中盘旋，呢喃着，追逐着，像是约好要一起去赴会，又像商量着要见什么客人，油黑的羽毛长短不齐，莺莺的叫声时落时起。此处开篇比兴，将活泼的小燕子作为乐景的主角。

“之子于归，远送于野。瞻望弗及，泣涕如雨。”哥哥与妹妹感情笃厚，今天妹妹就要远嫁了，身为储君的哥哥心中自是百感交集，有几分不舍更有几分惦念，恋恋不舍地把妹妹远远送至郊外，直到看不见妹妹的身影时，一直伫立着目送妹妹的哥哥终于忍不住泪如雨下。妹妹出嫁，哥哥送了一程又一程，然而送君千里，终须一别。于是一幅感人的画面呈现在眼前："瞻望弗及，泣涕如雨。"清人陈震在《读诗识小录》中说："哀在音节，使读者泪落如豆，竿头进步，在'瞻望弗及'一语。"

"燕燕于飞，颉之颃之"，燕子唧唧喳喳叫个不停，飞过来飞过去。与妹妹相互道着珍重之后，看着妹妹远去的背影，一时感慨万千，潸然泪下。

"燕燕于飞，上下其音"，燕子也仿佛看穿了我的心思，低头诉说着愁怨。再往前走把妹妹送到了南边，看着妹妹逐渐消失在视线里，哥哥的心悲伤不已。

"仲氏任只，其心塞渊"，为何如此牵肠挂肚？"终温且惠，淑慎其身"，原来妹妹善良、诚实、重情重义，性情温柔而又和善，从不与兄长相争，平日里修身养性，有良好的学识和素质，为人处世小心谨慎，临行前还不忘提醒哥哥不要忘记先王的嘱托和厚望。一句句真诚之言勉励着哥哥做百姓的好国君。

此文在写法上也颇为独特，先概括描述，给大家一个总体的印象，最后再写人物的语言。整篇文章静中有动，生动鲜活。

在布局谋篇上也十分讲究，全文共四章，前三章一直未交代被送对象，只是用极大笔墨去点染惜别气氛，给读者一个想象的空间，在最后一章陡然点出被送对象，给人恍然大悟之感。采用倒装之法，耐人寻味。

《燕燕》一诗之所以得人心，在于它的情真意切。四章由虚到实，最后一章清楚交代，妹妹不但个人修养高，而且视人如视己，堪比高风亮节之士。此处也从侧面反映了古代先民对女性的至高评价。

日 月

日居月诸[①]，照临下土。乃如之人兮[②]，逝不古处[③]。胡能有定[④]，宁不我顾[⑤]。

日居月诸，下土是冒[⑥]。乃如之人兮，逝不相好[⑦]。胡能有定，宁不我报。

日居月诸，出自东方。乃如之人兮，德音无良⑧。胡能有定，俾也可忘⑨。

日居月诸，东方自出。父兮母兮，畜我不卒⑩。胡能有定，报我不述⑪。

【注释】

①诸：语气助词。②之人：这样的人。③逝：语气助词。④胡：怎么。定：止。⑤宁：难道。顾：顾念。⑥冒：覆盖，照耀。⑦相好：和我交好。⑧德音：好话。⑨俾：使。⑩畜：养育。⑪不述：不遵循义理。

【赏析】

弃妇的幽怨是《诗经》里说不完的话题，《柏舟》里的女子以柏舟为喻，诉说自己的不幸；《日月》里的弃妇则将怨愤诉诸日月。

日月一照白昼，一映黑夜，是人间最光明的事物。人类自出现以来，就一直将日月视为最威严的圣物，赞美日月之光明伟大。只要头上有太阳和月亮的光辉，人们就能安心地劳作生息。而一旦看到日月的异常变化，先民们便惶恐不安，以为自己做了违背天理的事，引起了日月的愤怒，所以日食和月食总让他们恐惧万分。人有这样一种心理：当遇到自己无法解决的困难时，就倾向于向最崇敬的事物倾诉、呼告。所以日月总是先民倾吐心声的对象。诗中的弃妇就选择了呼日喊月这种申诉不幸的方式。

“日居月诸，照临下土。”太阳和月亮光辉熠熠，高悬苍穹，照耀着广袤的土地。诗一开头就营造出了一个光芒万丈、广阔辽远的意境：一切看起来都那么光明、美好。可是就在这个光明的世界里，生活着一个痛苦万分的妇人，她被丈夫抛弃，每天独守空房，凄苦无处诉说。“乃如之人兮，逝不古处。胡能有定，宁不我顾。”日月如此光明，怎么看不到这样一个负心汉的存在？他弃我而去，已经很久没有回来，为什么现在的他心性不定，不再顾念我这个妻子了？一连三次发问，可见其情绪之激切。

接下来弃妇对日月说：“乃如之人兮，逝不相好。胡能有定？宁不我报。”怎么竟有这样的人，说变就变，再不与我亲近。他性情改变如此大，甚至于都不再答理我了。此章在意思上与第一章相差不大，是对自己遭遇的反复申诉。

也许是心中苦闷压抑得太久，弃妇两次申诉仍不能平息胸中悲愤，于是第三章继续咏叹，可谓“一诉不已，乃再诉之，再诉不已，更三诉之”。（方玉润《诗经原始》）但是与第一至二章不同，此章弃妇进一步指出丈夫不只是对自己变心，还“德音无良”。丈夫的变心与日月东升西落的恒常之态相比，显得那样轻易，使人心酸。“胡能有定？俾也可忘”，她虽然看出丈夫身上从前的良好德行已经不在了，但还是希望有一天他能回心转意，变回以前那个她可以仰望的夫君。

可是弃妇再怎么呼告，都减轻不了心中的幽愤。无可奈何之时，她想到了自己的父母：“父兮母兮，畜我不卒。”婚姻是父母所定，然而女子一旦出嫁，就只有“嫁鸡随鸡，嫁狗随狗”，父母也没有权利干涉。所以，弃妇此时只有向父母诉说丈夫对她半路变心的悲惨事实，再无他法。经历了那么痛苦的诉说，到最后弃妇还是忍不住质问她的丈夫：“胡能有定？报我不述。”你的心什么时候才能定下来啊？连一句话也不跟我讲！

从第一章到第四章，思妇章章发问，其中最核心的问题就是“胡能有定”。“定”也许是弃妇希望得到的和美夫妻关系，也许是希望丈夫心性安定，不再日日不归。从全诗来看，弃妇的丈夫久不归家，又并非远征或外出谋生，很有可能是另有新欢，所以弃妇才说丈夫“德音无良”。四次问“胡能有定”，其中有对丈夫喜新厌旧的责问，更隐含着弃妇期望丈夫回心转意的无限痴心。

“天”字出头便是“夫”，在女子以夫为大的时代，丈夫就是生命里光辉的日月。丈夫离开自己，对她们来说，犹如大地失去了天上的日月，万物皆会丧失生命。没有丈夫的光辉照耀，妻子的生活将从此陷入黑暗，无所仰望。在这样的背景下，弃妇的悲惨呼告就再正常不过了。

终 风

终风且暴①，顾我则笑②。谑浪笑敖③，中心是悼④。
终风且霾⑤，惠然肯来⑥。莫往莫来⑦，悠悠我思。
终风且曀⑧，不日有曀⑨。寤言不寐⑩，愿言则嚏⑪。

曀曀其阴，虺虺其雷⑫。寤言不寐，愿言则怀⑬。

【注释】

①暴：疾风。②则：而。③谑：戏谑。浪：放荡。④中心：心中。悼：烦忧，害怕。⑤霾（mái）：沙尘飞扬的景象。⑥惠然：友好的样子。⑦莫往莫来：不相往来。⑧曀（yì）：阴云密布。⑨不日：不见太阳。有：同“又”。⑩寤：醒着。寐：睡着。⑪嚏（tì）：打喷嚏。⑫虺（huǐ）虺：雷声。⑬怀：思念。

【赏析】

《诗经》特别善于揣摩女性心理，这首《终风》将一个热恋中女子既爱且怨的微妙心理描写得相当透彻。

一二两章的起兴句分别是“终风且暴”“终风且霾”，三四章的起兴句为“终风且曀，不日有曀”和“曀曀其阴，虺虺其雷”。看起来，这是一种风雷交加的阴晦天气，暗示着全诗哀怨、低沉的情感基调。其实，纵观《诗经》所有诗篇，凡是兴句中涉及风、雷、雨、雪的，都与相会、怀人之事有关。

第一章用“终风且暴”的天气兴起怀人之意。“终风且暴”的意思就是“既刮着风，又下着雨”。在这样风雨凄凄的天气下，女子陷入对恋人的思念。她想到了两人相处时的情景，“顾我则笑”。女子所恋之人对她应该也有情意，所以才会“顾我则笑”。可能就是这一笑让女子下定了决心，毅然投入与对方的热恋中。

关于“谑浪笑敖”的含义，很多人以为是指男子和诗中主人公在一起时，言行轻佻侮慢，也由此认为这是女子“中心是悼”的原因。但另有人认为，“谑浪笑敖”并非此意，只是戏谑之态。《尔雅》也说：“谑、浪、笑、敖，戏谑也。”

两种说法都有道理，而后面一种解释从逻辑和情感认同上讲或许更能为人接受。女子和恋人在一起时，互相取笑打闹，十分开心。而通常情况下，相处的时光越快乐，就越显得别后凄凉。因而女子在别后想起欢娱时光时“中心是悼”。“悼”不是哀伤，而是怀念。

思念之情一起，就一发不可收拾。第二章承前面“中心是悼”之意，描画思念之意在女子心里的发展状态。“终风且霾，惠然肯来。莫往莫来，悠悠我思。”坠入情网的女子当然希望能够时时见到心上人。可是身为女子，她又不能主动前去，所以盼望对方“惠然肯来”。然而她未能如愿，恋人并没有如期而至，这多少让人感到失望，暗生怨意。“莫往莫来，悠悠我思”，心上人不来致使女子的思念更加强烈，无穷无尽，绵绵不绝。

三四两章相思之情继续疯狂地生长，已经发展到影响到主人公正常生活的程度，使之“寤言不寐”，不能安然入睡。“终风且曀，不日有曀。寤言不寐，愿言则嚏。”外面还在刮风，天色十分昏暗，如同散不开的思念。女子躺在榻上，辗转反侧，无法入眠。她听说如果有人被别人思念，就会打喷嚏，因此痴心地希望此刻恋人正在打喷嚏。这样一来，他就知道女子在强烈地思念他了。也许这个喷嚏还会提醒他前来与女子相见呢。

“曀曀其阴，虺虺其雷。寤言不寐，愿言则怀。”风雨还在继续，女子仍不能眠。她很可能在为心上人未能“惠然肯来”而耿耿于怀，埋怨的同时翻来覆去地揣摩对方的心意。男方既然“顾我则笑”，说明他对女子有点动心，只不过他投入的心思可能不如女子那样多，他对女子的思念远没有女子对他那么强烈。想到这里，主人公不禁发愿“愿言则怀”，希望他也正在思念我，不要让我白白付出感情。

《终风》是一个热恋女子的心曲，含蓄曲折，层次分明，尽显恋爱中的女子炽热缱绻的情思：她遏制不住对恋人的思念，期待与之相见；又苦恼于对方不如约前来，以至于自己太过相思，夜不能寐，颇有怨尤之意。这种复杂细腻的心理，正是为情所恼的少女特有的情态，别有一番情致。

击　鼓

击鼓其镗①，踊跃用兵②。土国城漕③，我独南行。
从孙子仲④，平陈与宋⑤。不我以归⑥，忧心有忡⑦。
爰居爰处⑧，爰丧其马⑨。于以求之⑩，于林之下。
死生契阔⑪，与子成说⑫。执子之手，与子偕老。
于嗟阔兮⑬，不我活兮⑭。于嗟洵兮⑮，不我信兮⑯。

【注释】

① 镗（tāng）：鼓声。② 踊跃：双声联绵词，跳跃，表示高兴。③ 土国城漕：卫国大兴土木，筑造漕城。④ 孙子仲：人名，统兵的主帅。⑤ 平：和，调停。陈与宋：陈国与宋国。⑥ 不我以归：不以我归，意思是长期不许我回家。⑦ 忡（chōng）：忧愁。⑧ 爰（yuán）：何处，哪里。⑨ 丧：丧失，此处有跑失之意。⑩ 于以：于何。⑪ 契阔：聚散。⑫ 成说：誓约。⑬ 于嗟：感叹词。⑭ 不：不许。⑮ 洵：远。⑯ 信：讲信用。

【赏析】

《击鼓》是一首与战争有关的诗。

《击鼓》全篇用“赋”的手法，叙述战争的过程和将士对妻子的思念。全诗共五章，叙述一个远征南方、不能归家的将士对战争的怨尤之情。诗从出征开始写起，“击鼓其镗，踊跃用兵”，作者没有直接把出征的场面展示出来，可是那雷鸣般的声声战鼓，分明告诉大家，战事已起，无数男丁就要被发往战场浴血奋战了。以“踊跃”二字形容用兵，犹言在战鼓的激励下，士兵们积极进行演练，战争的紧张气氛弥漫其间。在众多出征士兵里，就有诗中的主人公。他不幸被派往战场，内心十分忧伤。

“土国城漕，我独南行”，战争将至，到处都是修筑防御工事的苦役。但是在主人公看来，修筑工事虽然辛苦，却可以不用离开家乡；而远征作战，不知何时回家不说，一旦战死沙场，就永远等不到回家那一天了。用一个“独”字，把自己的命运同修筑城池的苦役相比，更显遭遇的不幸。

“从孙子仲，平陈与宋。不我以归，忧心有忡。”诗中主人公说带领他们南征的将领是孙子仲，征战之地是陈国和宋国。这意味着他将长期戍守在异地他乡。想到归期无望，他怎么不忧心忡忡？征战之人不仅饱受久不能归的精神折磨，还要承受奔波无定的战争给肉体带来的折磨。“爰居爰处，爰丧其马。于以求之，于林之下。”东征西战的过程中，将士们居无定所，行军至何处，便在何处席地而眠。就连睡梦中也要保持高度警惕，以防半夜遇到紧急情况。岑参《走马川行奉送封大夫出师西征》中有这样的诗句：“将军金甲夜不脱，半夜军行戈相拨。”想来《击鼓》中这位士兵也经历过这样的场面吧。更不幸的是，主人公于战争的混乱之中丢失了战马，经过艰难寻觅，终于在树林中找到马匹。其实，好马不服拘束、喜欢驰骋，不正如征夫不愿久戍、渴望回家的心情么？再换个角度看，战马跑失似乎也暗示了主人公思家过度。以致精神恍惚、失魂落魄。

“死生契阔，与子成说。执子之手，与子偕老。”大多数人对《击鼓》一诗并不熟悉，但是这句“执子之手，与子偕老”，恐怕就无人不知了。至此，诗由叙述征战的艰苦生活转入对往事的深情回忆。主人公与妻子感情深厚，他曾经对妻子立下誓约：此生无论生死聚散，我都会握紧你的手，跟你白头偕老！人生变幻无常，能够经受时间的考验，平平淡淡相守一生的人实在不多。海誓山盟本来就是无法实现的戏誓言，而跟那些海枯石烂的誓言相比，这句“与子偕老”就显得朴实、真挚得多了。可是当初立下约定时，主人公怎么也想不到，他们的美好愿望会被突来的战争搅得粉碎。“于嗟阔兮，不我活兮。于嗟洵兮，不我信兮。”人如果可以一直沉浸在美好的回忆里，未尝不是一件幸事。但怕就怕在回到悲惨的现实，而且回忆越美好，现实就越显绝望。当读诗之人还在为那句“执子之手，与子偕老”感动得一塌糊涂时，主人公已经回到了现实，他悲哀地说：我们相隔太遥远，不知道哪天才能相见；我们分别太久了，无法实现当初的誓言。沉痛、怨恨之情可见一斑。

“执子之手，与子偕老”，多么真诚、朴素的愿望。可是征夫竟没有实现这个愿望的机会，而导致征夫失约的正是无休无止的战争。等待征夫和他妻子的很可能是“可怜无定河边骨，犹是春闺梦里人”的命运。《击鼓》也许只是一个士卒厌战、思归的心声，却喊出了无数儿女渴望安定、平静生活的真切愿望。

凯 风

凯风自南[①]，吹彼棘心[②]。棘心夭夭[③]，母氏劬劳[④]。

凯风自南，吹彼棘薪[⑤]。母氏圣善[⑥]，我无令人[⑦]。

爰有寒泉，在浚之下[⑧]。有子七人，母氏劳苦。

睍睆黄鸟[⑨]，载好其音[⑩]。有子七人，莫慰母心。

【注释】

①凯风：和风。②棘：酸枣树。③夭夭：树木娇嫩的样子。④劬（qú）劳：劳累。⑤棘薪：可以当柴烧的酸枣树。⑥圣善：明事理，有美德。⑦令：善。⑧浚（xùn）：卫国地名。⑨睍睆（xiàn huǎn）：美丽，好看。⑩载：传载。

【赏析】

中国古人信奉“百善孝为先”的美德，这首《凯风》就是古代先民孝敬之心的反映。

“凯风自南，吹彼棘心。棘心夭夭，母氏劬劳。”第一章言母亲抚育幼子，十分辛劳。“凯风”是从南方吹来的和暖之风，可以滋养万物，这种品性也正是不辞辛劳、养育儿女的母亲所具有的；酸枣树初发芽时树心红赤，“棘心”即是幼小的酸枣树，比喻年幼的儿子。“棘心夭夭”象征幼小却茁壮成长的儿子们，小酸枣树在“凯风”的吹拂下枝干渐壮，幼子的健康成长则是母亲艰难抚养的结果。

“凯风自南，吹彼棘薪。母氏圣善，我无令人。”第二章与第一章的前两句一字之差，由“心”变为“薪”意味着枣树长成，已经可以当柴烧，比喻儿子在母亲的养育下长大成人。可是凯风吹拂下长大的枣树，却只有薪柴之用，没有更多的好处；母亲辛苦抚养成人的儿子，也像这枣树一样，不能给母亲任何报答。“母氏圣善，我无令人”正是儿子对自己不成材，辜负母亲“圣善”养育之恩的自责。

诗人似乎觉得这样还不足以表现人子的惭愧自责之心，于是三四两章改换角度，加深自愧之意。“爰有寒泉，在浚之下。有子七人，母氏劳苦。”寒泉自浚邑流出，它清凉的泉水反过来可以滋润浚邑；儿子七个，让母亲辛勤操劳，却不能替母亲分忧解难。“睍睆黄鸟，载好其音。有子七人，莫慰母心。”好看的黄鸟传来好听的叫声；母亲有七个儿子，却没有一个能够安慰她的心。寒泉、黄鸟不通情意，尚且还能有所回报，我们做儿子的竟不能为母亲做点什么，真是连泉水、黄鸟都比不上。

比兴是《诗经》的独特魅力所在，这首诗可以说将《诗经》的比兴手法发挥到了炉火纯青的程度。四章里每章的一二两句都是兴句，但作用有所不同。对于《诗经》比兴手法的定义，人们一直纠缠不清，或混为一谈，或主张截然对立。其实，比、兴是有所区别的，但又是常常一起出现，互为补充。而更多时候，比与兴是“你中有我，我中有你”的融合状态。

《凯风》中的起兴即为一种“兴中有比”的浑融状态，用清代姚际恒的话说就是“兴而比也”。“凯风自南，吹彼棘心”和“凯风自南，吹彼棘薪”是兴句，同时也是比喻句。主人公看到和暖南风吹拂下蓬勃生长的酸枣树，不禁联想到自己的母亲。她犹如徐徐而来的和风，为教养儿子长年辛劳不息，她明白事理，善良慈爱，可是我们这么多兄弟就跟那些酸枣树一样，没有一个栋梁之才，实在有愧于母亲多年的辛勤养育。

单纯的比句是以彼物喻此物，以好比好，以坏比坏。而兴中有比时，既可以以好比好，也可以以好反衬不好。此诗三四章的兴句发挥的正是这种反衬作用。陈奂《诗毛氏传疏》说：“后二章，以寒泉之益于浚，黄鸟之好其音，喻七子不能事悦其母，泉鸟之不如也。”正好指明了寒泉、黄鸟两句的反比之意。

可以说，比兴手法天衣无缝的配合，成功构造了《凯风》鲜活的形象世界，使平淡的主题具有了感人至深的艺术魅力。

雄　雉

雄雉于飞，泄泄其羽①。我之怀矣，自贻伊阻②。雄雉于飞，下上其音。展矣君子③，实劳我心④。瞻彼日月⑤，悠悠我思⑥。道之云远⑦，曷云能来。百尔君子⑧，不知德行。不忮不求⑨，何用不臧⑩。

【注释】

①泄（yì）泄：慢慢飞的样子。②贻（yí）：留。伊：语气助词。阻：阻隔。③展：诚实。④劳：劳苦。⑤瞻（zhān）：看。⑥悠悠：

绵绵不绝。⑦云：语气助词。⑧百：众多。⑨忮（zhì）：害人，忌恨。⑩臧（zāng）：善。

【赏析】

古代时有战争发生，频发的战争下就出现了“思妇”这一特殊群体。思妇的哀怨占领了我国古典文学的一方阵地，《诗经》则是这块阵地上率先的开辟者。这首《雄雉》便是一位贵族少妇思念远行丈夫的诗。

古时女子无论身份如何，一旦嫁人，生活的核心就只有丈夫。丈夫在家，则唯命是从；丈夫远行，则把全部心思都用在对他的思念上，一草一木、一虫一鸟都能勾起她们的无限愁思。这首诗的主人公就被一只展翅欲飞的雄雉勾起了对离家丈夫的思念。

“雄雉于飞，泄泄其羽。我之怀矣，自诒伊阻。”一只雄雉在主人公面前舒畅地拍打翅膀，一副振翅欲飞的架势。一来这是一只形单影只的雄雉，身边没有雌雉的陪伴，如同分居两地的主人公和她的丈夫；二来雄雉展翅飞翔，是要离开女子所在之地，就好像丈夫当时离开她一样；再者，雄雉性情耿介，古人常用其品性比喻君子，见到有君子之德的雄雉，思妇自然联想到她有着君子品性的丈夫了。所以看到这只雄雉，主人公便止不住开始怀念久别未归的夫君。可是丈夫远在他方，也许根本不知道家中妻子的思念，思妇也无法把思念之情对别人倾诉，想到这里，她更加忧伤地说：“我之怀矣，自诒伊阻。”意思就是，我怀念夫君，是自寻离愁，空白悲伤。

雄雉此时已经飞到空中，鸣叫声越来越远，越来越小。而随着鸣声的消失，雄雉的身形也消失在思妇的视线里。“雄雉于飞，上下其音。展矣君子，实劳我心。”这由近而远、由大而小的啼叫和逐渐消失的雄雉之影，恰似当初丈夫渐行渐远，最后不见其形、不闻其声的情形，扰得思妇心绪不宁，思念之情由此更加强烈。“展矣君子。实劳我心”，“展”和“实”是强调之辞，极言思妇因为极度思念夫君，已经身心疲惫。

雄雉已经飞走，主人公的视点转到了日月之上，就有了这句“瞻彼日月，悠悠我思”。她既思念丈夫，必定时时盼望丈夫归来，在她的等待过程中，日月不知道升起落下了多少回。日月来往起落，意味着时间一天天流逝。都说时间能使人忘记一切，可是思妇悠悠的思念非但没有减少，反而如日月一般长久，丝毫未变。思妇实在太想念丈夫，迫切希望他早日归来。可是“道之云远，曷云能来”，山高水远，回来的道路阻隔重重，谁知道他哪天才能回来？只好日复一日等下去。

有意思的是，在诗的最后，主人公不再继续抒发她的怀念之苦，却换了一种教训和埋怨的语气，大发内心的不满。“百尔君子，不知德行。不忮不求，何用不臧？”“百尔君子”指的是包括思妇丈夫在内的所有统治者，思妇斥责他们“不知德行”，因为丈夫是因征战而离家，而征战正是这些“君子”作出的决策。这种决策使多少男子被迫离家，给许多像主人公这样的女子带来了痛苦，自然不是有德之行。接着，主人公又说：“不忮不求，何用不臧？”意思是，如果你们不制造这种使人忌恨的战争，丈夫怎么会陷入久战的泥淖中？也不用长期与家人分离了。

思念太久便心生怨恨，是人之常情，《诗经》里多有表现。李白写过一首《春思》，也是描写思妇的一曲绝唱：“燕草碧如丝。秦桑低绿枝。当君怀归日，是妾断肠时。春风不相识，何事人罗帏？”本来当丈夫怀归时，思妇应当感到高兴才是，可是她却说“当君怀归日，是妾断肠时”。这也是思念太久的缘故。

与夫君别离期间，思妇不知道盼了多久，才好不容易盼来征人“怀归”的日子，其中的煎熬与酸楚，说“断肠”恐怕并非夸张。两首诗相隔一千年，但都道出了千古痴心女子思之深、责之切的共同情感心理。

匏有苦叶

匏有苦叶①，济有深涉②。深则厉③，浅则揭④。
有弥济盈⑤，有鷕雉鸣⑥。济盈不濡轨⑦，雉鸣求其牡⑧。
雝雝鸣雁⑨，旭日始旦⑩。士如归妻⑪，迨冰未泮⑫。
招招舟子⑬，人涉卬否⑭。人涉卬否，卬须我友。

【注释】

①匏（páo）：葫芦。②济：水名，源出河南济源王屋山。③厉：不解衣涉水。④揭（qì）：提起下衣渡水。⑤弥（mí）：水满的样子。

盈：满。⑥鷕：雌雉的叫声。⑦濡：沾湿。轨：车轴的两端。⑧牡：雄性的野鸡。⑨雝（yōng）雝：大雁的和鸣之声。⑩旦：天亮。⑪归妻：娶妻。⑫泮（pàn）：冰解。⑬舟子：摆渡的船夫。⑭卬（áng）：我。否：不（渡河）。

【赏析】

“匏”是葫芦类的一种植物，味苦。到八月成熟之时，可以将中心的瓤挖去，外面坚硬的壳可用作渡水的工具。诗一开篇，“匏有苦叶，济有深涉”，正值炎热的八月，葫芦叶子干枯，内部已然成熟。济水深处也得渡。“深则厉，浅则揭。”要是水深，那就没办法，只能沾湿了裙角缓缓地过河；水浅的话，那就提起裙角步履轻盈地大步向前。简简单单六个字，恰切地写出了女主人公的大胆、勇敢和聪慧。

“有弥济盈，有鷕雉鸣。济盈不濡轨，雉鸣求其牡。”济水丰盈得仿佛要漫过岸边一样，水面波光粼粼，阳光打在上面好似荧光千点。还好河水没有漫过车轴，免去不少担心，岸边草丛里的野鸡叫得正欢，声声鸟鸣响彻渡口，看来它们是求偶心切。这一章几乎都是景物描写，诗人将野雉与女主人公进行对比，突出她等待意中人归来的焦急心情。

“雝雝鸣雁”一句暗示此时此刻天空中划过雁影，一行大雁一字排开边鸣边飞，女子暗自担忧时光的飞逝，转眼就到冬天，嘶鸣的大雁似乎都在催促着姑娘早日完成婚嫁。女子之所以有此担忧是因为在古代有一个习俗，当冬天里河水结冰的时候，就要停办婚嫁之事。

“旭日始旦。士如归妻，迨冰未泮。”天刚蒙蒙亮，旭日的光辉打在叶子的露珠上，折射出七彩的光芒。男子啊，你如果想成婚，可一定要赶在冰还未结之时啊。这一段将女子的急切表现得淋漓尽致。

“招招舟子，人涉卬否”，姑娘的等待没有白费，万顷碧波上出现了一只摆渡船，那必定是远方的归客。女为悦己者容，姑娘喜不自胜，恨不得用铜镜照照此时的容貌。船夫似乎对女子的万般焦急早有察觉，老远就开始召唤：“有人吗？快上船啊！”殊不知，这位姑娘并非要上船而是在等船。“不涉卬否，卬须我友”，听到船夫的招呼，姑娘也焦急地解释道：“我哪里是要上船啊，我是在这等我朋友呢。”

结尾“卬须我友”，女子用朋友来掩饰等待情人的真实目的，答得含蓄而巧妙，形象地表现出女子的娇羞和矜持。

《匏有苦叶》通过情境、对话、神态描写，生动再现了一名在渡口等候情人的女子焦灼而又喜悦的心情。此诗中多种艺术手法兼用，既用赋体，也用比兴。兴中有赋，赋中有比，声里含情，鸟语传意。

等待是一个遥不可及的梦，是爱情里最考验人的难题。《匏有苦叶》中，候鸟已提早南飞，留下女子独自等待。诗中没有给出等待的结局，没有结局的结尾也许更完美，是等到了还是遥遥无期，是完美的大团圆还是“却道故人心易变”，全在读者一念之间。

谷风

习习谷风①，以阴以雨。黾勉同心②，不宜有怒。采葑采菲③，无以下体④。德音莫违，及尔同死。

行道迟迟⑤，中心有违。不远伊迩⑥，薄送我畿⑦。谁谓荼苦⑧，其甘如荠⑨。宴尔新婚⑩，如兄如弟。

泾以渭浊⑪，湜湜其沚⑫。宴尔新昏，不我屑以⑬。毋逝我梁⑭，毋发我笱⑮。我躬不阅⑯，遑恤我后⑰。

就其深矣，方之舟之⑱。就其浅矣，泳之游之。何有何亡，黾勉求之。凡民有丧，匍匐救之⑲。

不我能慉⑳，反以我为雠㉑。既阻我德㉒，贾用不售㉓。昔育恐育鞫㉔，及尔颠覆㉕。既生既育，比予于毒㉖。

我有旨蓄㉗，亦以御冬。宴尔新昏，以我御穷㉘。有洸有溃㉙，既诒我肄㉚。不念昔者，伊余来塈㉛。

【注释】

①习习：形容风声。谷风：来自山谷的风。②黾（mǐn）勉：勤勉，努力。③葑（fēng）：蔓菁，俗称大头菜，叶、根可食用。菲：萝卜。④下体：根。⑤迟迟：迟缓。⑥迩：近。⑦畿（jī）：指门槛。⑧荼（tú）：苦菜。⑨荠：荠菜。⑩宴：快乐。⑪泾、渭：河名。⑫湜（shí）湜：水清见底的样子。⑬不我屑以：不愿与我亲近。⑭梁：

捕鱼水坝。⑮笱（gǒu）：鱼篓。⑯阅：容纳。⑰恤（xù）：忧，顾及。⑱方：并船。⑲匍匐：手足伏地而行，此处指尽力。⑳慉（xù）：爱惜。㉑雠（chóu）：同“仇”。㉒阻：拒绝。㉓贾（gǔ）：卖。㉔鞫（jū）：穷困。㉕颠覆：艰难，患难。㉖毒：毒虫。㉗旨：甘美。㉘御：抵挡。㉙洸（guāng）：粗暴。溃（kuì）：发怒。㉚诒：遗。肄：劳苦的活计。㉛伊：唯。来：语气助词。塈：爱。

【赏析】

“弃捐箧笥中，恩情中道绝”，班婕妤的弃妇诗道出了后宫佳丽一旦人老珠黄就如同残花败柳般被冷落的残酷现实。“但见新人笑，那闻旧人哭”，杜甫的弃妇诗言尽了花花公子见异思迁、喜新厌旧的嘴脸。而《谷风》则是一个女人遭弃后委屈的倾诉，读起来更让人肝肠寸断。

弃妇诗在《诗经》中已多有反映，如《氓》《谷风》。然而这首《谷风》与《氓》的不同之处在于:《氓》中的女主角性格刚烈，决绝果断；而《谷风》中的女主角温柔敦厚。

诗中的女主人公十分善良。从“昔育恐育鞫，及尔颠覆”一句可知：她在丈夫最困苦的时期，不离不弃，与他同甘共苦共患难，在艰难的环境下与丈夫共创家业。“何有何亡，黾勉求之。凡民有丧，匍匐救之。”无论遇到什么样的困难，女子都会想方设法去解决，不但在自家如此，她对邻里也十分热心，当别人陷入困境之时，她总是尽最大的力量去帮助他们。

《谷风》一诗，如泣如诉地表达了女子心中的委屈，字里行间流露出女子渴望丈夫同情自己的心情：女子希望丈夫看到她昔日的好，能够回心转意。

全诗共分六章，“习习谷风，以阴以雨”，开篇便以大风和阴雨起兴，以此来喻指丈夫经常无故发怒。妻子倾吐着：我与你同甘共苦数载，可谓患难夫妻，你怎么能对我说打就打说骂就骂呢？紧接着一句“采葑采菲，无以下体”，以蔓菁萝卜的根茎被弃，来暗示丈夫喜新厌旧，控诉他将曾经相伴生死的誓言全都抛在脑后。

有句俗语叫“对比产生美”，然而在此处却是“对比才见哀”。这边新婚燕尔，那边却把结发妻子赶出家门，就像《红楼梦》里面宝玉与宝钗洞房花烛夜，黛玉一人“焚稿断痴情”，让人不胜怜惜。

这首诗正是由此情境切人，非常巧妙地抓住了反映这一出人生悲剧的最佳契机，从而为整首诗的抒情展开奠定了基础。新昏燕尔的丈夫连与妻子最后的分别都不出门相送，实在吝啬得可以。“谁谓荼苦”，常言道，苦菜最苦，如今看来，这点苦跟眼前的凄惨相比，根本算不了什么。“不远伊迩，薄送我畿”两句，满是绝情和冷淡，与“宴尔新婚，不我屑以”形成了一种高度鲜明的对比，更突出了被弃之人的愁苦，将哀怨的气氛渲染得更加浓烈。

丈夫的背信弃义让这个善良多情的女子陷入痛苦，久久地沉溺于往事旧情而无法自拔。她无法忍受凄惨的现实，更不能以平常之心来接受这一现实，这一铭心刻骨的伤痛，让她久久不能释怀。

《谷风》揭示了古代女子在婚姻中的地位，她们无非就是男子的牺牲品，耗尽了容颜心血，到头来依旧落得个被抛弃的结局。诗的开篇对风雨交加的环境描写，创造出一种悲剧性的艺术氛围，给全诗定下了悲哀的感情基调，使读者从一开始就沉浸在这种感伤的阅读情绪之中。从首章的“黾勉同心，不宜有怒”“德音莫违，及尔同死”，到最后“不念昔者，伊余来塈”。全诗一唱三叹、反复吟诵，表现弃妇的烦乱心绪和伤心绝望。

式　微

式微，式微①，胡不归？微君之故②，胡为乎中露③！式微，式微，胡不归？微君之躬④，胡为乎泥中！

【注释】

①式：语气助词。微：（日光）衰微，黄昏或曰天黑。②微：非。③中露：露中，露水之中。倒文以叶韵。④躬：身体。

【赏析】

《式微》让人联想起《采薇》。《式微》开篇的“式微，式微”与《采薇》开篇的“采薇采薇”，句式相似，语音相近，有异曲同工之妙。但两者在内容和主旨上却截然不同。《采薇》中的“薇”是一种野生的薇菜。而《式微》一诗中，“微”是衰微的意思。“式微”原来指国家或世族衰落，后也泛指事物的衰落。

《式微》的主旨，大致有以下三种可供参考。

一、黎侯被狄国驱逐，他无处安家，便流亡卫国，寄人篱下。这首诗正是他的子民劝说他回到祖国的篇章。

二、卫侯的女儿嫁给了黎国的庄公，哪曾想被娶过门之后做的不是正妻而是小妾。国人同情她，劝她回来。可她秉承妇道，忠贞不贰，将余生都奉献给庄公。于是她作此诗以表心志。

三、这是苦于劳役的人所发的怨声。

历代学者赞同第三种观点，认为这个解释最贴切诗意。

在流传后世的过程中，《式微》不断被赋予新的意义。从情诗的角度来看，可以将这首诗理解为：女主人公留在异国他乡，满怀抑郁，幽怨难诉，因为她的付出难以得到回报。但她并没有选择背叛，而是靠着心中那一丝爱恋的支撑，决定了自己的人生路：生是君王的人，死是君王的鬼。

从《毛诗序》的说法“劝归”入手，又可看到另一番天地。《式微》常被后代隐逸之士用于表白意欲归隐的心迹。隐士们在“归”字上大做文章，表达自己返璞归真、归隐山林，远离城市喧嚣的愿望。开篇设问，引起读者的阅读兴趣：夜的帷幕拉开了，天色已晚，为什么还不回家呢？接下来，诗人给出了回答：“微君之故，胡为乎中露！”之所以还不回家，是因为要为了君主的事情奔忙。为了他们的华贵生活，底层的劳动者终日不辞辛苦地劳作，迎着清晨的露水，始终如一，不敢有丝毫懈怠。

“式微，式微，胡不归？”下一章重复第一章的设问，再次提问：天色已晚，为什么还不回家呢？“微君之躬，胡为乎泥中”，为了养活君主，躬行为奴的誓言，履行顺从的责任，不得不这样奔波劳作。

全诗短小精悍。寥寥几笔，描绘了受压迫、受奴役的劳动者困难的处境，同时还宛转表达了对统治者的不满和控诉。全诗的点睛之处在于艺术手法的运用，这首诗有两个特点：一是运用设问，二是强调韵脚。

首先，来看设问的运用。“式微，式微，胡不归？”根据下文可知，这一问句并不是有疑而问，而是明知故问。这样做更能引起读者的注意，让读者产生一探究竟的阅读欲望。整首诗是写主人公遭受统治者的奴役和压迫，不分昼夜地辛勤劳作，贪黑起早，苦不堪言的现状，如果直言这一主题，便会显得单调。因此诗人通过这种无疑之处设疑的方法，使诗篇显得更有跌宕的情致。

其次，是韵脚的处理。这首诗十分押韵，每章换韵，句句用韵，而且全诗回环往复，只在个别字上稍做改动，使全诗节奏紧凑，引人入胜。所以方玉润评此诗："语浅意深，中藏无限义理，未许粗心人卤莽读过。"（《诗经原始》）

旄 丘

旄丘之葛兮①，何诞之节兮②？叔兮伯兮③，何多日也？
何其处也？必有与也。何其久也？必有以也。
狐裘蒙戎④，匪车不东⑤。叔兮伯兮，靡所与同⑥。
琐兮尾兮⑦，流离之子。叔兮伯兮，褎如充耳⑧。

【注释】

①旄（máo）丘：前高后低的土山。②诞：延，长。③叔、伯：此处指卫国诸臣。④蒙戎：蓬松，散乱。⑤匪：同"非"。⑥靡：没有。⑦琐：细小。尾：卑微。⑧褎（yòu）：聋。充耳：塞耳。

【赏析】

"旄丘之葛兮，何诞之节兮"两句，描写旄丘上长满了密密麻麻的藤蔓，相互缠绕，一直向远处延伸。首章是《诗经》惯用的起兴手法，为下文的抒情埋下伏笔。"叔兮伯兮，何多日也？"卫国的臣子啊，已经这么多天过去了，你们到底还在等什么？这一句写出了黎国臣子的急迫心情，他们翘首以盼，等待卫国的援军，然而这一微弱的希望始终没有实现。黎臣们眼睁睁地看着藤蔓越爬越高，感受着时间一分一秒流逝，不由得心急如焚。

第二章紧承上章"何多日也"而来，环环相扣，结构严谨。"何其处也？必有与也。何其久也？必有以也。"运用自问自答的方式解释这种无人救援的现状：为何在此地滞留的时间如此之长？想必一定是有什么人陪伴吧。为何在此地滞留时间如此之久？看来一定是有什么原因吧。卫国迟迟不肯发兵，黎国臣子却没有心生抱怨，而是将心比心地去分析援兵未到的原因，字里行间流露出一股深婉的宽厚，同时也有一丝无能为力的苦涩。

第三章感情色彩稍有变化，“狐裘蒙戎，匪车不东。叔兮伯兮，靡所与同”，叙述中已暗含讽意。这一章仍是以黎国臣子的口吻叙述：我方已经渐渐败下阵来，狐裘也被打得七零八散，你们的车子怎么还不来？卫国的臣子啊，我们所经历的苦难，你们没法感同身受。“狐裘蒙戎”紧扣上两章，通过眼前破败的景象，点出自己等待已久的事实。根据“匪车不东”可知，黎臣已经察觉到卫国无心救援，因此这里用暗讽的笔触状写凄凉。

第四章最突出的特点就是赋法的运用。“琐兮尾兮，流离之子。叔兮伯兮，褎如充耳”四句，很直接地铺叙了黎臣的处境。这四句还运用了对比的写作手法：我们黎国是小国，自然没有卫国尊贵。我们这些人，身份卑微低贱，就像无家可归的鸟儿。卫国的臣子啊，你们在一旁冷眼观之，目能视而不看，耳能听而不闻，真是叫人心生怨恨。对比手法的运用，更能突出黎国人民无家可归、寄人篱下的惨状，同时也凸显卫国人袖手旁观的傲慢姿态。

简兮

简兮简兮①，方将万舞②。日之方中，在前上处③。

硕人俣俣④，公庭万舞。有力如虎，执辔如组⑤。

左手执籥⑥，右手秉翟⑦。赫如渥赭⑧，公言锡爵⑨。

山有榛⑩，隰有苓⑪。云谁之思，西方美人。彼美人兮，西方之人兮。

【注释】

①简：威武。②方将：将要。万舞：一种舞蹈形式。③在前上

处：前列的第一个。此处指舞列的第一名。④硕：硕大。俣（yǔ）俣：魁梧健美。⑤辔：马缰绳。组：丝织的宽带子。⑥籥（yuè）：古乐器。⑦翟（dí）：野鸡尾巴上的羽毛。⑧赫（hè）：红色。渥（wò）：厚。赭（zhě）：赤褐色。⑨锡：赐。爵：青铜制酒器，用来温酒和盛酒。⑩榛（zhēn）：榛树，落叶灌木。花黄褐色，果实叫榛子，果皮坚硬，果肉可食。⑪隰（xí）：湿地。苓（líng）：一种苦药。

【赏析】

全诗以旁观者的身份对一位舞蹈者进行由衷的赞扬。细读此诗，可推测旁观者是一位文静淡雅、有素质、有修养的女子，她看到了一位高大魁梧、英俊潇洒的男子翩翩起舞，不由得欣喜万分，赞叹不已。

"简兮简兮，方将万舞。日之方中，在前上处。"伴着时而急促如雨、时而稳如撞钟的鼓声，一场盛大的舞蹈演出马上就要开始，此时正值晌午时分，太阳刚好盖过头顶，而他在众多舞者当中脱颖而出，显得那么鹤立鸡群。

"硕人俣俣，公庭万舞。有力如虎，执辔如组。"他生得硕大魁梧，体态健美匀称，这时他来到公庭开始跳起万舞，他如猛虎下山力大无比，手里紧紧地抓着一根缰绳，一前一后像在织布。

"左手执籥，右手秉翟。赫如渥赭，公言锡爵。"此时，鼓点紧张急促，他左手挥舞着三孔笛，右手拿着野鸡的尾羽，二者交织在一起上下翻飞。不知是跳得累了还是心情太激动，只见他脸色红润如赭土一般，公爷看得也起劲，便上前赏酒一杯。

"山有榛，隰有苓。云谁之思，西方美人。彼美人兮，西方之人兮。"高高的山上榛树重生，地势低洼的湿地常常生长着苦苓。这曼妙的一切究竟为了谁所造？到底有谁值得我这样魂牵梦萦？原来是西方的美男子，千山万水相阻隔，远在西方的美男子好生让我牵肠挂肚。

此诗结构另辟蹊径，独具一格。前三章不用起兴，直接描绘，而在最后一章却用比兴寄托自己的相思之情。"山有榛，隰有苓"，以树喻男子，以草喻女子，引出"云谁之思，西方美人"，舞者已离去，但因舞者而产生的思念却没有因此而中断，舞者风度翩翩的样子早已深深刻在女子的心中。百般的欣赏、千般的敬佩化作了万般的爱慕。全诗按照事情发展的顺序进行叙述，脉络清晰，让读者一目了然。

泉 水

毖彼泉水[①]，亦流于淇[②]。有怀于卫，靡日不思。娈彼诸姬[③]，聊与之谋[④]。

出宿于泲[⑤]，饮饯于祢[⑥]。女子有行[⑦]，远父母兄弟，问我诸姑，遂及伯姊。

出宿于干，饮饯于言[⑧]。载脂载舝[⑨]，还车言迈[⑩]。遄臻于卫[⑪]，不瑕有害[⑫]。

我思肥泉[⑬]，兹之永叹。思须与漕[⑭]，我心悠悠[⑮]。驾言出游，以写我忧[⑯]。

【注释】

①毖（bì）：泉水涌流的样子。②淇：淇水，卫国河名。③娈（luán）：美好的样子。诸姬：指卫国的同姓之女，卫国的国君姓姬。④聊：姑且。⑤泲（jǐ）：古地名。⑥饯（jiàn）：以酒送行。祢（nǐ）：古地名，今山东菏泽西。⑦行：指女子出嫁。⑧干、言：均为卫国地名。⑨脂：涂车轴的油脂。舝（xiá）：车轴两头的金属键。⑩迈：远行。⑪遄（chuán）：疾速。臻：至。⑫瑕：何。⑬肥泉：地名。⑭须、漕：皆为卫国的城邑。⑮悠悠：忧愁深长。⑯写：宣泄，排除。

【赏析】

《泉水》是一首凄婉悱恻的思归诗。诗中的女主角远嫁他乡，离开祖国卫国；但是她的心一刻也没有离开过自己的国家，终日魂牵梦萦。但如今故国人事变故，想回国探视却多有不便，所以她的内心焦急难耐，只好作诗聊遣心绪。

全诗一共四章，每章六句。首章一至二句起兴，以泉水日夜奔流比喻自己的思乡之情生生不息。三至四句直言本事：虽然远嫁，但是无时无刻不思念卫国。第二至三章以幻写真，回忆曾经出嫁的场面和日夜幻想祖国现在的模样。第四章由梦境回到现实，物是人非，更添一番无穷无尽的离愁。

“毖彼泉水，亦流于淇。”开篇就用泉水流入淇水起兴，道出女子归思的念头。这两句与《邶风·柏舟》首二句“汎彼柏舟，沉亦其流”有异曲同工之妙，都用流水兴起情思，文意婉转，情致深切。

“有怀于卫，靡日不思。”想念祖国之情引起伤怀之心，不知道远方的卫人你们现在在做些什么，我在这里无时不思念着你们。

“娈彼诸姬，聊与之谋。”不能亲自回家去探望你们，多么希望能把所有的心事摊出来与美丽的同族姐妹聊。一腔苦衷，想向你们倾诉，希望你们能够为我出个主意，即便无济于事，也能够解一解胸中的苦闷。

“出宿于泲，饮饯于祢。女子有行，远父母兄弟。问我诸姑，遂及伯姊”是对昔日婚嫁场面的描述。出嫁时由于路途遥远，半路只能宿营于济水，胞族在祢地为我设宴饯行。女孩子出嫁他乡，远离了父母兄弟。孤苦伶仃，很想回家问候各位长辈和堂姐堂妹们。

第三章重复第二章的格式，“出宿于干，饮饯于言。载脂载舝，还车言迈。遄臻于卫，不瑕有害”形成回环往复的效果，也是与第一章的衔接。文章直抒胸臆，表达自己对卫国真挚的怀念。这一章与第二章不同，是对归宁之途的想象。一行人出行宿营于干地，在言地设宴，随后检查车轴准备行驾，逗留片刻之后就掉转车头向卫行。疾驰轻车一路无阻回到祖国，在想象中似乎不会有什么阻碍，但在现实中却不可能实现。

全诗是凭空想象，以幻写真，寄托了女主人公深切的思念，诗歌的感情也因此变得曲折起伏。

“我思肥泉，兹之永叹。思须与漕，我心悠悠。驾言出游，以写我忧。”回忆起故国的肥泉，愈发勾起我的思乡情怀。一想到须邑、漕邑，我就满怀忧郁。但是因为种种原因我不能回家探看，只好驾车出游，消解心头忧愁。正如杜甫所说：“露从今夜白，月是故乡明。”故乡的一草一木总能勾起我们的无限相思。泉水叮咚，是寂寞，是离愁，别是一番滋味流入思乡人心中。

北　门

出自北门，忧心殷殷[①]。终窭且贫[②]，莫知我艰。已焉哉！天实为之，谓之何哉[③]！

王事适我[④]，政事一埤益我[⑤]。我入自外，室人交遍谪我[⑥]。已焉哉！天实为之，谓之何哉！

王事敦我[⑦]，政事一埤遗我[⑧]。我入自外，室人交遍摧我[⑨]。已焉哉！天实为之，谓之何哉！

【注释】

①殷殷：十分忧伤。②终：既。窭（jù）：贫寒，艰窘。③谓：奈何不得。④王事：王家之事，此处指有关王室的事务。适（zhì）：派。⑤政事：公家的事。埤（pí）益：增加。⑥谪（zhé）：谴责。⑦敦：逼迫。⑧埤遗：同“埤益”。⑨摧：讥讽，讽刺。

【赏析】

《北门》是一首怨诗，是一个位卑任重、处境困顿的小官吏的怨愤。这位小吏公事繁忙，终日辛劳却不受重视，也没有加官晋爵的希望可言，这一腔苦闷无处诉说，只能一个人在路上发牢骚，埋怨这不公平的生活。

诗中的小官吏公事繁重苛细，而上司不但不体谅他，还一味给他加派任务，使他难以承受。辛辛苦苦而位卑禄薄，难怪他志不得伸，牢骚满腹。朱熹《诗集传》评此诗：“卫之贤者处乱世，事暗君，不得其志，故因出北门而赋以自比。又叹其贫窭，人莫知之，而归之于天也。”这个评语真可谓一针见血。

全诗以这位小官吏的口吻叙述，情感真切。“出自北门，忧心殷殷。终窭且贫，莫知我艰。”我从北门出城，一路上烦闷不已，陷在忧伤之中无法自拔。我的生活既困窘又贫寒，没人知道我的艰难。“已焉哉！天实为之，谓之何哉！”事已至此，我又能怨得了谁呢？或许一切都是老天的安排，我能有什么办法！

“王事适我，政事一埤益我。”王家有差事又派给我做，衙门的公务也日益增加。“我入自外，室人交徧谪我。”我从外面一天到晚辛勤忙碌，回到家，家人却纷纷责备我。责备我不顾家，骂我俸禄少。“已焉哉！天实为之，谓之何哉！”事已至此，一切都是老天的安排，我还能有什么办法。

“王事敦我，政事一埤遗我。”王家有事务逼迫我去做，我纵使有千般的顾虑也要硬着头皮去接受。“我人自外，室人交徧摧我。”从外面回到家中，家人不但不理解我，反而讥讽我，嘲笑我。“已焉哉！天实为之，谓之何哉！”事已至此，算了吧，什么也不要追究了，一切都是命，都是天命。

全诗纯用赋法，直言铺叙描绘客观事物，爽朗而通畅。从首句的“出自北门”到后来的“我入自外”，全诗按照事情发展的顺序进行，让读者知晓整件事情的来龙去脉，让人一目了然。诗中连用数个“我”字，感情色彩极其浓烈。整首诗主观色彩强烈，直言心声，一下子就拉近了与读者的距离。

北　风

北风其凉，雨雪其雱①。惠而好我②，携手同行。其虚其邪③，既亟只且④。

北风其喈⑤，雨雪其霏⑥。惠而好我，携手同归⑦。其虚其邪，既亟只且。

莫赤匪狐⑧，莫黑匪乌。惠而好我，携手同车。其虚其邪，既亟只且。

【注释】

①雨（yù）雪：下雪。雨作动词用。雱（páng）：雪下得很大的

样子。② 惠而：爱好。③ 虚邪：徐缓。④ 亟：急迫。⑤ 喈（jiē）：通“湝”，寒凉。⑥ 霏（fēi）：雨雪纷飞。⑦ 同归：一起到较好的他国去。⑧ 莫赤匪狐：没有不红的狐狸。

【赏析】

“风雪夜归人”是冰天雪地里的一丝温暖，“风雪急逃亡”则是寒冷里的慌乱和匆忙。《北风》一诗构建的风雪世界，属于后者，仅有凄凉的萧索，没有丝毫美感：放眼望去，破落的车队在泥泞的路上走走停停，北风刺骨，吹乱了车帷和须发，大雪纷纷，遮盖了本就辨识不出的道路。车中之人，既不是久征沙场的战士，也不是终日辛劳的农人，而是一批锦衣玉食、整日舞文弄墨的贵族。

《北风》描写了这样一种情景：卫国行威虐之政，贤人预见危机，相约避乱。这是一首反映贵族逃亡的诗：“既亟只且”，紧急的局势一触即发，“莫赤匪狐，莫黑匪乌”，凄凉的环境如影随形，让人悚然心惊。短短数十字，逃亡者内心的焦灼和痛苦，跃然纸上，纤毫毕现。无怪朱熹《诗集传》中说此诗“气象愁惨”。

《诗经》历来擅长渲染情感，其一唱三叹、回环复沓的章法，最能感染读者的情绪，使诗作的内蕴得到有力的彰显。《北风》共三章，前两章内容基本相同，反复诉说，使情感叠加于字里行间。其中只改了三个字，每次改变，都是从不同角度的追加，最终使情感得到全面的张扬。

把“北风其凉”改为“北风其喈”，不断地强调北风的寒意。不仅“凉”而且“喈”，刚才是凉，现在是既寒且凉，加深了“凉”的程度，充分表现出逃奔者身心俱寒的景状。把“雨雪其雱”改为“雨雪其霏”，前者纷然飞扬，后者密集飘落，从不同角度极力渲染雪势的盛大。把“携手同行”改为“携手同归”，强调逃离的意向，也体现出贵族们对目的地的渴望：把去处当成了家，不是“去”，而是“归”，从而反衬逃亡前的无归属感和对原地的恐惧心境。

这种结构和手法产生了强烈的艺术效果，好似逃亡者在途中不停地念叨同一句话，一方面催促自己奔逃的节奏，另一方面也能分散注意力，舒缓自己紧绷的神经。

诗作各章末二句相同，“其虚其邪”，虚邪，即舒徐，为叠韵词，加上二个“其”字，语气更加缓和，形象地表现逃亡者委蛇退让、徘徊不前之状。“既亟只且”，“只且”为语助词，语气较为急促。加强了局势的紧迫感。一个又冷又怕、哆嗦不已、慌忙赶路的逃亡者形象，和一条覆盖积雪、曲折坎坷、又细又长而看不到终点的山间小路形象。呼之欲出。

当时的虐政如风雪般密而不透、寒凉无比，让人无法承受，只得迁徙逃亡。行程过程中的北风与风雪，既是对下文的起兴，也是逃亡者对现今生活的概括，象征着奔逃过程的艰辛和走不出严寒的痛苦，表现出逃亡者脱离苦厄的艰难和逃亡途中心态的焦急不安。

静　女

静女其姝①，俟我于城隅②。爱而不见③，搔首踟蹰④。
静女其娈⑤，贻我彤管⑥。彤管有炜⑦，说怿女美⑧。
自牧归荑⑨，洵美且异⑩。匪女之为美，美人之贻。

【注释】

①静女：贞静娴雅之女。朱熹《诗集传》："静者，闲雅之意。"姝（shū）：美好。②俟（sì）：等待。城隅（yú）：城角隐蔽处。③爱而：隐蔽的样子。④踟蹰（chí chú）：徘徊不定。⑤娈：面目姣好。⑥贻（yí）：赠。彤管：指红管草。⑦炜（wěi）：盛明的样子，有光彩。⑧说怿（yuè yì）："悦怿"，喜悦。⑨牧：野外。荑（tí）：初生的白茅，象征婚媾。⑩洵（xún）：实在，诚然。异：特殊。

【赏析】

爱是一种抽象的概念，它看不见抓不着，而《静女》将这种抽象的情感具体化，让爱真真切切地存在于人们眼前。

《静女》一诗历来备受关注，因为它美，且美得别有风韵。不仅文字熠熠生辉，诗中的女子亦文静美好，令人神往。

"静女其姝，俟我于城隅。爱而不见，搔首踟蹰。"由此句可知，这首诗以一个男子的口吻叙述，他对恋人的外貌极尽赞美，对她待自己的情意极尽宣扬，可看出他的喜悦心情，仿佛在向世界昭告，有一个美丽的女子在等待他。他迫不及待地早早赶到约会地点，四处张望，但是前面似乎有什么树木房舍之类的东西挡住了他的视线。于是他抓耳挠腮，焦急难耐，在原地来回徘徊。“搔首踟蹰”一句，通过动作描写形象细腻地传达出人物的心理状态，刻画出男子的痴情。

“静女其娈，贻我彤管。彤管有炜，说怿女美。”小伙子站在那里等着，心中开始回忆起两人的甜蜜过往。他想起心爱的女孩送给他的彤管，这个礼物精美至极，色泽鲜艳，一如姑娘的容颜。所以小伙子对它爱不释手。

第三章是全诗情感的巅峰之处。“自牧归荑，洵美且异。匪女之为美，美人之贻。”这个有心的女孩从牧场归来时，采摘了一株荑草送给男子。男子认为它比彤管还要珍贵，因为他知道这是女孩跋涉远处郊野亲手采来的，所以他把这株普通荑草看得“洵美且异”。

《静女》一、二两章都以“静女”开头，首章“其姝”，次章“其娈”，一字之差，含义自然也有所区别。第三章则与一、二章完全不同，由此，这首诗既不乏节奏感和音乐美，同时也有较大的内容含量和表现力。

这首诗在艺术上最显著的特点是采用直陈其事的“赋”的手法。这一手法的运用使这首简短的诗能用最洗练的字句，描写出约会的进程，既有地点、人物、情境的描绘，又有回忆和心理活动的叠加。

新 台

新台有泚①，河水弥弥②。燕婉之求③，籧篨不鲜④。
新台有洒⑤，河水浼浼⑥。燕婉之求，籧篨不殄⑦。
鱼网之设，鸿则离之⑧。燕婉之求，得此戚施⑨。

【注释】

①新台：卫宣公替世子伋娶齐女，听说齐女漂亮，就在河边筑一

座新台，把齐女给自己娶来，称为宣姜。有泚（cǐ）：很鲜明的样子。②河水：此处指黄河。弥（mǐ）弥：大水茫茫。③燕婉：安乐、美好。④籧篨（qú chú）：蛤蟆。鲜：善。⑤有洒（cuǐ）：高峻。⑥浼（měi）浼：水满的样子。⑦殄（tiǎn）：和善。⑧鸿：指蛤蟆。离：通"罹"，罹难，遭受。⑨戚施：驼背的人。这里指蛤蟆。

【赏析】

《新台》是卫国民间流传的一篇意味深刻、脍炙人口的讽刺诗。《毛诗序》曰："《新台》，刺卫宣公也。纳伋之妻，筑新台于河上而要之。国人恶之，而作是诗也。"意思是说：《新台》一诗讽刺卫宣公纳儿子之妻，搭建新台截住新娘子，以求抱得美人归。举国上下都看不惯他这种不知廉耻的行为，于是编了这首歌暴露他丑恶的行径。

《新台》实质上揭示了封建道德的虚伪性。统治者要求百姓遵从礼教，自己却寡廉鲜耻；要求百姓规规矩矩，自己却为所欲为。卫宣公即是一个典型的例子，人们正是要借着这种现象批判荒淫无度、治国无方的统治者，表达自己愤愤不平的心情。

"新台有泚，河水弥弥"和"新台有洒，河水浼浼"是兴语，但兴中有赋：卫宣公垂涎于未婚的儿媳妇，便造了"新台"，以显示他做这件事的合法性。但无论怎样，好事不出门，坏事传千里，越想掩盖不轨的动机，就越是欲盖弥彰。

"燕婉之求，籧篨不鲜"，可人儿原本遇上了一个好夫婿，谁料到，最终嫁的却是一个糟老头。"燕婉之求，籧篨不殄"，意义与前一句相近。嫁给一国之君是事实，可是地位再高又有什么用？这两章用反衬和讽刺的手法极言卫宣公不知廉耻的行为，令人不禁为这个女子鸣不平，本来嫁的是儿子，却进了公公的虎口，真是一朵鲜花插在了牛粪上，倒霉至极。

"鱼网之设，鸿则离之。燕婉之求，得此戚施。"织好了一张渔网准备去捕鱼，到河边做了一番准备之后开始打鱼，哪想到这一网上来没抓到鱼抓到的却是一只蛤蟆，正如貌美如花的新娘本想嫁个美少年，最终却遇到了一个驼背的丑丈夫一样。

全诗的语言从头到尾犀利尖酸，一讽到底。新台是美的，但遮不住卫宣公的丑陋行为。反衬的修辞方法，使文章的讽刺意味更加浓厚深刻，也使得诗句所描写的人物和事件达到美愈美则丑愈丑的境界。

《新台》以第三者的身份叙述整个事件的全过程，以一个旁观者的身份进行褒贬。人们抱着强烈的讥刺与憎恶之情，反复用蘧篨这种丑陋的动物，来烘托女主人公对婚姻的美好期待和期待落空的悲哀与不幸。对这种强烈落差的反复摹写，体现出诗人对女主人公的同情。

二子乘舟

二子乘舟，泛泛其景①。愿言思子②，中心养养③。
二子乘舟，泛泛其逝。愿言思子，不瑕有害④。

【注释】

①泛泛：漂荡的样子。景：通“憬”，远行。②愿：思念。③养（yáng）养：心神不定，烦躁不安。④不瑕：不无，是疑惑、揣测之词。

【赏析】

“李白乘舟将欲行，忽闻岸上踏歌声，桃花潭水深千尺，不及汪伦送我情。”一曲《江边送别》奏响千年友谊的乐章。

“劝君更进一杯酒，西出阳关无故人。”一杯酒饱含牵挂与珍重。

“海内存知己，天涯若比邻。”一句祝福涵盖所有离别的情怀。

送别诗是中国诗歌史上不容忽视的存在，追源溯流，可从《诗经》中略窥一二。《二子乘舟》便是一首动情的送别之诗。

“二子乘舟，泛泛其景”，两句点出送别地点发生在河边。两位年轻人拜别了亲友登上小船，在浩渺的河上飘飘远去，只留下一个零星小点，画面由近而远。“泛泛”二字形象地描绘出波光粼粼的场景。

“愿言思子，中心养养”，送行的一行人在岸边伫立，久久不肯离去。极目远望，悠悠无限思念之情。此处直抒送行者的留恋牵挂之情，更将送别的匆忙和难分难舍表现得淋漓尽致。

“二子乘舟，泛泛其逝”，两位年轻人所乘之舟，早已在蓝天之下、长河之中逐渐远去，送行者却还痴痴地站在河岸上远望。“愿言思子，不瑕有害”，当两个年轻人离去后，送行之人千丝万缕的离愁别绪和惦念纷然涌上心头。他目不转睛地注视远方，却只看见无垠的波浪。这些波浪正如人生旅途上未知的挫折和荆棘。远去的人儿啊，不知你们能不能顺利渡过艰险，披荆斩棘，乘风破浪？这两句，是用祈祷的方式，传达情感上的递进和转折，恐怕只有亲人、朋友、爱人才会真正如此设身处地地惦念他们。在这割舍不断的牵念中，很自然地浮起忧思和对未来的担忧。

整首诗景象相同、地点相同，而情感却由浅到深。正因为有了这种回环复沓的手法，才使诗显得更加蕴蓄深沉。

此诗的写作背景，据《毛诗序》分析：“《二子乘舟》，思伋、寿也。卫宣公之二子，争相为死，国人伤而思之，作是诗也。”伋和寿是卫宣公的两个儿子，伋便是《新台》一诗中被父亲卫宣公抢走妻子的少年，寿是卫宣公与这位女子生下的儿子。寿的兄弟朔与其母密谋，恳请卫宣公派伋出使齐国，准备在出使途中杀掉伋。寿得知后，劝伋逃走。伋不听，他便偷了伋的符节，先行出发，代替伋被杀了。伋后来也被杀害，举国百姓为此伤心不已，便作此诗纪念二人。

而现代学者闻一多先生则猜测这首诗“似母念子之词”（《风诗类钞》），也有学者认为这是一位父亲送别“二子”之作，所有解说大体相似。将它视为临别妻子送夫、朋友送友人的诗，恐怕也无可厚非。毕竟送别的主旨没有改变。

血浓于水，兄弟情深。不管二子“争相为死”的说法到底是真是假，毋庸置疑的是全诗依依惜别的深情永远感动着后人。

鄘 风

柏 舟

汎彼柏舟，在彼中河。髧彼两髦[1]，实维我仪[2]。之死矢靡它[3]！母也天只[4]，不谅人只[5]！

汎彼柏舟，在彼河侧。髧彼两髦，实维我特[6]。之死矢靡慝[7]！母也天只，不谅人只！

【注释】

①髧（dàn）：头发下垂的样子。两髦（máo）：古代男子未行冠礼前，头发齐眉，分向两边的样式。②仪：配偶。③之：到。矢：誓。靡：无。④只：语气助词。⑤谅：相信。⑥特：与上文的"仪"同义。⑦慝（tè）：改变。

【赏析】

《诗经》中有很多反映婚恋爱情的诗篇，《鄘风·柏舟》就是其中较有特色的一篇。与《诗经》中大多数描写爱情的纯真与唯美的诗相比，这首诗的不同之处在于，它反映了《诗经》时代民间婚恋的状况。在那个年代，人们仍享有一定的爱情自由，原始的婚俗仍占有一定地位；但是，正如《诗经》中所体现出来的那样："取妻如之何？必告父母""取妻如之何？匪媒不得"（《齐风·南山》），烦琐的礼教已侵入人们的生活。因此青年男女为了争取婚恋自由而产生的反抗意识，开始在《诗经》中显示出独特的艺术魅力。

诗的第一章以柏舟起兴：那飘荡的柏舟，就在水中央。舟上垂发的男子，是我心仪的爱人，我对他的感情至死不渝！母亲啊，苍天，为什么你们不能体谅我的心成全我呢？诗的起始便发出了震人心魄的誓言："之死矢靡它！"诗意的表达直接而强烈，"母也天只"呼娘呼天。"娘啊天啊"这一句并不是对娘的斥责，而是情感的迸发，爱上一个人却不能相守的焦急与顾盼流露于呐喊之中。

诗的第二章是为重唱，两章重章叠句，意味相同，只为加强语气，这在《诗经》中是惯用的手法。与第一章稍有不同的是，此时的柏舟已飘到了河的边缘。说明时间在改变，舟上垂发的男子，依然是我心仪的爱人，我对他的感情至死不渝！母亲啊，苍天，为什么你们不能体谅我的心成全我呢？诗至此戛然而止，留白的结局为读者留下了疑问与回味：母亲为何要阻止这二人在一起？结局是大团圆还是劳燕分飞？

父母之命，媒妁之言，在《诗经》的年代，爱情不仅仅是"桃之夭夭，灼灼其华"，在绚烂的外表下，不知有多少誓死的抗争。《柏舟》中的女子，声声呐喊惊醒了《诗经》爱情的美梦：那舟上的人就是我心爱的人儿，我的爱至死不渝！母亲与苍天，为何难成全？

《鄘风》中有相当多的情诗，描绘出当时男女青年在婚恋过程中的各种情况、与礼法制度相矛盾的家庭生活等。从《柏舟》这首诗中可以看出，当时的婚恋有一定的自由，但父母的意见常常左右着这些年轻人的爱情。诗中的女子对于母亲的干涉很不理解，因而采取发誓和呼告的方式表达了抗议，并在诗中表达了自己对爱情的至死不渝，以及对礼教束缚和包办婚姻的不满。女子呼告的对象是"母亲"，不难看出，母系社会的习惯势力在当时还有体现。

女主人公向母亲呼告之余又向"天"呼告。周朝时代的人把"天"看作居高临下、明察秋毫，具有至高无上、主宰一切的神秘力量。当人们心中有懊恼、不平或愤激时，往往向天呼吁，请求体恤，希望挽回天命，改变命运。这自然是人们对自己所幻想的神单方面寄托的一种幻想。

奇特的内容让这首《柏舟》在《诗经》众多的婚恋诗篇中脱颖而出，而在形式上，和《国风》《小雅》中的多数篇章一样，《柏舟》是一首歌词。在艺术上属于典型的两章叠咏：中心意思在第一章表达得已经很完整，但觉感情还未抒发到极致；于是第二章继续表达同一种意思，只变易韵脚。一支曲子，两段歌词，结尾咏叹。这种形式，一直到当代的歌曲中仍有十分广泛的继承。《柏舟》之所以用重章叠句的形式。是借以抒发作者强烈的感情，心中的话似乎只有一遍一遍重复声明，才能表白一颗坚定的心，因此诗背后的爱情故事便让人猜测不已。《毛诗序》有这样一段解读："《柏舟》，共姜自誓也。卫世子共伯早死，其妻守义，父母欲夺而嫁之，誓而弗许，故作是诗以绝之。"

墙有茨

墙有茨①，不可扫也②。中冓之言③，不可道也④。所可道也⑤，言之丑也。

墙有茨，不可襄也⑥。中冓之言，不可详也⑦。所可详也，言之长也。

墙有茨，不可束也。中冓之言，不可读也⑧。所可读也，言之辱也。

【注释】

①茨（cí）：蒺藜。②扫：除掉。③中冓（gòu）：宫中。④道：说。⑤所：若。⑥襄：除去。⑦详：详细讲述。⑧读：说出，宣露。

【赏析】

一般人认为《墙有茨》一诗旨在讽刺卫国的宫廷丑事，卫宣公强娶儿子伋的未婚妻（即卫宣姜），生子惠公。卫宣公死后，年幼的惠公即位。齐、卫两国素来关系亲密，齐人为巩固惠公的君位，保持两国亲密的姻亲关系，强迫公子顽与卫宣姜私通。不久卫国宫廷里的这些秘事丑闻就传到宫外，人尽皆知。卫人深以为耻，于是有了这首讽刺意味极强的《墙有茨》。全诗以不言为言、欲说还休的方式，吊足了读者的胃口，也达到了意想不到的讽刺效果，成为《诗经》里独具特色的一篇佳作。

全诗每章均以“墙有茨”起兴，引起将讽之事。每章的字句相差不大，只是将“扫”“道”“丑”等词换成了“襄”“详”“长”和“束”“读”“辱”。这样虽然是在反复叙说一件事，却不显唠叨琐碎。

“墙有茨”不是单纯的起兴，它与诗中隐含的宫闱秘闻有意义上的联系。根据《诗经词典》的解释，“茨”有两种意思：一为蒺藜，一为茅草芦苇盖的屋顶。这里应是蒺藜之意。墙上爬满蒺藜草。“不可扫”，“不可襄”，“不可束”，怎么都无法根除。这种情形就好像宫闱丑事，一旦发生，就无法阻止它向外传播。要想堵住人们的嘴，就像拔出墙头根深蒂固的蒺藜草一样难。所谓“好事不出门，恶事行千里”，“墙有茨”而不可除，暗示着宫中淫乱丑事的无法掩盖。

现实中常常有这种情况发生，当一件不为人知的事变得人尽皆知时，人们相互之间会达成一种默契：在说到这件事时，谁也不会把它说破，只需从一个眼神或一种语气中就能领会彼此要表达的意思。这样一来，虽然人人都知道此事，看上去却又像人人都不清楚此事，造成一种神秘的气氛。此之谓“公开的秘密”。

这首诗也笼罩着这样的神秘气氛。诗人不停地说：“中冓之言，不可道也。”“中冓之言，不可详也。”“中冓之言，不可读也。”一副绝对保密的样子。可是每次这样说过后，诗人又说：“所可道也。言之丑也。”“所可详也，言之长也。”“所可读也，言之辱也。”告诉大家，之所以不能说，是因为说出去让人感到羞耻。

可是越不说，读者就越想探究其中的奥秘。如果真是不能告诉别人的秘密，就应该只字不提。而诗人看似在隐瞒秘密，却有意无意地透露出一些信息。明明公子顽、卫宣姜的丑事在当时已经妇孺皆知了，可诗人偏偏要说“中冓之言”不能说出来。这样说的效果是，也许别人并没有想到此事，但被诗人这么一提，就会不由得想起此事。而当诗人成功地诱使众人将注意力转到这件事上后，就没必要继续叙述所指之事了，于是一笔宕开，转而指出不言“中冓之言”的原因。众人听如此说，自然洞悉其中深意，不必多言即能领会作者的讽刺之意。

君子偕老

君子偕老①，副笄六珈②。委委佗佗③，如山如河。象服是宜④，子之不淑⑤，云如之何⑥。

玼兮玼兮⑦，其之翟也⑧。鬒发如云⑨，不屑髢也⑩。玉之瑱也⑪，象之揥也⑫，扬且之皙也⑬。胡然而天也⑭，胡然而帝也。

瑳兮瑳兮⑮，其之展也⑯。蒙彼绉絺⑰，是绁袢也⑱。子之清扬⑲，扬且之颜也⑳。展如之人兮㉑，邦之媛也㉒。

【注释】

①君子：指卫宣公。偕老：夫妻相亲相爱、白头到老。②副：女人的一种首饰。笄（jī）：簪。珈（jiā）：饰玉。③委委佗佗：举止雍容华贵、落落大方。④象服：镶有珠宝、绘有花纹的礼服。⑤淑：善。⑥云：句首发语词。如之何：奈之何。⑦玼（cǐ）：花纹绚烂。⑧翟：绣着山鸡彩羽的衣服。⑨鬒（zhěn）：黑发。如云：形容头发浓密。⑩髢（dí）：假发。⑪瑱（tiàn）：冠冕上垂在两耳旁的玉。⑫揥（tì）：发钗一类的首饰。⑬扬：前额宽广方正。且：助词。皙（xī）：白。⑭胡：怎么。然：这样。⑮瑳（cuō）：玉色鲜丽洁白。⑯展：古代夏天穿的一种纱衣。⑰蒙：覆盖，罩上。絺（chī）：细葛布。⑱绁袢（xiè fán）：夏天穿的白色内衣。⑲清扬：眉清目秀。⑳颜：额头。㉑展：的确。㉒媛：美女。

【赏析】

历史总会消磨一些东西，经典也未能得以幸免，在岁月的更迭中，一些诗作最本真的意义再难考证，在后人的猜疑中产生出不同的解读，成为文学殿堂里的桩桩“悬案”。《君子偕老》正是这样一桩“悬案”，历来颇受争议，在这首诗的多种评论中，最重要的是两种，一褒一贬，针锋相对。一说认为它是一首讽刺之诗。《毛诗序》：“《君子偕老》，刺卫夫人也。夫人淫乱，失事君子之道，故陈人君之德、服饰之盛，宜与君子偕老也。”宣姜本是卫宣公之子伋的未婚妻，不幸被宣公霸占，后来又与庶子顽私通，劣迹斑斑。由此可见，“君子偕老”一句实是对宣姜行为的反讽。评论者认为，这首诗讽刺卫国宣夫人外貌美丽华贵而行为丑陋无耻，诗人以美写丑，美的外貌与丑的灵魂形成强烈的反差，造就深长的讽刺意味。“子之不淑”为其画龙点睛之笔。整首诗既有铺陈，也有反衬，两相对比之下，讽刺之意尽显。

另一说法认为此乃单纯的赞美之辞。持这种观点的人认为，这是一首颂诗，一般在庆颂仪式上歌唱，理由是，《诗经》讽刺人的品行时，很少通过美好的事物来衬托。在这首赞美婚姻的诗中，“君子偕老”一句开篇便统领全诗，极力主张美人应与君子美满偕老，接下来从各个层面突出其美丽，并用服饰之华美象征其品德之高贵。明戴君恩《读风臆评》云：“零零星星，不舍一物，绮密回还，变眩百怪，《洛神》《高唐》不足为丽矣。”

两种说法迥乎不同，展现出这首诗的隐晦和多义。若单讲诗作的亮点，则无论是哪一种主题，作者都以优美的笔触，对女主人公进行了各种描摹，极尽奢华。所以。暂时抛却主旨，融入作者的唯美摹写，用心感受那种光艳绝伦，才是当务之急。

作者从盛大的册封大典开始，渲染典礼之庄严法度，礼服之华美典雅。宣姜身着礼服冠冕，华美俨然，一时震惊四座。次章宣姜身着羽衣，鲜艳明丽，更加姿态妍丽，娇媚无限，诗人用繁复的文字渲染宣姜的羽衣华服，青丝如云，耳中明月珰、头上象牙插，更显得“面如秋月还白，目似秋水还清”（《红楼梦》赞贾宝玉语）。末章宣姜身着便服，眉目宛然，丰姿如画。在篇末诗人又大大赞叹了一番：如此美女，世间少有，地上无双。

好的铺陈得益于美的辞藻，亦得益于巧的结构，全诗以七句、九句、八句的格式排列，显得错落有致，给人环佩叮当之感。首章揭出通篇纲领，章法巧妙，使得全文连贯圆融，浑然如一。诗作交叉表现宣姜的服饰和仪容，用语华丽工巧，结构上酣畅淋漓，巨细备至，深得《诗经》回环往复之妙，达到了震撼人心的艺术效果。

也许“讽刺”的主张是对的，因为文人痛恨一件事时，他可能破口大骂，却也可能酸溜溜地瞻之仰之，赞之颂之，当把其捧得足够高时，再突然给其措手不及的打击，完成鞭挞的初衷。或者，后一种观点才是正确的，以华美事物象征美好品格是《诗经》中的常用手法。无论哪一种，都无法冲淡这首诗唯美的描摹和深湛的艺术塑造能力。

桑　中

爰采唐矣①？沬之乡矣②。云谁之思？美孟姜矣③。期我乎桑中④，要我乎上宫⑤，送我乎淇之上矣⑥。

爰采麦矣？沬之北矣。云谁之思？美孟弋矣。期我乎桑中，要我乎上宫，送我乎淇之上矣。

爰采葑矣⑦？沬之东矣。云谁之思？美孟庸矣。期我乎桑中，要我乎上宫，送我乎淇之上矣。

【注释】

①爰：于何，在哪里。唐：菟丝子，寄生蔓草，秋初开小花，籽实入药。②沬（mèi）：春秋时期卫国邑名，即牧野，在今河南淇县。乡：郊外。③孟姜：姜家的长女。④桑中：地名。⑤要（yāo）：邀约。⑥淇：淇水。⑦葑（fēng）：一种菜名，即芜菁。

【赏析】

初读这首诗，会发现其语调舒缓，意境和美，像是一位男性主人公在幽幽地念叨和回味自己曾经的恋情和幽会。可能此时他正坐在一个长满青草的山坡，迎着和暖又轻柔的微风，某种风吹杨柳的情景或者仅仅是某种熟悉感，不经意间碰触到了敏感的神经，回忆中的旖旎悄悄爬上心头，作者开始不自觉地低语、沉吟，由此成就了这首《桑中》。

这是一首爱情诗，短暂的篇章，记述了一对青年男女多次约会的情景。诗篇以男主人公的甜蜜回忆起始，再现女子的主动邀约，最终定格于二人的依依不舍，如此回返往复，细致地勾画出这段感情的百转千回，让人阅读时不禁替男女主人公心生欢喜。

诗一开篇，“爰采唐矣”。即定下全诗缠绵幽远的基调。“采唐”“采麦”“采葑”皆是比兴。“姜”“弋”“庸”是姓，也可解释为对美女的泛称，类似于后代人称美女为“西子”，三个姓氏实为一人，都是指那位火热、浪漫的女主人公。郭沫若《甲骨文研究》云：“桑中即桑林所在之地，上宫即祀桑之祠，士女于此合欢。”又云：“其祀桑林时事，余以为《鄘风》中之《桑中》所咏者，是也。”“桑中”即桑树林中，“上宫”即人们祭祀用的祠堂，而“淇之上”，则是蜿转回环的淇水岸边。

诗作中有很多“设问”手法的应用，“爰采唐矣？沬之乡矣。云谁之思？美孟姜矣。”此处明明可以直接叙述，诗人却偏要故意提问，如此一来，就显得叙述曲折起伏，更添情味，表现出作者深刻浓郁的情感。全诗三章结构相同，反复咏唱在“桑中”“上宫”里的情浓时刻以及淇水相送的缠绵，反映出作者对这段感情的回味、珍惜和割舍不下。其句式由四言而五言而七言，体现出情到浓时的欲罢不能，尤其每章句末的四个“矣”字，伤感留恋之情溢于言表。

“姜”“弋”“庸”都是贵族的姓氏，而男方是从事采集劳动的青年，门户悬殊。男方一直在思恋着这位气质优雅的美丽姑娘，但因为地位低下，只能强自隐忍。善良的女主人公对男子也产生了好感，并且细心聪慧地看出了男子的心意，于是，她主动邀约，表露心迹，与男子展开了一段美好的恋情。以后的故事，作者没有说，但无论结局怎样，男子都会不断回忆这段感情。

正如《诗经》中不少爱情诗的命运一样，《毛诗序》也把这首《桑中》收编入礼教的翼下：“《桑中》，刺奔也。卫之公室淫乱，男女相奔，至于世族在位，相窃妻妾，期于幽远，政散民流而不可止。”劈头一棍，打碎了无数人的爱情梦幻，让《诗经》的质朴不再纯真，让人们的思绪不再清扬。

后代的朱熹等一些人，举姜、弋、庸乃当时贵族姓氏为证，认为这是一首揭露贵族淫乱之辞。而另一些人则坚持纯粹从诗作的内容和意境把握诗意，认为诗中并无其他的政治含义，只是单纯地表现了青年男女的炽烈爱情。

想要一窥真实，就要追溯到那个质朴的时代，亲手翻开那页处处生机蓬勃的画卷。上古时期，身处蛮荒中的先民们处处以生存优先，诚心地奉祀农神及生殖之神，他们认为男女之间的交合与万物生长繁殖息息相关，因此，祀奉农神与生殖神的仪式常常交杂在一起，且伴有男女在一起欢会的习俗。

《桑中》所描写的正是这种习俗的遗留。这种解释，才是真实的历史再现，也更贴合《诗经》所处的时代。而“刺奔”之类的坐而论道，则是对诗旨牵强附会的解释，是汉儒以“比兴”解诗的错误，他们借维护纲常的借口，遮蔽了先民的本性。

由此，解读这首诗的最佳视角，应该是建立在人类文化学的基础上。男女爱情以劳动为背景和引子，在采摘麦子、芜菁的劳作中，爱情也潜移默化地生长、成熟。当年轻的男女皆春心萌动之时，美丽的少女主动邀约，到桑林中幽会，爱情和劳动的场地是同一的。在神圣的祠堂边，爱情和农作物一起得到蓬勃的生长和释放。最终，以农业的源泉——河流，见证和象征爱情的滋润、回旋不断和源远流长。在这首诗里，爱情和农业混融交合、亲密无间，在作者看来，它们都是生命中不可缺少的必需。在整个《诗经》中，农业劳动和爱情，一以贯之地被赋予了同样的美好。

这种在神圣的祠堂边、桑林中出现的、带着浓厚淳朴气息的爱情，颇具原始色彩，让人不禁想起了张艺谋导演的《红高粱》。只是两千年前的《桑中》显得更加纯粹，更加唯美，又因为是男主人公事后的低吟浅唱，所以更加撩人，更加意蕴悠长。

鹑之奔奔

鹑之奔奔①，鹊之彊彊②。人之无良③，我以为兄。
鹊之彊彊，鹑之奔奔。人之无良，我以为君。

【注释】

①鹑：鸟名，即鹌鹑。奔奔：雌雄一起飞的样子。②鹊：喜鹊。彊彊：同“奔奔”。③无良：不善。

【赏析】

把《诗经》称为经典，在于其内容的经典和丰富，《诗经》所展现的一幕幕画卷，有很多都可以给出不同的解读，正是这种多义性，赋予了《诗经》旺盛的生命力和广阔的包容性，使其能做到常解常新、仁智共见。

《诗经》的妙处在于：它通常只给出一个典型的场景或片段，由读者依靠自己的经验和喜好来推演出因果、事件、故事，最终形成一段动态的记述，或描摹爱情，或刻画政治，或仅仅书写一缕情感。每个人读《诗经》，都能读出属于自己的《诗经》。

《鹑之奔奔》就是这么一首诗，它所反映的片段，可以放置进多种情景。

比如说，有这么两种情形，都可以使《鹑之奔奔》所描述的画面，上下联结，气脉贯通：

一、昏暗的灯光前，几个男子围着几案埋头谋事，时而低语，时而激愤。他们衣着光鲜，配饰华美，身细面白，一看就是权倾朝野的王公贵族，其间，一人恶狠狠地低语："连鹌鹑和喜鹊等禽兽，都有固定的配偶，而君上纳媳杀子、荒淫无耻，其行为可谓腐朽堕落、禽兽不如，枉为我兄、枉为我君！"然后，群客点头低语，目瞪牙锁，意欲与之共谋。也许，在这次密会之后，一场讨伐或叛逆会紧随其后，直至国家倾覆，战乱纷纷。

二、春日的午后，慵懒爬上心头，新妇兀自在园中漫游，夫君外出做事，共赏莺柳的相约又付之东流，小女子四处张望，一股烦躁总也无法消除，看到鹌鹑喜鹊们两两交颈，比翼齐飞，幽怨终于化为浅怨薄怒："连鹌鹑和喜鹊等小鸟，都能成双成对，嬉闹枝头，那个没良心的，又不陪我，亏我还亲口叫他哥哥，亏我还以为他是一个守信用的君子！"然后，或低头静坐，掉几滴眼泪，或发发脾气，撕几张画册，最终盘算着等他回来时是假意生气还是主动相迎。

以上可称作《鹑之奔奔》两种极端的解法，除此之外还存在一些其他的说法。

比如当代学者樊树云在《诗经全译注》中提出这样的观点："这是一首对旧婚姻制度的控诉诗，一个女子看到鸟相追随、自由飞翔，联想到自己嫁给一个心地丑恶的丈夫，而作此诗。"

对于《鹑之奔奔》的解说，呼声最高的当属"讽刺说"，而关于这首诗的讽刺对象，《毛诗序》说："《鹑之奔奔》，刺卫宣姜也。卫人以为宣姜鹑鹊之不若也。"认为是刺卫宣公夫人，因为她与卫宣公庶子公子顽私通。

较之主旨，艺术手法则显得更加纯粹和简单，也更加容易把握。全诗两章八句，均以"鹑之奔奔"与"鹊之疆疆"起兴，只是顺序不同。如此应用，非但没有给人重复枯燥感，还因为其韵律和婉，更添圆融厚实。

定之方中

定之方中①，作于楚宫②。揆之以日③，作于楚室。树之榛栗，椅桐梓漆，爰伐琴瑟。

升彼虚矣④，以望楚矣。望楚与堂⑤，景山与京⑥。降观于桑，卜云其吉⑦，终然允臧⑧。

灵雨既零⑨，命彼倌人⑩，星言夙驾⑪，说于桑田⑫。匪直也人，秉心塞渊⑬，骒牝三千⑭。

【注释】

①定：定星，又叫营室星。十月之交，定星出现，古人认为此时宜造宫室。②楚宫：楚丘的宫殿。③揆（kuí）：测度。日：日影。④虚：废墟。⑤堂：楚丘旁的堂邑。⑥京：高丘。⑦卜：古人烧龟甲察看裂纹以测吉凶。⑧臧：好，善。⑨灵雨：及时雨。零：落。⑩倌人：驾车小臣。⑪星：晴。夙：早上。⑫说（shuì）：通“税”，歇息。⑬秉心：用心、操心。塞渊：充实。⑭骒（lái）：七尺以上的马。牝（pìn）：母马。

【赏析】

“定之方中”的“定”是指营造屋室的星宿。朱熹说：“此星昏而正中，夏正十月也。于是时可以营制宫室，故谓之营室。”夏历十月，定星位于正南方，对应北极星，南北测度明确，东西也自然端正了，这样的建筑物才合于天地四方。“楚宫”即指楚丘地上的宫堂。“揆之以日”，指根据日影来测定宫室的走向。

这首诗是对卫文公的颂扬之作。春秋时期，卫国懿公昏庸无道，民心离散。后来，狄国攻卫国，卫国败失国土，懿公亡。齐、宋两国立戴公做卫国君。戴公死后，其弟文公接位。两年后，齐桓公帮助卫文公迁都。后来，在狄国与邢国合兵攻卫之时，卫文公率兵击退敌军，第二年又讨伐了邢国。因他文治武功卓越，遂使国力日渐强盛。

《左传·闵公三年》载:“卫文公大布之衣，大帛之冠，务材训农，通商惠工，敬教劝学，授方任能。元年革车三十乘，季年乃三百乘。”文公后期卫国国力增强了近十倍。春秋时代。战事纷繁，没有强盛的国力，强势的戎马，势必会被别国欺凌，甚至最终引起自身的覆灭。卫文公带领庶民将弱国变成强国，当然要受到人们的拥戴和赞誉。

定星于黄昏在正南方出现时，卫文公率领人们建造宫室宗庙，建筑进展得很快，宗庙宫室建好后又建马圈车库，再建居室。完成这些后，又种榛、栗、椅等各种树木，为了将来将它们采伐做成琴瑟。

十月后既值农闲，又严寒未至，此时修宫筑室是有一定道理的。古代宫殿庙宇旁需种植名木，如“九棘”“三槐”之类。楚丘的宫庙旁种植了榛、栗，这两种树的果实可供祭祀；种植了椅、桐、梓、漆，这四种树成材后都是制作琴瑟的好木材。

古人建筑讲究人与自然的和谐，“爰伐琴瑟”，既修筑宫堂居舍，又种树，考虑久远。卫国复国之初就预期以后会琴瑟悠扬，载歌载舞，国泰民安。古人对未来的自信可堪赞许。卫人群体劳动是那样努力而有序，重建家园时对未来美好生活的那份激动和憧憬令人感动。

诗人叙述卫文公率人修筑宫室之后，再回过头讲述卫文公率人在楚丘卜测建筑的过程:“登上漕邑废弃的宫室，沿着楚丘的地势眺望，观遍了远山与近岗。又到低处看桑田，占卜的卦辞很是吉祥，宫址选得很适当。”这个过程描绘得细致传神：先是“望”，后是“观”。先登上了漕邑故墟，远远眺望楚丘。“望楚”的重复运用，说明观望得极为细致，慎之又慎。同时，细察了附近的堂邑和高低山丘，表明卫文公亲自看风水。后下到田地观察桑田水土，考量耕种蚕渔。这都关乎卫国未来的国民生息，作为贤德的国君，这些是要用心去考虑的。诗中由“升”到“降”，由“望”到“观”，表现出卫文公目光长远、脚踏实地的形象。

在宏观大处挥洒之后，第三章却笔锋一转，写入细微。黎明时天时变化，由雨转晴，文公便起身赶往田里，观察蚕桑的长势……选取一件典型事例，活现了文公重视农耕、亲往劝耕督种的明君特质，同时也渲染了文公的不辞劳苦，凡事躬亲，力图兴国的风范。由一及十，由此及彼，不难想象文公平日勤劳国事的情景。第三章的末三句是全篇的概览，揭示出了全诗的主旨：文公的行事有多用心，视野又多深远！实在无愧贤德之君的称号。

诗末句“騋牝三千”告诉人们，由于文公的励精图治，卫国才会兵强马壮，日臻富强。全诗用赋的手法，让人从中品出热情的赞颂。“匪直也人，秉心塞渊”两句虽是直叙，却有着浓厚的抒情色彩。文公因“秉心塞渊”，崇尚实际，才使卫国由弱转强。全诗所有的叙述，都落在了“秉心塞渊”一个重点上，这四字可以说是全诗的纲领。

蝃 蝀

蝃蝀在东①，莫之敢指。女子有行②，远父母兄弟。朝隮于西③，崇朝其雨④。女子有行，远兄弟父母。乃如之人也⑤，怀昏姻也⑥。大无信也⑦，不知命也⑧。

【注释】

① 蝃蝀（dì dōng）：彩虹。② 有行：指出嫁。③ 隮（jī）：虹。④ 崇朝：终朝。⑤ 乃如之人：像这样的人。⑥ 昏姻：婚姻。⑦ 大：太。信：贞信，贞节。⑧ 命：父母之命。

【赏析】

蝃蝀就是彩虹，又称美人虹，形状如带，呈半圆形，有七种颜色。彩虹一般出现在雨后初晴之时，事实上是水汽被太阳返照而形成的。古代科学技术并不发达，人的思想也相对愚昧，先民不懂彩虹形成的原理，因此觉得彩虹的出现预示着不好的兆头，尤其指爱情或婚姻亮起了红灯。

关于《蝃蝀》一诗的主旨，各家一直争论不休，但大抵是围绕两种观点展开：一种是“止奔也”，这是正面的说教。另外一种就是宋代朱熹的《诗集传》认为“此刺淫奔之诗”。朱熹的意图也很明白——作为一个理学家，他从自己的学说出发，从反面进行说教，其目的也无非是规范当时的礼制，使女子从德。

“蝃蝀在东，莫之敢指。”一条彩虹横跨天空，人们议论纷纷，却不知道这是什么东西，没有一个人敢用手指着它。从这一句话就可以看出人们对“彩虹”的抵触和敬畏。在他们看来，这晦气的长条气体一定预示着什么不好的东西。“女子有行，远父母兄弟。”一个女子出嫁了啊，从此远离了她的父母兄弟。若按“私奔”之说，单从这两句是看不出任何端倪的。因为此句没有任何褒贬之意，只是单纯地站在旁观者的角度去叙述。

“朝隮于西，崇朝其雨。”一条彩虹出现在西方，整个早上都下着蒙蒙细雨，连绵不断，不知道是不是这条彩虹的缘故。“隮”也是指彩虹，清陈启源在《毛诗稽古编》中曾记载:“蝃蝀在东，暮虹也。朝隮于西，朝虹也。暮虹截雨，朝虹行雨。”这一章实质上是第一章的重复，都是在描写彩虹的出现。“女子有行，远兄弟父母。”原来是有个女子要出嫁啊，就这样远离了她的父母兄弟。

前两章都运用了比兴的手法，直写“彩虹”，实质要表现的却是出嫁的女子。这两章的叙述，概念很模糊，看不出作者意在表达什么。

“乃如之人也，怀昏姻也。大无信也，不知命也。”前面所有的描写无非是铺垫，直至这一句，诗人才真正点出了主题。天底下竟然还有像这样不知廉耻的女人，破坏婚姻可不是什么好礼仪啊！简直太没有贞操了，这样傲慢无礼的女子，让父母如何去依托？让一家老小还有什么脸面去生存？这一段文字略显尖酸刻薄，诗人对这个女子不留情面地加以鞭笞，说明他对这种破坏别人婚姻的行为极端憎恶和鄙视。

全诗的写作特点很独特，前两章属于复沓描述，一直在铺垫，没有发表任何评论，只是一味进行客观的陈述，而到了第三章，诗人却将这种情绪一股脑儿地倾泻而出，因此更加突出了作者对女子私奔行为的不齿，达到了一定的讽刺效果，同时也引起了读者的阅读兴趣，让人产生一种想读下去探个究竟的好奇感。这首诗歌的感情色彩也很浓烈，笔者没有将感情隐藏在隐晦的文字里，而是用“乃如之人也，怀昏姻也。大无信也，不知命也”四句直接呈现在读者面前，直率而坦然。

“私奔”在当时是十分忌讳的字眼，也是让家族蒙羞的丑事。这首诗中，女子是婚后私奔还是临婚逃婚未曾可知；但不可否认的是，那女子也的确有勇气，在一个礼教森严的年代还能做出如此大胆的举动，实在令人咂舌。能够独立自主地追求自己的幸福，从某种程度上讲，女主人公确实勇气可嘉。

无论是接受父母之命媒妁之言，从此过上单调枯燥的夫妻生活，还是《蝃蝀》勇敢追求真爱的有个性的女子，最后都将被残酷的现实摧残。《蝃蝀》作者的心声代表了当时社会的看法，人们已经对她们议论纷纷，“莫之敢指”，这个悲惨的结局只能归咎于那个年代，是礼教剥夺了她们自由恋爱的权利，是腐朽的思想禁锢了他们对爱的憧憬。

相 鼠

相鼠有皮①，人而无仪②。人而无仪，不死何为？
相鼠有齿，人而无止③。人而无止，不死何俟④？
相鼠有体，人而无礼。人而无礼，胡不遄死⑤？

【注释】

①相：视。②仪：威仪。③止：指遵守礼法。④俟（sì）：等待。⑤胡：何。遄（chuán）：速。

【赏析】

《诗经》是周代先民思想情感的优美表达，其中不乏对美好事物的尽情赞美，更有对丑恶事物的无情痛斥。而《诗经》的所有怨刺之诗中，《相鼠》算是骂人骂得最痛快、最尖刻的一首。

至于所骂何人，历来观点不一。有学者认为是百姓刺骂统治者，有人却说是“妻谏夫之诗”，持前种说法的人更多。统治者饱读诗书，满口尊卑礼仪，暗地却做出许多卑劣的勾当，这当然会遭到百姓的怒骂。其实，不必这么狭隘地去理解《相鼠》。无论何种人，只要品行龌龊，就会使人侧目，哪用得着分什么贵族士大夫、平民老百姓。这么来看这首诗，也许更有典型意义。

诗以鼠起兴，直接引起人们的憎厌之情。从古至今，老鼠这种动物都很不受人欢迎。首先，老鼠长了一副不讨人喜欢的嘴脸，浑身灰色，尖嘴小眼，形象上就让人没有好感。而且老鼠喜欢在夜间活动，一出来就四处张望，显得十分狡黠。更叫人无法忍受的是，老鼠偷窃成性，咬坏物品不说，还毁坏庄稼。所以一提起老鼠，人们便毫不掩饰对它的憎恶。《诗经》中所有写到“鼠”的诗里，无一不把老鼠当作痛斥和驱赶的对象。

以好衬恶，固然能显出恶之不好；而以一恶比另一恶，则更显其恶之甚。鼠已如此可厌，作者还用它来衬托丧失礼义廉耻的人，可见人无德行所引起的反感远甚于老鼠。“相鼠有皮，人而无仪。人而无仪，不死何为？”在诗作者看来，老鼠尚且还有一张皮，作为人却没有人应有的威仪，这种人不配活在世上，不如早些死掉的好。

“相鼠有齿，人而无止。人而无止，不死何俟？”诗人继续骂道：“你看看那老鼠还长着牙齿，有的人却不知羞耻！做人而无羞耻之心，不死还等什么？”及至第三章，诗人的怒气不仅未消，反而有所增长：“相鼠有体，人而无礼。人而无礼，胡不遄死？”老鼠还有体，人却不知礼！做人如果不守礼，为什么不赶快去死？

三章语义相似，但绝不是诗人重复啰唆的谩骂。每一章在意义上都比前一章更进一步。言辞逐渐激烈。情绪逐渐加强。“仪”“止”“礼”，一字之变，由表及里、由浅入深地把一些人卑鄙龌龊的品质揭露无遗。在一步步揭露丑陋面目的同时，诗人的情感渐次升温。从“不死何为”到“不死何俟”，再到“胡不遄死”，一问比一问尖锐，一问比一问怒不可遏，直有立即将德行败坏之人从人间清除的架势。老鼠过街的后果不过是人人喊打，打跑了也就作罢；可是一个尽失为人之道的人却激起众人“胡不遄死”的呼声。可见在古人看来，人若不守礼仪，便不具有生存的价值了。

从人的角度看，老鼠的品性确实恶劣，但也有例外。《关尹子》中有“圣人师拱鼠”的记载，这也许为解释《相鼠》提供了另一个角度。关中之地流传着这样一个民间传说：孔子云游天下，来到潼关，看见田边有群鼠拱爪站立，对日作揖。孔子见秦地老鼠尚懂礼仪，便不去秦地游说。

南朝刘敬叔《异苑》的记载与此传说类似：“拱鼠形如常鼠，行田野中，见人即拱手而立，人近欲捕之，跳跃而去。秦川有之。”

在这样的背景下看，“相鼠有皮”“相鼠有齿”“相鼠有体”不仅是说老鼠皮毛俱全，也有老鼠虽形容猥琐却有礼仪之心，人虽衣冠堂堂却不行礼仪的意味。如此一来，人之不如鼠辈更甚。

干　旄

孑孑干旄[①]，在浚之郊[②]。素丝纰之[③]，良马四之。彼姝者子[④]，何以畀之[⑤]？

孑孑干旟[⑥]，在浚之都[⑦]。素丝组之[⑧]，良马五之。彼姝者子，何以予之？

孑孑干旌[⑨]，在浚之城。素丝祝之[⑩]，良马六之。彼姝者子，何以告之？

【注释】

①孑（jié）孑：高举的样子。干旄（máo）：以牦牛尾饰旗杆，竖于车后，以状威仪。②浚：地名。③纰（pí）：在衣冠或旗帜上镶边。④姝：美好。⑤畀（bì）：给，予。⑥旟（yú）：画有鹰隼的旗。⑦都：古时区域名。⑧组：编织。⑨干旌（jīng）：将长尾野鸡毛设于旗杆之首。⑩祝：编连缝合。

【赏析】

全诗共三章，每章六句。“孑孑干旄，在浚之郊。素丝纰之，良马四之。彼姝者子，何以畀之？”诗中主人公仿佛正要去拜访什么贤者，这一路上他高高扬起插在车上的旗帜，手里不断地挥舞着旄鞭。一摞摞白色银丝镶边的旗帜，精美而大方，四匹千里骏马紧跟其后。主人公认为，即使是这些也不能表达我对贤者的尊敬，那位美好的德才兼备的人，我该拿什么献给你？本章采用的是赋法，直言铺叙，直抒胸臆。

“孑孑干旌，在浚之都。素丝组之，良马五之。彼姝者子，何以予之？”高高在上、迎风招展的旗子上画满了密密麻麻的鸟儿。驾车前行，眼看就要进到城里。旗杆上拴着白色的丝线，十分显眼。车后面跟着五匹千里马，让人心生羡慕。那位美好的贤人啊，你是如此优秀，我真不知道该拿什么赠送给你。

这一章内容基本重复上一章，只在个别字上稍有改动。而句末反复出现的“姝”也正是“贤人”的寓意。

“孑孑干旌，在浚之城。素丝祝之，良马六之。彼姝者子，何以告之？”高高扬起的旗帜上垂着光滑有色泽的羽毛，远远望去像一块白色的毡子一样，驾车一路走来，这时已经进入了城区。旗身上缝满了白色的丝线，车后跟着高大健硕的马匹，它们并驾齐驱。美好贤德的才子啊，我该拿什么相赠予你。

这三章内容回环复沓，一层比一层感情激烈，求贤若渴的心情表现得淋漓尽致。清代有学者认为，诗中的“良马”是准备要送给贤人的聘礼，这一说法也不无道理。

另有学者研究考古文献得知，文中的“干旄、干旟、干旌”都是大夫未来招贤纳士所建造的。

细细品味不难发现，文章在布局安排上也十分讲究。“在浚之郊、在浚之都、在浚之城”是一个由远到近的过程，从郊外慢慢到城里，这几句话表达出这位大夫势在必得的求贤之心。而紧接着的“良马四之、良马五之、良马六之”也有一个变化的过程。“良马”的数量逐渐增多，章法严谨，同时也体现出诗的主题。最后三个问句“何以畀之、何以予之、何以告之”的连用，也巧妙地表现出诗中的大夫求贤若渴的迫切心情。

古往今来，君王治国平天下少不了“贤人”的倾力帮助。尤其是能“运筹帷幄之中，决胜千里之外”的“贤人”，更得青睐。只要是贤明的君主，都是求贤若渴的。就像《干旄》里的大夫，为了迎接贤人，不惜花尽心思，以隆重的场面和丰厚的回报吸引“贤人”。这首诗的主题在后代作品中多有体现，如曹操的《短歌行》、李商隐的《贾生》等，可以说《干旄》一诗对后世的影响深远和持久。

据记载，《干旄》一诗的主旨讨论，结果达十余种。这在文学史上可以说是一个“天文”数字。

以《毛诗序》的观点为首，《毛诗序》中所阐述的观点是“美卫文公臣子好善说”，赞美卫文公的臣子个个都是能言善辩的得力助手。另外，以宋代朱熹《诗集传》为代表的“卫大夫访贤说”和现代一些学者所持的“男恋女情诗说”为辅，三者形成了三足鼎立之势。实际上，这三家的言论都各有代表性，各有立场和道理。

载　驰

载驰载驱[①]，归唁卫侯[②]。驱马悠悠，言至于漕[③]。大夫跋涉，我心则忧。

既不我嘉[④]，不能旋反。视尔不臧[⑤]，我思不远[⑥]。既不我嘉，不能旋济。视尔不臧，我思不閟[⑦]。

陟彼阿丘，言采其蝱[8]。女子善怀[9]，亦各有行[10]。许人尤之[11]，众稚且狂[12]。

我行其野，芃芃其麦[13]。控于大邦[14]，谁因谁极[15]？大夫君子，无我有尤。百尔所思，不如我所之[16]。

【注释】

①载：语气助词。驰、驱：车马奔跑。②唁（yàn）：向死者家属表示慰问，此处不仅是哀悼卫侯，还有凭吊宗国危亡之意。③漕：地名。④嘉：赞许。⑤臧：好，善。⑥思：想法。⑦閟（bì）：闭塞不通。⑧言：语助词。蝱：贝母草。⑨怀：怀恋。⑩行：指主张。⑪尤：责怪。⑫众：通“终”，既是。⑬芃（péng）芃：草长得很茂盛的样子。⑭控：往告，赴告。⑮因：依靠。极：至，此处指援助者的到来。⑯所之：往，行动。

【赏析】

《载驰》不止是《诗经》里的名篇，而且在诗歌史上也很有名。原因在于：其一，诗歌反映了一种热爱故土的精神，这历来是中华民族的一种情结；其二，诗的主人公许穆夫人极富魅力，她不但是难得的佳人，而且英姿飒爽，至情至性，坚毅果决；其三，诗的作者，也就是主人公，是诸侯之妻，王公之妹，高贵典雅，才情超众。作品本身具有很高的艺术价值，而诗作者则被评为中国第一位女诗人。

许穆夫人是卫国戴公、文公的姊妹，因嫁给许国君穆公，所以称许穆夫人。懿公在位时的卫国遭遇戎狄入侵，国破君亡，戴公率遗民东渡黄河，在漕邑暂驻，戴公逝后，文公即位。许穆夫人便是为了悼唁戴公、慰问文公，并怀着游说大国帮助复国的壮志而离开许国，驱车奔卫，许国君臣担忧戎狄报复而加以阻拦，由此出现了夫人在前驾车奔驰，许国大夫们在后追逐拦阻的事件。前驰后追中，许穆夫人终于到达卫国的漕邑。许穆夫人作《载驰》一诗，记述下这个过程。诗中表明了自己奔卫的原因、拒绝拦阻的理由和向齐国求援复国的主张。

“载驰载驱，归唁卫侯。驱马悠悠，言至于漕。”意思是：“马儿我还要在你身上加鞭啊，因是急着回去吊唁卫侯。驱着你长途奔波莫嫌劳苦，我们要去那远离的漕邑故土。”诗的一开头就出现了一个奇特的镜头：美貌女子，手执长鞭，驾驭骏马高车匆匆疾驰，她时而回头张望后面追车荡起的烟尘，紧蹙的双眉流露出焦急和轻蔑，汗珠已在额头上浸出，但脸上仍写满坚毅。只听她一声娇喝，重重地将长鞭抽向骏马，马儿负痛嘶鸣，奋蹄绝尘而去，把追逐者甩得远远的。

“载”本是语助词，这里可当“又”理解；“驰”是策马急驱，“载驰”就是策马急急忙忙不断地前奔。为什么迫不及待，不断前奔？因为国破家亡，所以急着“归唁卫侯”，更兼卫地漕邑遥远。接着又告诉人们“大夫跋涉，我心则忧”，“许国的大夫在后面匆匆追来，我能不急着奔驰吗”！短短六句，不仅把事情叙述得十分清楚，且画面感极强，进而动感又在画面中波涌。读者不仅能见到英姿飒爽的夫人驱车在前奔驰，众大夫在后急追的景象，而且能听到鞭声脆脆、马蹄嘚嘚、车轮滚滚的声音，似乎还能感受到夫人悸动的心跳。

接下第二章是许夫人与追上来的大夫们的对话。“既不我嘉……”一章的意思是：“尽管你们都不同意我的主张，我却不会顺从你们返回许国。你们的想法是胆怯和不理智的，而我的主张很快就会见到成果。尽管国君和大夫都阻止我，可我不会不顾卫国生死存亡，渡河回头。你们的想法粗浅而无远见，而我的主张合理周详。”这一章是许穆夫人对大夫既义正辞严又婉曲深沉的回答。

“陟彼阿丘……”一章是说：“我要登上那高高的山丘，采一把贝母草来疗养我的心忧。我虽是女子，也同样深恋故土，女人的主张正确同样会使你们俯首。对我这般阻止责难的大夫们啊，你们真的是幼稚狂妄不知羞！”此时夫人又抛下追者，愤然驰走，她的心中充满了愤懑，设想着用贝母草疗治伤痛的场景。为什么这样不讲情理阻拦我，你们到底居心何在？我怀恋故国、顾念亲情、舍生取义有什么不对吗？夫人此时已是怒意上涌，心底的斥责悉数迸发。

“我行其野，芃芃其麦。”我走在故国的田野上，麦苗青青，十分茂盛。紧接着写车马进入了卫国的原野，此时许国的大夫们面对坚强的夫人无可奈何只好回去了。夫人紧张的心也松弛下来，信马悠悠，开始了前面的打算：“控于大邦，谁因谁极？”“我将到大国去求救，难道没有道义可依傍？无为无能的许国大夫们啊，听着我的话不要轻狂，我这一趟定要恢复故国成大邦。”绿意葱茏的麦田激起了夫人对故土热烈的爱，她发誓要游说大国，一定将自己的祖国从危亡中拯救出来。

《载驰》仅用百余字，就把宗国的大爱、骨肉的亲情、旷远的胸襟、果决的气度表达得淋漓尽致。后来的史实是：许穆夫人吊慰了亲人，随后游说齐国，取得了齐桓公的支持，派兵帮助卫国收复失地，复国大计取得成功，夫人由此成了流传千古的巾帼英雄。

卫 风

淇 奥

瞻彼淇奥①，绿竹猗猗②。有匪君子③，如切如磋④，如琢如磨⑤。瑟兮僩兮⑥，赫兮咺兮⑦。有匪君子，终不可谖兮⑧。

瞻彼淇奥，绿竹青青。有匪君子，充耳琇莹⑨，会弁如星⑩。瑟兮僩兮，赫兮咺兮。有匪君子，终不可谖兮。

瞻彼淇奥，绿竹如箦⑪。有匪君子，如金如锡⑫，如圭如璧⑬。宽兮绰兮，猗重较兮⑭。善戏谑兮，不为虐兮。

【注释】

①淇：淇水，源出河南林县，东经淇县流入卫河。奥：水边深曲的地方。②猗猗：繁盛而美丽。③匪：通“斐”，有文采貌。④切磋：本义是加工玉石骨器，此处引申为讨论研究学问。⑤琢磨：本义是玉石骨器的精细加工，此处亦引申为学问道德的钻研深究。⑥瑟：仪容庄重。僩（xiàn）：宽广，博大。⑦咺（xuān）：有威仪的样子。⑧谖（xuān）：忘记。⑨充耳：挂在冠冕两旁的饰物，下垂至耳，一般用玉石制成。琇（xiù）：似玉的美石。⑩会弁（biàn）：鹿皮帽接合处。⑪箦（zé）：堆积。⑫金、锡：黄金和锡，一说铜和锡。⑬圭：玉制的礼器，在举行隆重仪式时使用。璧：玉制礼器，正圆形，中有小孔，

也是贵族朝会或祭祀时使用。⑭猗：通“倚”，依靠。较：古时车厢两旁作扶手的曲木或铜钩。

【赏析】

对《淇奥》这首诗的题旨，历来没有什么争议。大多数学者都认为《淇奥》是赞美卫国武公的作品。卫国的武公，既有文才，为人又宽和，并善于修身自检，因而能够胜任周王室的重臣一职。从诗的内容来看，这是一首对真心崇敬之人的赞歌。然而诗中时间、地点不明，也没有实指人物的事迹，似是泛义的君子画像，断言它是专门赞美卫武公的诗似乎难寻实据。

不妨把它的诗旨看成对当时一位品德高尚的士大夫的美誉：

“向远看那淇水的小河湾，翠竹林婀娜葱茏一大片。有位美君子文采风流无人能比，治学如象牙骨器一样打磨切磋，又如宝玉一样精雕细琢。他的仪容庄严威武胸怀更宽广，他的地位显赫心地光明更磊落。这样的风流文采美君子，记在心头永远歌颂他的功绩。

“向远看那淇水的小河湾，翠竹林青翠挺拔一大片。有位美君子文采风流功德全，耳边垂着的坠子玲珑剔透有玉石镶嵌，皮弁上穿缀的珍珠灿烂如星光闪闪。他的神态庄严威武胸怀更大度，他气宇轩昂地位更超然。这样道德高尚的美君子，如何能不让人对他时常想念！

“向远看那淇水的小河湾，翠竹林密密森森一大片。有位美君子风流潇洒令人钦美，质地精纯如金似锡，才沛德纯有如圭璧。胸怀豁达举止优雅的卿士，气度宽展、抱负远大。妙语谈吐、善于辞令，练达节制、体贴温和、绝不轻狂！”

这是发自心底的极高极美的赞誉，似是要以南山之林为笔、东海之水为墨来抒写他的完美崇高，可见被誉者多么让人崇敬，誉人者又多么痴心真诚。

那么这位“君子”在哪些方面超凡脱俗呢？

首先，是外貌装饰。这位“君子”身材高大，相貌堂皇，仪表俊朗，举止不俗；穿着华贵绚美，就连帽上、衣上的装饰物也“充耳琇莹”“会弁如星”，名贵剔透，精美无比。要强调这位“君子”的卓尔不群，首要的便是外貌的铺陈。诗中浓墨重彩反复夸赞他的美貌和服饰，让人觉得他一定貌赛宋玉、潘安，气度高华，受人敬爱。

其次，是内心世界。第一章、第二章反复吟咏“赫兮咺兮”，盛赞“君子”心地光明磊落。人的外表固然很重要，但评价士大夫不是选美，君子之所以受人尊敬，绝不仅是外表的堂皇，更重要的是心灵要光明、为人要磊落。作者通过对这位“君子”内心世界的揭示，进一步渲染了人物美好的形象。

第三，是内政公文的才能。“如切如磋，如琢如磨”，盛赞“君子”治学为文的严谨，他刻苦学思，仔细推敲打磨，使自己的文章锦绣芳华，就如象牙宝玉一样精美。春秋时期，士大夫或者出将入相，或者为卿为臣，都免不了要起草公文、处理政事，文章的优劣可以体现处理政事能力的高低。没有为政能力的人当然称不上“君子”。

第四，是外交能力。“猗重较兮”“善戏谑兮”，这是赞美“君子”的口才。春秋时代，诸侯之间经常往来，出使他国就成为考验士大夫外交能力的重要工作。机智敏捷，随机应变，善于辞令，应对自如，不失国体，不辱使命，是当时士大夫的荣耀和追求。此处作者又从交际言辞谈吐方面对“君子”加以赞誉。

第五，是高尚的品德。“如圭如璧。宽兮绰兮”，“君子”志坚意纯，宽仁平和，值得人们亲近信赖乃至敬仰。三章的起笔处都是赞美绿竹，此中自有深意。竹子虚心有节，清奇典雅，十分吻合君子的品格。诗中一再吟唱葱茏挺拔的竹林，正是对君子的美好写照。

考 槃

考槃在涧①，硕人之宽②。独寐寤言③，永矢弗谖④。
考槃在阿⑤，硕人之薖⑥。独寐寤歌，永矢弗过⑦。
考槃在陆⑧，硕人之轴⑨。独寐寤宿，永矢弗告⑩。

【注释】

① 槃（pán）：快乐。② 硕人：形象高大丰满的人，不仅指形体高大，更指道德的高尚。③ 寐：睡着。寤：睡醒。④ 矢：同“誓”。谖：忘却。⑤ 阿：山阿，山凹进去的地方。⑥ 薖（kē）：舒适，欢畅。⑦ 过：

忘记，错过。⑧陆：高而平的地方。⑨轴：徘徊往复。⑩告：哀告，诉苦。

【赏析】

《考槃》描写了一位山间隐士的生活和意趣，“考槃”有盘桓之意，指避世隐居。

诗的大意是：“远离尘嚣隐居在山涧，高大的身躯美好的形象胸怀宽广。独睡独醒独自语，誓不违背高洁的理想远离人烟。远离世俗隐居在山阿，高大的形象端庄又祥和。独睡独醒独自歌，誓不忘隐居的清静心欢乐。远离喧闹隐居在高原，雄伟的身躯心豪志又坚。独睡独醒独盘旋，誓不改变初衷此中乐趣实难言。”

这首诗极言隐士的形象、生活的美好以及做隐士的乐趣无边：

隐士的形象是美好的。“硕人之宽”“硕人之薖”“硕人之轴”，一再地加以赞扬。“硕人”在那个时代本就有身体健硕和品行高尚的双重含义，再加反复以“宽”“薖”“轴”来描写“硕人”，使人深受感染。“宽”的一种解释是心宽，另一种解释则是美貌；“薖”字指貌美，也可引申为心胸宽大；“轴”字一解美貌，一解自由自在。不管是貌美还是心胸宽广或是自由自在，都是夸赞“硕人”的美好。作者要表现的就是隐士外在形象好，内在心胸宽广品德高尚，为人宽厚仁善不计小节。隐士远离世俗，却不被世俗遗忘，虽然隐于山水林原，仍被世人倾心尊重。

隐士居住的环境是幽雅的。“考槃在涧”“考槃在阿”“考槃在陆”，作者采用了正面烘托的手法，点出隐士盘桓在水涧、山坳、高原。隐士在涧水飞泻的地方，那一定是山清水秀的福地，山风徐徐，水流泠响，翠鸟和鸣，猿鹿相伴；隐士在丘峦起伏的地方，那小山必会有青松翠柏，有山坳小溪，有清风明月；隐士在平展舒缓的高原，那原野一定是青草无际，呦呦鹿鸣，食野之苹，狐兔出没，野鹤时现，也许一泓清水缓缓流过，群羚悠然自得地在溪河中饮水，一切都是那样的祥和。水涧、山坳、高原，都是离开人群的地方，那里没有尘世的喧嚣，没有人与人之间的俗来俗往，更不会有战争。

隐士的生活是悠然的。“独寐寤言”“独寐寤歌”“独寐寤宿”，可以想象，隐士独居山间草堂，四周围着篱笆，篱笆内外有菜畦、有粮地。一个人耕种，可以丰衣足食。劳动之外读书、写字、弹琴，困了独自睡，醒了天已晌。正所谓“大梦谁先觉？平生我自知。草堂春睡足，窗外日迟迟”，而且是“此中有真意，欲辨已忘言”。隐士在幽静安适的环境中沉醉在自我的天地中，独睡，独思，独自张望，独自说话应答，独自咏诗歌号，独自游山玩水，这样的生活，在那个战争频繁的时代，真是舒畅自由至极。

归隐的好处是令人羡慕的。“永矢弗谖”“永矢弗过”“永矢弗告”，隐士发誓不违背初衷，要长享这远离人烟的乐趣，其实不仅仅是坚持高洁的理想。“士”指读书而有一定社会地位的男人，“隐士”就是隐居不仕之士。

硕　人

硕人其颀①，衣锦褧衣②。齐侯之子③，卫侯之妻④，东宫之妹⑤，邢侯之姨⑥，谭公维私⑦。

手如柔荑⑧，肤如凝脂⑨，领如蝤蛴⑩，齿如瓠犀⑪，螓首蛾眉⑫。巧笑倩兮⑬，美目盼兮⑭。

硕人敖敖⑮，说于农郊⑯。四牡有骄⑰，朱幩镳镳⑱，翟茀以朝⑲。大夫夙退⑳，无使君劳。

河水洋洋㉑，北流活活㉒，施罛濊濊㉓，鳣鲔发发㉔，葭菼揭揭㉕。庶姜孽孽㉖，庶士有朅㉗。

【注释】

①硕人：高大白胖的美人。颀（qí）：修长。②衣锦：穿着锦制的衣服。“衣”作动词用。褧（jiǒng）：布罩衣。③齐侯：指齐庄公。子：此处指女儿。④卫侯：指卫庄公。⑤东宫：太子居处。⑥姨：此处指妻子的姐妹。⑦私：女子称其姊妹之夫为“私”。⑧柔荑（tí）：白茅柔嫩之芽。⑨凝脂：凝结的油脂。⑩领：颈部。蝤蛴（qiú qí）：天牛的幼虫，色白身长。⑪瓠犀：葫芦籽。因色白，排列整齐，所以常

用来比喻美人的牙齿。⑫ 螓（qín）首：形容前额丰满开阔。蛾眉：蚕蛾触角，细长而曲。这里形容眉毛细长弯曲。⑬ 倩：嘴角间好看的样子。⑭ 盼：眼珠转动。⑮ 敖敖：修长高大貌。⑯ 说：停车。⑰ 牡：雄马。有骄：强壮的样子。⑱ 朱幩（fén）：用红绸布缠饰的马嚼子。镳（biāo）镳：盛美的样子。⑲ 翟茀（fú）以朝：野鸡毛羽作为车后的装饰。⑳ 夙退：早早退朝。㉑ 河水：此处特指黄河。洋洋：水流浩荡的样子。㉒ 北流：指黄河在齐、卫间北流入海。活活：水流声。㉓ 罛（gū）：大的渔网。涉（huò）涉：撒网入水声。㉔ 鳣（zhān）：大鲤鱼。鲔（wěi）：鲟鱼。发（bō）发：鱼尾击水之声。㉕ 葭（jiā）：初生的芦苇。菼（tǎn）：初生的荻草。揭揭：很长的样子。㉖ 庶姜：指随嫁的姜姓众女。孽孽：高大的样子。㉗ 庶士：文姜的陪从。朅（qiè）：勇武。

【赏析】

《诗经》中的作品，多是摹写一些不随时间流逝而发生改变的主题，例如，这篇《硕人》，便是男人对女子的赞扬，它所罗列的美的标准，千年前是这样，现在依然不曾改变。

一个女子，首先要有好的修养，在现代，这需要好的教育，而在古代，则更多依靠好的家世；其次，要有好的容貌；再次，要有好的归属，坚固的避风港才能抵挡现实的风浪，使女子的娇艳能够得到最持久的绽放；还有重要的一点是，一个女子，要有好的品性，雍容娴静，坚贞自爱。在《硕人》中，作者所说的即为这四点，他好像是义不容辞地以所有男性的代表自居，毫不隐晦地表达了自己的观点，抑或是要求。

正因如此，诗作少了脉络和情节，多了整饬和摹写，不似《诗经》所固有的青葱淳朴，却更显得真实有力。首章，作者开篇便简单勾勒出一位美女的形象，这位美女是文姜夫人，她是齐庄公的女儿，卫庄公的妻子。“硕”即丰满而又白皙，复加一个“颀”字，将其亭亭玉立的倩影精简传神地摹写出来。随后，诗人开始描写女子的服饰，告诉读者这是一位贵族之女。接下来，诗人急切又细致地铺叙，交代了此女不但出身富贵，而且是王侯之门、帝挚之家。“身材——衣着——身份”的顺序安排，符合欣赏者正常的思维模式和渐进过程，并起到了制造悬念的功效：此女身材如此之好，身份又如此高贵，那她的相貌又当如何？于是，下文对其美貌的泼墨铺叙也就水到渠成了。

第二章中，对于女主人公的七个类似于电影特写镜头的描摹，给人们呈上了七幅纤微工巧的工笔画，生动形象的比喻，俘获了无数读者的心，女主人公艳丽绝伦的肖像，就此萦绕于读者的脑海，挥之不去。论及艺术效果，最传神的当为“巧笑倩兮，美目盼兮”八字。

六朝画家总结出的创作经验云：“传神写照，正在阿堵。”意思是说，摹写人物时，最关键的地方是人的眼睛，因为眼睛是心灵的窗户，凸显一个人的神采，莫过于凸显其笑靥中的双眸。当无数静态的比喻在历史长河中逐渐褪色时，“巧笑倩兮，美目盼兮”却仍然能够激活人们的联想和想象，亮丽生动，光景常新，这是因为，动态地摹写神态可以使人物气质突出，富有神韵。

最美的人，应该得到最坚实有力的护佑，这一点，任谁也不舍得否定，诗作接下来所做的，正是为这块美玉寻找一个契合的椟匣。作者极力地铺陈文姜出嫁场面的盛大，用她车乘的豪华，凸显出其归属者的权势强大。雍容华贵与富丽堂皇辉映，知书达理与文治武功相携，将相仕女，英雄美人，从来都是最恰切的组合。

关于此诗的主题，众说纷纭，除了赞美说以外，还有其他两种说法：一是“怜悯”说，二是“劝谕”说。前者是人们对于女子的护卫，后者是人们对于女子的告诫。据《左传·隐公三年》记载，卫庄公娶齐庄公之女文姜为妻，美而无子，受到谗嫉，卫人为之赋《硕人》。这是一种很温情的说法，人们为了维护这位美丽但没有孩子、还受到谗言所害的文姜，作诗声援。

另一种说法记载于《列女传·齐女傅母》，文姜初嫁，重衣貌而轻德行，其傅母加以规劝，使其“感而自修”，卫人为作此诗。这种说法，则显得严厉很多，但同样意出善心，立意高远。对于美貌且轻佻的女子，大家心存忧虑，劝勉归正，让其能有一个美好的未来，其心拳拳，其意切切，可表日月。随着《诗经》的流传和经典化，《硕人》也得以成为题咏美人的“千古之祖”，能收容这么一位美丽的女子，实是《诗经》的幸运，而能被《诗经》所收容，却也是文姜夫人的幸运。这个高个子美女袅袅婷婷地俏立于黄河岸边，带着她的绝世仙姿穿梭于经典的字里行间，悠悠千年。

氓

氓之蚩蚩①，抱布贸丝②。匪来贸丝，来即我谋。送子涉淇③，至于顿丘④。匪我愆期⑤，子无良媒。将子无怒⑥，秋以为期。

乘彼垝垣⑦，以望复关⑧。不见复关，泣涕涟涟。既见复关，载笑载言⑨。尔卜尔筮⑩，体无咎言⑪。以尔车来，以我贿迁⑫。

桑之未落，其叶沃若⑬。于嗟鸠兮⑭，无食桑葚⑮。于嗟女兮，无与士耽⑯。士之耽兮，犹可说也⑰。女之耽兮，不可说也。

桑之落矣，其黄而陨⑱。自我徂尔⑲，三岁食贫。淇水汤汤⑳，渐车帷裳㉑。女也不爽㉒，士贰其行㉓。士也罔极㉔，二三其德㉕。

三岁为妇，靡室劳矣㉖。夙兴夜寐㉗，靡有朝矣。言既遂矣，至于暴矣㉘。兄弟不知，咥其笑矣㉙。静言思之，躬自悼矣㉚。

及尔偕老，老使我怨。淇则有岸，隰则有泮㉛。总角之宴㉜，言笑晏晏㉝。信誓旦旦㉞，不思其反。反是不思，亦已焉哉。

【注释】

①氓：民。蚩（chī）蚩：笑嘻嘻的样子。②布：古代货币，即布币。③淇：淇水。④顿丘：卫地名。⑤愆（qiān）：延误。⑥将：愿，请。⑦垝（guǐ）垣：破颓的墙。⑧复关：诗中男子的住地。⑨载：语气助词。⑩卜：卜卦，用龟甲卜吉凶。筮（shì）：用蓍草占吉凶。⑪体：卜筮所得卦象。咎言：不吉之言。⑫贿：财物。⑬沃若：润泽的样

子。⑭ 于嗟：吁嗟，叹词。鸠：斑鸠。⑮ 桑葚（shèn）：桑树的果实。⑯ 耽：迷恋。⑰ 说：通“脱”，摆脱。⑱ 陨：坠落。⑲ 徂（cú）：往。⑳ 汤（shāng）汤：水势盛大。㉑ 渐（jiān）：沾湿。㉒ 爽：差错。㉓ 贰：有二心。㉔ 罔极：没有准则，行为多变。㉕ 二三其德：三心二意。㉖ 室劳：家务劳动。㉗ 夙兴夜寐：早起晚睡。㉘ 暴：凶暴。㉙ 咥（xì）：讥笑。㉚ 悼：伤心。㉛ 隰（xí）：低湿之地。泮（pàn）：岸，水边。㉜ 总角：古时儿童两边梳辫，状如双角。此处指童年。㉝ 晏晏：和悦的样子。㉞ 旦旦：诚恳的样子。

【赏析】

在《诗经》中，《氓》具有划时代的意义。这种意义首先表现在，它是一首描写婚姻悲剧的长诗；其次，它是一首长篇叙事诗；这在中国文学史上并不多见。事实上，完整成熟的长篇叙事诗《孔雀东南飞》直到南朝徐陵的《玉台新咏》中才正式出现。

《氓》是一位劳动妇女在恋爱婚姻上被欺骗后所唱的怨歌。诗中叙述女子从恋爱到被遗弃、最后终于决定和负心丈夫决裂的过程。千百年来，《氓》以它独特的姿态存在于《诗经》当中，供人们不断地探索和发掘。然而在《氓》一诗的主旨上，也曾产生过不少分歧。最初，大多数汉代学者都认为这是一首“刺淫奔”之作。宋代朱熹的出现将此诗的评说改变了航向，他在《诗集注》中阐明：“此淫妇为人所弃，而自叙其事以道其悔恨之意也。”很显然朱熹是从礼教的角度出发，“存天理灭人欲”，告诫女子要贞洁。这一观点大大扭曲了《氓》的美感。直到清代，这首诗才渐回归其“弃妇诗”的本义。

“氓之蚩蚩，抱布贸丝。匪来贸丝，来即我谋。”这个小伙子看起来忠厚老实，拿着一摞布匹来交换我的丝，其实你并不是来跟我交换什么布匹，而是想跟我结为连理啊。这个男子实在狡猾，分明就是醉翁之意不在酒啊。

“送子涉淇，至于顿丘。匪我愆期，子无良媒。将子无怒，秋以为期。”送你渡过了淇水来到顿丘，不是我故意拖延时间啊，实在是你没有好的媒人，你可千万不要生气，我们就暂且把秋天定为婚期吧。

“乘彼垝垣，以望复关。不见复关，泣涕涟涟。既见复关，载笑载言。尔卜尔筮，体无咎言。以尔车来，以我贿迁。”我时不时地登上城边倒塌的墙，眺望从远方来的人，看不见你，我的眼泪就不听使唤，一串串掉下来。终于有一天看到了你，我就不由得又说又笑。你去占卜看看有没有什么不好的预兆。没有凶兆，你就用车来接我，我带上家里配送的嫁妆跟随你。

成婚的场面热闹非凡，成婚时的心情激动兴奋。这两段讲述了这对男女从相识到相知到相爱再到成婚的全过程。这一路走来既有焦急的等待，也有甜蜜和炽热，不难看出女主人公是一个痴情种子。

“桑之未落，其叶沃若。于嗟鸠兮，无食桑葚。于嗟女兮，无与士耽。士之耽兮，犹可说也。女之耽兮，不可说也。”桑树还没有落叶的时候，它的叶子很新鲜，斑鸠啊，你千万不要贪吃那个桑葚。可怜的姑娘啊，你千万不要钟情，男子若是沉溺在爱情里面尚可以脱身，女孩可就无法脱身了啊。

“桑之落矣，其黄而陨。自我徂尔，三岁食贫。淇水汤汤，渐车帷裳。女也不爽，士贰其行。士也罔极，二三其德。”桑树落叶的时候，它的叶子枯黄不堪，纷纷掉落在地，自从我嫁到你家来，忍受着这苦不堪言的生活，当年你来接我的时候，水花打湿了车上的布幔。我又有什么错呢？可是你前后的态度却一百八十度的大转弯，你的心彻底变了。

这两段运用比兴的手法，用桑叶的枯黄比作女子的年老珠黄，形象贴切。笔意一转，尽显悲凉，且与前两章的内容形成鲜明的对比。女子哭诉自己婚后并不幸福，她后悔了当初的决定，更痛恨自己为什么陷得那么深，如今想拔出来实在很难。女子痛彻心扉地诉说自己被丈夫遗弃，但是身为妻子却又无能为力，只有满腔的怨恨和不甘。

“三岁为妇，靡室劳矣。夙兴夜寐，靡有朝矣。言既遂矣，至于暴矣。兄弟不知，咥其笑矣。静言思之，躬自悼矣。”多年来做你的妻子，吃了多少苦受了多少罪，家里的活大大小小都是我一个人干，如今家业已成，你却变心了。我娘家的兄弟姐妹竟然还不体谅我，他们嘲笑我，讥讽我，我只能独自流泪。

“及尔偕老，老使我怨。淇则有岸，隰则有泮。总角之宴，言笑晏晏。信誓旦旦，不思其反。反是不思，亦已焉哉。”曾经我们发过誓言要白头偕老，但是现如今这个愿望让我悔恨，淇水纵然再宽也有个岸边，地势的洼地再低也还有个边。可是你却这般狠心地将我抛弃。既然你不仁也不要怪我不义，我将狠下心来，彻底把你忘记。

《氓》中运用了大量的艺术手法，如顶真、呼告等，然而最令人赞叹的便是赋、比、兴手法的巧妙运用，赋兼比兴，抒情兼叙事，使得此诗主题更加突出。如第五章中，诗人运用“淇水”和“堤岸”两个比喻，将女子的悲惨刻画得淋漓尽致。

整齐的四言句式，也使得全诗的韵律灵活、和谐、优美。整首诗按照事情发展的顺序进行叙述，条理清晰，让人一目了然。同时，诗中对现实的描写，在一定程度上反映、批判了当时礼教对女子的束缚。

《氓》的影响深远，今天还时常用到“信誓旦旦”等词语。可以说，《氓》开创了弃妇诗的先河，也是弃妇诗中一曲震撼古今的绝唱。

竹 竿

籊籊竹竿①，以钓于淇②。岂不尔思③，远莫致之。
泉源在左，淇水在右。女子有行④，远兄弟父母。
淇水在右，泉源在左。巧笑之瑳⑤，佩玉之傩⑥。
淇水滺滺⑦，桧楫松舟⑧。驾言出游⑨，以写我忧⑩。

【注释】

①籊（tì）籊：长而尖的样子。②淇：卫国水名。③尔思：想念你。尔，你。④行：远嫁。⑤瑳（cuō）：玉色鲜白，此处指露齿巧笑状。⑥傩（nuó）：行动有节奏的样子。⑦滺（yōu）滺：河水荡漾之状。⑧楫：船桨。桧、松：木名。⑨言：语气助词，相当于“而”。⑩写：排解。

【赏析】

《竹竿》是一首出嫁女子的思乡之曲。一个远嫁到别国的姑娘，日日夜夜思念着家乡的一切，心中满是感伤。思乡的情绪能让人触景生情。

唐代著名诗人李白曾吟咏：“谁家玉笛暗飞声，散入春风满洛城。此夜曲中闻折柳，何人不起故园情。”故乡的一草一木总能勾起人无限遐思。《竹竿》也是通过对故国草木的描写来状写思乡之情。

《竹竿》一诗是历史上最早记载竹文化的诗篇。首章开篇。“籊藋竹竿，以钓于淇。岂不尔思，远莫致之”，竹竿又细又长，尖尖的如刀剑一般，要是拿它做成垂钓的鱼竿一定再合适不过了，淇水汤汤荡起层层涟漪，当年和伙伴们一起到淇水钓鱼游玩，这是多么惬意的事，我怎么能不想你们，只因路途遥远难以回去探望。这两句话是对往昔无忧无虑生活的回忆和怀念。

"泉源在左，淇水在右。女子有行，远兄弟父母。"清澈见底的泉水悄悄地从我左边溜走，碧波万顷的淇水浩浩荡荡从我右边奔腾而下。我当初出于无奈嫁到他国，从此与父母兄弟天各一方。女子回忆起当初与父母兄弟离别时的情形。在"泉水""淇水"边，父母兄弟逐渐远去，女子站在船上看着亲人的身影渐行渐远。离别的场面和留恋的心情，无法忘怀。

第三章是对第二章的复沓，使文章无论在形式上还是内容上又递进了一步。"淇水在右，泉源在左。巧笑之瑳，佩玉之傩。"碧波万顷的淇水在我的右边滚滚流去，清冽的泉水在我身体的左边静静流淌。姑娘嫣然一笑，露出一口皓月般洁白的牙齿，她的腰间系着一方精美的玉佩，显得身姿绰约、亭亭玉立。

"淇水滺滺，桧楫松舟。驾言出游，以写我忧。"潺潺而流的淇水总是那么惹人怜爱，它就像一位姑娘的飘飘长发，万缕柔丝。今天我想把满腔的愁绪全部发泄出去。心动不如行动，于是我开始用松树的木头做一副划船的桨，一切都准备就绪的时候，我就撑起这长长的桨在水中飘荡，希望这河水可以冲去我所有的乡愁。

时间是最不耐磨的机器。从"巧笑之瑳，佩玉之傩"一句中不难看出曾经即将出嫁的少女转眼间变成了一个成熟的少妇。容颜在变，不变的却是她那颗思乡的心，她撑着长长的竹竿旧地重游，或许再没有儿时的嬉闹玩耍，但有的是一种落叶归根的厚重和踏实。一、二两章运用回忆的手法叙述生活，而三、四两章则是想象自己回乡时的场景，主人公正是希望通过这些去化解她的思乡之苦，其间愁绪令人感动。

芄　兰

芄兰之支①，童子佩觿②。虽则佩觿，能不我知？容兮遂兮③，垂带悸兮④。

芄兰之叶，童子佩韘[⑤]。虽则佩韘，能不我甲[⑥]？容兮遂兮，垂带悸兮。

【注释】

①芄（wán）兰：一种多年生的蔓草，又名萝摩。支：枝条。②觿（xī）：解结用具，形同锥。③容、遂：舒缓悠闲之貌。④悸：原指心动，此处指衣带摆动貌。⑤韘（shè）：勾弦用具，套于右手拇指，射箭时用于勾弦。⑥甲：借作“狎”，亲昵。

【赏析】

《芄兰》这首诗的大意是：“芄兰的枝蔓不断在伸长，那个小子佩戴了成人的饰样。虽然他已佩戴了成人的饰物，难道他真的会把我忘记？看他衣带拖地，人还不够大，却已是一本正经的模样。芄兰的叶儿肥果实如锥状，那个小子穿戴上了成人的饰装，虽然他穿戴上了成人的饰装，难道他会不与我亲近换了心肠？看他衣带拖地，人还不够大，却俨然一副老成的模样。”

从诗的内容来看，主人公是一个小女孩和一个小男孩，两人的家应是比邻而居。他们从小在一起玩耍，青梅竹马，亲密无间，两小无猜。随着时间的流逝，他们不知不觉中已经长大，渐渐到了懂得男女之事的年龄。女孩心中已经暗生情愫，平日里时刻注意着他的一举一动，心里眼里都是他的身影。

渐渐长大的男孩却更崇尚成人的体魄，一天他穿起了大人的衣服，戴上了大人佩戴的“觿”和“韘”，在邻家的孩子们面前夸示自己身材高大已经成人，不屑和女孩嬉戏，不免露出倨傲的神情。这对女孩却是不小的打击，因而才生出对男孩的贬斥和怨意。

诗作很是委婉细腻。芄兰的荚与象骨制成的锥形配饰“觿”很相像，因而作者以芄兰起兴。用芄兰的蔓慢慢伸长，比喻男女主人公慢慢长大；用芄兰成熟后的锥形果实，比喻人长大佩戴锥形的饰品，比与兴都用得十分贴切。当时贵族男子佩觿佩韘，标志着他对内已有能力主家，对外也已有能力治事习武。男女主人公自小关系非常亲密，可是，男孩穿上长衣，佩带觿、韘后，觉得自己快是大男人了，快有能力主家了，自然想装成老成持重的样子。女孩则担心他不愿搭理自己了，因此产生“是不是不想和我好了”的疑惑，心中十分酸楚。作者对小儿女的心态把握得十分准确，心理描写也细腻传神。

男孩穿起大人衣服，不免宽绰肥大，垂带摆动拖地；可他自己却不觉得不合适，还装出一副成熟男人的模样。女孩对他的打扮却看不惯得很，“那不过是装模作样假正经罢了，瞧他那一副羞人的丑模样”。本来两人从前一起玩时都无拘无束，很是亲昵；现在他态度变得冷落，所以他的穿着、配饰、情态就处处招她生气，原来的他可爱、可亲、可昵，现在的他可气、可恼、可恨。她的鄙视、怨恨和嘲讽都是从自幼及今的依恋而来，怨恨嘲讽中隐隐含蓄着绵绵的情意。这种曲径通幽的心理描写，确实达到了很高的境界。

《芄兰》的题旨历来说法很多，归纳起来，大体有以下几种。

一、诗人因卫惠公骄傲无礼而作诗讽刺他。

二、卫国人因自己的国家弱小对后代教化条件不足而生发的慨叹。

三、时人讽刺霍叔而作，用童子僭越礼仪穿戴成人衣饰，讽喻霍叔自不量力帮助武庚作乱。

四、讽刺世俗父兄不能以礼仪教育后代子弟的诗。

五、当时卫惠公以童子即位行国君礼，因此卫国的大夫作诗来赞美他。

六、讽刺童子早婚。

七、小儿女之间的一首恋歌。

从这首诗本身的内容、口吻和细腻的心理描写看，最后一种说法应当是最贴切的，这当然不是定论。

河　广

谁谓河广？一苇杭之①。谁谓宋远？跂予望之②。谁谓河广？曾不容刀③。谁谓宋远？曾不崇朝④。

【注释】

①苇：芦苇，此处指芦苇编成的筏子。杭：通“航”，渡过的意思。②跂（qí）：踮起脚跟。③曾：竟。刀：通“舠”，小船。④崇朝：

终朝，形容时间很短。

【赏析】

《河广》这首诗到底是谁、在何时、因何而作，历来争论不休。

《毛诗序》:“《河广》，宋襄公母归于卫，思而不止，故作是诗也。”清王枚《睢州志》也提到，宋襄公在旧城（睢县）北筑了一座高台，有人说他是为了能够眺望远方的母亲而建，他母亲就是《河广》的作者。以这位母亲的身世经历，写出这首诗来确实比较可信。

宋襄公的母亲，就是宋桓公夫人，卫国文公的妹妹。她为桓公生下儿子兹甫（后来的宋襄公）之后，遭到桓公的抛弃，被遣送回卫国。她的儿子长大后继承国君之位，是为宋襄公。襄公虽然文治武功出类拔萃，被誉为春秋五霸之一，但他也有普通人的感情，同样也会思念母亲的。当时他与母亲相见却是件难事，因为他身为国君，需要树立自身的形象以影响和教化国人。如果他把母亲接回来，担心宋国人说他违背父意不忠君父；如果不接回来，他这个当儿子的又不孝。不忠不孝都不能为国人做表率。于是他想了个两者都能兼顾的办法，就是修筑一个高台，登上高台就能看见在卫国的母亲。当然，这也仅是一种象征而已。

宋襄公在睢县北建筑“望母台”史载确有其事。春秋时期，睢县地处宋国西部边境的黄河南，卫国国都在黄河北，母子隔河相望倒也显得现实；同时睢县名叫乌巢乡，把“望母台”建在这有乌鸦反哺之意。这样一来，宋人都对襄公十分钦佩爱戴，国人因此团结一心，把国家建得富强，宋国成就了霸业。宋国因建起一座台子成就了霸业，这种说法虽过于牵强，但倡导孝道治国能够教化民风、聚拢人心倒也确实。

反观宋襄公的母亲，她回到卫国一定会思念自己的儿子，想念儿子又无法去看望，于是作了这首诗来抒发怨叹之情，这是可能的。我们来看看这首诗表达的意思:“谁说滔滔黄河又广又宽？一束芦苇就能渡到对岸！谁说宋国的路途漫长而遥远？踮起脚跟就能看到，其实就在眼前！谁说滔滔黄河又广又宽？那么宽的河却难以容下小木船！谁说宋国的路途漫长而遥远？早晨太阳还没有升高就能够去而复还！”

一位母亲，身为贵妇，儿子又为国君，但与儿子却身属两国，一河之隔，不能相见，被折磨的痛苦可想而知，怎会不抱怨。

还有传说，襄公的母亲回到卫国以后，见到卫国被狄人入侵，君灭国破，宋国又不来救援，作为卫文公的妹妹，家国牵系，她忧思不已，因而写这首诗，盼望宋国派兵渡河援救卫国。但从本诗“一束芦苇能渡到对岸、踮起脚就能见、河宽不能容小船”等内容看，这种说法就有些不符合实际。本诗明显基调哀婉，说它表达思念和怨意是贴切的，说它表达盼望救兵的心境不免令人费解。

还有人认为，这首诗是民间对宋襄公不把母亲接到身边奉养却建筑“望母台”标榜自己忠孝两全的虚伪行径的讽刺和鞭挞，这也不失为一种有趣的见解。

这首诗究竟是什么人作、为什么而作，恐怕永远都难以敲定，最严密的考据也不可能还原当时的事实。但这首只有四句的小诗的确意味深长。“谁谓河广？一苇杭之。”人心之航如此，人生之航也当如此，这种想象中含有拳拳禅意。

伯　兮

伯兮朅兮①，邦之桀兮②。伯也执殳③，为王前驱。自伯之东，首如飞蓬。岂无膏沐④，谁适为容⑤？其雨其雨，杲杲出日⑥。愿言思伯，甘心首疾。焉得谖草⑦，言树之背⑧。愿言思伯，使我心痗⑨。

【注释】

①朅（qiè）：威武。②桀：英杰。③殳（shū）：古兵器。④膏：妇女润发的油脂。⑤谁适为容：为谁修饰，为谁打扮。⑥杲（gǎo）杲：明亮的样子。⑦谖（xuān）草：萱草，又称忘忧草。⑧背：屋子北面。⑨痗（mèi）：忧思成病。

【赏析】

自人类出现以来，战争就一直没有停止过。古人常说“江山都是打出来的”，在他们眼里这是亘古不变的真理，他们相信只有战争才能换来和平。战争打响便意味着人的生命陷入危险，尤其是军人。军人在疆场上厮杀，最牵肠挂肚的莫过于他的妻儿老母。《伯兮》就是这样一首叙述相思和担忧的抒情诗，它用真挚的语言描写了一位妇女对久役于外的丈夫的深切思念，同时也反映了战争给民众带来的痛苦。

《伯兮》一诗中的“伯”字十分抢眼，“伯”是指兄弟之间的排行。诗中女主人公称丈夫为大哥，这一现象在古代极为常见，民间流传的山歌中，男女对答时，也常以哥哥妹妹相称。

“伯兮朅兮，邦之桀兮。伯也执殳，为王前驱。”“哥哥啊，哥哥啊，你真是我们这个国家当中最威武雄壮的勇士了。你手持兵器是军队的统领，在战场上冲锋陷阵，一副所向披靡的样子。你如虎豹一般的气魄气吞万里山河，能成为你的妻子我真是万分自豪啊。”

女子用极其自豪的口气描述她的丈夫，从外貌体态到能力本领无不夸赞。而通过这段文字的细节描写也可以看出，这个远征在外的丈夫也的确有资本让他的妻子为他骄傲。

“自伯之东，首如飞蓬。岂无膏沐，谁适为容?”“自从哥哥你离开家东征在外，我无时无刻不在思念着你。头发凌乱了也没有心思打理，更别提什么涂脂抹粉了，因为我打扮好了又能给谁看呢?”这一章作者运用赋的表现手法展现了主人公的生活情境，描写了丈夫走后她百无聊赖的生活画面。后来这一“首如飞蓬”的形象成了思夫诗的典型形象。在我国古代诗歌当中，描写女子因思念常年在外的丈夫而无心梳洗的例子比比皆是。如李清照的《凤凰台上忆吹箫》:“起来慵自梳头。”

“其雨其雨。杲杲出日。愿言思伯，甘心首疾。”“祈祷天公快点下雨吧，可是老天好像跟你唱反调一样，太阳偏偏从云朵当中钻了出来。日复一日，年复一年，不知你什么时候才能回来，我宁愿想你想得头痛不已，只希望你早日回来。”这段文字情真意切，感人肺腑。“其雨其雨，杲杲日出”这句话看起来与思念夫君没有什么直接联系，实则不然。每天期盼逢甘露，却总是事与愿违。用一种倒置的表达方式给人以新鲜别致的感觉，同时也起到了烘托渲染的作用，生动形象地表达了强烈的思夫之情。

痛苦的思念实在无法承受，所以想找忘忧草排遣。“焉得谖草，言树之背。愿言思伯，使我心痗。”“传说忘忧草可以让人忘记忧愁和烦恼，在你走的那天，我在墙角的树荫下种了一株株忘忧草。从那以后我每天都在头上佩戴着它，可是这对我来说毫无用处，还是不能终止我对你的想念。我只求你能平平安安地回来，哪怕我相思成病也在所不惜。”从这一句不难看出这个女子对丈夫的思念已经到了如痴如醉、如痴如狂的程度。这一章妻子的每一句话可以说是感天动地，在思想感情上也概括了全文。

《伯兮》一诗思想感情浓烈，语言平易朴实，第一章和第二章用赋的表现手法展现了主人公的生活情境。第三章和第四章用比兴的手法深化了女子对丈夫的真挚感情。艺术手法浑厚平实。第三章中的"雨"和第四章中的"草"皆运用比兴的手法，鲜明的渲染和反衬，烘托出女子为丈夫自豪的同时还隐藏着一丝惦念和担忧，如痴如醉的相思中暗含着对爱的忠贞不渝和誓死相随。

这首诗所描写的思念不同于一般的男女相思。它是特殊的，特殊在于诗中的男主人公是驰骋沙场的将士，所以这种思念非比寻常，有骄傲，有担忧，有害怕，有孤独，有期盼平安，更有希望早日归来。而在家独自等待的女子更是让人钦佩，她必定是坚强的、隐忍的、深明大义的，更有一颗忠贞不屈、耐得住思念和等待的心。

有　狐

有狐绥绥①，在彼淇梁②。心之忧矣，之子无裳③。
有狐绥绥，在彼淇厉④。心之忧矣，之子无带。
有狐绥绥，在彼淇侧⑤。心之忧矣，之子无服。

【注释】

①绥绥：慢走的样子。②淇：水名。梁：河梁。③之子：这个人，那个人。④厉：水深及腰，可以涉过之处。⑤侧：水边。

【赏析】

《有狐》一诗的主旨颇难理解，过去一般认为这首诗是用来讽刺君王的昏庸，因为当时君王没有贯彻"为了使人口增加而让失去配偶的人彼此成婚"的政策。然而后代多位学者通过查寻《史记》《国语》里的史实，论证出这种观点不足为信。

宋代一批经学家虽然也同样反对《毛诗序》当中的观点，可是他们毕竟是站在礼教大防的角度去赏析。他们指出，《有狐》的主旨无非是“寡妇见鳏夫而欲嫁之”。单从字面上来看，何来“寡妇”？何来“鳏夫”？这种以经学为基准的片面观点，难免有穿凿附会之感。

抛去这些见解不看，单从字面上来理解，很容易看出《有狐》就是一首相思诗，它描写了一个女子对流离在外的亲人的思念和关怀。这里没有太多点染和描述，更没有什么风花雪月的浪漫，有的仅仅是质朴和真真切切的生活。诗以一个女子的口吻进行叙述，感情充沛。

“有狐绥绥，在彼淇梁”，有只狐狸在岸边独自慢慢行走，徜徉于宽阔的淇水桥上。这一句话就是众家分歧的导火索，有学者认为狐狸这种动物是“妖媚之兽”，独自在岸边行走，一定是在求偶。也有人认为，这一句仅仅是起兴之语，并没有弦外之音。“心之忧矣，之子无裳”，我的心中十分悲伤，因为他连条裤子都没有，让人看了心酸不已。这一段只是单纯地表达了女子对心爱之人的惦念，衣不蔽体叫她放心不下。因为“狐”既然是单独地静静地走在岸边，必定不是有求偶之意。著名学者、古典文学专家李炳海认为：“在《诗经》产生的历史阶段，狐作为男性配偶的象征，已经是约定俗成的习惯，狐形象的此种内涵对于那个时代的人们来说是不言而喻的。”这句话更是否定“求偶”内涵的有力论证。

“有狐绥绥，在彼淇厉。心之忧矣，之子无带。”有只狐狸在岸边独自慢慢行走，游走在淇水岸边柔软的浅滩上。我的心中十分悲伤，这人无带系腰间。这一段无论从句式上还是用词上都与上一章十分相近。回环往复，层层复沓。

“有狐绥绥，在彼淇侧。心之忧矣，之子无服。”狐狸独自慢慢地走着，走在淇水岸上头，像是在等待什么，像是在遥望什么，又像是在思念什么。我此时此刻心如刀绞，他连衣服也没有啊。

全诗共三章，句子简单明了，每章都以“有狐绥绥”作为开头，以“狐”起兴，意在突出后面对心爱之人的担心和挂念。“心之忧矣”一共出现了三次，从表面上看没有任何变化，细细玩味，此处却大有文章。这三次的担忧各有不同，从“裳”到“带”，再到“服”，由下而上，层层透出细致入微的感情，一层比一层感情浓厚，突出了女子对远征男子无微不至的关怀。虽只是平常百姓家嘘寒问暖的简单问候，却显得真实动人。

有些东西越是简单平常，越是弥足珍贵。《有狐》一诗三叹其“忧”，忧心上人的冷暖，怕他没法添衣御寒。这是多么普通、多么质朴的关爱。孤徘徊独自行走的情景一再重复，这其实是女子那颗放不下的心。淇水渐渐平息，但平息不了女子思念的心。

木瓜

投我以木瓜①，报之以琼琚②。匪报也③，永以为好也。
投我以木桃④，报之以琼瑶。匪报也，永以为好也。
投我以木李⑤，报之以琼玖。匪报也，永以为好也。

【注释】

①木瓜：一种落叶灌木（或小乔木），果实长椭圆形，色黄而香，蒸煮或蜜渍后供食用。②琼琚（jū）：美玉。③匪：非。④木桃：果名，即楂子，比木瓜小。⑤木李：果名，即榠樝。

【赏析】

《木瓜》是《诗经》中的名篇，传诵很广。它言简意赅，读起来朗朗上口，让人想忘记都难。相互赠答、礼尚往来是中华民族的传统，在多部作品中均有体现，如汉代张衡《四愁诗》中："美人赠我金错刀，何以报之英琼瑶。"《诗经·大雅·抑》中的"投我以桃，报之以李"，意义都与《木瓜》大抵一致。关于《木瓜》一诗的主旨，古往今来见解颇多。汉代《毛诗序》云："《木瓜》，美齐桓公也。卫国有狄人之败，出处于漕，齐桓公救而封之，遗之车马器物焉。卫人思之，欲厚报之而作是诗也。"意思是说卫国遭遇狄人侵犯时，齐桓公曾经救过卫君。卫人思念桓公的恩惠，欲以厚礼去回报人家故而作此诗。

华夏民族是一个礼仪之邦，人与人之间的交往都遵循着"来而不往非礼也"的信条。从宋代开始《木瓜》"男女相互赠答"之说开始盛行开来。朱熹在《诗集传》中阐明自己的观点："言人有赠我以微物，我当报之以重宝，而犹未足以为报也，但欲其长以为好而不忘耳。疑亦男女相赠答之辞，如《静女》之类。"他认为这首诗是写一个男子与钟爱的女子互赠信物以定同心之约。

客观来说，本诗并没有在字面上透露任何详细信息，也没有什么蛛丝马迹可供读者寻找。所以平心而论，这首诗的范围很广，读者可以根据自己的理解对《木瓜》一诗的主题进行自由探索和想象。说是送朋友、送亲人、官场送礼都无可厚非，因为它就是一首通过赠答表达深厚情意的诗作。

“投我以木瓜，报之以琼琚。匪报也，永以为好也。”你赠送给我一个圆润清香四溢的木瓜，我回赠给你一方精美的佩玉。这不是简简单单的回报啊，而是我要与你永远相好的誓言。

“投我以木桃，报之以琼瑶。匪报也，永以为好也。”你送给我蜜糖般甜蜜的木桃，我回赠你晶莹剔透的宝玉。这并不是简简单单的回报啊，这是我要永久与你相好的决心。

“投我以木李，报之以琼玖。匪报也，永以为好也。”你送给我味美清爽的木李，我回赠给你一串珍珠般的玉石。这不是寻常的物与物的交换，而是我要与你永久相好的意愿。

“琼”原意是赤玉，“琚”是佩玉，“瑶”是稍次一等的玉。你送的是水果，而我回赠的却是美玉，后者价值远远大于前者。但从中可以看出，回赠之人并不看重世俗的价值，而是在乎这份相互珍惜的情意，真情并没有高低贵贱之分。

这首诗从形式上来看属于重章叠句，回环复沓。反复吟诵同一个意思，只在几个字上稍加改动，每章的后两句一模一样，就是前两句也仅一字之差。“琼琚”“琼瑶”“琼玖”所讲都是玉类，无非大小形状不同而已。“木瓜”“木桃”“木李”也都是同一属的植物。其间的差异及其微小。这就造成了一种跌宕起伏之美，非常利于用来歌唱。

王风

黍离

彼黍离离[①]，彼稷之苗[②]。行迈靡靡[③]，中心摇摇[④]。知我者谓我心忧，不知我者谓我何求。悠悠苍天，此何人哉！

彼黍离离，彼稷之穗。行迈靡靡，中心如醉。知我者谓我心忧，不知我者谓我何求。悠悠苍天，此何人哉！

彼黍离离，彼稷之实。行迈靡靡，中心如噎[⑤]。知我者谓我心忧，不知我者谓我何求。悠悠苍天，此何人哉！

【注释】

①黍（shǔ）：黍子，去皮后叫黏黄米。离离：行列之貌。②稷（jì）：指粟或黍属。③靡靡：行步迟缓貌。④摇摇：形容心神不安。⑤噎（yē）：气逆不能呼吸。

【赏析】

周平王东迁洛邑以后，河南省的洛阳、孟县、巩县、温县一带，产生了许多民间歌谣，它们大都带有乱世苍凉哀怨的气氛，反映了当时战争频繁、人民无处为家的社会现实。在《诗经》中，这些歌谣集结起来，统称为《王风》。

从地理位置上说，它们是从王城产生的歌谣。从政治蕴含和艺术手法上说，它们虽大多叙述王城之事，但缺乏《雅》的正统，而显得深沉厚重，别有寄托。《黍离》序于《王风》之首，历来备受推崇，是《诗经》中的经典之作。

《黍离》的主人公，属于这样一类人：他们敏感而又超前，才华横溢、境界高远，总能思常人不能思，但也因之不得不忧常人所未忧，由此也背负上常人不可想象的痛苦和孤独。

诗作讲述东周迁都之后，一位易代大臣因为某个机会回到曾经的西周故都，想再一次找回过往岁月的痕迹，却不料事与愿违。

放眼望去，曾经的故地，皆变成片片葱绿的庄稼，昔日的繁华和战火无一觅处，只剩下一些断墙残垣。作者曾经在此任职、生活，留下了几多爱恨与际遇，沉淀了深厚的感情，而现在，却是人非物亦非。徒增伤感。

诗人漫无目的地行走在庄稼间，眼前的景物勾起他的无限愁绪，思绪纷纭间，曾经被克制住的情思尽数涌上心头。对故国的追思、对百姓的痛惜、对历史的感慨和敬畏，纷至沓来，急切而又阔大。

为什么政权会兴衰更迭，人类社会的历史怎么才能保持安稳长久，渺小的人类如何才能战胜时间的规律，人的弱点何以如此顽固……这些终极的问题，疯狂地在主人公脑海中旋转，长久得不到解答。

最令人不堪的是这种忧思无人理解，也无人分担。“知我者谓我心忧，不知我者谓我何求”，众人皆醉我独醒的境遇，并非每个人都能承受。思索得太深、追问得太深的人，总有孤独、尴尬、委屈如影随形。诗人孤独一人对抗着这些压迫内心的追问，最终无法承受，几乎达到崩溃的边缘，所以他才仰天怒号，叩问苍天。由此，此诗一脱《诗经》其他作品的质朴美好，变得苍凉感伤。

有学者指出，诗人选取的是一种“物象浓缩化，而情感递进式发展”的写作手法，全诗的行文逻辑与庄稼的生长密不可分，诗人用庄稼的出苗、成穗、结实，来记述时间的演进和抒情主人公逐渐增强的情绪。

全诗三章，仅易数字，回环往复，对主人公而言，接连袭来的忧郁简直要承受不住，从“中心摇摇”进而到“中心如醉”，到最后“中心如噎”，情绪压抑得喘不过气来。每章后半部分形式上完全一样，在一次次反复呼喊中，情感力度逐章加深，最终汇聚成澎湃之势，给读者以深切的震撼。

后世的许多文人，都深受此诗的影响。“知我者”并非没有，仅仅是相隔太久而已。历次朝代更迭过程中，都有人泪水涟涟地吟哦着兴亡之思，曹植的《情诗》、向秀的《思旧》、刘禹锡的《乌衣巷》、姜夔的《扬州慢》，无不带有《黍离》的影子，发人感慨，催人泪下。这些属于不同时代、但同样敏感的思考者，正是彼此的知己。

正因为诗人思考的问题带有终极性和普遍性，所以诗作的解读方式也可以是多样的。诗篇起始便将镜头对准一望无际的庄稼，奠定出阔大、朴实而又荒凉的基调，使读者的思绪得到张扬。其后，除了“黍”和“稷”之外，作者没有再描述其他具体物象，也没有给读者提供更多的事件信息。因而，作品整体便呈现出一种蕴藉开放之势，读者完全可以立足于诗作本体，发挥想象，构建一部属于自己的《黍离》。

通过想象，读者可以看到一个思想者，面对饱含生机的庄稼，独自吟哦着自己的痛楚。这种伤痛，只有“知我者”才会理解，而这样的“知我者”，可遇而不可求。

君子于役

君子于役，不知其期，曷至哉？鸡栖于埘①，日之夕矣，羊牛下来。君子于役，如之何勿思？

君子于役，不日不月，曷其有佸②？鸡栖于桀，日之夕矣，羊牛下括③。君子于役，苟无饥渴④！

【注释】

①埘（shí）：在墙壁上挖洞做成的鸡舍。②佸（huó）：相会。③括：至。④苟：表推测的语气词，大概，也许。

【赏析】

诗的首章抒发了这名妇女思念远方丈夫的怨苦心情：“我的丈夫还在外面服兵役，不知道期限有多长，也不知道什么时候才能回家？鸡儿自己进窝了，天色已经向晚了，羊和牛也从野外回来了。我的丈夫在外服役还是不归，怎能让我不想念呢？”

“君子于役，不知其期”，直接点明所要抒发的事情；“鸡栖于埘”到“羊牛下来”，以反衬手法表述了家畜尚且早出晚归，而人却杳无归期；“君子于役，如之何勿思”，表现这名妇女思念的痛切。丈夫是最亲的人，然而她却既不知他在哪里，又不知他什么时候回来，怎能不引得她大声问话，”曷至哉”？本章此句表达的情感最为强烈。

下面一章表达了妇人对于丈夫的眷恋和惦念：“我的丈夫还在外面服役，已经不能用日和月来计算时间。时日漫长，道路迢迢，关山阻隔，不知何时才能再相见。鸡儿已栖息在窝里的木桩，天色已经很晚，羊和牛从野外回来进了圈。我的丈夫却还在外面服役，但愿他不至挨饥受渴遭摧残。”

从“君子于役”到“曷其有佸”，再次抱怨服役期的长远；从“鸡栖于桀”到“羊牛下括”，慨叹鸡、牛、羊已经开始在窝圈栖息，丈夫仍是不归；最后“君子于役，苟无饥渴”，细腻传神地刻画了这位妇女退而求其次的心理，丈夫今晚是回不到家了，明日的企盼也还是遥无归期，那也就只好退一步祈求，盼望日久难归的丈夫不要受到饥渴的煎熬。妻子思念丈夫的感情更进一步，盼夫归来的渴望反而溃退了，真的是无望又无奈。这一章写得更加深沉，穿透人心。

这首诗具有很高的艺术性：

首先，诗中有独特而优美的意境创造。意，就是人的想法、想象、意图、意念，境，就是境况、实景、实物。以情绘景以景托情，意与境的完美结合，会使文学作品愈加生动而深刻，予人心灵的感染力也会更为强烈。本诗勾画的是一名感情深挚的妇女对丈夫的深深思念，这种盼归的情感意念与晚间鸡归、牛羊回归的实事真境一经结合，便使人在不知不觉中被带进那远古的山村：落日接山，暮色暗沉，鸡栖于窝，牛羊入圈，一位少妇倚门而立，目光迷离地遥视远方。随着夜色加浓，她的忧愁愈浓，夜色增加了凄凉之感，人的心境与这乡村晚境融为一体。畜禽尚能按时归“家”，而远戍的人不见归来，怎能不使少妇愈加悲伤！此情此景让她情何以堪？

其次，这首诗有着饱含情感的臆想叙述。诗句表面是描述禽畜已归人何不归，但透过表层，只要稍加体味就会感悟：禽类到了晚间都会回窝，牛羊也都懂得回转，作为丈夫，难道不知妻子是如何想念你吗？你不知道应当早早回家吗？这种引人透过自然质朴的乡村画卷而臆想揣摩背后无限辛酸故事的表达方式，拥有触人痛处的强烈感染力。

最后，本诗自然美感极强。落日余晖，碧野迷茫，牛羊下山，鸡栖于埘，整个情景充满着宁静的田园幽情，宛然一幅乡村风俗画，带给人的却是一种淡淡的忧伤。向晚时分，喧嚣始静，日要西下，人要归家，人类对家的眷恋在这向晚时间最为强烈，这是在外游子最想回家的时刻，“日暮飞鸟还”，“日暮苍山远”，“日暮乡关何处是”，有多少后人以日暮作引，吟咏思归之情，《君子于役》便开了这种“日暮情结”的先河。

品读本诗，仿佛听到那位倚门而立的女人一声声轻轻的叹息，看到了她眼中一颗颗晶莹欲滴的泪花，触摸到了她那担心丈夫在外受苦受难的心灵中一阵阵的怦跳，让人不免对这位感情细腻真挚、日日盼望夫归的古代女子产生一种莫名的亲近、同情和敬重。

君子阳阳

君子阳阳①，左执簧②，右招我由房③。其乐只且④。君子陶陶⑤，左执翿⑥，右招我由敖⑦。其乐只且。

【注释】

①阳阳：快乐的样子。②簧：古乐器名，笙。③由房：游乐。④只且：语气助词。⑤陶陶：和乐舒畅貌。⑥翿（dào）：歌舞所用道具，用五彩野鸡羽毛做成，扇形。⑦由敖：游遨。

【赏析】

本诗如电视编导组镜一样，摄取了两组歌舞场景：一场是包括“君子”在内的众人，有的笑容满面，有的演奏笙簧，有的随着舞曲跳着欢快的舞蹈，整个气氛其乐融融；一场是众人拿着用鸟羽制作的舞具欢舞，或演奏美妙的舞曲，其中的“君子”似乎兴奋至极，一边自己跳舞，一边还鼓动别人狂欢。诗中的主人公有“君子”，有“我”，还应有他人，“君子阳阳”“君子陶陶”，都是描述君子和乐的样子，再加上欢快的乐曲和舞蹈，成就了一派欢欢喜喜热热闹闹的行乐图。然而一片欢快而热烈的背后有着怎样的故事呢?

关于此诗题旨，史上历来争论不休，再加上现代人的望文生义，有关说法更为纷繁，归纳起来可有八种之多：一是君子遭乱，招人相聚谋求全身而退的场面；二是乐官辞官归隐，诗中叙述的是舞师和乐工共同歌舞欢聚言别的场面；三是行役丈夫回家与家人庆贺生归；四是殷实人家夫妻恩爱，情深意笃的歌舞自娱；五是讽刺君子的冶浪行为之作；六是将军凯旋后庆贺胜利的场景；七是周天子醉生梦死的写照；八是情人相约出游，载歌载舞的游乐诗。

我们且以《毛诗序》和朱熹《诗集传》两种题旨的说法来比对解读。

《毛诗序》说:“《君子阳阳》，闵周也。相招为禄仕，全身远害而已。”意思是说诗中的场景是乐官（君子）遭乱，招下属归隐的聚会。

朱熹《诗集传》指出:“盖其夫既归，不以行役为劳，而安于贫贱以自乐，其家人又识其意而深叹美之。”这是说征夫回家后与妻子自娱自乐。

如上两种，显然解读题旨角度不同，诗的意义必然不尽相同，甚至差异较大。如果是君子（乐官）避祸辞官归隐，其乐不该是尽情的，应是有苦不言，苦中寻乐，或者还应含有分离的哀痛；如果是征夫归家与妻子欢庆，那该是死别后庆幸生逢的极度欢乐，那该是怎样一种狂欢!

从诗文本身的内容来看，本诗应是描写舞师与乐工共同歌舞的场面。当然，仁者见仁，智者见智，诗作的隐晦给了读者更多的想象空间，让人尽情咀嚼那场远古狂欢的幻惑味道。

扬之水

扬之水①，不流束薪②。彼其之子③，不与我戍申④。怀哉怀哉⑤，曷月予还归哉⑥？

扬之水，不流束楚[7]。彼其之子，不与我戍甫[8]。怀哉怀哉，曷月予还归哉？

扬之水，不流束蒲[9]。彼其之子，不与我戍许[10]。怀哉怀哉，曷月予还归哉？

【注释】

①扬之水：悠扬之水。②束薪：成捆的柴薪。③彼其：那个。④戍申：在申地边境防守。⑤怀：平安，一说思念、怀念。⑥曷：何。⑦束楚：成捆的荆条。⑧戍甫：守卫甫国边境。⑨束蒲：成捆的蒲柳。⑩许：地名。

【赏析】

戍边战士，独自伫立扬水之畔，看着滚滚流逝的河水，思妻之情涌上心头：妻子还在独自辛劳吧，本来砍柴等男人干的重活，她在家里也要一肩承担。多想砍好成捆的薪柴，托付河水带去妻子身边，为其分担劳苦，无奈扬水载不起这份沉重。河水奔流不息，正如我越走越远，而妻子，就像那捆不随流水而去的薪柴，永远伫立家中，独自等待，不离不弃。如此轻的河水，怎样才能把我这成捆柴草般沉重的相思，带给远方的妻子？何时我们再能团聚？

全诗回环复沓，把一份相同的相思，反复吟诵了三次。各章不同之处仅在于柴草的名称和戍边的地点。每章最后的“怀哉怀哉，曷月予还归哉”一句是主人公浓得化不开的伤感，是他明知相聚无期却每日掐指计算的期盼。这样悠悠而又连绵不接的念叨，真切地表现出远戍战士的思家情怀。

诗歌采用日常口语，不追求统一规整，而是用直白的语言描摹真实的情景，力图再现真切的思念，一切以原汁原味为准。口语化句子，朴实而又生动，最能代表下层农民出身的士兵的口吻，也最能扣动读者的心弦。当一个人远离家乡，被思念折磨得坐立不安时，会是怎样的心情？一定是像这位主人公这般，看到流水便伤感无限，无望归期却难止期盼，千言万语化成最简单的反反复复，唯有汹涌的情感在心中愈积愈浓。

因为最真醇，所以最打动人，诗篇由此获得了旺盛的生命力，流传广远。后代的学者，立足于这一真挚的相思，基于家国情怀的共同性，又把它上升到邦国关系的高度，深含褒贬。

《毛诗序》说："《扬之水》，刺平王也。不抚其民而远屯戍于母家，周人怨思焉。"春秋时期，申国常常遭受楚国侵扰，而周平王的母亲是申国人，为了不让母亲的故国频受侵犯，周平王便派王国军队驻守申国。驻地的士兵们为了保护一片陌生的土地而远离父母家乡，内心自然感到不满，这首《扬之水》便是士兵们此种情绪的流露。

这种包含政治关系的说法，没有冲淡上文中战士对家人的思念，还增加了诗作的内涵层次，使短短的诗作包含了亲情爱情、政治针砭、政策评价的方方面面，把一幅充满浓浓相思的画面放置到春秋时代战乱纷纷的背景中，内蕴陡然厚实，境界愈显广阔。

那载不动薪柴的流水，因此增加了一份含义，借喻东周王室。欧阳修以为："曰激扬之水其力弱不能流移于束薪，犹东周政衰不能召发诸侯，独使国人远戍，久而不得代尔。"这种观点，细致地剖开了当时纷杂的政治关系：春秋时期，东周政权已岌岌可危，无力支配众诸侯，平王想保护母亲的故国，但无力左右诸侯间的征战和侵略，也无力派遣别的诸侯前去驻守，只得从自己的民众中抽调军士。

中谷有蓷

中谷有蓷①，暵其干矣②。有女仳离③，嘅其叹矣。嘅其叹矣，遇人之艰难矣！

中谷有蓷，暵其脩矣④。有女仳离，条其啸矣⑤。条其啸矣，遇人之不淑矣！

中谷有蓷，暵其湿矣⑥。有女仳离，啜其泣矣。啜其泣矣，何嗟及矣！

【注释】

①中谷：同谷中，山谷之中。蓷（tuī）：益母草。②暵（hàn）：干

枯。③仳（pǐ）离：女子被夫家抛弃逐出，后世亦作离婚讲。④脩：干枯。⑤啸（xiào）：痛声。⑥湿：通“曝”，即将干。

【赏析】

《中谷有蓷》是一首弃妇的怨歌。《诗经》中有很多美丽清新的爱情故事，也有像《中谷有蓷》这样苦楚凄然的控诉。因为背弃与相恋一样，都是爱情和婚姻中固有的、不可回避的遭际。

在古代，女子由于自身力量的弱小，只能把婚姻当作自己一生幸福的博弈，若遇到好的归宿，则一生幸福；若遇人不淑，便只能独自品尝凄惶的人生滋味。正如唐代诗人白居易在其诗作《太行路》中所写的那样：“为人莫作妇人身，百年苦乐由他人。”唐代如此，《诗经》的时代更是如此。

全诗三章，只易数字，反复吟咏，每节都用山谷中的益母草起兴开头，最后再以妇人自身的觉悟和感叹结尾，如此回环往复，产生了浓郁的悲伤情感。最终，妇人在长久的悲痛之后，终于发出了“遇人之艰难”“遇人之不淑”和“何嗟及矣”的感叹。她面对无义的丈夫和窘迫的现实，没有自怨自艾，而是冷静地回思和分析，显得清醒而坚毅。

“蓷”，即为益母草，是一味中草药，有明目益神的功效，常用作妇女病的治疗和调养。很显然，这是一种比兴手法，是作者借用相关的事物引出所吟咏的主题。然而，后世的评论者中有不少却背离了这一常规路径，用干枯的益母草牵强曲解，似乎是希望为负心男找些借口。《毛诗序》说：“《中谷有蓷》，闵周也。夫妇日以衰薄，凶年饥馑，室家相弃尔。”朱熹语：“凶年饥馑，家事相弃，妇人览物起兴而自述其悲叹之辞也。”这样一来，评论者把干枯的益母草扩大化，泛指荒年里所有植物的干枯，主张诗篇是在描述荒年，以此冲淡男子抛弃旧妇的凉薄。此种说法，冷了读者的同情之心，也背离了《诗经》的初衷。其实，“中谷有蓷”一句，既是隐喻，也有引发读者感情和联想的作用。益母草与妇女的关系密切，以此比兴。更方便人们联想到妇女的健康、生育，由此推及夫妻、婚恋、家庭，丰富了诗歌的内涵。另一方面，益母草晒干后可入药。能够调剂女子的身体。但丈夫久不归家，人药的益母草又有何用？只能让孤单的女子看到后心生伤感。

益母草或许还承载着女子许多美好的回忆，也许是新婚时，也许是受孕时，女子身体微恙，当时还算细心的丈夫为其采摘益母草，细致入药，小心端来，给了女子多少感动。现如今，一切都烟消云散，恍然如梦境。这样，诗作通过比兴，把促进夫妻感情的药草与被离弃的妇女摆在一块，产生强烈的对比，让人印象深刻。

“暵其干矣”，益母草干枯了。“暵其脩矣”，因为无人问津，变得更加干燥，叶子已经卷成一条。“暵其湿矣”，益母草干枯后又变湿，最终完全腐烂。这里是写益母草状况的变更，对应妇女逐渐老去的过程。而之所以出现这种衰老，则是因为女子无人照料和陪伴，得不到充足的滋润和给养，充分反映出女子愈来愈被丈夫疏离的辛酸。

当她发现自己的容颜在慢慢地老去，丈夫的态度一天天地冷淡，她的反应是“嘅其叹矣”“条其啸矣”“啜其泣矣”，这三句在诗中各自出现了两次。女子在诗中重复诉说自己的窘相，让读者仿佛看到这样一幅画面：一位原本丰腴红艳、明眸流转、绰约生姿的女子，最终变得枯瘦嶙峋、弱不禁风，目光晦涩、容貌呆滞，让人不由得痛惜一朵娇艳之花的陨落。古代女子的凄惨境遇，由此可见一斑。

兔爰

有兔爰爰[①]，雉离于罗[②]。我生之初，尚无为[③]；我生之后，逢此百罹[④]。尚寐无吪[⑤]！

有兔爰爰，雉离于罦[⑥]。我生之初，尚无造[⑦]；我生之后，逢此百忧。尚寐无觉[⑧]！

有兔爰爰，雉离于罿[⑨]。我生之初，尚无庸[⑩]；我生之后，逢此百凶。尚寐无聪[⑪]！

【注释】

①爰（yuán）爰：逍遥的样子。②离：同“罹”，陷，遭难。罗：网。③为：指徭役。④罹（lí）：忧。⑤吪（é）：说话。⑥罦（fú）：一种装设机关的网，能捕鸟兽。⑦造：指劳役。⑧觉：清醒。⑨罿（tóng）：捕鸟兽的网。⑩庸：指劳役。⑪聪：听觉。

【赏析】

《兔爰》一诗，表现了一种乱世中的生活环境和悲哀的心态。“有兔爰爰，雉离于罗”，面对同样一张罗网，狡猾的兔子逃脱，逍遥自在地奔跑，耿介的野鸡被捕，只得收起自己的翅膀，无奈地告别天空。过去，社会“无为”“无造”“无庸”，没有徭役、劳役和兵役，人们的生活很自由；而现在，多出“百罹”“百忧”“百凶”，人们遇上各种灾祸，朝不保夕、流离失所。因此，诗中出现了这样的叹息：与其活在这样的时代，不如把眼睛闭上，把嘴巴合上，把耳朵塞住，就此长睡不醒！

“无吪”“无觉”“无聪”即不欲言、不欲见、不欲闻，在沉痛的现实面前，作者恨极失语，足见其愤慨。三章采用重章叠句的方式，反复渲染了诗人在乱世的不幸遭遇，从相似的回旋中，可以充分感受到诗人的焦灼和痛苦，以及强烈而独特的“闵伤”情绪。

诗作字里行间蕴含着浓重悲情，读者多无异议，但对主旨的探讨，则是复杂繁多。“闵周说”是《孔疏》提出的：“作《兔爰》诗者，闵周也。”因为桓王行事失信，诸侯造反，最终孱弱的周王室未能得胜，为了保持元气，只得增加赋税，令人痛惜盛世不再，秩序难复，对过去的盛景空怀回想。更进一步的是“君子不乐其生说”，这是《毛诗序》提出的，因为社会的悲惨，正直的君子感到生存无趣，不乐其生。只求一死。相似的还有“厌世说”，陈子展《诗经直解》：“《兔爰》，诗人伤时感事，悲观厌世之作。”这种说法，给诗作披上了浓重的殉世之感。令人不忍卒读。

伤感的评论者多悲伤之解，而愤激一些的学者多倾向于一己之愤慨，如《诗论》提出“伤不逢时说”，主张作者抒发的是生不逢时、君子罹难的悲哀与愤慨，多有抱怨。“伤乱说”指出，看到战乱纷纷的现实时，主人公“不欲耳闻而目见之，故不如长睡不醒之为愈耳。迨至长睡不醒，一无闻见，而思愈苦”。作者不想耳闻目见，只得长睡不醒，但不耳闻目见，心里又割舍不下，不得已扬声疾呼，痛哭流涕，表现出了心忧天下的慷慨情怀。除了直指天下苍生的高远诗旨外，还有一些评论家从细处着眼，把诗作解释得非常具体细微，也得其妙。如“戍者刺平王说”“刺刑罚不中说”“悲叹徭役繁重说”等，作者因为感到平王不贤，或刑罚不允，或徭役繁重，心中怒气升腾，不能自持，愤而大声疾呼，如闻一多《诗经通义》：“役夫不堪劳苦，怨而思死也。”悲惨的役夫再也受不了劳苦的工作，萌生死志，大声痛骂当权者，以泄其愤。

葛藟

绵绵葛藟[①]，在河之浒[②]。终远兄弟[③]，谓他人父。谓他人父，亦莫我顾。

绵绵葛藟，在河之涘。终远兄弟，谓他人母。谓他人母，亦莫我有[④]。

绵绵葛藟，在河之漘。终远兄弟，谓他人昆[⑤]。谓他人昆，亦莫我闻[⑥]。

【注释】

①绵绵：连绵不绝。葛藟（lěi）：藤蔓。②浒（hǔ）：水边。与下文“涘（sì）”“漘（chún）”同义。③终：既，已。④有（yǒu）：通“友”，帮助。⑤昆：兄。⑥闻：与“问”通。

【赏析】

《葛藟》一诗，悲从中来，用简练的文字，创造了这样的情境：一位衣着肮脏，蓬头垢面的诗人，流落到黄河边上，见到绵绵不断的延河水伸向远方，河边一望无际的茂盛葛藤，不禁触景伤情，自己的身世，悲惨的境遇，一幕幕涌上心头。自己漂泊异乡，孤苦伶仃，生活没有着落，甚至“谓他人父”的遭际，无人怜悯。这些遭际反映出诗作的创作环境，也是主人公痛哭流涕、抢地高呼的缘由。

诗首章前两句写作者到河边，先用了一个美好而又柔软的字眼“绵绵”，把景物的美好表现得淋漓尽致，让人想到河水的轻柔和舒缓，芦苇的依依摇摆，空中应该还有和煦的微风缓缓吹过，苇叶有的碧绿，有的鹅黄，在太阳的照耀下放射出生命的光泽。“绵绵”这一叠字，把人们的欣赏心境抬高，先声定式，让人产生了美好的期许。

然后，作者开始进入正题，一反前奏，大倒苦水，悲惨的境遇连绵不接地进入读者的视野，一句惨过一句，最终超出常人的接受心理。“谓他人父，亦莫我顾”，设想此情景，其中包含了多少屈辱，多少痛楚。正如朱熹所叹："则其穷也甚矣！"第二至第三章中，诗意与第一章类似，仅二、四、五、六句句尾更换一字，作者在回环复沓中，反复吟哦，将情感一波一波交叠，最终汇聚在一起，达到了催人泪下的最高峰。

在具体表达时，作者把每一章都切成小段，分别注入眼前之景，身世之悲，自怜之感。这样，写景、叙事、抒情，一贯而下，使短暂的诗篇包含了极多的内容。作者只注重层次之间的内在联系，而没有用过多的修饰手法来过渡，使得文章奔腾跳跃、跌宕生姿，而又能保证内部的气脉贯通。

此诗首先描写眼前之景，由绵绵不绝的葛藟对照自己孤单一身、兄弟的离散，这是一次转折。由"谓他人父"却得不到怜悯，又是一次转折。每一次转折，均含无限酸楚，说明作者内心的悲伤在叠加。然后，作者竟然又将这叠加的悲戚回环复加三次，由此可见作者真正到了无法言说的窘境。

诗人直抒情事，语句简质，采用日常口语，不追求文采斐然和严谨逻辑，而只是力图笔书所想。记忆中什么最沉重，思维就最先奔向那里，笔触也就迅速地触及到那里，然后纯粹地摹写出来。作者不是在进行艺术创作，而仅仅是用最直露的语言抒发最真实的感慨，仅仅为了用最少的字句，在最短的时间里，把心中的悲伤和委屈一吐为快。这种方式，以原汁原味、力透纸背为准则，真切地表现了飘零的凄苦和世情的冷漠，极是感人。

关于此诗的作者，《毛诗序》认为是东周初年姬姓贵族所作，旨在讥刺平王弃宗族而不顾："《葛藟》，王族刺平王也。周室道衰，弃其九族焉。"这种说法，是强行在经典上嫁接政治意图的表现，把表现人之常情的诗作拉扯到政教、美刺上去，维护的是统治阶级的伦理纲常，冲淡和漠视了诗作的文学价值，多不为现代艺术评论家所取。

相较之下，朱熹的说法较为通达，《诗集传》云："世衰民散，有去其乡里家族而流离失所者，作此诗以自叹。"王室衰微，征战连连，都城也未能幸免，百姓多为离散，被迫迁移。离乡背井的人们，在流浪中多遭苦难，不堪流离失所，心痛万分，只得作诗自叹。这种说法，才较符合诗人口吻和所述诗境。

采 葛

彼采葛兮[①]，一日不见，如三月兮。
彼采萧兮[②]，一日不见，如三秋兮[③]。
彼采艾兮[④]，一日不见，如三岁兮。

【注释】

①葛：一种蔓生植物，块根可食，茎可制纤维。②萧：植物名。蒿的一种，即青蒿。有香气，古时用于祭祀。③三秋：通常一秋为一年，后又有专指秋三月的用法。这里三秋长于三月，短于三年，义同三季，九个月。④艾：植物名，菊科植物

【赏析】

对于热恋中的情人来说，哪怕一刻的分离，对他们来说都是难以忍受的痛苦，历来无数文人描摹了这一主题。《采葛》正是思念恋人的情歌，一位小伙子喜欢上了以采集为生的姑娘，她常外出采集，不易见面，小伙子饱受相思之苦。在诗中，作者借简短精练的语言，充分表达了长相思的恋情，反映出坚贞、纯朴、真挚的爱情。

本诗抓住"相思"这种普遍的情感，反复吟诵，细致刻画了情感的煎熬。诗篇感染了历代饱受相思之苦的人们，诗人以"一日三秋"这种形象的描写，比拟分离的情人内心巨大的折磨，可谓贴切。

这是一种"艺术夸张"的手法，反映的不是事实上的真实，而是艺术上的真实，因而应该"言过其实""辞过其意"。其所追求的效果是真挚，而不是科学。在现实生活中，"一日"不可能等同于"三月""三季""三年"，但是，在陷入爱情的人心中，这种错觉，正是他们为别离所折磨的表现。这一悖理的"心理时间"看似疯癫痴狂，但由于融汇了恋人真挚的情感，所以能唤起读者的共鸣。

《采葛》一诗中，每一次对"一日不见"的心理刻画，都比前一次增加了时间长度，以反复递进、层层深入的写法，将相思的感情逐步提升。这样通过回环、排比和递进，使诗的节奏和谐，语言简洁，充满了

形式美和音乐美，有效地加强了感情的色彩。

这首相对来说主题清晰的爱情诗，仍被后世的学者解读出了不同的意味。《毛诗序》认为诗旨为“惧谗”：“葛所以为絺绤也，事虽小，一日不见于君，如三月不见君，忧惧于谗矣。”意思是说一位正直的臣子嫉恶小人谗言，感到它们像葛、萧、艾一样四处蔓延，让人痛恨。谗言当道，有碍正直，而对礼教的破坏，更加让夫子们不能容忍。

朱熹则提出“淫奔”说：“采葛所以为絺绤，盖淫奔托以行也。故因以指其人，而言思念之深，未久而似久也。”葛、萧、艾等植物，是淫奔的男女为上路准备的盘缠或食物，“一日不见如隔三秋”，是他们之间不洁的思念。另外，还有一种“爱妇”说，主张此诗是远戍的将士对于妻子的思念。这种说法，充满了温馨的家国情怀，让人感动。还有人主张“怀友”说，力争诗作是在赞扬友人之间的深厚情感，等等。

字句是诗作的材料，主旨具有的包容性，有些要从具体字句中探得，古汉字因为俭省和多义，常常成为历代文人纷争的焦点。例如“彼”字，研究者为两大阵营，各执一端，一则“彼”是代人，认为“采葛”应理解为“采葛之人”。一则“彼”是代事，指“采葛”之事，作者以“采葛”“采萧”“采艾”比兴，认为它们都是日常生活中最寻常的事情，由此引申，臣子也应该天天可以面君，如果亲密的君臣关系生疏起来，就可能是有了谗言。

这样简单的一首诗，竟然有如此多的解法，不得不让人惊讶。其中的原因，有汉语和诗作的蕴藉性，恐怕也有人们的牵强附会在里面。就文学性和艺术价值而言，最好还是彰显《诗经》的生活气息，回归其恋爱本质。

大 车

大车槛槛①，毳衣如菼②。岂不尔思，畏子不敢。大车啍啍③，毳衣如璊④，岂不尔思，畏子不奔。穀则异室⑤，死则同穴。谓予不信，有如皦日⑥。

【注释】

①槛（kǎn）槛：车轮的响声。②毳（cuì）衣：车毡，用于蔽风雨。菼（tǎn）：芦苇的一种。③啍（tūn）啍：重滞徐缓的样子。④璊（mén）：红色美玉，此处喻红色车篷。⑤穀：活着。⑥皦：同“皎”，光明。

【赏析】

《大车》是一首爱情诗。诗作描写了一位情窦初开的女子深恋着她的情人，想与之私奔。而男子有着很多犹豫和顾虑，迟迟不肯答应。于是女子急切地使出激将法。男子却仍在躲闪、回避，反映了其懦弱。最终，这位多情的女子感情变得激越，她手指青天，发下重誓。要与恋人“死则同穴”。永远跟他在一起。

古人指天发誓是十分慎重的行为，因为他们相信，违背了诺言，要受到天谴。姑娘急切间为表明心迹，指天发誓，震人心魄。此情此景，男子的心肯定是激昂澎湃，波澜丛生。但他如何选择？是心为所动，抛弃一切，两人驾车奔向幸福生活，还是让痴情的女子泣涕涟涟地转身走开，澎湃的心门悠悠合拢，只剩下无语的男子伫立原地、垂首黯然？

画面就此定格，可以想象女子发完誓后缄默无言，微微昂起头，用幽怨又诚挚的眸子盯着男子，决然而又期许无限。

男子会如何，不得而知，也许是无可奈何心生烦躁，也许是垂头驻足无动于衷，也许是像女子希望的那样不顾一切与之私奔，文字就此终止。故事却没有就此完结，所表达的情感如石子投入湖面，漾开层层涟漪，激荡又悠远。这样的女子，让无数人感动，也让无数男子汗颜。

女子担心自己的深情得不到应有的回应，因而既紧张又犹豫。但内心的激越还是促使她要试一试，第一章形象地描述出了女子此时的心境。男子为何“不敢”？诗作中没有提及，结合那个时代的情境，可以设想出：没有媒人的婚姻得不到社会的承认；没有家庭的同意、没有社会的认可，婚姻很难走到尽头。

第二章继续写女子内心的忧虑和急切。“畏子不奔”，有着强烈的激将意味，也有深沉的埋怨在里面。第三章写女子在没有回应的情形下作出大胆表白——“死则同穴”。

在诗中，“你不敢”是女子激励男子斗志的话，是女子怕他顾虑太多，于是发出坚定的誓言，鼓励他大胆行动。没有男子会对女的说：“就怕你胆小没勇气。”“就怕你没有胆量和我一起私奔”这句话，是属于女人说的，它就像一块千斤巨石，砸在了男子的心底。那一刻，男子的理智和血性肯定在心底较量，殊死搏斗。

诗中的男子，多半也是无可奈何的，在男女并不平等的社会中，相较起来，男子需要更多地考虑自己的身份、义务。他也只是社会机器运转中的一环，要时刻想着身边的君民、父母、子女。他如何不想与心爱的人一走了之？但既然他们无法以恋爱的关系留在当地，肯定是存在着无法解决的问题，而这一问题，正是男人无法逃避的。这种情景，不仅深化了《大车》的主题，还给其披上了浓重的悲情外衣。

《大车》不仅立意颇深，手法亦是高妙。这首诗把环境与主人公的心情结合起来，相互烘托促进，形成了独特的艺术特色。第一章写盖有青色车篷的大车奔驰，在隆隆的车声里，姑娘心潮澎湃：“岂不尔思，畏子不敢。”隆隆的车声，既是外在环境，也是女子慌乱紧张的心境描写。第二章车轮声变得沉重，而姑娘内心的苦恼也逐渐增加。第三章，没有了外部环境描写，表示姑娘再也受不了了，横下一条心，抛开紧张和羞涩，不再计较后果，指天立誓：“我跟定你了，一定会和你在一起！”

最终二人的结局是什么，读者无法确定，只能感叹女子的火热，男子的无奈和凉薄，感叹社会力量的强大。但有一点可以确定，女子皎皎如月的誓言，流传到了现在，还将永远流传下去。

丘中有麻

丘中有麻①，彼留子嗟②。彼留子嗟，将其来施施③。

丘中有麦，彼留子国④。彼留子国，将其来食。

丘中有李，彼留之子。彼留之子，贻我佩玖⑤。

【注释】

①麻：大麻，古时种植以其皮织布做衣。②子嗟：人名。③将（qiāng）：请，愿，希望。施施：慢行貌，一说高兴貌。④子国：人名。⑤贻：赠。玖：玉一类的美石。

【赏析】

《诗经》的时代，好比一块未受世俗浸染的田园，自由生活在那里的人们，不会担心被扣上繁杂的儒道枷锁。那时的人，才真正属于自己和自然，充满了本真的思维和完整的人格。《丘中有麻》就是在这个背景下展开的画卷，真实、纯粹、自由和勇敢。

当时，社会制度、等级、礼教还没有压倒人的爱情，男女之情更多是以两情相悦为衡量标准，没有过多其他因素的介入。诗歌是以一个姑娘的口吻写的，"丘中有麻""丘中有麦""丘中有李"，这些地方，是姑娘与情郎幽会的地点，也是姑娘回忆时最先展现出的画面。这位率性的女子，热烈大胆，欢快地把与情郎幽会的地点一一唱出，这种举动，即使是现代，也是不容易做到的。其中的缘由，需要回溯到《诗经》那个时代，才能觅得。

《诗经》来自那个质朴自由、没有压迫的时代，其精髓是自由而又平等的。但后世的解读往往着上了当时社会的色彩，解读者们通常抛开《诗经》的本质，把后世形成的伦理纲常，嫁接到古老的《诗经》上，于是，后代就有了无数的貌似合理实则荒唐的解经，《丘中有麻》也未能幸免。

依托君主求贤的相关事宜，《毛诗序》说："庄王不明，贤人放逐，国人思之而作是诗也。"认为这首诗的主旨是"思贤"。后代对于这一观点还存在两种解法，一则是庄王思贤，一则是"国人思之"。"丘中有麻"，是一种"比兴"手法，以麻喻贤人，丘就是野，意思是贤人在野。《毛诗序》又说，丘中之麻是贤人被放逐后亲手种植的，"丘中有麻，彼留子嗟"意思是贤人留氏大夫子嗟亲手种植。这种解法，足见解读者的煞费苦心，但历史证明，汹涌的人性之流是无法遏止的。

现代，闻一多在《风诗类钞》中从民俗学角度解释"贻我佩玖"这句时说："合欢以后，男赠女以佩玉，反映了这一诗歌的原始性。"到这个时候，《丘中有麻》才得以回归其情诗的原本。

诗中，作者只给我们呈现了三幅生动的画面，它们足以代表故事的精华。那一块块爱的田园，给了姑娘多少欣喜和感慨，高大的植物铺展开来，遮挡着甜蜜的二人世界，外面或骄阳投射或夕照留恋或繁星点点，里面却是恒久的春意盎然，男子或嬉笑调侃或软语温存，都给了姑娘难以磨灭的情感印记。最后，作者写到“彼留之子，贻我佩玖”，这对眷侣，用佩玉的坚硬纯净，象征两人爱情的永恒。这种美好的结果，是爱情最终成熟的象征，也是人们最愿意看到的圆满幸福。

郑 风

缁 衣

缁衣之宜兮[1]，敝予又改为兮[2]。适子之馆兮[3]。还予授子之粲兮[4]。

缁衣之好兮，敝予又改造兮。适子之馆兮，还予授子之粲兮。

缁衣之蓆兮[5]，敝予又改作兮。适子之馆兮，还予授子之粲兮。

【注释】

①缁（zī）衣：黑色的衣服，当时卿大夫到官署所穿的衣服。宜：合适。②敝：破坏。③适：往。馆：官舍。④粲："餐"之假借字。⑤蓆：宽大舒适。

【赏析】

《郑风·缁衣》一诗，尽管语句平铺直叙，没有轰轰烈烈的誓言，亦少了你侬我侬的缠绵，但其中的意义并不输给其他经典。

这首诗没有起兴，没有比喻，直叙故事，笔法纯用赋体，这一点毫无疑问。

三章共叙一事，稍改韵尾，其他重复以加强语气，用的是《诗经》

中常见的复沓联章形式。诗中三章只为叙一事：缁衣之合身。虽用了三个形容词："宜""好""蓆"。实际上都是一个意思，即好得已经近乎完美，对缁衣称赞有加；对改制新的朝衣的描写，也用了三个动词："改为""改造""改作"，同样的意思，只是语气稍有分别。

这一系列形容词与动词的运用，将主人公的细致与周到体贴刻画得入木三分。而每一章的末句，只字未改，全然复沓，单在艺术形式上，诗的作者就用简单的言语为读者设置了一团迷雾：如此强烈地重复着一个动作一件事情，诗人到底在强调什么呢？

至此，诗旨还朦胧未解，究竟改衣赠衣的人是何人，收衣人是谁，二者又是什么样的关系呢？夫妻，恋人，还是君臣？对此，古人的说法偏向于君臣之谊。《礼记》中就有"好贤如《缁衣》"和"于《缁衣》见好贤之至"的记载，宋代的朱熹大抵赞同"爱贤"这一说法。当代学者高亨说："郑国某一统治贵族遇有贤士来归，则为他安排馆舍，供给衣食，并亲自去看他。这首诗就是叙写此事。"至此，诗中所叙述的人物关系大抵明了了，即对君主与臣子的关系的赞咏，只是对于"赠衣"的动机各家可谓是各有争鸣。

但当代不少学者并不苟同于此，他们认为这是一首赠衣诗。诗中"予"的身份，看来像是穿缁衣的人之妻妾。

诗中所咏的黑色朝服看来是抒情主人公亲手缝制给丈夫上朝穿的朝服，她称赞丈夫穿上朝服是如何的合适，这符合赠衣者渴望得到肯定的心理。她又一而再、再而三地表示，如果这件朝服破旧了，我将再为你做新的。还再三叮嘱，你去官署办完公事回来，我就给你试穿刚做好的新衣。

从这个意义上说，这首《缁衣》又是《诗经》中描写爱恋的另一种极致，普普通通的一个赠衣情节，却将一种女子发自内心流露出的对丈夫的深情含蓄地表现出来。有人说这是卿大夫的妻妾为了讨好丈夫，这样的说法可能过于狭隘。如果真的是只为讨巧，那么溢美之词会比做一件衣服来得更直接些。

无论是支持妻赠衣说的"郑声淫"的论点，还是支持君贤臣说的"好贤"之依据，这首《缁衣》给读者带来的温暖和感动想必都是巨大的。无论是妻还是君，为他人改衣赠衣的举动都体现了人与人之间一种值得珍惜的尊重与爱戴，在郭店楚简出土的《缁衣》简中称："夫子曰：好美如好《缁衣》。"可见，诗里所赞美的是一种"好美"的品德，从这个意义上去体会作品，两种说法似乎就可以殊途同归了。

《缁衣》让人们从另外一个角度认识《诗经》，“诗三百”中并非仅有风花雪月、思妇怨女。风花雪月里也有大寄托，寄托了我国先民的理想，寄托了做人、处世甚至为政的理想之道；风花雪月之外更有家国之大爱，爱恋人、爱家庭甚至爱国家的每一个子民。先人们就是在这一首首或歌颂或讽刺的风雅中，把诗歌这种古老艺术发挥到了极致。

将仲子

将仲子兮①，无窬我里②，无折我树杞③。岂敢爱之④，畏我父母。仲可怀也，父母之言，亦可畏也。

将仲子兮，无窬我墙，无折我树桑。岂敢爱之，畏我诸兄。仲可怀也，诸兄之言，亦可畏也。

将仲子兮，无窬我园，无折我树檀。岂敢爱之，畏人之多言。仲可怀也，人之多言，亦可畏也。

【注释】

①将：愿，请。②窬：翻越。里：邻里。古代二十五家为里。③树：种植。④爱：爱惜。

【赏析】

人们常说一百个读者，就有一百个哈姆雷特。同样。一百个人读《将仲子》，恐怕就有一百种理解。

首先《毛诗序》中说：“《将仲子》，刺庄公也。不胜其母以害其弟，弟叔失道而公弗制，祭仲谏而公弗听，小不忍以致大乱焉。”有一个故事，能帮助读者更好地理解《毛诗序》的说法：

郑武公的妻子姜氏生了两个儿子，一个很顺利，一个却难产，生出来的时候是脚先出来，让姜氏吃尽了苦头，从此她就十分厌恶这个儿子。这个婴孩就是后来的庄公。姜氏十分喜欢另一个儿子共叔段，曾多次恳请郑武公立共叔段为太子，但武公至死都没同意。等到庄公荣登太子之位时，姜氏请求将京邑封给共叔段，庄公对她有求必应，一再容忍，这时一些辅佐太子的大臣就劝阻庄公让他小心提防，庄公却说“多行不义必自毙”。其实庄公心里比谁都有数，他早就打好了如意算盘。渐渐地，共叔段开始扩充实力，准备吞并庄公，庄公得到线人情报后，来了个先下手为强。《毛诗序》中所关涉的正是这一典故，意在说明《将仲子》是讽刺庄公之作。

其次，郑樵《诗辨妄》认为此诗是“淫奔之诗”。当时的社会等级森严，男女之间更要遵守礼教和道德规范，所以稍有情爱的字眼便被归为淫类诗歌。而现在，人们普遍认为这是一首爱情诗，一对热恋中的男女相会，女主人公告诫情郎不要心急，翻墙进来压坏了花草树木，母亲是要严厉批评的。

“将仲子兮，无窬我里，无折我树杞。”仲子哥，你来我家的时候，千万不要翻越我家门户啊，也千万别折了我种的杞树。细细玩味这句话很有意思，仿佛是一对青年男女正要约会，女子却一再叮咛男子不要……不要……似乎害怕着什么。

“岂敢爱之，畏我父母。仲可怀也，父母之言，亦可畏也。”这几句正好回答了上面的种种疑问，并非是我舍不得那几株杞树啊，而是我害怕我的父母看见。你鲁莽心急实在让我担心，父母的话让我心生畏惧，所以你可千万不要那样做。

“将仲子兮，无窬我墙，无折我树桑。岂敢爱之，畏我诸兄。仲可怀也，诸兄之言，亦可畏也。”这一章基本是对首章的重复，起到了加强、加深文意的作用，在情意上也达到了层层递进的效果。

仲子哥啊，你来我家时可千万不要翻越围墙，也千万不要折了我种的绿桑，我并不是舍不得那几株绿桑，我是害怕我的兄长看见，你这个人粗心大意让我实在担心，但是兄长的话也的确让我担心。

这场相会可谓是小心翼翼，两人都很想念彼此，但又不敢大胆张扬地表现出来，毕竟人言可畏！女子的谨慎也从侧面表现出了礼法的森严和约束。

“将仲子兮，无窬我园，无折我树檀。岂敢爱之，畏人之多言。仲可怀也，人之多言，亦可畏也。”仲子哥哥啊，我们会面之时你千万不要越过我家菜园子，千万别折了我种的青檀，我倒不是舍不得那株檀树，而是害怕左邻右舍的人看见之后说一些不着边际的闲话，仲子你实在让我牵挂，但是邻居的流言蜚语实在让我害怕。女子想爱却不敢爱，怕人说她轻浮不懂自重，因而心绪显得十分无助和焦急。

从“无窬我里”，到“无窬我墙”“无窬我园”。可以看出女子对这个年轻气盛的小伙子的牵挂和担忧，其中深含绵绵爱意。女孩毕竟是矜持的，无论她如何爱他，也受不了闲言碎语的攻击，所以恐惧的对象和范围也在一点点地扩大，从家庭扩展到社会，女主人公也一次比一次显得焦急和恐惧。

本诗是以一个女子的口吻叙述，对男子即将要发生的“翻墙”“折树”的行为进行劝告，所以有一种娓娓道来的感觉，使诗境也有了絮絮对语的独特韵致。

流言是一种很神奇的东西，它有“众口铄金，积毁销骨”的力量。这一可怕的力量让《将仲子》中的女主角顶着十分矛盾的心理，想爱而不敢爱、欲爱不成、欲罢不忍，陷入两难处境之中，读起来让人心生怜惜。

叔于田

叔于田①，巷无居人。岂无居人，不如叔也，洵美且仁②。
叔于狩③，巷无饮酒。岂无饮酒，不如叔也，洵美且好。
叔适野④，巷无服马⑤。岂无服马，不如叔也，洵美且武。

【注释】

①叔：古代兄弟次序为伯、仲、叔、季，年岁较小者统称为叔，此处指年轻的猎人。于：去，往。田：打猎。②洵：真正的，的确。③狩：冬猎为“狩”，此处为田猎的统称。④适：往。⑤服马：骑马之人。一说用马驾车。

【赏析】

在《诗经》这部集合了劳动人民生活经验和智慧的诗集中，《叔于田》并非名篇，但其审美价值却不容忽略。

“叔”究竟是指谁？一种观点认为，“叔”是特指郑庄公之弟共叔段。《左传·隐公元年》记载，共叔段很有才干，后被封于京地，他整顿武备，发兵攻打其弟郑庄公，最终失败。据此，如果本诗中的“叔”为公叔段，那么这首诗就应当是他的拥护者所作，但尚无明证。另一种观点认为，“叔”泛指年轻的猎手。在单纯的文本层面上来看，“赞美猎人说”似乎更贴合诗意。

《叔于田》采用了《诗经》中广泛应用的复沓联章的手法，与其他类似结构的《诗经》篇章一样，有一种回环往复的音乐美。这种复沓不是简单的重复，而是有变化的复沓，各章各句替换几个字，使诗在主题不变的基础上，增强了音响效果。

全诗共三章，每章第二句“巷无居人”“巷无饮酒”“巷无服马”，第三句“岂无居人”“岂无饮酒”“岂无服马”，第四句“不如叔也”，第五句“洵美且仁”“洵美且好”“洵美且武”，先否定，再反问，再自答，最后再详述缘由。运用设问的手法，使原本平平无奇的内容变得曲折有趣，别有一番余味。

铺陈与设问全然只为引出下文“不如叔也”这一结论。而“巷无居人”“巷无饮酒”“巷无服马”的夸张描写，则将众人的平庸与“叔”的超卓形成了强烈的反差，从而突出“叔”的“仁”“好”“武”。更重要的是，诗没有把“叔”这个人物神化，而是将他置于居人、饮酒、服马这样的日常生活中，更增添了写实性与人情味。这样写不仅使主题更为充实，也使对“叔”的夸张描写显得有据可信。

总结起来不难看出，《叔于田》的艺术手法多变，艺术成就很高，更重要的一点是，先民已经在日常生活中找到审美点去加以赞美，而不是一味地脱离实际，神化主人公。这一点，无论是在《诗经》所处的时代，还是在《诗经》之后的历朝历代，甚至直至今日，都实属难能可贵。

大叔于田

叔于田[①]，乘乘马[②]。执辔如组[③]，两骖如舞[④]。叔在薮[⑤]，火烈具举[⑥]。袒裼暴虎[⑦]，献于公所。将叔无狃[⑧]，戒其伤女。

叔于田，乘乘黄。两服上襄[9]，两骖雁行。叔在薮，火烈具扬。叔善射忌[10]，又良御忌[11]。抑磬控忌[12]，抑纵送忌[13]。

叔于田，乘乘鸨[14]。两服齐首，两骖如手。叔在薮，火烈具阜[15]。叔马慢忌，叔发罕忌，抑释掤忌[16]，抑鬯弓忌[17]。

【注释】

①田：同“畋”，打猎。②乘乘马：驾着拉一乘车的四马。前一个“乘”字为动词，读 chéng 后一个“乘”字为名词。古时一车四马叫一乘。③组：织带平行排列的经线。④骖（cān）：驾车的四马中外侧两边的马。⑤薮（sǒu）：低湿多草木的沼泽地带。⑥火烈：打猎时放火烧草，遮断野兽的逃路。具：都。举：起。⑦袒裼（tǎn xī）：脱衣袒身。⑧将（qiāng）：请，愿。狃（niǔ）：反复。⑨服：驾车的四马中间的两匹。⑩忌：语尾助词。⑪良御：驾马很在行。⑫抑：发语词。磬（qìng）控：勒马使缓行或停步。⑬纵送：发矢曰纵，从禽曰送。⑭鸨（bǎo）：有黑白杂毛的马。⑮阜：旺盛。⑯掤（bīng）：箭筒盖。⑰鬯（chàng）：弓囊，此处为动词。

【赏析】

《大叔于田》用不长的篇幅赞美了猎人娴熟的驾车技能、高超的射技和英武勇敢的性格。本篇用详细的射御动作、火烧场面、空手打虎的细节，刻画出一个生动、鲜明的贵族猎人形象。《大叔于田》开启了兽猎类作品精工细描的优良之风，清代姚际恒说此篇“描摹工艳，铺张亦复扬厉，淋漓尽致，为《长杨》《羽猎》之祖”。

诗的主题围绕猎手“叔”而展开，其中意义，仍是众说纷纭。《毛诗序》谓“刺庄公也”，认为“叔”是庄公之弟共叔段。唐代孔颖达《毛诗正义》疏之：“叔负才恃众，必为乱阶，而公不知禁，故刺之。”意思是说共叔段恃才傲物，不知收敛，然而庄公却故意放纵他，因此时人作诗“刺庄公”。

今人则多认为这是一篇赞美猎手的诗作。这里的“叔”并非是今天的“大叔”或“叔叔”，古人以伯、仲、叔、季作排行，叔本指老三。

“叔于田，乘乘马”表现出叔随主公乘车马外出打猎时的声势，“执辔如组，两骖如舞”描绘他驾车的姿态，驾着四马之车，四条缰绳收在一起，两侧的马脚步谐调，像跳舞一样整齐而翩然，马与人之间节奏一致，步调谐和，得心应手之景跃然纸上。作者用图画、音乐、舞蹈一起来形容主人公的娴熟的车技，短短三句，表现力十分丰富。

“叔在薮，火烈具举”，四面都点燃了猎火，叔在其中与虎搏斗，这种环境本身就美化了叔这一形象的英雄色彩。叔袒身赤膊，在火光中与困兽勇猛较量，这种场面，可谓惊心动魄。结果当然是“袒裼暴虎，献于公所”。叔从容地打死了猛虎，进献到主公面前。由此，猛士英雄的形象活现于眼前。

接下来，“将叔无狃，戒其伤女”，作者对叔的感情十分复杂，既赞美他的英勇，同时又为叔担心，害怕虎伤了叔，这也从侧面反映了叔与虎搏斗的场面之惊险。

第二章用了“磬控”一词说叔“善射”“良御”。“控”即忽然将马勒住，如此一来，马头就会向后，而马的前腿则会抬起；人骑在马上，就会弯起腰身，写出了叔如希腊雕像一般的强健。

诗的末章写叔在打猎结束时收起弓箭的姿态。明明在不久之前还空手与虎斗，纵马奔驰追逐猎物，然而打猎结束时，叔却仍旧从容悠闲，好似一切都不曾发生过一般。

全诗有张有弛，既有紧张气氛的渲染，也有舒缓的节奏，动静结合，十分有韵致。

清　人

清人在彭①，驷介旁旁②。二矛重英③，河上乎翱翔。
清人在消④，驷介麃麃⑤。二矛重乔⑥，河上乎逍遥。
清人在轴⑦，驷介陶陶⑧。左旋右抽⑨，中军作好⑩。

【注释】

①清：郑国之邑。彭：郑国地名。②驷介：一车驾四匹披甲的马。旁旁：马强壮有力貌。③重英：两层矛上的缨饰。④消：郑国地

名。⑤麃（biāo）麃：英勇威武貌。⑥乔：长尾野鸡。⑦轴：郑国地名。⑧陶陶：驱驰之貌。⑨旋：转。抽：拔刀。⑩中军：古三军为上军、中军、下军，中军之将为主帅。作好：与"翱翔""逍遥"一样也是联绵词，指武艺高强。

【赏析】

《诗经》时代的战争，多为步战、车战，车战在大规模的战争中才会出现，《清人》就用三章的短短篇幅为我们还原了《诗经》时代的一场车战。整首诗通篇都在介绍战争中车马与帅卒等的安排布局和战争冲突。从场面上来看，诗作描写了一场大车战，但最后的着眼点却落在中军主帅身上，这把我国古代战争中主帅的核心作用突出出来，证明了自古以来的那句"擒贼先擒王"。

乍读起来会把《清人》当成一首普通的描写战事的战争诗，然而这场车战的前后其实有一个并不简单的谋划。

鲁闵公二年（前660），狄人侵入卫国。郑国与卫国相隔一条黄河，郑文公害怕狄人渡河侵犯郑国，就派他所讨厌的大臣高克带兵去防御狄人。这原本就是一个无所事事的差事，郑文公也不打算召回高克，就这样，最终军队溃散，高克无可奈何，只好逃到陈国。《清人》就脱胎于这个故事，这里所说的"清人"无疑是春秋笔法，实指郑文公。

郑文公为了除掉一个大臣，竟然做出了这样一个"借刀杀人"的计谋，其中有何缘由呢？又据《毛诗序》："《清人》，刺文公也。高克好利而不顾其君，文公恶而欲远之……文公退之不以道，危国亡师之本，故作是诗也。"郑文公心里厌恶高克，却没有好的罪名加之头上，便出此下策，欲借狄人之手除掉自己不喜欢的人，为此不惜拿士兵的性命陪葬。无论高克本人究竟如何，身为君王的郑文公此举的确有失帝王风范。

这首诗先写人，次写马，再写武器。人是虚写，重点却在马和武器上。换言之，在这场浩大的战争中，少有人的动作，整个焦点落在了马和兵器上。"驷介旁旁""驷介麃麃""驷介陶陶"传神地描绘出战马在沙场上高昂的气势；"二矛重英，河上乎翱翔"，把河上战争两军兵刃相接的冲突场面写得甚是激烈壮观。这是以场面来写人，所有的场面描写都是为了衬托主帅。

末章描写在接敌过程中，战车的左右各站一人，对付远距离敌人就用弓箭，对付近旁的敌人就用矛戟。战车左转的时候，车右的战士可活动的空间变大，从而有条件从右侧攻击，同时又保护了左侧的御者，反之亦可。在这种“左旋右抽”的车战中，诗中提及中军主帅时用了“作好”两个字来形容，凸显了主帅的斗志昂扬和武艺高强。

由此可见，高克所率领的军队作战有法，称得上精锐之师，郑文公却打算将其放逐于战场不管，其讽刺的意味不言而喻。从诗的章法上说，三个章节的结构和用词都只是稍有变化，只有末章与前两章稍有不同。作者采用反复咏叹的手法，以加强读者对高克这支精锐部队的印象，讽刺之味尽在其中。

在春秋时期，老百姓将诸侯争霸引发的战争称为“不义之战”，足见其痛恨之情，而人们对举国上下齐心协力、抗击外敌的战争，总是赋以“正义”之名，给予歌颂。劳动人民的心中总是有一个衡量善与恶的天平，当历史或现实扰乱了他们心中对正义的理想时，诗便成为了他们控诉的武器，不对历史人物作评价，只将深深的讽刺纳入其中，却得到难以估量的价值。《清人》从另一个角度诠释了讽刺的高妙境界：对诗的本事不着一字，不动声色地给对象辛辣的嘲讽。

羔 裘

羔裘如濡①，洵直且侯②。彼其之子，舍命不渝③。
羔裘豹饰④，孔武有力。彼其之子，邦之司直⑤。
羔裘晏兮⑥，三英粲兮⑦。彼其之子，邦之彦兮⑧。

【注释】

①羔裘：羔羊皮裘，古大夫的朝服。濡（rú）：柔软而有光泽。②洵：诚然，的确。侯：美。③渝：改变。④豹饰：用豹皮装饰皮袄的袖口。⑤司直：负责劝谏君主过失的官吏。⑥晏：鲜盛貌。⑦三英：装饰袖口的三道豹皮镶边。⑧彦：才德出众之人。

【赏析】

在爱情诗占大部分篇章的《郑风》里，《羔裘》却是一首与众不同的讽刺诗。这样一首诗的出现，无疑对后世的人认识当时当地社会官民的生活状况，提供了考证的依据。

关于讽刺诗，一般认为《诗经》中凡提及“彼其之子”的诗，都是讽刺诗，如《王风·扬之水》《魏风·汾沮洳》《唐风·椒聊》《曹风·候人》等，《郑风·羔裘》也不例外。

虽然朱熹曾经提出过“美其大夫之辞”的观点，认为这首诗的主旨是赞扬郑国名臣子皮、子产，但由于《诗经》中时代最晚的诗来源于陈灵公时代，而子皮、子产等人生活的时代比陈灵公要晚五六十年，所以今人大都摈弃朱熹的观点，而从讽刺诗的角度去解读这短短的三章。

作者以衣喻人，“羔裘如濡”，以羊羔皮制作的朝服比喻穿朝服的官员的品德和才能，联想的路径相当自然。因为穿衣如人，从衣着联想到人品，再自然不过了。事实上，如果直接形容人的品质、德行，很难说得生动、形象。因此诗人用看得见的衣服，来比喻看不见的抽象品行，十分高明。比如，“羔裘豹饰，孔武有力”，从皮袍袖口上的装饰的豹皮，可以联想到穿此衣服之人既威武又有力，不用做过多的描述，简单的一个比喻，就能将要表达的意思生动展现出来。

整首诗的讽刺暗藏不露，由衣服联想到人可谓形象自然，但作为一首讽刺诗来说，似乎过于含蓄了。

那么，讽刺一说又从何而来呢？羔裘不仅仅是简单的蔽体保暖的衣服，而是古代官员上朝时穿的官服。《诗经》中有不少通过“羔裘”来刻画官员形象的诗，如《召南·羔羊》《唐风·羔裘》《桧风·羔裘》等，角度和立意都有所不同。就这首诗而言，作者在诗中描写羊皮袍子的皮毛质地和袍子上的豹皮装饰，目的是揭示其中的寓意：衣服只是为了衬托出穿衣人的英武气节，并非为了炫耀虚荣。在诗人笔下，这位品格美好的官员称得上是国家的贤良，但是，读诗的人如果联系当时郑国的社会现实，就会看出其中的不协调感。官员们穿着如此华丽的衣服干什么呢？这就引起了人们心中的疑问，从中可见当时郑国官场的风气。这样一来，讽刺的意义便彰显出来了。

遵大路

遵大路兮，掺执子之祛兮[①]。无我恶兮，不寁故也[②]。遵大路兮，掺执子之手兮。无我魗兮[③]，不寁好也。

【注释】

①掺（shǎn）：执。祛（qū）：袖口。②寁（jié）：迅速。故：旧。③魗（chǒu）：丑。

【赏析】

虽然清代陈震在他的《读诗识小录》中将这首《遵大路》称为《离骚》的开山之作，但与《诗经》中众多无从考证的诗一样，《遵大路》这首诗的背景和主旨也很难确定。

一种说法认为，这是一首寻求治国贤人的求贤诗。《毛诗序》谓“思君子也”，此处的君子泛指有治国才能的贤人。而另一种观点则相去甚远，认为这是一首弃妇诗，其中以朱熹《诗集传》中“淫妇”诗的说法为主。今人普遍认为“留夫”说比较贴合诗意：“民间夫妇反目，夫怒欲去，妇惧而挽之。”可见这诗中所描述的是二人情意的事情，但对这二人的关系古今学者一直没有得出结论。

本篇没有借外物起兴，没有先咏他物铺设疑问，没有交代故事的前因后果，而是选取了其中的一个镜头聚焦：男子离家出走，女子拽着男子的衣袖，拉紧他的手，苦苦哀求他留下。以第二人称的语气恳求哭诉，震动人心。全诗两章八句，对于男子离家出走的原因只字不提，也没有交代他们之间是什么关系，只有这幅平常而惊动人心的画面出现在读者面前，给人留下深刻难忘的印象。

大路上，男子走得飞快，娇弱心碎的女子踉跄着追上男子，在路边拉扯纠缠，女子一面挽留，一面悲怆地哭诉，她追着喊着，不断重复着：“无我恶兮，不寒故也！”除此，她已经没有别的话要说，这两句话就代替了她内心所有哀怨、痛苦与心酸。

主人公为了挽留欲走之人而不顾一切的真情，深深地打动着读者的心。女子发自肺腑的衷情是否能挽留男子决然的心，想必这是每个人读完这首诗都会产生的疑问。但是，诗意却戛然而止。男子是去是留？女子结局如何？诗人并没有给出交代，很有种不了了之的味道。

对于一首纯赋体的诗而言，这种留白难能可贵。尽管诗人留下了诗意上的空白，这首诗的情感却极其充沛丰满。清代学者牛运震在《诗志》中评论道，这首诗“只三四语”便可“抵过江淹一篇《别赋》”，足见其评价之高。

《遵大路》与以往的弃妇诗的不同之处在于，被“弃”的女子不同于以往守在窗前落泪自怜的弃妇形象，而是冲上大路，勇敢地去挽回所爱，其动人之处也正在于此，让读者们对另一方的性格充满了好奇。然而它并没有交待具体细节，这一留白也是它艺术上的创新所在、对于背景与结局不置一词，只是像一位刚到现场的摄像师，抓拍到了这组感人的镜头，这样的处理，显然要比全程直播更能引起读者的兴趣。

女曰鸡鸣

女曰鸡鸣。士曰昧旦①。子兴视夜②，明星有烂③。将翱将翔④，弋凫与雁⑤。

弋言加之⑥，与子宜之⑦。宜言饮酒，与子偕老。琴瑟在御⑧，莫不静好⑨。

知子之来之⑩，杂佩以赠之⑪。知子之顺之⑫，杂佩以问之。知子之好之，杂佩以报之。

【注释】

①昧旦：天色将明未明之际。②兴：起。视夜：察看夜色。③明星：启明星。有烂：灿烂，明亮。④将翱将翔：已到破晓时分，宿鸟将出巢飞翔。⑤弋（yì）：用生丝做绳，系在箭上射鸟。凫：野鸭。⑥加：射中。⑦与：为。宜："肴"，烹调菜肴。⑧御：弹奏。⑨静好：和睦

安好。⑩ 来：殷勤体贴之意。⑪ 杂佩：古人佩饰，上系珠、玉等，质料和形状不一，故称杂佩。⑫ 顺：柔顺。

【赏析】

《女曰鸡鸣》是《诗经·国风·郑风》中的一篇，出自东周时期，今郑州市新郑一带。古今学者对这首诗的解读充满争议，古代学者多认为这是一首刺诗或“夫妇相互警戒”的诗，而现代学者闻一多《风诗类钞》曰：“《女曰鸡鸣》，乐新婚也。”但这些说法都有隔靴搔痒之嫌。实际上，诗作所表现的是一种对青年夫妇和睦生活的赞美与向往。作为《诗经》中独具特色的一篇，《女曰鸡鸣》描写了一对平民夫妻，在天色未明之际，刚从睡梦中醒来时的对话，于日常生活中见浪漫气息，宁静而温馨。

妻子清晨催令丈夫起床，而丈夫并不十分情愿，妻子爱惜丈夫但同时提醒他不忘生活的责任。公鸡初鸣，妻子便起床准备开始一天的劳作，同时也告诉丈夫“鸡鸣了，要起床了”。

“女曰鸡鸣”，这是妻子含蓄地催促，委婉的言辞充满着不忍与爱怜；“士曰昧旦”，丈夫回得竟也十分干脆，一句“天还未亮”给读者创造了一位丈夫在天刚破晓时睡眼惺忪不愿起床的图景。渴睡之情于下一句中流露得更重，他怕妻子再次催促，便辩解道“子兴视夜，明星有烂”，言外之意是天色尚早，让我再多睡一下吧。

勤劳的妻子却不以为然，因为她想到丈夫是家庭的支柱，每天都有很多活计要做，如此才能维持农家的生活，便再次委婉地提醒丈夫肩负的职责：“将翱将翔，弋凫与雁。”栖息的雁雀即将起飞翱翔了，话外之音是：你也该整理弓箭去河畔了。委婉的话语中却不失坚决，可见妻子对丈夫的爱意和对生活操持的清醒。

《齐风·鸡鸣》中也有类似的情景，《鸡鸣》中女子的口气很着急，男子却找出诸多借口推脱，不为所动。而本篇女子的催声中饱含温柔缱绻之情，男子听罢后会有如何的反应呢，这让读者十分期待下一章的故事。但令人意外的是，次章并没有写丈夫如何回应，而是直接切换入另一个镜头。

虽未直接描写上一章丈夫在妻子的催促下的行动，但以妻子的祈愿暗暗写出丈夫已准备出门打猎，妻子满意之下，又对丈夫生出愧疚之情，责怪自己早上对他催促太急，因此她面对辛苦的丈夫与幸福的生活发自内心地唱出了自己的愿望：“弋言加之，与子宜之”，愿丈夫打猎能满载而归；“宜言饮酒，与子偕老”，愿粗茶淡饭中与丈夫厮守一生。唱到琴瑟和谐的场面时，诗人情不自禁地在诗中感叹道：“琴瑟在御，莫不静好。”男的鼓瑟，女的弹琴，比起“男耕女织”，又增添了一份浪漫色彩。无论古今，夫妻之间都有着和谐静好的同种追求。

就这样，一个对于生活充满感激之情、对丈夫爱惜扶持、勤勉持家的女子，便活现而出，让人对其从外表到内心都尊敬佩服。因此，下面紧接着出现一个赠佩表爱的场面，就在情理之中了。

我国自古就有“投之以木瓜，报之以琼琚”之说，夫这一看似平凡的举动，使诗歌情境的逻辑成为打动人心的鸾凤和鸣。不提上一章打猎多与少，也不提是否知道妻子的祈愿，丈夫感受到妻子对自己的“来之”“顺之”与“好之”，便解下杂佩“赠之”“问之”与“报之”。与上一章妻子的祈愿交相呼应，二人的情谊之深默契之足让人叹息。至此，这幕生活小剧也达到了艺术的高潮。

这篇充溢着生活气息的作品，因口语化的对话而使其艺术上颇为有味。值得一提的是，在《女曰鸡鸣》这首诗中，除了“女曰鸡鸣，士曰昧旦”这句诗明确指出是妻子在讲话还是丈夫在讲话之外，接下来的描述大多无法分清是谁在讲话。男女主人公虽然亲密但并不“无间”，相敬如宾，互称“子”，这也反映出当时的中国男尊女卑的情况应该不太严重，不像后来发展到两晋南北朝的时候，丈夫可以称妻子为“卿”。而无论是称谓也好，交谈也罢，《女曰鸡鸣》给青年男女的相处提供了一条敞亮的路，平等、尊重、责任是家庭和谐的良方，这首诗在千百年之后的今天，仍可以与之共勉。

有女同车

有女同车，颜如舜华①。将翱将翔，佩玉琼琚②。彼美孟姜③，洵美且都④。

有女同行，颜如舜英。将翱将翔，佩玉将将⑤。彼美孟姜，德音不忘⑥。

【注释】

①舜华：植物名，即木槿花。华：同“花”。②琼琚：美玉。③孟姜：《毛传》：“齐之长女。”排行最大的称孟，姜则是齐国的国姓。后世孟姜也用作美女的通称。④洵：确实。都：娴雅。⑤将将：“锵锵”，玉石相互碰击摩擦发出的声音。⑥德音：美好的品德声誉。

【赏析】

“我与这位女子同车而行，她的容颜好似绽放的木槿，再配上腰间的环佩叮当，仿佛鸟儿要飞翔。美丽而端庄的人儿，你就是孟姜。

“我与这位女子同车而行，她的容颜好似绽放的木槿，再配上腰间的环佩叮当，仿佛鸟儿要飞翔。品德高尚的人儿，你就是孟姜。”

诗人毫不避讳对美人孟姜的赞美，若非是绝代风华，也难有如此的歌咏。史书记载：“次女文姜，生得秋水为神，芙蓉如面，比花花解语，比玉玉生香，真乃绝世佳人，古今国色。兼且通今博古，出口成文，因此号为文姜。”如此美人，如是诗篇引出了其后一段不能不说的故事。

齐僖公得了一个出水芙蓉般的女儿自然是宠爱有加，早早就开始为其选择佳婿。选来选去，相中了郑国的太子忽。这个小伙子不仅相貌俊朗，为人也很正直，且身为一国的储君，如此门当户对、郎才女貌，每日对着文姜不停地夸赞未来女婿。文姜彼时正是少女怀春的年纪，心里也对这场婚姻暗生期待。可就在民间对这场婚姻充满期待的当口，太子忽却提出了退婚，理由是“齐大非偶”，讲得通俗一些，就是说自己的地位卑微，不敢高攀像齐国这样的大国。情窦初开的孟姜听闻此言。当即就晕倒过去，从此一病不起。

文姜有个同父异母的兄长，名叫诸儿，他听闻此事之后，便常来探望，渐渐与其暗生情愫。“诸儿时时闯入闺中，挨坐床头，遍体抚摩，指问疾苦，但耳目之际，仅不及乱。”齐僖公闻之传言，心中大惊，在诸儿加冠之后。匆匆为其娶了宋女为妃。文姜再受打击。心生绝望。恰逢太子忽率领郑国的军队帮助齐国打败了入侵的北戎部落，齐僖公重提婚事，但忽仍是拒绝。史书记载，太子忽是这样拒绝的：以前没有帮齐国忙的时候，我都不敢娶齐侯的女儿。今天奉了父王之命来解救齐国之难，娶了妻子回去，这不是用郑国的军队换取自己的婚姻吗？郑国百姓会怎么说我！

《毛诗序》却不这样认为：“太子忽尝有功于齐，齐侯请妻之；齐女贤而不娶，卒以无大国之助，至于见逐，故国人刺之。”依《毛诗序》的观点，“有女”之女与“彼美”之女应是两个人。各种理由实在难以圈点，无论人物到底是谁，诗中以男子的语气赞美女子的美丽，这一点是毫无异议的。诗人从容颜、行动、穿戴以及内在等方面对文姜的美进行描写，同《诗经》中写平民的恋爱采用了完全不同的手法。

值得一提的是，《有女同车》对美女摹形传神的描写，对后世影响很大，清姚际恒《诗经通论》指出宋玉《神女赋》“婉若游龙乘云翔”、曹植《洛神赋》“翩若惊鸿”“若将飞而未翔”等句，皆源于此。

山有扶苏

山有扶苏①，隰有荷华②。不见子都③，乃见狂且④。

山有桥松⑤，隰有游龙⑥，不见子充⑦，乃见狡童⑧。

【注释】

①扶苏：树木名。②隰：洼地。③子都：古代美男子。④狂且(jū)：丑陋的狂童。⑤桥：通“乔”，高大。⑥游龙：水草名，又名水红。⑦子充：古代良人名。⑧狡童：狡狯的少年。

【赏析】

后人称郑国是情歌的沃土，是不无道理的。这首《山有扶苏》首章与末章都以“山有扶苏，隰有荷华”“山有桥松，隰有游龙”这样的句式起始，描写的尽是山中的树，低谷的花，并未见一人。

其实这并不是情侣约会的地点和景色的描写，因为在《诗经》中，“山有……，隰有……”是常用的起兴句式。如《北邶·简兮》中有“山有榛，隰有苓”;《唐风·山有枢》中有“山有枢，隰有榆”“山有漆，隰有栗”等。

《毛诗序》中明确提出“故诗有六义焉：一曰风，二曰赋，三曰比，四曰兴，五曰雅，六曰颂”，这里就是一个典型的起兴。

清代方玉润在《诗经原始》中说:“诗非兴会不能作。或因物以起兴，或因时而感兴，皆兴也。”清代姚际恒在《诗经通论》中也说:“兴者，但借物以起兴，不必与正意相关也。”本诗中的起兴就是如此，与后文的故事并不相关。

当然，无论是生长在山上的扶苏树、松树，还是盛开在水中的荷花、水红，这些美丽的植物都是诗不可或缺的部分。正是“兴”的存在，才让《诗经》中大多出自寻常生活的诗作拥有了绝美的意境。

这是一首情人约会时打情骂俏的有趣场景，然而，这样简单的内容却因时代的久远而被后人蒙上了一层神秘的面纱，被许多名家解释出了重重含义。

《毛诗序》:“《山有扶苏》，刺忽也。所美非美然。”认为这首诗是讥刺郑昭公忽的，这种解说显然没有得到广泛的流传与认同。今人高亨《诗经今注》以为这诗写“一个姑娘到野外去，没见到自己的恋人，却遇着一个恶少来调戏她”，这样的解说显然也不在情理之中。

而朱熹则认为《山有扶苏》是“男女戏谑之辞”。这种说法已经接近诗旨。所谓“戏”，即打情骂俏之意。自此，后人对《山有扶苏》的解释达成比较一致的意见，“这是一位女子与爱人欢会时，向对方唱出的戏谑嘲笑的短歌”之类的说法，便脱胎于朱熹之说，吸其精华而承继之。

短短的两章，却众说纷纭，不禁让人们还未读诗便困惑起来。实际上，回归诗的本义，从诗中看到的便是一对热恋中的男女在调皮地骂俏的场面，女主角定是个生性好强却不失情调的年轻姑娘，等不见心上人来赴约心生焦急与不满。

恋人姗姗来迟，姑娘心里欣喜，嘴里却骂道：子都那样的美男没有来，却来了个你这样的狂妄之徒；子充那样的良人还没等到，你这样的狡狯少年却来了！将“子充”“子都”这种古代的美男子放在言语之中，以对恋人的迟来表示不满，可见当时的男女们已具有了很高的审美水平和恋爱的心得。

处于热恋中的古代青年男女，表达在欢会中的愉悦心情时，可谓不拘一格，也不仅仅停留于平铺直叙的倾诉。诗中所描写的那种俏骂，把小儿女热恋时的情态刻画得入木三分。“狂”与“狡”并不是褒义词，但也不是真正的贬低，故意戏谑所爱的人，恐怕是每个女孩子对心上人撒娇的本性。

由此可见，《诗经》中的爱情诗不仅有唯美、有伤感、有温馨，也有这般的活泼与自然的人性流露，《山有扶苏》就为我们提供了一个别开生面的约会画面。

正是这些生动的人物、各具特色的性格、语言与爱情的融合，才让《诗经》保持了流传千古而不褪其色的无穷魅力。

萚兮

萚兮萚兮①，风其吹女②。叔兮伯兮，倡予和女③！萚兮萚兮，风其漂女④。叔兮伯兮，倡予要女⑤！

【注释】

①萚（tuò）：脱落的木叶。②女（rǔ）：同“汝”。③倡：同“唱”。④漂：同“飘”。⑤要：成，指歌的收腔。

【赏析】

《萚兮》的文辞极为简单——落叶而知秋，生命与青春的凋零，以及对亲情的渴望。就是这种单纯的歌谣，古老却有异常的生命力。自《萚兮》问世，便有楚辞《九歌·湘夫人》的“嫋嫋兮秋风，洞庭波兮木叶下”，有杜甫的“无边落木萧萧下，不尽长江滚滚来”，更有现代徐志摩的《落叶小唱》与之遥相呼应。因为《萚兮》抒发了人生最基本的两种情绪：对于流逝不回的岁月的留恋，在孤苦寂寞中对感情的渴望。这种人类固有的情感，无论多久都不会过时。

这首用现代观点来看十分具有意境美感的小诗却不被先人看好。《毛诗序》这样说：“《萚兮》，刺忽（郑昭公忽）也。君弱臣强，不倡而和也。”实在牵强。朱熹《诗集传》以为：“此淫女之词。”实际上诗中主人公性别为男为女，本无从辨别，“淫”字更不知从何说起。由此看来，对诗的品评，后人往往加入历史的或时代的色彩。以后世之意“逆”当时之“志”，这种做法的可行性还是见仁见智，而我们读诗，还是要据以文本，以美好之心去度美好之诗。

“萚兮萚兮”，在这样的起兴之后，“风其吹（漂）女”这一诗意而浪漫的落叶飞舞的图画上映了，然后诗人的唱叹便戛然而止，让人觉着从飘落的落叶中看到了时光的无情流逝，进而又意识到这是生生无奈的事情，多说无益。而后“叔兮伯兮，倡予和（要）女”，寂寞油然而生无从排遣。茫茫人世，谁会与你唱和？谁能与你惺惺相惜？这都是心灵徒然的呼唤而已吧。由此可见，这一支古老而简练的歌，浸润着很深的秋之悲凉以及生命深处的荒意。

从另一个角度来看，《萚兮》写落叶，写出了不同的味道。倘若不执著于秋之悲凉，就会发现，这首诗并不写落叶的模样，而只提及它的零落飘摇，好比歇之舞之，积极欢快。在《诗经》的时代，普通民众过着“日出而作，日人而息；凿井而饮，耕田而食；帝力于我何有哉”的劳动生活，少有外界的战争等干扰，所以先民们的心态大多乐观向上。在淳朴的民众看来，秋天不仅是万物开始萧瑟的季节，同时还是收获的季节，因此乐观的成分占据了上风。也正因为如此，该诗在抒发了秋之遗憾之后，写到了男女对唱的情景，又回到了积极的情绪上。

清秋易凉本就容易令多情的人触动心中伤感的神经，衍生出人生短暂、时光易逝的嗟叹。《捧兮》以落叶起兴，由景人情，简洁中蕴涵着几多人生的无奈，需要用一生的阅历来读。

狡　童

彼狡童兮①，不与我言兮。维子之故②，使我不能餐兮。
彼狡童兮，不与我食兮。维子之故，使我不能息兮③。

【注释】

①狡童：狡猾的少年。②维：因为。③息：安稳入睡。

【赏析】

爱情总是让人欢喜让人忧。你侬我侬时哪怕是天上的星星都能为你摘下，而斗气吵架时又食难下咽、夜不能寐，久久难以释怀。爱情不是一个人的事，因为彼此在乎对方，所以哪怕是极其细微的动作或表情。都牵动着另一半的心。

《狡童》里的情侣似乎闹了什么矛盾，生气冷战，男子每一个冷漠的表情都让那女子痛苦不已，寝食难安。

《狡童》的主旨是显而易见的，所以历来没有过多纷争。全诗共两章，浅显易懂。大致是说一对情侣不知为何产生了一点矛盾，两人都矜持着不跟对方说话，但是可怜的女孩总是用眼睛偷偷瞄着男子，那男子每一个冰冷的表情和动作都像一把尖刀直刺她的心房，让她伤心不已。爱情最怕的是冷战，它不比“热战”那样迅疾猛烈，来得快去得也快，而是久久地、慢慢地深入人的心里。

“彼狡童兮，不与我言兮。维子之故，使我不能餐兮。”用“狡猾”形容这个男子也着实好笑，有一种似嗔似喜的感觉。好像在撒娇，又好像对这个男子又爱又恨。

有一种说法认为“狡”通“佼”，取强壮俊美之意；若按这种意思理解“彼狡童兮”，说的就是：“那个强壮漂亮的小伙子啊……”

无论哪种解释都表现出一种骂中有爱、恨中带恋、爱恨交织的复杂细微的情感。所谓“若忿，若憾，若谑，若真，情之至也”（陈继揆《读风臆补》）。闭目细想，似乎能感觉这个女子正柔声细语地指责那男子：“你这个狡猾的小子啊，竟然不跟我说话，本来没有太多的事情，难道你就不能主动一点吗？都是因为你的缘故，害得我食难下咽。”

“彼狡童兮，不与我食兮。维子之故，使我不能息兮。”你这个狡猾的小子啊，竟然还不跟我一起吃饭，我想不透你心里到底是怎么想的，都是因为你，弄得我精力憔悴，夜不能寐。仔细判断，两人的矛盾好像不但没有冰释，反而进一步激化了。从开始的时候是“不与我言兮”升级到后来的“不与我食兮”。先是由开始的不理不睬，到最后的分而食之，让我们不得不怀疑这个男子的动机，他是否想借吵架之由与女子彻底决裂也未可知。

《狡童》在运用了复沓的写作手法的同时，还运用了循序渐进的结构方式，使全诗非常有层次。从“不与我言”到“不与我食”形象生动地表现了这对恋人之间矛盾的白热化。寥寥几笔展现了一个逐步从冷淡到疏离的发展过程。

全诗还有一大亮点就是叙述时人称的改变。从开篇第一句的“彼狡童兮”到后来的“维子之故”很明显从第三人称转到了第二人称，可以说从间接的呼告直接转到了直接的呼告。从文章的暗含之意中不难体会出，这个女子柔情似水，话里话外都表示出她仍对这份爱情充满渴望。纵使冷漠在他们之间形成阻碍，还是不能熄灭她对心爱男子的爱情之火。

这首诗是以一个女子的口吻对男子“怜惜”的责备，无关痛痒。《诗经》中表达爱情的诗篇数不胜数，无论是《氓》中性格刚强的女子对丈夫的痛诉，还是《将仲子》中相会时又怕别人说闲话的羞怯，同一个主题有时会在许多篇章中都有体现，而这篇《狡童》则开创了一个新的主题，即青年男女闹矛盾时的心理描写。

爱里有幸福和甜蜜、有关心和惦念、有生气和暴怒、也有相守和背叛。纵然时间在变、环境在变、地点在变、服饰在变、语言在变，不变的是这爱的意义。从两千多年前的先秦到今天，爱的内容依然是那样隽永。

聪明的男人永远不会让自己心爱的女人像《狡童》里的女子那样食难下咽、夜不能寐，他会在适当的时机伸开忍让的双臂。阴雨的日子谁都会有，谁敢保证自己的天空永远万里无云？爱情就是这样，似惊而喜、似喜而悲。有矛盾的时候两个人静下来好好谈一谈，没有什么解不开的结。

褰 裳

子惠思我①，褰裳涉溱②。子不我思③，岂无他人？狂童之狂也且④！

子惠思我，褰裳涉洧⑤。子不我思，岂无他士？狂童之狂也且！

【注释】

①惠：见爱，即爱我。②褰（qiān）裳：提起下衣。溱（zhēn）：

郑国水名，出密县境，东北流至新郑市，与洧水合。③ 不我思：不思念我。④ 狂童：谑称，犹言“傻小子”。且：语气助词。⑤ 洧（wěi）：郑国水名，发源于今河南登封阳城山。

【赏析】

南方的女人总留给人阴柔之美的印象，北方的女人却是大气爽朗的化身。《褰裳》是一首采自郑国的诗歌，郑国是周朝分封的诸侯国之一，位于现在的陕西一带，后东迁都新郑，也就是现在的河南，皆属于北方范围。这首诗就形象而生动地刻画了北方女子旷达乐观的情怀。

《毛诗序》对其主旨的探究是：“《褰裳》，思见正也。狂童恣行，国人思大国之正己也。”这一观点是从《左传》中得出，子大叔赋《褰裳》，借以试探晋国的态度。《毛诗序》的探寻总是与政治有关，看其见解枯燥乏味，不免失去了诗歌原本的美意。

本诗所述就是一个开朗豪爽的女子日夜思念自己的丈夫，但她没有以往《诗经》所述女子的那份矜持和羞怯，而是快人快语，爽朗泼辣。她没把思念藏掖在心中，而是大胆地表达出来，这种豪爽令人瞠目结舌，同时又不免生出几分赞叹。

“子惠思我，褰裳涉溱”，你要是想我爱我，那就立刻提起衣裳的前后襟，趟过这宽阔的溱河来看我。这是开篇第一句，读起来有几分赫然，让人不敢相信这是开篇第一句。开门见山、无渲染、无点缀、直接点题，真是快人快语、干脆利落。

“子不我思，岂无他人？狂童之狂也且！”你以为你不想我，就没有别人再想我了吗？狂妄的小子，不要把你自己想得太高高在上，即便没有你，我的生活依然精彩。这三句话简直不能用快人快语来形容，几近泼辣和野蛮。女子一再使用近似强迫的口气警告离家在外的男子：她不怕被抛弃。

“子惠思我，褰裳涉洧。子不我思，岂无他士？狂童之狂也且！”这一段内容与第一段基本一致。你要是思念我啊，你就痛痛快快地卷起衣角，趟过这清澈的洧河。男子汉大丈夫不要婆婆妈妈犹豫不决，你不再喜欢我了，难道就没有男人再喜欢我了？你这个轻狂的小子啊，简直是狂妄至极。

深入全诗来看，女主人公其实也是悲凉的，因为这个男子始终还是没来看望她。而她这些锋利尖锐的话也无非都是气话，只是少了其他女子的哭哭啼啼，坚强的外表下或许仍有一颗脆弱得不堪一击的心。

全诗一开头便毫无铺垫和渲染，直接开门见山地叙述，这种写作手法在《诗经》当中并不多见。且这首诗语言干脆利落，富有个性，用字虽少但每字都有其表现的内容，无一字多余，也无一字可删。

这首诗塑造了一个心直口快、爽朗、泼辣的北方女子形象。无论是开头“子惠思我，褰裳涉溱”的直截了当，还是结尾“狂童之狂也且”的野蛮与讽刺，都让人觉得闻其语似见其人。

《褰裳》一诗的诗风热烈奔放，活泼轻快。描写人物的写作方法有很多，但作者选用的是最具传神功能的语言描写，语言描写往往能使一个人鲜活起来，尤其诗中这种个性十足的语言，更是向人们生动展示了一个自信、自强、打不败的女中豪杰的形象。

在以“男子是天”的古代婚姻观念里，这等豪放不羁的女子实不多见，她大胆地向礼教提出挑战。后人无从知晓那男子是否回来去看望她，但结果并不重要，重要的是她的言语早已让人折服。她告别了婚姻中弱女子被遗弃时悲悲戚戚的姿态，而完全以一个胜利者的姿态向她的男人下了最后通牒。她那种与生俱来的勇气和昂扬向上的乐观，让人心生敬意，给所有恋爱中或婚姻中的弱女子敲响了独立自主的警钟。

丰

子之丰兮①，俟我乎巷兮②，悔予不送兮③。子之昌兮④，俟我乎堂兮，悔予不将兮⑤。

衣锦褧衣⑥，裳锦褧裳。叔兮伯兮⑦，驾予与行。裳锦褧裳，衣锦褧衣。叔兮伯兮，驾予与归。

【注释】

①丰：丰满，标致。②俟：等候。③送：致女，以女授婿。④昌：健壮。⑤将：同行。⑥衣：动词，穿。褧（jiǒng）衣：用绢或麻纱制作的罩衫。⑦叔、伯：古代女子对丈夫、情人的称呼。

【赏析】

“子之丰兮，俟我乎巷兮，悔予不送兮。”《丰》开篇就奠定好了全诗的感情基调，一个“悔”字点明了文章的主旨。这正是一首倾诉悔恨的诗。

《毛诗序》:“《丰》，刺乱也。昏姻之道缺，阳倡而阴不和，男行而女不随。”《毛诗序》将《丰》定位为一首女子淫行诗，认为这首诗正是讽刺女子的淫乱，这对男女阴阳不和，致使婚姻不完美甚至有裂痕。

今天的学者认为这首诗写“男子来提亲，女子没答应，后来却又后悔不已”。至于女子为何当初没有答应男子的求婚，也是众说纷纭。有的说当男子去女子家提亲时，女子矜持害羞没有爽快答应，或者当时正好与男子赌气故意不吭声，还有一种可能是存在父母不情愿，甚至从中作梗等因素。

“子之丰兮，俟我乎巷兮，悔予不送兮。”我到现在还清楚地记得，他身材魁梧，体格健硕，在巷口痴痴地等着我。现在想想我是多么后悔当时没有过去。细想想，他一定在那儿来来回回，徘徊不定，因为还没有等到我的答复，他不甘心就那么走掉。这是以一个女子回忆往昔的口吻来叙述的，从这里的一字一句可以看出，女子对自己当初愚蠢的决定后悔不已。

“子之昌兮，俟我乎堂兮，悔予不将兮。”想想你的容貌是那么相貌堂堂，端正标致。那天你把自己收拾得干净利落，华丽的衣衫更显你的风流倜傥。你一直在厅堂里面焦急地等着我的回复，而我现在是多么后悔当初没有果断地作出决定。诗中的女主人公对男子的容貌还记得一清二楚，无论是出于爱情还是处于对当初决定的后悔，都不难看出，她日日夜夜都思念着这位英俊的男子。第一章与第二章，诗人运用了细节描写，尤其是通过女主人公的话语对男子进行肖像描写，突出了女子满腹的悔很之情，使人仿佛都可以听到她的声声叹息。

“衣锦䌹衣，裳锦䌹裳。”这是多么美丽的衣服，每一件都金灿灿地闪烁着耀眼的光芒。这两句实际上是女子对自己穿上婚宴礼服的幻想，大红袍子上绣着活灵活现的凤凰，整个轮廓用金边镶嵌着。礼服外面还有一个外套，也可以说成是披肩。精致的衣服往往都有华丽的外套衬着。“叔兮伯兮，驾予与行。”叔啊伯啊，驾车和我同行吧。

“裳锦䌹裳，衣锦䌹衣。”这一段几乎是对上一段的重复和强调，美丽的衣服一件件，个个鲜艳又耀眼，金银花边真耀眼，搭配外套更可爱。女主人公对爱情真是极度渴望。她多想穿上那华丽的婚宴礼服，这几句将她急迫恳切的心情刻画得淋漓尽致。“叔兮伯兮，驾予与归。”叔啊伯啊，快快驾上美丽的车，绑上绣满鸳鸯的大红布，和我一同归。

诗人对诗篇的安排称得上独具匠心，前两章是对过去事情的回忆，当男子来向女方提亲时，女子犹豫不决迟迟不给对方答复，不管原因是什么，毋庸置疑的是，男子尔后便没有再来。而现在男子不再提着聘礼来迎娶她时，她却心急如焚，后悔当初愚蠢的决定。

想想那句“女人心，海底针”，现在看来的确不假，若是当初大方干脆地答应，现在又何必自寻烦恼呢？第三章和第四章则是上两章的大逆转，这是情感上的一大跳跃。这两章是对未来的幻想和憧憬，女子幻想着男子驾车来迎娶她，而她穿上富丽堂皇的嫁衣等待他。整首诗给了读者一个想象的空间，让读者乘坐时光机器，回顾过去和憧憬未来。

诗中所有的情景都来自对女主公心理的描写，读者完完全全可以通过对主人公内心的窥探，了解她那份因为满腹悔恨而对未来生活充满向往的复杂心情。主人公没有祝英台的那份果断，更没有“与君化蝶”的那份勇气，她只是默默地、慢慢地接受眼前这个可悲而又不可改变的命运。但她并没有把生活看成是暗无天日的黑洞，而是仿佛在缝隙中看到了一丝希望，那就是对未来幸福生活的向往。

东门之墠

东门之墠①，茹藘在阪②。其室则迩③，其人甚远。
东门之栗，有践家室④。岂不尔思，子不我即⑤。

【注释】

①墠（shàn）：土坪，铲平的地。②茹藘（rú lǘ）：草名，即茜草，可染红色。阪（bǎn）：小山坡。③迩：近。④有践：行列整齐的样子。⑤即：就，接近。

【赏析】

印度伟大诗人泰戈尔曾经说过："世界上最遥远的距离，不是明明无法抵挡这种思念却还得故意装做丝毫没有把你放在心里，而是面对爱你的人，用冷漠的心，掘了一条无法跨越的沟渠。"的确如此，心灵上的距离往往要比实际距离更远、更宽、更难以逾越。

《东门之墠》是一首典型的爱情诗。对于这首诗的主旨历来争论较少，《毛诗序》评价曰："男女有不待礼而相奔者也。"汉代著名注解家郑玄也拓展道，此为"女欲奔男之辞"。这首诗的情味很浓厚，所以理解为爱情诗是理所应当的，时至今日都无二论。

从"子不我即"等句来看，这首诗是以女子的口吻叙述的，诗中略带埋怨的口气。原来她与心上人的住所离得很近，但是两人却很疏远，她心里想着他，而男子却从来没有来看望过她，所以她禁不住埋怨他。

全诗篇幅较短，短小精悍但却意味深长，"东门之墠，茹蔗在阪。"若要读懂此句，首先要明白两个概念，第一个是"墠"。指的是经过清除平整的土地。第二个是"茹藘"，这是一种草本植物。东门之外有一块像广场一样开阔见方的平整土地，茂盛的茜草疯狂地生长着，爬满了这块土地的斜坡。这两句交代了地点以及事件发生的周围环境。"其室则迩，其人甚远。"从你居住的地方到我家仅仅几步之遥，可是感觉心就像隔了一堵墙一样遥远。这两句便是诗的症结所在，精练的语言道出了诗的矛盾之处，也就是说两人实际距离与心理距离不成正比。

第二段句式与第一段基本一致，但在措辞上并不是简单更换几字，而是内容上的升华。"东门之栗，有践家室。"东门之外有一株高大的栗树，饱满圆润的栗子着实惹人喜爱，小屋子一排一排整整齐齐地坐落在那里。这两句与"东门之墠，茹藘在阪"作用相当，也是交代住处。"岂不尔思，子不我即。"我们两家相隔如此之近，可是你却吝啬得连看我一眼都不愿意，更别提来我家看望我，我整天在家里眼巴巴地期盼你来，可你终究没能来，让我急得焦头烂额。

一篇文章也好，诗歌也罢，环境描写既能交代事情发生的地点或背景，又能渲染气氛，烘托人物的心情，增强文章的真实性，使文章错落有致。"东门之墠，茹藘在阪"是对男子家外部的环境描写，男子家从外观来看，有一道长长的土坪，山坡上长满了葱葱郁郁的茜草。这是《诗经》当中常见的手法，这种描写手法的目的主要有两种：一个是起兴，起到抛砖引玉的效果，也就是说"言在此而意在彼"，环境上的描写不过是为了引出下文。

还有一个功用就是渲染气氛。从土坪和杂草来看似有悲凉之感，通过阅读下文可知，全诗所写之事本就不是什么喜庆之事，所以这段环境描写恰好渲染了这种萧瑟荒凉的气氛。第二段的环境描写也不例外："东门之栗，有践家室。"这段环境描写从男子的家转移到女子的家，这是女子家的外部情况，房屋外面长满了栗子。在《诗经》中"栗"的象征意义与"婚嫁"有关，看着房屋外这些景象，也就更勾起了女主人公渴望心上人看望她的那份情思。

常言道："麻雀虽小，五脏俱全。"此诗便是如此，虽然短小精悍，但首尾呼应、结构严谨、浑然一体。第一段采取虚实结合的方法，给读者以想象的空间。"其室则迩"是实写，实实在在交代了客观情况，讲的就是两家的实际距离，没有一点虚假和修饰。而紧跟着的一句"其人甚远"则是虚写，强调的是心理状况，有想象和夸张的空间。这样一来，全诗一张一弛，节制有度，耐人寻味。

很多时候真正让人冷漠的不是实际距离的远近，而是心灵上是否有隔膜。就像《东门之墠》中，两人各自的家再近，也无法拉近心的遥远。日常生活当中也是如此，无论是友人还是恋人，只有真正地走进彼此的心房，才能在根本上拉近两人的距离。

风　雨

风雨凄凄，鸡鸣喈喈①。既见君子，云胡不夷②？风雨潇潇，鸡鸣胶胶。既见君子，云胡不瘳③？风雨如晦④，鸡鸣不已。既见君子，云胡不喜？

【注释】

①喈（jiē）喈：鸡鸣声。②胡：何。夷：同"怡"，悦。③瘳（chōu）：病愈，此处是指愁思满怀的心病消除。④晦：昏暗。

【赏析】

《风雨》一诗单从题目来看，没有一点与人相关的信息。风和雨是常见的自然气象，所以很难从题目上掌握到什么重要信息。《毛诗序》曰："《风雨》，思君子也。乱世则思君子不改其度焉。"《毛诗序》认为这是一首女子思君之作，风雨则暗示着风雨飘远的山河。郑笺又对《毛诗》的观点加以引申曰："兴者，喻君子虽居乱世，不变改其节度。鸡不为如晦而止不鸣。"也是说君子身居乱世却不改气节风度，大致意思与《毛诗序》所述一致。

《风雨》一诗的情境是：在一个风雨大作、天色阴沉的日子里，女主人公一人在家，孤单害怕，再加上外面的雄鸡一直叫个不停，于是增加了她对远在他乡的丈夫的思念。哪曾想说曹操曹操到，丈夫就在这时回来了，女子很开心，满脸洋溢着幸福的喜悦。

"风雨凄凄，鸡鸣喈喈。"从这一句不难看出，此诗开头就以风雨和鸡鸣起兴。外面电闪雷鸣，北风呼呼地刮，雨点滴滴答答地打在窗棂上，组成一首不规则的乐曲，雄鸡不知是被雷声吓到还是怎么回事，不停地鸣叫着。常言道"一切景语皆情语"，作者不会平白无故地浪费笔墨描写景物，这些景物的背后其实都暗藏着一种思想感情，此处的"风雨""鸡鸣"无不渲染了一种灰色阴暗的气氛，给人一种压抑的感觉。

"既见君子，云胡不夷？"每到这样的天气她便最想念丈夫，正想着，眼前突然出现一个熟悉的身影，简直做梦一般。心上人奇迹般出现在女子的眼前，也不知这女子是吓到了还是太惊喜，久久没有说出话来。

"风雨潇潇，鸡鸣胶胶。既见君子，云胡不瘳？"这一段无论是在句式上还是句子上都是上一段的复沓，只在个别字上有所改动。风雨潇潇，缠缠绵绵地交织在一起，没有丝毫要停的意思；雄鸡也跟着凑热闹，叫唤的声音越来越大，混着外面的风雨声，嘈杂至极。此时的我身边没有一个人，多么悲凉。可怕的寂寞让她更加怀念自己的丈夫，可是谁能想到就在这会丈夫忽然到家了，刹那间一切都烟消云散了，所有的烦恼忧愁都化为乌有，简直就像去了一大块心病一样轻松自在。

"风雨如晦，鸡鸣不已。既见君子，云胡不喜？"这是全诗最后一章，与前两章大同小异，只是在思想感情上有所加深。大雨倾盆前总是有很多前兆，先是一朵朵黑压压的云朵布满整个天空，里面不知装了多少雨滴，空气很稀薄让人喘不上来气，尔后便是丝丝凉风。这就宣告着大雨马上来临，雄鸡在外面叫个不停，在女子万念俱灰之际，丈夫回来了，她高兴的心情简直没有任何词语能形容。

全诗共三章，章章复沓，反复吟咏，一唱三叹，使全诗具有丰富的艺术韵味。细细品味，文章刚一开始通过狂风暴雨和让人心烦的鸡叫声渲染了一种风雨交加、夜不能寐、阴暗、悲凉的气氛，但到三四句突然笔锋一转，喜上眉梢。这正是作者的高明之处，作者利用哀景衬乐情，更加突出女子见到丈夫时那种雨过天晴的喜悦。明末清初著名思想家王夫之曾说："以乐景写哀，以哀景写乐，一倍增其哀乐。"这种反衬的手法更加深和突出了喜悦的内容，而前者的悲仅仅是陪衬而已。

全诗多次出现叠词，如"凄凄""喈喈""潇潇""胶胶"这些叠字、双声、叠韵词语的使用，增强了语言的形象性和音乐性，渲染了风雨萧瑟的气氛，同时深化了女子思念男子的主题，更加深了细腻真挚的情感。此外，全诗层层递进，"云胡不夷""云胡不瘳""云胡不喜"中的"夷""瘳""喜"三个字，真切地表现出女子见到丈夫后的心理过程。从首先震惊般的平静到后来像去了一块心病一样轻松自在，到最后喜不自胜喜出望外，可以看出女子内心活动的发展变化，一切进行得顺理成章而又浑然天成。《风雨》一诗无论从遣词造句还是句式章法上看，都不失为一篇上等佳作。

子　衿

青青子衿①，悠悠我心。纵我不往，子宁不嗣音②？
青青子佩③，悠悠我思。纵我不往，子宁不来？
挑兮达兮④，在城阙兮⑤。一日不见，如三月兮。

【注释】

①衿：襟，衣领。②嗣音：传音讯。③佩：这里指系佩玉的绶带。④挑、达：走来走去的样子。⑤城阙：城门两边的观楼。

【赏析】

“青青子衿，悠悠我心，但为君故，沉吟至今。”曹操的这首《短歌行》的前两句便是从《子衿》中得到的灵感，不过曹操雄才大略，“新瓶盛陈酒”改了主旨，换了意境，借“子衿”抒发自己渴求贤人的心情。而《子衿》谱写的则是一曲热恋中的姑娘对情人的思念和等候情人来相会的恋歌。

“青青子衿，悠悠我心。”读起来朗朗上口，美丽动人。“子衿”的意思是“你的衣领”，最早指女子对心上人的爱称，后来指对知识分子、文人贤士的雅称。这句话的意思是说，难以忘记的是你那青色的衣领，那样整洁干净，它牵动着我悠悠的心，自从上次别离已有许久，你的样子和衣着我还依稀记得。

“纵我不往，子宁不嗣音？”从第一章可以看出，不知什么原因让两人失去了联系，女子对这个不来看望她的男子满腹抱怨。而她没有去看他，却是出于女子的矜持和羞怯，在女子自己看来是情有可原的。

“青青子佩，悠悠我思。纵我不往，子宁不来？”忘不了那青色的佩带，现在不知它是否还紧贴在你的身旁。上次离开这儿的时候，佩带还是那样的整洁干净。即使我没有去看你，你怎么就不知主动来看我？女人是口是心非的动物，嘴上不说，心里却是刻骨的想念。

这一章大致是对上章的重复，以反复递进、层层深入的写法，将长相思之苦，提升到至极。从上段的“子衿”和本段的“子佩”都可以看出女子的心上人是个有身份有地位的年轻人，纵不是官宦子弟，也绝不是普通的百姓人家。

“挑兮达兮，在城阙兮。一日不见，如三月兮。”想你的心情抑制不住，你不来，我又不能过去找你，我就每天登上高高的城楼向远方眺望，希望能看见你的身影。一天见不到你的身影，就如同隔了三个月那么长。这一段寥寥几笔就生动形象地刻画出了女主人公焦急难耐的心情。她等不了男子来看她，那对于她来说简直是无尽的煎熬，于是她吃力地爬上城门两边的观楼，不时地向远处眺望。结尾的一句“一日不见，如三月兮”更是成了男女之间表达相思之情的千古绝唱。

此诗章法之妙历来被学者称颂。全诗只有三章，每章四句。每句四言，区区四十九字便将女子的思念之情刻画得淋漓尽致。这全依赖于作者对心理描写的挖掘。

从全诗来看，从开篇对心上人衣服的描写到埋怨男子没来看她，都是主人公一系列心理活动的表现，第三章的“挑兮达兮，在城阙兮”更是表现了女子焦灼的心情。

结尾一处的“一日不见，如三月兮”运用了夸张的修辞手法，形象而生动地突出了女子对心上人的思念之情。此后心理描写在文学作品中占了很大一部分比重。

扬之水

扬之水①，不流束楚。终鲜兄弟②，维予与女。无信人之言，人实迋女③。

扬之水，不流束薪。终鲜兄弟，维予二人。无信人之言，人实不信④。

【注释】

①扬：激扬。②鲜（xiǎn）：缺少。③迋：“诳”之借用，欺骗。④信：诚信、可靠。

【赏析】

《扬之水》其主旨至今没有明确定论，据《毛诗序》所说，是“闵无臣也”。朱熹认为是“淫者相谓”（《诗集传》）。而当代著名学者闻一多先生认为此诗是“将与妻别，临行劝勉之词”。闻一多先生精通古代文化，对很多诗词歌赋都有独到而精准的见解，他能切人表象看本质，尽管没有证据，也无法证明其观点正确与否，但这个解释读起来至少就不像《毛诗序》那样枯燥，又不像《诗集传》那样古板，他看到了诗里所诉其事跟爱情有关，这才是至关重要的。

“扬之水，不流束楚。”开篇以水起兴，小河沟的水再湍急啊，也冲不走成捆的柴火。纵使水流的速度再快，河水面积并不宽，对水边的柴火也构不成危害。

“终鲜兄弟，维予与女。”我孤苦伶仃一个人，娘家没有什么兄弟姐妹给我撑腰，就算是遇到了什么问题和麻烦，也没有人帮我出谋划策，甚至没有一丝一毫的安慰。这一句表现了女主人公无依无靠的处境，读起来让人怜惜不已。

“无信人之言，人实迋女。”我们在一起生活这么久了，我是什么样的人你最清楚，你可千万不要轻信了别人的鬼话，吐沫淹死人啊。他们不知是什么目的，是包藏祸心还是要拆散你我，我都不清楚。总之，这些流言根本没有根据，简直就是歪曲事实，你千万不要断章取义上了贼人的当。

《诗经》这部伟大的诗歌总集，它凝聚了我国古代先民的智慧。除了运用“赋”“比”“兴”典型的写作手法，还运用了隐语和象征手法。《诗经》中很多花鸟虫鱼都有其象征意义。比如“鸟”象征着爱情的坚贞和纯洁美好的感情。本诗当中也有隐语的出现，“楚”和“薪”直译都是“柴火、木条”之意，而实际上却与“婚爱”有关。

“扬之水，不流束薪。终鲜兄弟，维予二人。无信人之言，人实不信。”这一段几乎是上一段的重复复沓，只把“楚”改成了“薪”，但实际上两字所表达的意思一致，只是为了使形式上看起来更美。奔流而下的流水啊，纵使你再疾再快，也冲不走那河边成捆的柴火。我从小就缺少兄弟姐妹的关怀，一直到现在也是这样，有了什么困难都是我自己解决，没有亲人帮我出谋划策，更没有兄弟姐妹帮我抛头露面。外面传的流言蜚语我也只能自己承受，纵使别人再怎么说我，你也要相信我，因为我只有你这么一个亲人。脚正不怕鞋歪，我一生光明磊落，可以视流言于不顾。只是希望你不要被坏人蒙蔽，千万不要听信谗言。

两章内容基本相同，是以一个女子或妻子的口吻，对远方男子倾诉，语言朴实，接近口语。读者可以真真切切体会到那种平民百姓的质朴和诚实。两章反复吟诵，用重复强调的手法，更真切地突出女子诚实善良的本质和对丈夫深深的依赖和眷恋。

在诗词句式上，这首诗还采用了参差不齐的句式结构，三言、四言、五言混用，好像是妻子害怕丈夫误会她，焦急又不假思索地解释，语言似乎没有来得及理顺和整理，就心急如焚地说了出来。近乎口语的表达方式却带有一种音乐美的韵味，具有很强的感染力。

不论是纸婚还是金婚，维系婚姻之间最重要的因素就是信任。信任是一根纽带，始终牵着两个人的心。《扬之水》中的男子可能在远方征战，也有可能戍守边疆，甚至还有可能在外经商。然而不管多远，只要他们俩彼此信任，将那些空穴来风的流言蜚语当作微乎其微的尘土，两人之间遥远的便仅仅是距离，而不是心。

出其东门

出其东门①，有女如云②。虽则如云，匪我思存③。缟衣綦巾④，聊乐我员⑤。

出其闉阇⑥，有女如荼⑦。虽则如荼，匪我思且⑧。缟衣茹藘，聊可与娱。

【注释】

①东门：城东门。②如云：形容众多。③匪：非。思存：想念。④缟（gǎo）：白色。綦（qí）巾：暗绿色头巾。⑤员：同“云”，语气助词。⑥闉阇（yīn dū）：外城门。⑦荼（tú）：茅花，白色。茅花开时一片皆白，此亦形容女子众多。⑧且（jū）：语气助词。

【赏析】

“唯一”在字典里的解释为“独一无二”，看似简单，但在爱情中要做到却难。《红楼梦》第九十一回中宝玉说过：“任凭弱水三千，我只取一瓢饮。”后来这句话慢慢用来表现情侣间对爱忠贞的宣誓。《出其东门》将这个宣誓化成一首诗，表现了男子对意中人至死不渝的爱。

尽管古人认为这首诗的主旨是“闵乱”之作，即在郑国出现内乱时，国内兵荒马乱，一片人心惶惶，许多夫妻因为逃命或对爱的不忠贞纷纷离散。而这首诗是为了传达男主人公想保住他的妻儿老小而作。但从诗意来看。还是把这首诗划归恋人之间惺惺相惜的主题最为贴切。

“出其东门，有女如云。”不农耕的日子总是悠闲而自在的，漫步出了城东门，看到这边的美女如天上的云朵一样，时不时从身旁走过。”美女如云”就是从这来的。

“虽则如云，匪我思存。缟衣綦巾，聊乐我员。”虽然美女这么多，可是却没有能打动我心的人，因为在我的心里已经有了日日夜夜思念的人。只有那个穿着白裙子系着暗绿色头巾的女子才是我心之所倾，只有她才能让我怦然心动。

“出其闉阇，有女如荼。”这时候男子已经踱步至外城门，看见美女多得像山上的茅花一样，个个鲜艳夺目，香气袭人。无论是上文所提到的“如云”，还是本段的“如荼”，都是对美好的女子由衷的惊讶和赞叹。美丽的姑娘成群结队在街上闲走，像是一道道美丽的风景，勾起男主人公对心上人无尽的思念。

“虽则如荼，匪我思且。缟衣茹藘，聊可与娱。”虽然美女这么多，可是却没有能打动我心的人，因为在我的心里已经有了日日夜夜思念的人。只有那个穿着白裙子戴着鲜艳红色头巾的女子才是我心之所倾，只有她才能让我怦然心动。

全诗的意思很简单，而文字温雅灵动、气韵平和、通俗易懂，情思的清纯和恳挚丝丝进入人的心田。用“如云”和“如荼”形容美女数量之多，“如云”意在说明美女体态轻盈，有“飞燕”之美。“如荼”形容女子灿烂如花，夺人眼目。两章回环复沓，反复强调。这些都是主人公之所见所感，然而目的却是为了突出主人公在如此多的美女当中，仍能毫不动心，表现出他对爱情的专一和对心爱女子的痴情。

此外，这首诗在结构上也很讲究，前半部分是正面描写，后半部分连用了两个“虽则……匪我……”的转折句，转折句的目的就是为了强调和突出后半句的内容，男主人公坚定不移的神态和斩钉截铁的口气，表达着对那位“缟衣綦巾”的女子的情有独钟。一个女人能得到男人如此专一的爱，着实让人羡慕。诗篇当中，男主人公对这个“缟衣綦巾”平凡女子坚定不移的爱让人钦佩。在那些盛装打扮、香气袭人的美女面前，主人公仍钟情于他的“缟衣綦巾”，有爱的支撑，再平凡也是独一无二，再朴素也是弥足珍贵。在那样一个男权和夫权至上的年代，一个男子能这么钟情、这么坚定、这么专一，实在难能可贵。

野有蔓草

野有蔓草①，零露漙兮②。有美一人，清扬婉兮③。邂逅相遇④，适我愿兮。

野有蔓草，零露瀼瀼⑤。有美一人，婉如清扬。邂逅相遇，与子偕臧⑥。

【注释】

①蔓：蔓延。②零：降落。漙（tuán）：形容露水很多。③清扬：目以清明为美，扬亦明也，此处形容眉目漂亮传神。婉：美好。④邂逅：不期而遇。⑤瀼（ráng）：形容露水很浓。⑥臧：善，好。

【赏析】

"邂逅"这一美妙的词语，出自于这篇《野有蔓草》。之后在《唐风·绸缪》中也有沿用："今夕何夕，见此邂逅。"直到《后汉书》的"邂逅发露，祸及知亲"都有体现。即使是在现代，这个古老而曼妙的词语仍被沿用着，因为"邂逅"始终是爱情中最美的时刻。

关于此诗的主旨，《毛诗序》认为"《野有蔓草》，思遇时也。君之泽不下流，民穷于兵革，男女失时，思不期而会焉。"这是《毛诗序》对其背景的研究，这对男女之间的爱情发生在那个战乱频繁的年代。《毛诗序》点评的一贯作风，便是将美好的事物打碎了呈现在人们眼前，给人一种缺陷美，让人心生惋惜。

而宋代的朱熹看到此诗时言道："男女相遇于田野草蔓之间，故赋其所在以起兴。"能看到朱老夫子这样客观而又坦然的评论实在难得。的确，这首诗浪漫唯美，于千万人之中，没有早一步，也没有晚一步，刚好遇上，万般美好始从邂逅开始。

"野有蔓草，零露漙兮。有美一人，清扬婉兮。"优美的诗句，可与《蒹葭》媲美。湛蓝的天空中飘着朵朵白云，时而团团如轮、时而飘飘如丝、时而绵绵如雪，清晨的露珠依在嫩绿的叶子上，阳光打在上面折射出七彩光芒。有位倾国倾城的佳人，她长相秀丽清纯，最迷人的是那双水汪汪的大眼睛，平生万种情思悉存眼底。

从第一章的“清扬婉兮”和第二章的“婉如清扬”中可以看出，这个女子满眼柔情、清纯透彻、眉目流转传情。曼妙的女子让诗中的男主人公一见倾心。“邂逅相遇，适我愿兮。”世界上最美丽的时刻便是不期而遇之时。两颗惺惺相惜的心，碰撞出了火花。这两句将全诗推向了高潮，如此貌美如花的女子在这样一个草长莺飞的季节里与诗中的男主人公不期而遇，这是缘分，更是上天注定。诗的第一章将人笼罩在一种浪漫唯美的世界里。

第二章与第一章的句式以及内容基本一致，形成了一种回环往复的复沓美。“野有蔓草，零露瀼瀼。”同样的方法，以景衬情。放眼望去野草遍地，由远及近，颜色由深及浅，阵阵微风吹来那些柔软的野草像波浪一样一层一层涌向远方。“有美一人，婉如清扬。”有位俏美人，清纯安静，她就像一条清澈的小河缓缓地、清凉地穿过人的心扉，刹那间让人眼前一亮。“邂逅相遇，与子偕臧。”席慕容曾说，一次邂逅是五百年前在佛前祷告才修来的缘分，今日他们的相遇必定都是前世的盼望。男主人公似乎难以抑制这份惊喜和兴奋，对这份突如其来的“恩赐”，他显得手足无措，只希望眼前的可人儿与他一同分享这份快乐和欣喜。

闻一多先生对《野有蔓草》的研究可谓是独到精辟，他对《野有蔓草》这首诗的理解是：“你可以想象到了深夜，露珠渐渐缀满了草地，草是初春的嫩芽，摸上去，满是清新的凉意。”闻一多先生的描绘极具诗情画意，他把整首诗的时间推到了夜间，真可谓是另辟蹊径，独有一番韵味。

这是一首委婉悠扬的抒情曲，先以“野草露珠”写景起兴，再对人物进行细致入微的肖像描写，最后抒情深入主题，一步一步由浅到深，衔接恰当，水到渠成。全诗共两章，每章六句，每句四言，其中夺人眼目的是诗中风光旖旎的大自然与人物的情感合二为一。诗以山野郊外作为背景，象征着一种对自由的向往，草肥露浓更意在描写情感的笃厚，达到了情景交融、浑然一体的完美境界。很多学者一直在斟酌此诗所述之事是否真实。但不论是作者的主观臆想，还是在那岁月静好的年代确有此事，这首诗都不失为一种明亮而澄澈的光芒，静静地绽放在古老而神秘的华夏沃土上。

溱洧

溱与洧[①]，方涣涣兮[②]。士与女[③]，方秉蕑兮[④]。女曰观乎？士曰既且[⑤]，且往观乎[⑥]？洧之外，洵訏且乐[⑦]。维士与女[⑧]，伊其相谑[⑨]，赠之以勺药[⑩]。

溱与洧，浏其清矣[⑪]。士与女，殷其盈矣[⑫]。女曰观乎？士曰既且，且往观乎？洧之外，洵訏且乐。维士与女，伊其将谑，赠之以勺药。

【注释】

①溱（zhēn）、洧（wěi）：郑国二水名。②方：正。涣涣：河水解冻后的奔腾之貌。③士与女：此处泛指男男女女。后文“士”“女”则特指其中某青年男女。④秉：执。蕑（jiān）：一种兰草。⑤既：已经。且：同“徂”，去，往。⑥且：再。⑦洵：诚然，确实。訏（xū）：广阔。⑧维：发语词。⑨伊：发语词。相谑：互相调笑。⑩勺药：一种香草，与今之木芍药不同。⑪浏：水深而清之状。⑫殷：众多。盈：满。

【赏析】

《溱洧》是《诗经·郑风》当中的名篇，溱和洧是两条河的名称。河水历来是诗家喜欢引用的对象，水的灵性在于它昭示了千古的诗心：柔顺、缥缈、浩瀚、汹涌……《溱洧》里阳春三月，河水清澈，一群小伙子小姑娘蹚着清冽的河水，有说有笑，一边嬉戏一边互赠着礼品，气氛温暖，洋溢着爱的芬芳。

《溱洧》三言、四言、五言参之。“溱与洧，方涣涣兮。”这是开篇第一句，以溱水和洧水起兴。“涣涣”二字让人很容易想到冰化雪消、桃花盛开的欣欣向荣的景色。阳春三月，白雪消融，汇聚成一条条小河，最后流入那清澈的溱河、洧河。溱河、洧河涨满了潮，河水非常丰盈，仿佛要溢上岸一样。

“士与女，方秉蕑兮。”青年小伙子和这群貌美如花的女孩子们一个个兴高采烈地跳着蹦着，她们每个人手里都拿着散发幽香的兰花，好像是准备送给即将遇到的心上人。这段文字当中，千万不要小看了这个“蕑”字，正是这些花花草草让这篇诗歌散发着爱的芳香，引人入胜。

“女曰：‘观乎？’士曰：‘既且，且往观乎？’”看上去似乎是一问一答的形式，细细品味，犹如女孩子给男孩出的难题。她们刻意刁难这些男孩，好像是在测探他们的真心。姑娘们对那些男孩说道：“你们能不能从这条河里游过去啊？”男孩子一点也不畏惧，从容不迫地答道：“这条河已经游过了。不妨再去走一走吧。”男孩子拗不过这些古灵精怪的丫头们，跟着她们一起来到了洧水河边。

“洧之外，洵讦且乐。维士与女，伊其相谑，赠之以勺药。”到了洧河边上，她们不禁感叹这个选择无比正确，果然没有白来一遭。这里地域辽阔，河水柔顺，在这嬉戏游玩的人特别多，她们相互朝对方泼水，这是多么快乐的一幕。无论是河水两岸还是河水中央，到处挤满了男男女女，大家又是说又是笑，玩得不亦乐乎，临别之时还相互赠送芍药以示情谊。

这是文章第一章，较《诗经》中的其他诗篇而言，篇幅较长，但是句意并不难理解，俗话说：“一年之计在于春，一日之计在于晨。”春天万物复苏，是生命怒放的季节。杜甫在《丽人行》中曾吟咏道：“三月三日天气新，长安水边多丽人。”动物冬眠了一冬天，开春都要出来晒晒太阳，所以人更是不例外。

“讦溱与洧，浏其清矣。士与女，殷其盈矣。女曰：‘观乎？’士曰：‘既且。’‘且往观乎？’洧之外，洵讦且乐。维士与女，伊其将谑，赠之以勺药。”这是全诗第二段，大致内容与第一段一致，运用了《诗经》的常用手法：复沓。只是在个别词语上稍加改动。这群青年小伙子和姑娘们满怀兴致来到了溱河和洧河旁嬉戏，暮春三月，春光融融，溱河和洧河夹杂着刚刚融化的雪水，快乐地翻腾着一朵朵洁白的浪花，一层卷着一层，向下奔流。河流两岸的沙滩上，更是一番热闹的景象，经过了一冬的蛰伏，小伙子和姑娘们都出来活动筋骨，换上了薄薄的衣衫。更显得精神焕发。他们追着闹着。相互簇拥，人人手里拿着一束兰花，似乎正准备送给心仪的人。

《毛诗序》按照它一贯的做法点评道：“《溱洧》，刺乱也。兵革不息，男女相弃，淫风大行，莫之能救焉。”然而从这首诗的内容来看，根本没有什么战乱的影子，男孩女孩们相互谈笑互赠香草，一派祥和安逸的景象，并非战乱时应该有的景象。所以《毛诗序》之说略有偏颇。到了宋代，朱熹又将这美妙的诗歌大加指责："郑卫之乐，皆为淫声。然以诗考之，卫诗三十有九，而淫奔之诗才四之一；郑诗二十有一，而淫奔之诗已不翅七之五。卫犹为男悦女之词，而郑皆为女惑男之语。卫人犹多刺讥惩创之意，而郑人几于荡然无复羞愧悔悟之萌。是则郑声之淫，有甚于卫矣。"在他心中，这群在河边与男子嬉戏打闹的女子不知廉耻，有失风范，十足轻浮。

贯穿全诗的无疑就是那一弯春水，而那些"蕳""勺药"更不容忽视，它们是诗中男女表达爱意的道具。诗中有叙事，有对话，语言生动，感情真挚朴实，这样一首美轮美奂、欣欣向荣的诗歌被"卫道士"们视为"淫诗"，难道不是对诗歌本身的一种亵渎吗？

齐风

鸡鸣

鸡既鸣矣，朝既盈矣①。匪鸡则鸣②，苍蝇之声。
东方明矣，朝既昌矣③。匪东方则明，月出之光。
虫飞薨薨④，甘与子同梦。会且归矣⑤，无庶予子憎⑥。

【注释】

①朝盈：上朝堂的官员已满。②匪：不是。③昌：盛，意味人多。④薨（hōng）薨：飞虫的振翅声。⑤会：会朝，上朝。⑥无庶予子憎：庶几予子憎，庶几没有因我恨你。

【赏析】

全诗共三章，每章四句，四言、五言掺杂而叙之，句式相互交错，有对话意味，有散文化的倾向。“鸡既鸣矣，朝既盈矣。匪鸡则鸣，苍蝇之声。”天色已亮，公鸡喔喔地叫唤，太阳也慢慢地爬上了山头。缕缕阳光投射到整间屋子里面，娇羞的女子推着身旁的男子告诉他外面天色已亮，公鸡已经开始报晓。群臣早朝人都到了。那男子睁开惺忪的眼睛向外看了一眼推脱道，那不是鸡鸣，是苍蝇嗡嗡地叫。

“东方明矣，朝既昌矣。”东方已经泛起了鱼肚似的白色，照亮整个屋子。群臣全都上朝堂。这一章无非也是对上一章内容的重复，然而换了描写的对象，不拘泥于一个对象。使全诗看起来形式多变，新颖活泼。“匪东方之明，月出之光。”面对女子的催促，那男子又使出了同样的招数，答道，那不是东方的光亮，明明是月亮放出的皎洁之光，天色还早呢，再休息一会吧。丈夫懒散地推脱，故意把天明说成是月光，惹人发笑，把这一片段理解成夫妻之间的缱绻生活，实在再贴切不过了。

“虫飞薨薨，甘与子同梦。会且归矣，无庶予子憎。”诗中的女主人公实在叫不醒那懒惰的男子，这时虫子从窗外飞来嗡嗡作响，男子借题发挥说道，虫子嗡嗡作响，咱们俩再睡一会吧。妻子无奈之下，只好说，你快起来吧，大家都各自忙开来了，你我在这磨蹭岂不是让人笑话和憎恶？丈夫贪恋衾被不起，妻子一番催促也是无可奈何。诗中语言朴素质朴，通俗而不庸俗，文中所述之事其实在日常生活中再常见不过，所以这正是真性情的流露，耐人寻味。

全诗独到之处还在于韵脚上的诸多技巧，全诗前两章都严格按照押韵进行，首章前两句都压“矣”字韵。后两句中的“鸣”与“声”紧紧压住韵脚。第二章与第一章的押韵状况是一致的，前两句同样压“矣”韵，后两句压的是同韵脚的“明”与“光”。而到了第三段一、二、四句同压一韵，唯留第三句，这有可能是语音在流传的过程中逐渐演变和发展，现代的读音与古代不一致，在古代应该是押韵的。

还

子之还兮①，遭我乎猛之间兮②。并驱从两肩兮③，揖我谓我儇兮④。

子之茂兮⑤，遭我乎猛之道兮。并驱从两牡兮⑥，揖我谓我好兮。

子之昌兮⑦，遭我乎猛之阳兮。并驱从两狼兮，揖我谓我臧兮⑧。

【注释】

①还：轻捷貌。②猺（náo）：齐国山名，在今山东淄博。③肩：三岁的兽。④儇（xuān）：轻快便捷。⑤茂：美，此处指善猎。⑥牡：公兽。⑦昌：指强有力。⑧臧：善，好。

【赏析】

《还》是一首关于两个初次见面的猎人协同打猎的山歌，短短数句，男人的直率、火热、友善、矫健，跃然于纸上。

这是一首叙事诗，猎人用简练的笔墨诉说了事情的来龙去脉，清楚而又生动。他外出打猎时遇上一个很出色的同行，两个人相互看重，并驱而行，协同猎取了两头狼，最后都为对方的能力所深深折服，相赞而归。回到家中，他激切地向家人夸耀那个猎人，开头就是赞扬“子之还兮”，表现出了其直率、风风火火。当然，在夸奖别人的同时，他也借别人的口吻夸耀了自己，“揖我谓我儇兮”，说对方作揖告别时夸赞自己能力超群，表现出了他的自信和可爱。

另一种说法是“子之还兮”为当面赞颂之辞。作者去猺山打猎，偶遇一位壮实的猎人，外表不凡，动作敏捷娴熟，强壮有力，真诚而又直接的作者心生喜欢，脱口赞扬。

而后，他们并力捕兽，收获颇丰，最终告别之际，或是二人又相互赞扬一番，或是对方为了回应当初的夸赞，作揖寒暄而归，表现出浓浓的人情味，反映出当时人际关系的融洽、无隔阂。

两种情景，大致相似，都生动传神地描绘出一种直率和火热，把读者带到了那个质朴而又纯真的狩猎时代：男人们并力向前，初次见面就能性命相托；男子的阳刚和强壮成为最有力的性征诠释，以力为美，反映出健康而又明确的审美标准：人们的心底直率坦诚，没想过以全部功劳自居，不会因为分功不均而反目成仇，崇尚分享合作后的劳动成果；对自己认为的美好，对自己崇尚、敬佩的人事，毫无顾忌，毫不隐瞒，大声喊出心底的赞扬。随着这首简单的诗歌，当时生机勃勃、和睦太平的社会风俗，得以慢慢地浮现在我们面前。

这种美好，不仅在于作者所建构建的情境，也流淌于诗作的字里行间。“子”是对那位同行的敬称。“遭”字表明他们并非事先约定，只是邂逅相遇。首句开篇赞誉，突兀有力，更显真诚，真实表达了诗人由衷的仰慕之情。次句点明他们相遇的地点，第三句说他们共同合作，奋力追杀两只公狼。最后一句是猎后合作者对诗人的称誉：“揖我谓我儇（好、臧）兮。”诗人以“揖我”这一示敬的动作联系首句，表现两位壮士的情投意合、心意一致，这使得诗篇在结果上、情感上共同达到了圆满、欣喜的境地。

第三句中，诗人只是简省地交代过程“并驱从两肩（牡、狼）兮”，而没有具体说出逐猎的结果，但是从他兴奋的叙述中，读者完全可以读出他们的成功。

这样的写法颇有好处：只需说出目标，不强调结果，因为成功是必然的，无须多言，充分体现出作者的自信；进一步简省笔墨，使诗歌简练不拖沓，着笔于主干，忽视次要细节的描写，敲碎故事情节的连贯性，使得叙事更有跳跃感，更能调动读者的阅读情绪，体味作者当时的心绪，产生身临其境之感；以动感的追逐过程代替静态的结果，使得诗歌充满动感，符合猎人风风火火的性格和旺盛的生命激情。这一细节的处理，是高度自信和巧妙艺术手法的结合，充分体现了作者的性格特征。

诗作运用“赋”的手法，章节间回环复沓，仅易数字，相互补充，在简短的章节中极尽铺陈，以诉说的口吻，把作者所要表达的喜悦之情推向了高潮。方玉润《诗经原始》评论说：“‘子之还兮’，已誉人也；‘谓我儇兮’，人誉己也；‘并驱’，则人己皆与有能也。寥寥数语，自具分合变化之妙。猎固便捷，诗亦轻利，神乎技矣。”充分说明了其粗豪风格下的细腻质地，实为《诗经》中的佳作。

著

俟我于著乎而①，充耳以素乎而②，尚之以琼华乎而③。
俟我于庭乎而，充耳以青乎而，尚之以琼莹乎而。
俟我于堂乎而，充耳以黄乎而，尚之以琼英乎而。

【注释】

① 著：古代富贵人家正门内有屏风，正门与屏风之间叫著。乎而：语尾助词。② 充耳：饰物，悬在冠之两侧。③ 尚：加上。琼：赤玉。华：与后文的“莹”“英”一样，均形容玉的光彩，因叶韵而换字。

【赏析】

《著》是一首关于嫁娶方面的诗。该诗描绘了一个妇人回忆自己当年嫁入丈夫家时的场景。全诗共三章九个句子，写的都是新娘的眼中所见。诗人的描写非常细致入微，从刚刚进入大门，到走到厅堂，非常富有层次感和画面感，体现出新娘对婚礼习俗的每一个细节都十分重视，一点一点，一步一步，观察得很仔细。此诗虽然风格独特，但《诗经》中的《还》就与此诗风格相近。两首诗都是采用”赋”的手法，语句上六、七言相互交错，并且句与句之间十分押韵。二者不同的是:《还》的每一句是以“兮”字收尾，而本诗是以“乎而”两个字的双语气词收尾，在情感表达上，让人觉得更有韵味，新婚夫妻之间那种柔情蜜意的气息借着这两个语气词娓娓萦绕在耳畔，与全诗所营造的甜蜜气氛非常贴合。

这首诗还有一个闪光之处，全诗九句话没有一句描绘新娘所要叙述之人。这种手法十分独特，惟妙惟肖地表现出了新娘在嫁入丈夫家时，喜悦、兴奋，又带一点紧张的心理活动。

当诗写到新娘踏进婆家大门那一刻时，新娘面对热闹的场面、起哄的人群漠不关心；对一拥而上想一睹她芳容的左邻右舍视而不见。因为此时，在新娘的眼中只有屏风后面，正在等待她到来的夫婿。“俟我于著乎而”“俟我于庭乎而”“俟我于堂乎而”，这三个句子是新娘在自述新郎在等待她的到来，可是新娘因为羞涩，欲言又止，始终不肯说出那个“他”，从这儿很形象地表现出了少女初嫁的情怀。不过，虽然新娘没有点出那个“他”，可是从“俟我”之中，仍能体味出这对小夫妻之间的绵绵情意和幸福。

接下来的两句更为巧妙，新娘走到了新郎身边，这时她本可以睁大眼睛，全神贯注地把新郎官瞧个仔细，可是此刻周围都是宾客，众目睽睽之下她怎么好意思抬起头仔细地观察呢？新娘羞涩地低着头，稍稍抬起眼角，瞟了一眼新郎，可是没看清，只看到了夫婿戴在头上的充耳和上面发光的玉，所以新娘就借着这两样事物想象新郎的模样和人品，用充耳来形容新郎的容貌，用玉的精美光泽来形容新郎的道德水平。这种不写正面，侧面烘托的方法，放在一对新婚燕尔的身上，以及这种特殊时刻的特殊环境中，让人觉得非常有趣、回味无穷，像一个精心编排过的情景小品，给人以丰富的联想，过目难忘。

东方之日

东方之日兮，彼姝者子①，在我室兮。在我室兮，履我即兮②。

东方之月兮，彼姝者子，在我闼兮③。在我闼兮，履我发兮④。

【注释】

①姝：貌美。②履：蹑，放轻脚步。即：相就，接近。③闼：内门。④发：走去，指蹑步相随。

【赏析】

没有呆板礼教束缚的齐国，民风开放，在这里人们可以直接追求自己的幸福，即使是女子也可以主动追求心仪的男子，《东方之日》就是这样一首诗。在上古时代，社会风气并不拘谨，男女交往十分开通。齐女对爱情的执着正如“拼将一生休，尽君一日欢”，感染了很多人。

这首诗描写了一个和男子热恋的齐国女子，主动来到了男子的家中，整日与他亲热，两人形影不离，恩爱非常。诗中运用男子口吻来描述这段爱情，他说出了女子的热情和对爱恋的热切，言语中没有淫邪。在爱情中，男女双方都非常的幸福，男子受到女子的青睐，感到非常的高兴，他尊重女子的情感，不会因为女子主动投怀送抱而看轻她。他们正大光明地倾诉衷情，体现出了《诗经》“思无邪”的本质。

头两句是具有象征意义的起兴，诗人在早晨面对初升的旭日，晚间面对刚起的新月时，都会想到自己那美艳而温柔的情人，她既像朝阳一样艳丽而热烈，又像月光一样皎洁而恬静。他想到自己的情人是那样大胆热切地追求他，对他充满了柔情蜜意，为了他自荐枕席，和他在一起男欢女悦。所以每当日出东方和月上梢头时，他心里一定会想起“彼姝者子”的形象。这时，他总是感到情意缱绻，朦朦胧胧，在他的心中，他的情人就是“在我室兮”。

二、三两句承接得非常自然。当男子对着朝阳和明月想着自己的情人，沉浸在甜蜜的回忆中时，他再也压抑不住自己的爱意，于是他将他们幽会的秘密脱口说了出来。他除了说出他的情人在他的卧室里，还描绘了他们相处的情景：“履我即兮”“履我发兮”。从这两句话中，能感受到男子的幸福，同时对于女子能够这样爱恋自己，他感到颇为得意。他的心被爱情撩拨得激烈跳荡，所以诗中有六句诗都用了“我”字，这些都表现了男子的欣喜之情。

诗中每节一、三、四、五句押韵。与八个“兮”字组成韵脚，称为“联章韵”。每节的第三句和第四句又都是重复的，这样的写法让全诗读起来极有流连咏叹的情味。

东方未明

东方未明，颠倒衣裳①。颠之倒之，自公召之。
东方未晞②，颠倒裳衣。倒之颠之，自公令之。
折柳樊圃③，狂夫瞿瞿④。不能辰夜⑤，不夙则莫⑥。

【注释】

①衣裳：古时上衣叫“衣”，下衣叫“裳”。②晞（xī）：破晓，天刚亮。③樊：篱笆。圃：菜园。④狂夫：狂妄无知的人。瞿（jù）瞿：瞪视貌。⑤辰：指白天。⑥夙（sù）：早。莫：晚。

【赏析】

《东方未明》是周代百姓广为传唱的一首民歌，产自齐国京都地区。

它揭露了当时统治阶级的残暴，诉说了奴隶们受压榨的痛苦生活，反映了奴隶阶级的反抗心声。

全诗三章，诗人巧妙地抓住了奴隶生活的一瞬间，展现出了一副悲惨而苦涩的画面：天还未亮，劳累到虚脱的人们仍兀自安睡，监工的吆喝声如平地惊雷，突然响起，催促上工。寂静的安睡，一下子被打破，劳工们个个惊醒，黑暗中手忙脚乱，穿衣颠倒，洋相出尽，犹如惊弓之鸟。

奴隶们的身心，都受到残酷的奴役，日常稍不留意，就会遭到严厉处罚，饱受皮肉之苦，监工长久残酷压迫的结果，正是这种场面。诗人借这一典型时刻，突出“颠倒衣裳”的典型细节，以小见大，将奴隶们的痛苦生活描摹得纤毫毕现。清牛运震《诗志》赞说，这一描写“奇语入神，写忽乱光景宛然”，并起到了以少总多的艺术效果。

前两章结构上回环复沓，只换几字，如“未明”与“未晞”“衣裳”与“裳衣”“颠之倒之”与“倒之颠之”“召之”与“令之”，反复咏唱，一再渲染。这是歌唱时的和声，使诗在吟唱时显得回复重叠，余音袅袅，提升了主人公的感情基调，强化了诗篇的内涵。到此，奴隶们已不单单有恐惧和慌乱，长期的奴役生活，诱发了他们对自身命运和整个社会的思索，在他们身上，痛恨和觉醒已初现端倪：“自公召之”“自公令之”。苦难的根源来自“公”——这些劳役者开始觉醒，发出了对当权者的不平之鸣。

这种明确而又愤激的指责，是作者直抒胸臆的呐喊，真实记录奴隶们的高呼和申诉，感情激越地表达了奴隶们的觉醒，也暗含了奴隶们势必抗争的决心，一定程度上真实再现了那个饱含压迫的时代。同时，这首诗抒发了下层阶级的愤懑，摹写出了一触即发的阶级矛盾，对统治阶级起到了强烈的揭露和批判作用，带有强烈的感情色彩，极易引起读者共鸣。

控诉即已发出，但怨怒却没有就此终结，矛头直指当权者后，作者还嫌不够，于是笔锋又回到现实，进一步摹写奴隶们的悲惨遭遇，使诗作的感情进一步郁结。第三章描写劳作的内容，半夜被驱赶起，砍柳枝编篱笆，“狂夫”瞪着大眼监视，令人反感和怨恨。“狂夫瞿瞿”，是个典型的细节描绘，把监工的凶恶嘴脸和盘托出，读来如在目前，有着很强的形象感。“不能辰夜，不夙则莫”，则指出劳役不但要起早晚睡，而且穷年累月莫不如是，把奴隶们生活境遇的悲惨凸显得无以复加。

这种生动的真实，跟作者高超的写作技巧密不可分。在具体行文过程中，作者只是选取了典型的场景，既没有铺叙劳动者的辛酸，也没有扩展具体的劳动场面，只以简单的笔墨，勾勒出集中而又概括的画面，把奴隶们的悲惨生活描摹得惟妙惟肖，使人们如临其境，也使诗作呈现出极高的文学价值。

全诗三章，皆为四言句，每句两个音拍。前两章运用回环复沓的艺术手法，渲染环境气氛，突出事物特征。且以工整的排列、朗朗上口的语言形式，尽情抒发心中的抑郁情感，增强了音乐效果。第三章则转变风格，避免通篇一致的枯燥感，显得起伏有致，使得诗作情感得以持续叠加。诗作的另一突出特点是通篇明白晓畅，语言通俗易懂，“未明”“颠倒”“狂夫”“不能”等，都是人们常用的口头语言，以此人诗，质朴自然，充满无限的生命力。

对于此篇的诗旨，历来亦不乏异声，据《毛诗序》解释：“《东方未明》，刺无节也。朝廷兴居无节，号令不时，挈壶氏不能掌其职焉。”把诗篇的矛头指向不称职的朝廷和官员。《郑笺》则说：“挈壶氏失漏刻之节，东方未明而以为明，故群臣促遽，颠倒衣裳。”说是掌管更漏的官员失职，导致错误，群臣以为上朝迟了，慌乱起床，颠倒衣服。一直到南宋朱熹亦是如此评论，没能还诗作本真。这都是对诗作的牵强附会，力争把经典与政治扯上关系，委实错误。现今人们已立足实际，用文学的方法解读《诗经》，真正把经典贴近生活和真实，准确把握了作者的赋诗意图，归还了《东方未明》的主旨。

南 山

南山崔崔①，雄狐绥绥②。鲁道有荡③，齐子由归④。既曰归止⑤，曷又怀止⑥？

葛屦五两⑦，冠緌双止⑧。鲁道有荡，齐子庸止⑨。既曰庸止，曷又从止⑩？

艺麻如之何⑪？衡从其亩⑫。取妻如之何⑬？必告父母。

既曰告止，曷又鞠止[⑭]？

析薪如之何[⑮]？匪斧不克[⑯]。取妻如之何？匪媒不得。既曰得止，曷又极止[⑰]？

【注释】

①南山：齐国山名，又名牛山。崔崔：山势高峻状。②绥（suí）绥：求偶貌。③有荡：荡荡，平坦状。④齐子：齐国的女儿（古代不论对男女美称均可称子），此处指齐襄公同父异母的妹妹文姜。由归：从这儿出嫁。⑤止：语气词，无义。⑥怀：怀念。⑦葛屦：麻、葛等制成的单底鞋。五：并列。⑧緌（ruí）：帽带下垂的部分。帽带为丝绳所制，左右各一从耳边垂下，必要时可系在下巴上。⑨庸：用。⑩从：相从。⑪艺（yì）：种植。⑫衡从："横纵"之异体，东西曰横，南北曰纵。亩：田垄。⑬取：通"娶"。⑭鞠（jū）：放任无束。⑮析薪：砍柴。⑯匪：通"非"。克：能、成功。⑰极：（放纵到）极点。

【赏析】

赏析这首诗之前，必须了解当时一段饱受非议的历史。春秋时期，齐国和鲁国联姻，齐襄公的同父异母妹妹文姜被嫁给了鲁桓公，但文姜不守妇道，与齐襄公有染，乱伦私通。齐国势大，鲁国势小，懦弱的鲁桓公敢怒不敢言。《左传》记载，公元前694年，鲁桓公要去齐国，夫人文姜要求同行，鲁桓公只得答应，文姜和齐襄公趁机相会。后来鲁桓公发觉，谴责了文姜，文姜便告诉了齐襄公，襄公便设宴款待桓公，趁机将桓公灌醉，然后让公子彭生在驾车送桓公回国的路上扼死了桓公。这件事暴露后，齐国百姓皆以为耻，这首诗便是在此情境下产生的。

对于这首诗主旨的评论，多依托于上述史料，《毛诗序》云："《南山》，刺襄公也。鸟兽之行，淫乎其妹。大夫遇是恶，作诗而去之。"意为襄公施禽兽行径，与其妹乱伦，大夫们痛心疾首，作诗刺之。不过，在这段历史背景中，不仅襄公可恨，鲁桓公的懦弱也同样可气。

古今学者大多认为这是一首讽刺齐襄公与鲁桓公的诗，诗分两部分，第一部分是一、二两章，讥讽荒淫的齐襄公，第二部分则是三、四两章，是对鲁桓公的"怒其不争"。历来评论相对较统一，异议很少。

作者开篇描写雄狐对伴侣的渴望，用意在于影射齐襄公对文姜的觊觎之心。作者以南山和雄狐起兴，展示出一种高远深邃的画面：山高树茂，急切的雄狐四处穿梭，叫声连连。不仅把诗的背景拉得极其宏大，让人感到诗作肯定包含丰富的所指，又将齐襄公渴切的思想状态描摹殆尽，让其丑恶嘴脸暴露无遗。章末，又用反问进行了讽刺：“既然已经出嫁了，为什么还对那段私情念念不忘呢？”即是在问文姜，也是在问齐襄公，一箭双雕，意味深长。

第二章还是诉说前事，但在表达上更进一步。作者影射齐襄公和文姜乱伦的无耻行为时，从寻常事物入手，描述鞋子、帽带都必须搭配成双，借以说明世人都各有明确的配偶，所指明确而又表达隐晦，既达到讽刺对象的效果，又显得不露端倪。后半部分与第一章相似，使情感力度得到更深一步加强。

第三、四章转换角度，发表对鲁桓公的议论。作者成功运用“兴”的手法，以种麻前先整理田地、砍柴前要先准备刀斧这些日常劳动中的必然性，来说明娶妻必须有父母之命、媒妁之言。再进一层针砭实际。说明桓公既已明媒正娶了文姜，而又无法做文姜的主，放任她回娘家私通，父母之命、媒妁之言都被搁浅、践踏，显得庸弱无能。文姜的无视礼法、胡作非为也跃然于纸上。

甫田

无田甫田①，维莠骄骄②。无思远人，劳心忉忉③。无田甫田，维莠桀桀。无思远人，劳心怛怛。

婉兮娈兮④，总角丱兮⑤。未几见兮，突而弁兮⑥。

【注释】

①无田（diàn）：没有治理。甫田（tián）：大田。②莠：狗尾草。骄骄：高大貌。③劳心：忧心。忉（dāo）忉：心有所失的样子，与下文“怛（dá）怛”同义。④娈：貌美。⑤总角：古代男孩将头发梳成两个髻。丱（guàn）：形容总角翘起之状。⑥弁（biàn）：成人的帽子。

【赏析】

《甫田》以一位农妇的口吻，道出了她对丈夫深深的思念，情之深，时之久，突破了其能承受的底线。诗人以农家最寻常的事件和最普通的画面入诗，将镜头直接拉入广阔的农田，从田中又高又长的莠草着笔，给诗作展示了一幅荒芜的景象。

“甫田”一词，历来有争议，一说是寻常农田，一说为新开辟的农田。做寻常农田讲时，丈夫去了远方，家中缺少劳力，田里长满了深深的野草（“维莠骄骄”“维莠桀桀”），女主人公面对此情此景，伤感万分，心生幽怨，不禁说道：“无田甫田，维莠骄骄（桀桀），无思远人，劳心忉忉（怛怛）！”意思是今后我不再种地了，因为地已经荒了。我也不再想他了，因为思念只能增添烦忧！这是女子的牢骚语、反语、伤心语，正是其相思情切的表现。

“甫田”作新开垦农田讲时，女主人公就带上了坚强的色彩。这位辛劳的农妇，坚毅而自立，丈夫离开以后，她又独自开垦了很多的荒地，努力支撑着家用。但其中的痛苦只有自己知道。妇人勉力坚持，在承受不住时，她这样劝自己：“不要再开垦农田了，这么多的荒草，你真的支撑不住，就此停下吧；不要再思念他了，他走得这么远，归期渺渺，只能让你更加担忧，更加劳心。”这种明知无效的自劝，当然不会使心情释然，坚强的女主人公肯定会一如常故，开垦出更多的荒地，更多次地思念自己的夫君。最后一段可以有三种解释：一则诗作笔锋转向，不再描摹农妇自我劝说，而是记述其孩子的成长过程，好似农妇幽幽自语后的画外音，给其相思的程度和时间加上了一些补充和解释。“婉兮娈兮，总角丱兮。未几见兮，突而弁兮。”这几句在伤心农妇的身边展开了一幅画面，小孩子从“婉兮娈兮”成长为“总角丱兮”，继而成长得更快，变为“突而弁兮”。它概括了孩子的成长，也把时间的飞快流逝注入其中，可见女主人公的等待之久。另外，时间之所以会过得这么快，应该还有女主人的恍惚在里面。男人走了之后，日子再也不是日子，农妇变得孤独而又恓惶，对生活不再有起码的兴趣，对时间的感觉也不再清晰，由此，其思之切、念之深跃然纸上。

第二种解法是此章与上两章一脉相承，都是女主人幽幽的自语和埋怨：“自你走后，孩子一天一个样，现在都成人了，十多年都过去了，你还没有回来！”这种解释，不仅依然可以表现时间的流逝，还更增添了那种深深的幽怨，读者不禁会对这位脆弱而又不幸的女子心生怜惜。

第三种解释是由实写转向虚写，女主人公由于思念深切，不自觉地产生了幻觉：丈夫归来了，他见到离家时还是小孩的儿子，如今已经长大成人，微笑着赞叹说："婉兮娈兮，总角丱兮。未几见兮，突而弁兮。""原来还扎着丫角，老是蹦蹦跳跳，现在就突然变成懂事的大人了，时间过得真快啊！"如此写来，有记叙，有想象，笔法虚实结合，变得丰富多样。清陈震《读诗识小录》说本诗的含蓄美尽在这一虚境之中，前两句"换笔顿挫，与上二章形不接而神接"，后两句"奇文妙义，与上四'无'字神回气合"，通篇连贯顺畅，抒情巧妙。

单从女主人的角度而言，本诗主旨就已纷繁复杂。如果此诗变换一下视角，则又可作出另一番解释。有一些评论者从远行男子的视角和口吻入手，认为这首诗是丈夫对家人的思念。男子离家日久，对家中人事的想念与日俱增，想到要强而又深情的妻子，想到自己与她一块开垦荒地时的辛苦与快乐，着实担忧，不禁对着空气默默诉说相思："你不要再开垦农田了，这么多的荒草，你会支撑不住的，不要思念我啊，那只能让你更加劳心。"最后，男子又想到自己的孩子应该成人了吧，他想象着孩子的成长过程，从"婉兮娈兮"到"总角丱兮"，再到"突而弁兮"，每一步都带给他无尽的感慨，父亲想象这些时的心情，应该是欣喜与酸楚参半吧！

上述说法无不充满了浓浓的人情味，让人感慨不已。追溯历史，齐襄公与妹妹文姜淫乱，把妹夫鲁桓公杀死，又嫁祸给公子彭生。为转移国人视线，他兴无义之师，多次攻打他国，干涉别国内政，最终死在国人手里。齐国诗人作诗讽刺，即《甫田》。诗人奉劝人们莫费力不讨好去耕那种荒芜多年的田地，莫白费力思念远方的人，即把不现实的念头抛开，别去做超出自己能力的事，由此讽刺了齐襄公胆大荒淫的小人行径。

卢　令

卢令令①，其人美且仁②。
卢重环③，其人美且鬈④。

卢重鋂⑤，其人美且偲⑥。

【注释】

①卢：黑毛猎犬。令令："铃铃"，猎犬颈下套环发出的响声。②其人：指猎人。仁：仁慈和善。③重（chóng）环：大环套小环，又称子母环。④鬈（quán）：头发弯曲。⑤鋂（méi）：一个大环套两个小环。⑥偲（cāi）：多才多智。

【赏析】

齐国位于山东省的中北部和中部，地形复杂多山，人们狩猎频繁。《齐风》中的这则《卢令》，是一首赞美猎人、描写人与动物和谐关系的颂歌，全诗只有六句，二十四个字，如同一幅生动的素描画，描绘出猎犬在猎人跟前昂首阔步、威风凛凛之状，其在跑动中套环叮当作响，受宠貌和兴奋貌呼之欲出，形象地表现了猎犬的威风、主人的英姿，也从侧面烘托出当时狩猎风尚的浓重。

本诗起笔不凡，以先声夺人的表现手法，从闻者所听着笔。如孟子所说"听车马之音，见羽毛之美"，人们未见犬形，先闻铃声，一只头戴项圈、圈上挂满铃铛、身形矫健、欢呼雀跃的猎犬形象浮现在读者眼前，先定其势，吊足读者胃口，继而猎犬出场，并引出猎犬的主人，并全方位赞扬，着力突出其飒爽英姿和美好品质。

每章前句写犬，后句写人，"令令""重环""重铸"的描写，从形貌到声音，无不呼之欲出。猎犬的颈铃响声和套带的圈环所发出的金属光泽，最难为人忽视，这样的着笔，可谓抓住了典型细节。"美且仁""美且鬈""美且偲"，写人的外形和内在，更是把握住了各个方面，在夸赞其外形美好的同时，又夸赞其仁爱、勇敢和超凡才干，让人对其心生敬佩。这种组合，两相映衬，实属恰巧，反映出作者细致的观察力和深湛的艺术技巧。

作者通过寥寥数笔，生动形象地给读者展示出了一幅春秋时代齐国人民养犬狩猎的广阔画面，进而反映出其爱好田猎的民情风俗，以及把猎人当作英雄偶像来仰慕的风气，主旨得以突出，过渡极其自然。

敝笱

敝笱在梁[①]，其鱼鲂鳏[②]。齐子归止[③]，其从如云。敝笱在梁，其鱼鲂鱮[④]。齐子归止，其从如雨。敝笱在梁，其鱼唯唯[⑤]。齐子归止，其从如水。

【注释】

①敝：破。笱（gǒu）：竹制的鱼篓。梁：捕鱼水坝。河中筑堤，中留缺口，嵌入笱，使鱼能进不能出。②鲂（fáng）鳏（guān）：鳊鱼和鲲鱼。③齐子：此处指文姜。归：回娘家。④鱮（xù）：鲢鱼。⑤唯唯：形容鱼儿出入自如。

【赏析】

关于这首诗的主旨，《毛诗序》说：“《敝笱》，刺文姜也。齐人恶桓公微弱，不能防闲文姜，使至淫乱，为二国患焉。”朱熹《诗集传》曰：“齐人以敝笱不能制大鱼，比鲁桓公不能防闲文姜，故归齐而从之者众也。”皆说是刺文姜和鲁桓公使得这首不长的诗作蕴含了宏大的历史故事和政治背景。

诗作以“敝笱在梁”起兴，“笱”为渔篓，“梁”为鱼梁，鱼篓摆在鱼梁上，本意是要捕鱼。可一“敝”字如当头棒喝，限定在前。工具是鱼篓，架势也正确，无奈的是篓非常破旧，鱼儿都能轻松自如游过。这一比兴的运用，讽刺了鲁桓公的昏聩无能，也形象地揭示了鲁国礼制的名存实亡，耐人寻味。

“鱼”在《诗经》中常隐射两性关系，“鱼水之欢”“云雨之情”，自古以来暗示男欢女爱，这一比喻在诗中用得恰如其分，既形象生动，比兴顺畅，又真实反映出了事情发展的缘由。“敝笱”对制止鱼儿通过无用，由此真实表现出“齐子”文姜的荒淫和鲁桓公对其的无能为力。

接下来，诗人没有直接说明文姜的丑行，而是着力摹写她出行场面的宏大，从光环亮色和光辉视角揭露其丑恶灵魂，是古今中外艺术创作中描摹人物的一条成功法则；欲抑先扬、明褒实贬的手法也是《诗经》的特色。鲁国的国母文姜，地位显赫尊贵，却与其兄乱伦，让人深感其德不配其位。诗中，作者没有直言厌恶，而是客观描摹文姜排场的宏阔：随从众多，“如云”“如雨”“如水”。

如果她真的贤惠，受人尊崇，那么以上就是正面描写，是作者因尊重而进行的褒扬。但事实上，作者对她持贬抑的态度，这种风光，则成为其卑污内心的反讽；外在形象的光鲜，会在读者的公允品评中形成强烈的对比。在诗中，鱼儿愈是“唯唯”，愈是反衬出兄妹俩的不知羞耻，讽刺之意也就跃然纸上，入木三分。

王安石说：“其从如云，无定从风而已。云合而为雨，故以雨继之，雨降而成水，故以水继之”。“如云”“如雨”“如水”三个比喻因果递进，云聚拢成雨，雨落下为水，逐层深入，所抒发感情的逐步增强。还有学者认为，“‘其从如云’‘其从如雨’‘其从如水’，非叹仆从之盛，正以笑公从妇归宁，故仆从加盛如此其极也”。意思是说，不是鲁桓公要与齐国修好而带文姜去往齐国，而是文姜因通奸急切而带鲁桓公回国，又因为其恬不知耻，因此才仆从众多、场面宏大。这种说法，不仅暗讽文姜，也把昏聩可笑、无德无能的鲁桓公一并大大地讽刺了一番。

回顾全诗，桓公固然可笑，但笑声中应该也夹杂着几许悲凉，他或许不完全是昏庸无知，自戴绿帽，而是情势所逼、身不由己。“敝笱在梁，其鱼鲂鳏”，渔篓失去效用，不仅仅是自身问题，还因为那鱼是鲂鳏，凶狠难控；而鲂鲔虽不凶猛，但它时刻以鲂鳏为伴。可怜鲁桓公，面对的是势大力强的齐襄公和有娘家和情夫为后盾的文姜，最终死得毫无价值，还丢却了一生的尊崇和名望，备受讥讽。“其鱼唯唯”，形容齐襄公和文姜一副小人得志，得以苟且媾和，从容游荡。由此可知：小国君王不敢得罪势大的齐国，纵容淫荡的皇后，对其奸情视而不见，自有说不出的痛苦，情有可原；而齐襄公先与其妹乱伦，奸淫他国王后，奸情败露后又加害别国国君，才是真正的胆大荒唐。

载 驱

载驱薄薄①，簟茀朱鞹②。鲁道有荡，齐子发夕③。四骊济济④，垂辔沵沵⑤。鲁道有荡，齐子岂弟⑥。汶水汤汤⑦，行人彭彭⑧。鲁道有荡，齐子翱翔⑨。汶水滔滔，行人儦儦⑩。鲁道有荡，齐子游敖⑪。

【注释】

①驱：车马疾走。薄薄：象声词，形容马蹄和车轮的转动声。②簟茀（diàn fú）：遮盖车子的方纹竹帘。朱：红色。鞹（kuò）：光滑的皮革。用漆上红色的兽皮蒙在车厢前面，是周代诸侯所用的车饰，这种规格的车子称为“路车”。③齐子：指文姜。发夕：傍晚出发。④骊（lí）：黑马。⑤辔：马缰。沵（nǐ）沵：柔软状。⑥岂（kǎi）弟：快乐却心不在焉貌。⑦汶水：流经齐鲁两国的水名，在今山东省。汤（shāng）汤：水势浩大貌。⑧彭彭：众多貌。⑨翱翔：遨游。⑩儦（biāo）儦：行人往来貌。⑪游敖：即“游遨”。

【赏析】

据《春秋》记载，文姜在鲁庄公二年（前692）、四年（前690）、五年（前689）、七年（前687）都曾与齐襄公相会，其时鲁桓公已死，其子鲁庄公即位，然而文姜仍与襄公保持不正当的关系，不顾亡夫尸骨未寒，亦不顾其子鲁庄公的颜面。这首《载驱》便是讥讽文姜淫乱的诗歌。

但也有学者认为，庄公无能，没有对母亲的行为加以制止，因此人们赋诗讥刺。另外，《毛诗序》主张此诗针砭齐襄公，说是他穿盛装、驾车骑，驰骋于大道，前往文姜处与之私通，恶及万民。立足文本，这种说法有其不当之处。后来方玉润更正此说，认为此诗专刺文姜。但两人媾和一体，刺文姜就是刺襄公，他逃不掉干系，但亦不是《毛诗序》中所说的直指襄公。

结合诗作的具体内容，朱熹在《诗集传》中更加详细地说明：第一章“齐人刺文姜乘此车而来会襄公也”，第二章“言无忌惮羞耻之意也”，第三章“言行人之多，亦以见其无耻也”，将其对文姜的讽刺明确而又条理清晰地分条列出。

第一章从文姜乘坐的车子写起，文姜乘着夜色就坐上车子，沿着鲁国宽广平坦的大路，前往齐地与襄公幽会，因为时间之早、速度之快，以至于只给人留下了一个背影和隆隆响个不停的车声。“薄薄”一词，既描述疾驰的豪华马车，表现其略显颠簸的节奏，反映出它的质地优良和快速时的动感，又在字里行间透露主人公的急促难耐的心情。路人看到的车子外观华美：竹帘遮蔽着车窗，红漆皮革做的车棚，但美丽的车子里面坐着的是无所顾忌的文姜，恰似文姜美丽的外表下一颗不堪的心灵，作者形象笔触下所蕴含的讽刺，辛辣十足。

接下来作者将镜头跟进，紧随着文姜的车子在大路上奔驰，旨在捕捉其一举一动，细致地刻画其表情心态。“济济”一词，形象地描绘出四匹骏马的外形，也将其奔跑时抬首落蹄的错落一致表现了出来，使读者产生如观其貌之感。清一色的四匹骏马，美观大方，昂首阔步地奔跑着，显得雄壮威武至极。轻垂的马缰绳，柔软地摆动着，可见马儿跑动时的平稳迅捷和车夫的高超技术。“濔濔”的运用，描绘出了缰绳的上下晃动之态，表现出其用料之好，衬托乘车者的身份非同一般。

这时，作者又吟唱起来：“鲁国的道路啊宽阔又平坦，乘坐大车的文姜啊快乐又急切！”如果说第一章是从车声隆隆来体现文姜的急切心情，第二章就是极尽铺陈之能事，将文姜的排场描摹得淋漓尽致，从“四骊济济”之盛况来体现齐女私会的大肆张扬。

第三至四章，作者仅换数字，反复强化文姜的神色。河水的“汤汤”“滔滔”与行人的“彭彭”“儦儦”连用，说明环境的熙攘和文姜经过时引起的嘈杂，反衬出她的胆大妄为和深失民心。车子行到汶水旁边，可能是遇到了集市或城镇，路边繁华起来，只见水流急湍，水势浩大，路上行人如织，热闹非凡。但文姜的车马依然没有减速，跑动时威武霸道，丝毫不顾及路上摊点和行人。如此华美的车马，在古代应该是为贵族专门配置的，观车就能知其内所坐之人。众人知道里面坐的是文姜，也应该知道其与襄公的苟且之事，都赶紧避让一旁，指点纷纷。大家可以想象她在车内的状态：神情舒适、怡然自得、霸气外露、毫不收敛，似乎在向众人显摆：快让开，我要去和情人相会了。通过这种描写，文姜的神情跃然纸上。

作者运用了许多连绵形容词，生动传神，念起来朗朗上口，它们是作者刻画精细、表现传神的关键，使诗作中的人与物变得鲜活，达到了形、神、声兼备的高度，同时也增强了诗歌的音乐性、节奏感，便于人们反复咏叹吟诵，取得了很好的表达效果。

高超的艺术性并没有影响诗作主旨的彰显，作者在针砭当权者的丑行时，虽用语隐晦，但所指明确，使读者卒章而知其意。后世有评论家认为，全诗只是描述车马，记述行人观察车子的情形，表达车中人的感受，也仅仅是说出发，没有说到什么地方去，更没有提文姜和襄公的名姓；但“鲁道”“齐子”四字，交代出了一切，这种“暗中埋针伏线”的手法，即是“春秋笔法”，虽然细微，但明确表达了作者的意图。这种评论，深得作者行文三昧。

猗 嗟

猗嗟昌兮①，颀而长兮②。抑若扬兮③，美目扬兮。巧趋跄兮④，射则臧兮⑤。

猗嗟名兮⑥，美目清兮⑦。仪既成兮⑧。终日射侯⑨，不出正兮⑩。展我甥兮⑪。

猗嗟娈兮⑫，清扬婉兮。舞则选兮⑬，射则贯兮⑭，四矢反兮⑮，以御乱兮⑯。

【赏析】

①猗嗟：叹美之词。昌：壮盛的样子。②颀：身长貌。③抑：通“懿”，美好。④趋跄：快步走，从容而又合节拍的姿态。⑤臧：善。⑥名：眉睫之间。⑦清：眼睛黑白分明。⑧成：成就，完成。⑨侯：古代赛射或习射时用的箭靶。用兽皮做的叫“皮侯”，用布做的叫“布侯”。⑩正：箭靶的中心。⑪展：诚然，真是。⑫娈：美好。与下句“婉”字义同。⑬选：指齐乐善舞。⑭贯：射中。⑮反：重复之意，

指箭箭射中一处。⑯御：抵抗，御敌。

【赏析】

《猗嗟》是一首赞美少年射手的诗作。作者运用铺陈手法，以赞美的口吻、夸张的笔调，从各个角度和细节描述了少年射手的神技，细致生动。

全诗共三章，每章都可以分为前后两个部分，前部分写射手身材体态的健美，后半部分写他技艺的高超。寥寥数十字，就从身材上、眉目上、动作上、技术上等各个方面，用简练的线条勾画出一个鲜明的肖像。

诗作每章均以“猗嗟”发端，“猗嗟”为叹美之词，相当于“啊”或“啊呀”。用这种叹美词开头，起到了先声夺人的效果，尽可能快地把读者的关注点转移到诗人所要赞美的人或事，并显得非常口语化，使得诗作轻快自然，便于作者抒情达意，也有利于调动读者的情绪，且在描写少年射手的形象和技艺时，起到一种渲染烘托的作用，深深扣住了主题。

作者在赞颂少年形象之美时，遵循了很好的逻辑顺序，首先突出他身体强壮：“猗嗟昌兮，颀而长兮。”形容小伙子长得高大、粗壮、结实。然后视角由整体转向局部，描摹其面部特征，说明其面色明净、眼睛明亮。

最后，作者把着笔点移至少年的动作上，“巧趋跄兮”，步履矫健，走动速度快，且十分有节奏。“舞则选兮”，身体灵活，动作优美，摇曳生姿。这种身体素质，以及所显示出的速度和协调性，是一位优秀射手不可缺少的。

在众多描写中，最出彩的是对眼睛的描写，作者可谓细致入微、不惜笔墨，“美目扬兮”“美目清兮”“清扬婉兮”，三次提及眼睛的美妙动人，“扬”“清”“婉”，从不同侧面刻画其目光明亮、炯炯有神，通过这种全方位刻画，少年的特色得以浮现：既具备了优秀射手所必不可少的优异视觉，又神采飞扬、楚楚动人。

诗作并非耽于外在形象的赞颂，而是继续深入、由表及里，详细说明了少年的技艺和品质。在描述内在时，作者终于按捺不住，喜爱之情溢于言表，夸赞说：“展我甥兮。”对于“甥”字，人们的解释是多样的，有“妹子为甥”“妹婿为甥”“凡异族之亲皆称甥”“女子称夫婿为甥”等多种。基于此，也使得诗的主旨，多为后人所争。

《毛诗序》立足“妹子为甥”，认为“甥”比附齐襄公与鲁庄公的舅甥关系，这牵涉到齐襄公和文姜兄妹乱伦的历史，妹夫桓公被害后，其子鲁庄公继位，然文姜又多次与其兄私会，庄公不能止。

在古代，女子夫死从子，文姜的言行应该由鲁庄公约束，所以《毛诗序》指责鲁庄公虽仪容华美，神技突出，但却不能防闲其母，没有做到儿子的职责。后“主美”者亦有同“妹子为甥”者，方玉润主张诗作是齐人初见庄公时，真心叹其仪容之美、技艺之神，作诗赞之，并亲切地称其为“齐侯之甥”。

但因其母不贤，后人在读这首诗时，不自然地就戴上了有色眼镜，以为是在讽刺，扭曲了作者的本意。

就诗境和行文语气来看，这种“妹子为甥”的说法，仅立足于“甥”一字而忽视整篇，过于牵强，应为评论者附会旧说，不可尽信。

抛开历史烟云，“女子称夫婿为甥”更符合整首诗的感觉，并回归单纯赞美少年射者的主旨，显得比较恰当。

在这种“女子称夫婿为甥”的说法下，通篇为一个情窦初开的女子的口吻，她因某个机会，看到了一位英俊的美少年在表演射箭神技，不禁心生爱慕、倾心赞扬。

她先称赞男子的外形俊美，后又称赞其技艺超群，其间不乏对这位男子终日练箭的想象，可谓心思颇多，并在诗作中含而不露地表露心迹：“展我甥兮。”真是我理想中的好夫君啊！女孩的淳朴、大胆跃然纸上。

魏 风

葛屦

纠纠葛屦①，可以履霜。掺掺女手②，可以缝裳。要之襋之③，好人服之④。

好人提提④，宛然左辟⑤，佩其象揥⑥。维是褊心⑦，是以为刺。

【注释】

①纠纠：缠绕，纠结交错。葛屦：指夏天所穿的用葛绳编制的鞋。②掺（xiān）掺：同“纤纤”，形容女子的手很柔弱纤细。③要：同“腰”。襋（jí）：衣领。④好人：此处是指富家的女主人。提提：傲慢。⑤辟：同“避”。左辟即左避。⑥象揥（tì）：象牙做的簪子。⑦褊心：心地狭窄。

【赏析】

关于《葛屦》这首诗，古人有“刺君褊急”的说法。而诗的文字并未体现这一点，可见这种说法只是古人附会。这首诗讽刺了心胸狭隘、缺少宽容度量的人，但并不一定指“魏地之君”。现在大多数的学者都认为本诗是劳者对上位者的不满。

《葛屦》讽刺的对象是一位贵妇人。在讽刺贵妇人的同时，这首诗也控诉了阶级的不平等。本诗通过描写一个缝衣小妾为家中女主人缝制衣服的过程，揭露出当时贫富不均的现实，是一首典型的讽刺诗。诗中成功地塑造了两个对比鲜明、不同类型的女性。她们分别是不劳而获的贵妇和劳而不获的小妾，诗中将这两个对立的形象展现在了公众面前，通过赤裸裸的对比，给人们以震撼，发人深省。

诗中首先提出问题："脚穿破旧的麻布鞋怎能踩踏深秋的寒霜？""瘦弱细小的双手怎能缝制华丽的衣裳？"一个脚穿破布鞋、吃不饱、穿不暖、无偿从事劳役的瘦弱妾氏形象便跃然纸上。她在霜寒中，还要独自劳作不止，她心灵手巧，做得一手好女红，但却只能"苦恨年年压金线，为他人做嫁衣裳"。

同时，诗人还描绘了一个只顾自己装饰打扮、喜穿新衣、把自己的幸福建筑在别人的痛苦上的、养尊处优、虚荣心强的贵妇形象。这个贵妇心胸狭窄，她冷酷无情地对待妾氏，毫无怜悯之心。这样的压榨行为尽管相当不合理、不公平，在当时却是理所当然。本诗通过这两个形象构成了鲜明对比，表现出被奴役者的悲愤，末句的"维是褊心，是以为刺"就是这种愤慨的表现。

本诗共有两章，第一章先写出了缝衣女穷困的样子，那时已经天寒地冻了，但是她的脚上还穿着夏天的凉鞋。她终日受到女主人的虐待，所以她在受冻的同时还要挨饿，她双手纤细，瘦弱无力。即使已经十分虚弱了，她还要为女主人缝制新衣。她忍饥挨饿之后做成的衣服，不但不能穿在她自己的身上，她还要亲手将它穿在别人的身上。

当贵族家的婢妾将缝制好的新衣，拿去请嫡妻试穿时，嫡妻做出一副视而不见、满不在乎的样子。她避开妾氏，为自己佩戴高级的象牙簪子。

在第二章中，诗人转而描写女主人的富有和她的傲慢。在穿上妾氏辛苦缝制的衣服之后，她看都不看妾氏一眼，而是傲慢地自顾着梳妆打扮起来。这样的举动，让缝衣女感到愤慨和难以容忍。

诗中呈现出两种不同的画面，两种不同的情景。本诗的最后两句"维是褊心，是以为刺"两句点出了本诗的主题。这两句话充分地表现出了本诗的讽刺意义，全诗的题意通过这两句得到了加深。这首诗通过主仆两个不同的女性形象，表现出了诗人对劳动者的深切同情以及对剥削者的强烈讽刺，揭露了当时社会中的压迫和普通劳动者的可悲命运，对后来的同类诗歌有很深的影响。

汾沮洳

彼汾沮洳[①]，言采其莫[②]。彼其之子，美无度[③]。美无度，殊异乎公路[④]。

彼汾一方，言采其桑。彼其之子，美如英[⑤]。美如英，殊异乎公行。

彼汾一曲[⑥]，言采其萎[⑦]。彼其之子，美如玉。美如玉，殊异乎公族。

【注释】

①汾：汾水，在今山西省中部地区，汇入黄河。沮洳（jù rù）：水边低湿的地方。②莫：酸莫，俗名牛舌头。嫩叶可食用，有酸味。③美无度：极言其美。④殊：非常。公路：与下两章的“公行”和“公族”一样，都是官名。⑤英：花。⑥曲：河道弯曲之处。⑦萎（xù）：泽泻草。

【赏析】

《魏风》是魏国的民间歇谣，多半含有讽刺、揭露、抨击统治阶级的意味，以富于反抗精神著称。这种特色的形成和其社会现实是分不开的：魏国地处山西运城市南部的芮城县一带，土地贫瘠，人民艰苦，而魏国的税收又非常重，百姓由此颇多怨言。

有评论者指出，《汾沮洳》是魏风中的一篇富于形象性和战斗性的好诗。《汾沮洳》是以一位怀春女子的口吻写就的，她对自己心仪的男子极尽褒扬，说他美好如玉，女子完全遵循自己内心的价值观念，爱憎分明，不盲目迷信权贵，着实可敬可佩。

故事的脉络是如此延展的：明媚的晚春或火热的盛夏，一位在汾河岸边采野菜的姑娘，看到一个英俊的小伙子，顿生情愫，对这位心仪的情郎，越看越喜欢，不由得倾心爱慕。小伙子要走了，姑娘丝毫没有放弃，借口采蚕桑、泽泻，步步追赶，紧紧尾随。在心底，她将这位小伙子盘算了千万遍，拿他跟鲜花、玉石比量，又拿他跟达官贵人比较，最后得出还是小伙子最好，无可比拟、无可挑剔。在这位女子漫山遍野的追随和心如鹿撞的欣喜比量中，形象地表现出了这位农家女心灵的直率和美好，也隐含了对贵族官僚的嘲讽。

《汾沮洳》一诗重章叠句，回环往复，字句没多少变化，而意义层层递进。“沮洳”“一方”“一曲”的变换，历来有两种说法，一则是如上文所说，女子因追随男子而发生劳动内容及空间时间的改变。一则是说不论这位痴情女子什么时间、什么地点，干什么活儿，她总是思念着自己的意中人，足见其一往情深。无论哪一种说法，都将这位女子思慕情人的痴情之状描摹得栩栩如生。

接着作者用“美无度”“美如英“美如玉”来赞美男子的仪容。“美无度”意思是美得无法度量，用现代的话说就是“美得没法形容了”，“美如英”是说男子美得像怒放的鲜花，表现男子的年轻和清新，“美如玉”，是说男子有美玉般的光彩和德行。这些赞美，或宏观或微观，或外貌或德行，全面而又夸张、形象地表现出女子深切的情怀。

诗的最后以“殊异乎公路”“殊异乎公行”“殊异乎公族”作结，这位女子的意中人，不仅长相漂亮，他在女子心目中的地位，连“公路”“公行”“公族”等达官贵人也比不上。此种对比，对读者有着明显的指引作用，一则给那位幸运的男子又加上几分，一则贬低了达官贵人的形象和地位，诗中虽没说他们的长相和劣迹，但是读者很容易便会联想到他们的不好，平时肯定作威作福，深失民心。

通篇没有女子所思之人的正面描写，但这位奇男子的形象，通过如此的比喻、对比、烘托，再加上读者的想象，早已经跃然纸上，如见其人。这种艺术表现手法，被后代的文人无数次借用模仿，如汉魏乐府古辞《陌上桑》中采桑女子对夫婿的夸奖等。

对这首诗的主旨，学者存在多种解释。如“刺俭说”：君子非常勤俭而亲自劳作，有失体统，因此作诗刺之，把诗旨提升到政治得失和君子品格的高度。还有“美隐居贤者说”：有贤者隐居在汾水沮洳之间，采莫、采桑、采蒉自给，他们的才德，远远超出“公路”“公行”“公族”，这种说法，把诗旨提升到了缥缈的隐居路上。

这两种说法都把此诗与政治纲常、伦理道德相联系，忽视了文学的独立性，不甚符合文本语义。只有闻一多能够依托客观真实，在《风诗类钞》中首先提出“这是女子思慕男子的诗”，让人无限欣喜。

还有另一种解法比较不错：同样认为《汾沮洳》是一篇颂歌，主人公同样为农家女子，也同样是赞美劳动青年同时藐视达官显贵，唯一不同的是把所涉及的男子化一为三，分三次赞扬三个地方的三位青年。这三位青年劳动好、人品好、心灵好，他们辛勤劳作，分别采集了大量的野菜、桑叶和中药材，和“公路”“公行”“公族”等达官贵人很不一样。这种说法，将单纯的男女之爱上升到博爱和赞扬，将一见钟情融入对美好品质的尊敬爱慕之中，使主题变得阔大，也是十分可取的。

园有桃

园有桃，其实之殽①。心之忧矣②，我歌且谣③。不我知者，谓我士也骄。彼人是哉④，子曰何其⑤，心之忧矣，其谁知之？其谁知之，盖亦勿思⑥。

园有棘⑦，其实之食。心之忧矣，聊以行国⑧。不我知者，谓我士也罔极⑨。彼人是哉，子曰何其？心之忧矣，其谁知之？其谁知之，盖亦勿思。

【注释】

①殽：同“肴”，吃。“其实之殽”，即“肴其实”。②忧：忧伤。③歌、谣：曲合乐曰歌，徒歌曰谣，此处皆作动词用。④是：对。⑤其：疑问语气词。⑥盖（hé）：通“盍”，何不。⑦棘：通常指酸枣。此处特指枣。⑧聊：姑且。行国：离开城邑。“国”与“野”相对，指城邑。⑨罔极：无极，没有准则。

【赏析】

对本诗内涵的解读，首先依托于抒情主人公的界定，诗中“谓我士也骄”点明主人公是一位“士”，他说别人称其为“士”，自己又未更正，可见并无异议。但是，“士”的含义纷纭难辨，因此，应当联系诗作进行推断。通读此诗，加之想象，可以推断诗中所描绘的情景如下：

主人公对国家担忧、不满，但没人理解他，还指责其高傲、反复无常，在忧愤无法排遣时，他只得长歌当哭，最后在无可奈何中，他“聊以行国”，置一切于不顾。因此，从诗的内容和情调判断，主人公当是士人阶层，但怀才不遇，不禁忧时伤己、作诗排遣。

诗作以“园有桃，其实之殽”起兴，引出下句“心之忧矣，我歌且谣”，如此开篇，可谓一箭多雕：桃子成熟在夏季，隐含了诗作的时令；桃子熟了当然要采摘下来食用，心中忧烦当然要吟哦宣泄，这样，作者开篇就讲出了自己牢骚有理，显得直率；诗人有感于桃子的果实味美又可饱腹，而自己却无所可用，因而心中郁愤不平，表现其“不得志”的窘境；另外，园内有桃，实熟待摘，比兴自己在等待人来摘取，可到现在还未曾有人，于是忧心忡忡。简单的一句，蕴含之多，可谓神奇。“心之忧矣，我歌且谣。”他放声高歌以排遣内心苦闷，却反被认为是狷介骄纵，此即为“不我知者，谓我士也骄”。诗人的心态、思想、忧虑、行为，无不真实而又正确，但最终被视为“骄”，委屈却又无可奈何。“园有棘，其实之食。”时光流转，枣儿熟了，到了秋季，诗人越发烦躁，歌谣已不能尽其情，他决定离开这是非之地，“聊以行国”，换掉这个不愉快的生活环境。这一举动，却又被人指点：“谓我士也罔极。”真的是走也不对，不走也不对。

此情此景，作者不禁问道：“彼人是哉，子曰何其？”他们说得对吗？你说我该怎么办呢？难道大家是对的，而我错了？思维的混乱和迷茫展现出他内心的痛苦和矛盾。作者彻底不知所措了：面对残酷的现实，庸碌无为的统治者，国家和人民的出路在哪里呢？一个痛苦、矛盾而又极力“上下而求索”的“先忧者”形象，端立于字里行间。

最后四句：“心之忧矣，其谁知之？其谁知之，盖亦勿思。”诗人认为自己是有识之士，然而世上竟无一知己，所以诗人才反复地说“其谁知之”。然而当他得知“理解”也是不可能时，他只得以“不想”来自我保护：“其谁知之，盖亦勿思。”既然没有人是清醒的，自己为何要独守清明？不过自找烦恼罢了，还是忘掉这一切吧！

《园有桃》是较早的自由诗，描写不得志的士人之生活境遇和心理状态。他自得其是然而无人可诉，空怀报国之志却落为庸人笑柄，结尾“盖亦勿思”，道出了无可奈何、自欺欺人的消极避世态度，他最终蹉跎岁月，郁郁寡欢。诗中表现出的爱国感情和忧愤情绪与《离骚》是相同的，屈原对故国深深眷恋，日日担忧，最终难以承受“独醒”的艰难，选择了汨罗江，本诗作者则是勉力自持，努力忘却这无尽的烦恼，然而，诗人的忧愤之情却无穷无尽，难以排遣，只得自欺欺人、空言忘却。本诗句式以充分表达愤慨情绪为先，不避讳参差错落。押韵方面，前六句在一、二、四、六句末，后六句韵脚转换，押在八、九、十、十一、十二句末，和谐中有跌宕和转折，避免了通篇一韵的单调，使得篇什充满力度和层次之感。两章文字相似，前六句只有八个字不同，后六句完全重复，回环复沓，并且十、十一两句重复，显得哀思绵延，给人以“欲说还休”的惆怅，风格消沉悲痛。

陟　岵

陟彼岵兮①，瞻望父兮。父曰：“嗟！予子行役，夙夜无已。上慎旃哉②，犹来无止③。”

陟彼屺兮④，瞻望母兮。母曰：“嗟！予季行役⑤，夙夜无寐。上慎旃哉，犹来无弃。”

陟彼冈兮，瞻望兄兮。兄曰：“嗟！予弟行役，夙夜必偕⑥。上慎旃哉，犹来无死。”

【注释】

①陟（zhì）：登上。岵（hù）：有草木的山。②上：通“尚”，希望。旃（zhān）：之。③犹来：还是归来。④屺（qǐ）：无草木的山。⑤季：小儿子。⑥偕：俱。

【赏析】

因政治动荡、战争频仍、兵役繁复，孝子远行在外，思念父母兄弟，作歌排遣。这便是《陟岵》一诗的来由。诗的主人公是家中最小的儿子，被征上阵，久不归家，对父母和兄长极尽想念。诗作开创了思乡诗的一种独特的抒情模式，在历代文学中饱受好评，因此，它被推为“千古羁旅行役诗之祖”。

登高望远，是久未归家的人们排遣乡愁的一种重要手段，也是对人们渴望相聚的心情的形象传达，因此有言曰“远望可以当归，长歌可以当哭”。因此诗以“陟彼岵兮，瞻望父兮”起兴，直言思亲之情。在诗作中，作者连续三次登上高山，远望乡里，分别思念父亲、母亲和兄长，情感在分说和复沓中极尽交叠，形成极大的情感张力，表现出其思家之切，感人肺腑。

登高必有所见，但主人公之见，却非同一般：“父曰：嗟！予子行役，夙夜无已。”作者没有继续言说主人公多么痛苦，多么思念，而是转而描绘了其想象之景：父亲的音容笑貌浮现在了空中，他微笑而又心疼地说：“儿啊，你行役辛苦，早晚都得不到休息，一定要注意身体啊，希望能够早日归来，不要滞留远方！”谆谆告诫、殷殷希望，形象而又真实，不知有多少次潜入过梦境，才能如此纤毫毕现。作者通过这一新异的手法，从想象入手，同时表现征夫的思念和家人的温暖，两相对照，相得益彰，巧妙无痕。

第二章是描写主人公对母亲的想象。同样是一幅类似于上章的画面，但所述却各有千秋，相似但不雷同：“我的小儿子啊，你出门在外行役辛苦，白天黑夜的不能睡觉，一定要注意身体啊，千万不能不回家，千万不要把自己的母亲抛弃！”

在母子之间，比父子之间更多了具体的日常细节，也因此生发出了更多的依恋和牵挂。孩子小时候，母亲多会每天嘱托、陪伴孩子睡觉，这种经历和记忆，早已深深地融进了母子关系，成为一种亘古不变的内容和必然，即使长大了，孩子不在身边，母亲依然会习惯而又当然地关心孩子的睡眠。伴随着孩子的成长过程，母亲的欣喜和期待也充满着每一分每一秒，她会时刻想着，孩子马上就要大了，马上就能为自己分担压力了，这些想法，也慢慢进入习惯和意识中。如今，孩子的远走他乡，最沉重地击中了母亲的期待，因此她才会产生这样的担忧。

第三章则是对其兄长的想象。兄弟之间，自然要直率得多，所以兄长言语的不同之处为“犹来无死”，直言弟弟千万不要客死他乡，传达出了亲人最真实、最要紧的担心。不回来也不要紧，最重要的是能够平平安安地活着。父母最担心的，当然也是孩子的死亡，但因为有所畏惧，所以不敢说，因为过于生硬，怕孩子听到心里难过，所以不愿说。兄长这脱口而出的“犹来无死”，表现了深深的手足之情，也是给弟弟的一种警示：一定要注意身体、小心谨慎，最终活着回来。这也从侧面反映了行役中的艰难和危险。

这种场面的营造，并非诗人的刻意造作，而是主人公情至深处的真实表现。这种对亲人念己的设想，包含了无数的无奈和辛酸：双方心意相通但生分两地，温馨的回忆在心中交叠但只添相思，一声声真实的嘱托全都无法送达，对方的状况只能凭想象营造，亲人能否还是自己想象中的情形，何时才能真实地见到想象中的场景？每一个思考，都纠缠着无数的希冀和担忧，融汇着无数的慰藉和害怕，也承载着无数的回忆和憧憬。正所谓“笔以曲而愈达，情以婉而愈深”。

在写作技巧上，作者直录口语，真实而质朴，因真实而形象，因质朴而感人，产生了极具震撼的艺术力量，让人观之既能营造出主人公之貌，又能联想到自己之悲。“上慎旃哉”一句，有着极大的艺术张力，“旃”为兼语，是“之”“焉”的合音字，因此，简简单单的一个“慎”字，作者用了四个语气词帮衬，叮嘱之切、情感之真，描摹得极尽厚实。父母兄长的谆谆之心，都灌注于这一延绵悠长而又沉重的字句中，穿越千山万水，来到主人公的心田。

十亩之间

十亩之间兮，桑者闲闲兮①，行与子还兮②。十亩之外兮，桑者泄泄兮③，行与子逝兮④。

【注释】

①桑者：采桑的人。闲闲：宽闲、悠闲貌。②行：将要。③泄（yì）泄：迟缓的样子。④逝：往。

【赏析】

对《十亩之间》诗旨的阐释，历来争论不少，有《毛诗序》政治附会性的“刺时”说，亦有“偕友归隐”和“夫妇偕隐”等不乏清幽的观点。《毛传》言：“闲闲然，男女无别，往来之貌。”后世的一些评论者基于此，主张采桑者不会感到自己的神色行为有什么特征，“桑者闲闲”“桑者泄泄”应是园外之人观察的结果。这些外人来此访友，看到男女老少于桑林下悠然往来，怦然心动，产生与好友一起归隐之念。

依照此说，《十亩之间》，是汉语田园诗的鼻祖，其深义是“归隐”，诉说了一种“采菊东篱下，悠然见南山”的心境，前人评《十亩之间》“雅淡似陶”，多半出于此处。这种说法，是对诗作的美好的创造性想象，继承了老子返璞归真的思想，表达了人性自我救赎的终极归宿，给本来就醇美的诗作披上一层幽远的色彩。

诗作只有简短几十字，却为读者展现出了一幅和睦温馨的桑园晚归图：夕阳西下，为葱绿的桑林镶上银边，光线变暗，温度转凉，一片安适静谧，鸟兽归巢，暮霭渐起，远方一阵阵炊烟和香气传来，一天的忙碌画上句号。疲倦但未失活力的采桑女从树上攀援而下，桑园里渐渐响起呼朋唤友的声音，悠扬而又清脆。最后，人们渐渐远去，但柔婉的说笑声和歌声仍袅袅不绝。

《十亩之间》勾画出一派和煦的田园风光，抒写了采桑女愉悦恬静的心情，显得诗意盎然、温婉可人，在整个《魏风》中，展现出非同一般的色彩。处于北方的魏国，土地贫瘠，人民生活艰难，朱熹评价说“其地陋隘而民贫俗俭”，因而《魏风》颇多针砭哀怨，少有如此可人之作。

诗中的“十亩之间”与“十亩之外”是行文的脉络，起到上下贯连的作用，但亦形成反衬，对比巧妙，如同两个连贯的拍摄镜头，极具艺术效果。作者先是一个短镜头，捕捉近处，将跟前桑者的祥和之状摄入，然后作者再拉伸一个长镜头，把视野变得极其开阔，笼罩住整个桑林，放眼望去，各处都是美好的景象，从而产生一种升华的层次感。

人很容易受身边自然环境的影响，从而带上环境的特征，诗中“闲闲”与“泄泄”描写的是桑者的神情，但亦能从中看到周遭的自然环境，正因环境如此，其中的人才得以如此。“闲闲”“泄泄”应该是这样的：天空高远敞亮，阳光轻柔，微风舒卷，淡淡的一抹白云游弋于湛蓝的天际，桑林中阴凉清新，桑叶在微风的抚摸下轻快地跳跃着，鸟儿不疾不徐地扑展翅膀，偶尔发出一串欢快的吟唱，用来舒展心情、招引同伴；空气浓郁而又湿润，让人慵懒，让人心生欢喜。在这种环境下，桑者悠闲自在，心情愉悦，说是在工作，不如说是在享受生活。

这种愉悦的心情和对生活的享受，是以轻松的旋律表现出来的，这很大程度上得益于语气词的恰当运用。全诗六句，每一句的末尾都有一个“兮”字，念起来，语调舒卷而又悠长。“兮”字，正是心情平静的表现，作者对生活的热爱跃然纸上，包含了紧张劳动后轻松而舒缓的状态，也包含了对劳动成果满意的感叹，动词“还”与“逝”真的“动”了起来。这时，读者读到的不仅仅是单纯的几个文字，而是一群采桑女在低镜头里缓缓地渐行渐远的镜头，读者的思绪，随悠长的“兮”字，走入空濛的背景，持久不散，由此，诗境与情感，完美融合在了一起。

《十亩之间》是《诗经》中描摹劳动场景的名篇，关于这一题材的有很多，并且在艺术上各具特色，充分显示了古代劳动人民的多样创造力。例如《周南·芣苢》亦是写劳动场景和感受，刻画的场景不同，诗歌的旋律节奏和审美情调也不一样。它写一群女子采摘车前子的劳动过程，通过采摘动作的不断变化和收获成果的迅速扩大，表现了劳动者娴熟的采摘技能和欢快的劳动心情。在结构上，四字一句，每隔一句使用一个“之”字，使全诗的节奏明快紧凑。相较之下，《十亩之间》则真正走的是轻慢的路子，舒缓而又悠扬。两者在艺术风格上对比鲜明。最具可比性，从中可以一窥《诗经》的丰富与厚重。

伐 檀

坎坎伐檀兮[①]，置之河之干兮[②]。河水清且涟猗[③]。不稼不穑[④]，胡取禾三百廛兮[⑤]？不狩不猎[⑥]，胡瞻尔庭有县貆兮[⑦]？彼君子兮[⑧]，不素餐兮[⑨]！

坎坎伐辐兮[⑩]，置之河之侧兮。河水清且直猗[⑪]。不稼不穑，胡取禾三百亿兮？不狩不猎，胡瞻尔庭有县特兮[⑫]？彼君子兮，不素食兮！

坎坎伐轮兮，置之河之漘兮[⑬]。河水清且沦猗[⑭]。不稼不穑，胡取禾三百囷兮？不狩不猎，胡瞻尔庭有县鹑兮？彼君子兮，不素飧兮[⑮]！

【注释】

①坎：象声词，伐木声。②置（zhì）：放。干：河岸。③涟（lián）：水波纹。猗（yī）：义同“兮”，语气助词。④稼（jià）：播种。穑（sè）：收获。⑤禾：谷物。三百：极言其多，非实数。廛（chán）：捆。⑥狩：冬猎。猎：夜猎。此诗中皆泛指打猎。⑦瞻：向前或向上看。县：古“悬”字。貆（huán）：幼貉。⑧君子：此系反话，指有地位有权势者。⑨素餐：白吃饭，不劳而获。⑩辐：车轮上的辐条。⑪直：水流的直波。⑫特：三岁的兽。⑬漘（chún）：河岸。⑭沦：小波纹。⑮飧（sūn）：晚餐，此处泛指吃饭。

【赏析】

这是一首伐木者之歌，铿锵而悠扬的歌声传达了这样的情景：一群伐木者砍树造车时，联想到剥削者不劳而获，愤怒非常，发出了质问：为什么那些从不种田的人，家里谷物堆满了仓房？为什么那些从不打猎的人，飞禽走兽挂满了庭院？这种质问，反映了劳动者对现实的清醒认识，蕴藏着一种猛烈的反抗情绪。

《诗经》可以说是中国讽刺文学的源头，揭露和讽刺剥削阶级，是《诗经》的主旨之一。在众多经典诗篇中，《伐檀》以独特的刚柔美，展现出非同一般的色彩和音响。

诗作每章首句都用同一个叠字，“坎坎”是伐木时发出的声音，因为檀树木质很硬，所以拿斧子砍起来铿然作响，以此入诗，尽显音律谐和悠扬。作者先声定式，给全诗抹上叮咚舒卷之感，为强烈的讽刺和质问披上了温婉的外衣。另外，这一叠字也巧妙地深化了主题：古人以檀木造车，劳动强度很大，伐木工人生活的辛苦可见一斑。人们把树砍倒，然后堆放到河岸边，利用水力把其运走，简短数字，工人们的整个劳动过程展现在眼前，声情并茂。

伐木者把檀树运至河岸，放眼望去，水流清澈，微波荡漾，一幅优美的山水盛景展现在眼前，不禁对此美好景象赞叹不已。但他们身上肩负的沉重压迫与剥削，立即打破了这暂时的轻松与欢愉，硬生生地把他们从如梦胜景拉回真实的人间地狱。他们看着能够自由自在流动的河水，联想到自己整日劳作，没有自由，不禁悲从中来，不得不一吐为快。

于是，他们向有权势者提出了尖锐的责问：“不稼不穑，胡取禾三百廛兮？不狩不猎，胡瞻尔庭有县貆兮？彼君子兮，不素餐兮！”伐木者们感情变得激越，不禁直接指责和怒骂；“这些‘君子’们，你们不是在白吃饭吗？”

第二至三章文字上改易数字，反复咏唱，也在内容上作出补充，加深了所要表现的主题。“辐”是车轮中的直木，“漘”是指河岸边，各种做车配件的出现，暗示了伐木者们劳动的无休无止。“特”指三岁的野兽，各种猎物的描写，反映了剥削者的贪婪本性：无论猎物为何，一概据为已有。

《伐檀》句式整齐，结构对称，富有鲜明的节奏感和韵律性，三章反复咏叹，有力地表达了伐木者的大声疾呼和反抗情绪，使感情在叠唱中步步深化，增强了诗的抒情性和讽刺力量。

从表面看来，此诗用词清新、语调清婉，好似一首细腻的抒情诗。然实为柔中寓刚，充满了硬度和情感张力。它申诉时没有使用陈述句，而是选择反诘句，这样质问和讽刺，显得情感激越，笔力厚重。

“不稼不穑，胡取禾三百廛兮？不狩不猎，胡瞻尔庭有县貆兮？”连用反诘句，以不可阻挡的气势和一针见血的力度，直指剥削者。章末“彼君子兮，不素餐兮”，用毋庸置疑的语调，毫不摇摆，一锤定音，揭示剥削者的本性和虚伪，增强了讽刺意味，深刻地揭示了主题。写作手法上，全诗以叙事为主，未加渲染但饱含愤怒，每章末用直抒胸臆的方式来控诉，增加了真实感，加大了揭露的力度。

诗作的句式从四言、五言、六言、七言乃至八言，因而被有些学者称为杂言诗最早的典型。灵活多变的句式，使感情得以自由抒发，充分展现。戴君恩《读诗臆评》评论道：“忽而叙事，忽而推情，忽而断制，羚羊挂角，无迹可寻。”形容诗作的描摹起兴无端，艺术手法不可寻其踪迹。牛运震《诗志》曰：“起落转折，浑脱傲岸，首尾结构，呼应灵紧，此长调之神品也。”同样对此诗的艺术性作出了很高的评价。

就此诗的主旨，同样有着诸多解法，最早《毛诗序》以为是“刺贪也。在位贪鄙，无功而受禄，君子不得进仕尔”。评论者依托政治，将矛头指向官员腐败，立意深刻但似显偏颇。还有学者称为“美君子隐居之志也”，或“魏国女闵伤怨旷而作”，或“父兄训勉子弟之词”，皆有卖弄学问或标新立异之嫌，都未能获其要理。

到了近代，一些学者认为这首诗是奴隶主贵族“站在井田所有制立场来攻击新兴的封建剥削”；或认为是“劳心者治人的赞歌，它所宣扬的是一种剥削有理、‘素餐’合法的思想”。这些说法更加偏颇，不为多数人所取。

像一些比较中肯的评论者所说那样，《伐檀》的思想高度应该表现在主人公逐渐觉醒的认识水平上：他们虽意识不到不合理分配现象的社会根源何在，但已经清楚地看到，社会上存在着两大阵营：一个是生产者，一个是所有者。而非常怪异的是，生产者不是所有者，所有者不是生产者。这种评论，是比较有价值的，既反映了诗作的内容，又将抽象的社会规律明了地融入其中。

硕鼠

硕鼠硕鼠①，无食我黍②！三岁贯女③，莫我肯顾。逝将去女④，适彼乐土。乐土乐土，爰得我所⑤！

硕鼠硕鼠，无食我麦！三岁贯女，莫我肯德⑥。逝将去女，适彼乐国⑦。乐国乐国，爰得我直⑧！

硕鼠硕鼠，无食我苗！三岁贯女，莫我肯劳。逝将去女，适彼乐郊。乐郊乐郊，谁之永号⑨！

【注释】

①硕鼠：田鼠。②无：毋，不要。黍：黍子，去皮后叫黏米，是重要的粮食作物之一。③三岁：多年。贯：侍奉。④逝：通“誓”。去：离开。女：同“汝”。⑤爰：于是，在此。所：处所。⑥德：恩惠。⑦国：域，即地方。⑧直：同“值”，价值。⑨之：其，表示诘问语气。号：呼喊。

【赏析】

老鼠大概是人们最讨厌的动物之一了，生性贪婪狡猾，眼小嘴尖，一看就叫人生厌。于是，当看到“硕鼠”这个题目时，人们自然明白这不会是一首快乐的颂歌，而是一首怨刺之诗。事实上，《硕鼠》确实是一首不满现实的诗，而且是一首以破口大骂的方式表达不满的诗。

所不满者何事？古代学者多认为是农民“刺重敛”。今之人多以为此诗是当时农奴反对阶级剥削的反映。两种看法虽有所不同。但分歧不大，可互相参照。

诗一开头便大声直呼“硕鼠硕鼠，无食我黍”，仿佛直指硕鼠之面加以怒斥。鼠本来就已经很惹人厌了，还是个肥硕的鼠，这就更令人憎恶了。老鼠从来是偷窃之辈，靠着偷盗粮食生活，是不折不扣的寄生虫。一只普通的老鼠长成了“硕鼠”，这是偷食多少粮食的结果！这只硕鼠，便是对贪婪凶残的剥削者的绝妙比喻。日出而作，日落而息，田地里的庄稼是农民们顶着多少个烈日，受了多少次风霜才换来的果实。可是如此艰辛的劳动却被这些老鼠蚕食殆尽，确实叫人气愤。

古人常说，“滴水之恩，当涌泉相报”。按如此说，养育之恩便是无以为报的天大恩情了。可惜这只是君子的做法，“硕鼠”不会接受这一套。“三岁贯女，莫我肯顾”，老鼠的一身脂肪是农民多年喂养的结果，可是对于这些养活它们的农民，硕鼠却毫无顾念之心，反而变本加厉地吞食他们的血汗。

如果永远忍受这群硕鼠的索取，只怕最终连性命也不保。所以农民决定“逝将去女，适彼乐土”，打算永远离开硕鼠，寻找一个“乐土”。所谓“乐土”，就是农民“爰得我所”的地方。

诗分三章，在反复咏叹中诗意层层递进。第一章时作者呵斥硕鼠“无食我黍”，而硕鼠贪婪成性，无视作者的呵斥，还啃食农民的麦子，于是农民继续斥道：“硕鼠硕鼠，无食我麦！”然而到第三章，诗人指出，硕鼠之贪婪是永远也无法满足的。吃光黍和麦后，硕鼠变本加厉，连尚未成熟的庄稼幼苗都不放过。从“无食我黍”到“无食我麦”，再到“无食我苗”，硕鼠的凶残和贪婪暴露无遗。

由于不堪硕鼠无止境地盘剥，农民们希望找到一个自耕自足、不受压迫的地方，那将是他们的“乐”之所在。但是随着硕鼠的步步紧逼，他们向往乐土的心情也渐渐发生了变化。一开始，他们向往的是“乐土”，然而在硕鼠的贪婪下他们的追求从乐土变成了乐国，又从乐国变成了乐郊。“乐土”“乐国”“乐郊”三个词看似所指相同，实则有相当大的区别。“土”当指人类脚下这片广袤的大地，而“国”是这片土地上的一个区域，而“郊”的范围就比国更小了。可见，人们虽然不堪“硕鼠”的盘剥，但逐渐意识到现实的残酷，根本不存在所谓的乐土。

"乐土"到"乐国"再到"乐郊"的变化，实际上是希望逐渐落空的表现。所以，末句"乐郊乐郊，谁之永号"透出些许无奈和悲哀。

虽然农民们寻找乐土的希望最终落空，但这并不影响《硕鼠》一诗的积极意义。本诗写出了贫苦农民的怨愤，但不只是表现苦难和哀怨。诗在描写痛苦、指责造成痛苦之人的同时，写出了反抗的心声，喊出了苦难中农民的追求和理想。这也许是此诗最具感染力的地方。

唐风

蟋蟀

蟋蟀在堂，岁聿其莫[①]。今我不乐，日月其除[②]。无已大康[③]，职思其居[④]。好乐无荒，良士瞿瞿[⑤]。

蟋蟀在堂，岁聿其逝。今我不乐，日月其迈[⑥]。无已大康，职思其外。好乐无荒，良士蹶蹶[⑦]。

蟋蟀在堂，役车其休[⑧]。今我不乐，日月其慆[⑨]。无已大康，职思其忧。好乐无荒，良士休休[⑩]。

【注释】

①聿（yù）：语气助词。莫：古“暮”字。②除：过去。③已：甚。大康：同“泰康”，过于享乐。④职：主要职务。居：处，指所处职位。⑤瞿（jù）瞿：警惕瞻顾貌。⑥迈：时光流逝。⑦蹶（jué）蹶：动作勤敏的样子。⑧役车：一种装上方形箱子的车子，此处指服役的车子。⑨慆（tāo）：逝去。⑩休休：安闲自得，乐而有节的样子。

【赏析】

劝勉人珍惜年华光景的《蟋蟀》出自《唐风》。全诗共三章，意义大致相同，每章的各别词句稍有变化，但都是由物及人，叹惋岁月易逝。

“蟋蟀在堂，岁聿其莫”，诗人看到蟋蟀从野外迁移到屋子里，猛地意识到天气已经转凉，在不知不觉中，时间已是年末。《诗经·豳风·七月》就曾提到："七月在野，八月在宇，九月在户，十月蟋蟀入我床下。"同样是以蟋蟀的习性来突出四季变化。首句以蟋蟀起笔，这一写法是"赋"还是"兴"却引起了争议。如果将首句作为"兴"看，那么，它就是一种纯粹的起兴，不掺杂"比"的因素，因为它在意思上与下文并无联系，但从深层情绪和心理衍变来看，却有着密切的关联。所以这一句可以认为是直陈其事的"赋"，也可认为是用以引起下文情感的"兴"。

三、四句直接由蟋蟀迁徙的现象开始述说心怀："今我不乐，日月其除。"时至岁末，转眼一年又过去了，言外之意时光飞逝，岁不我待。诗人由"岁莫"引起对时光流逝的感慨，进而宣扬及时行乐的思想，但是这并非诗人本意，而是为了统领后面两句的过渡。

"职思其居""职思其外""职思其忧"是说：享乐不要过度，应当顾虑自己当下的职责所在；第二层更进一步，强调对分外的职务也不能不考虑；第三层告诫人们要有忧患意识，目光要长远。诗人说出这句话，是对他人的警醒，同时也是自我克制。

"好乐无荒，良士瞿瞿""好乐无荒，良士蹶蹶""好乐无荒，良士休休"这三章的末句是提醒后人：享乐要在不荒废事业的前提下进行，要学习贤士的勤奋向上，时刻提醒自己享乐的尺度。后四句基本上属于说教，但诗人拿捏得很有分寸，在劝诫的同时也肯定"好乐"，但要求有节制，真挚的语气也容易让人接受。

《蟋蟀》是含有治国、处世和人生感悟的政治、教化诗，其惜时劝勉的积极意义十分可贵。而且，在让人们珍惜时光、恪守职责的基础上也没有忘记提倡享乐的精神，这种折中的态度在当时的社会环境下是难能可贵的，也为后人提供了一种处世态度。全诗"思"的态度是今人值得好好承继的精神，而"好乐无荒"的告诫，至今仍意义深远。

山有枢

山有枢①，隰有榆②。子有衣裳，弗曳弗娄③。子有车马，弗驰弗驱④。宛其死矣⑤，他人是愉⑥。

山有栲[⑦]，隰有杻[⑧]。子有廷内[⑨]，弗洒弗扫[⑩]。子有钟鼓，弗鼓弗考[⑪]。宛其死矣，他人是保[⑫]。

山有漆，隰有栗。子有酒食，何不日鼓瑟[⑬]？且以喜乐，且以永日。宛其死矣，他人入室。

【注释】

① 枢（shū）：木名，刺榆。② 隰：低湿之地。③ 曳：拖。娄：古代裳长拖地，需拖着或提着，娄指提。④ 驱：车马疾走。⑤ 宛：通“苑”，枯死貌。⑥ 愉：快乐、享受。⑦ 栲（kǎo）：木名，即臭椿。⑧ 杻（niǔ）：树名。⑨ 廷：庭院。内：厅堂和内室。⑩ 洒：浇水。⑪ 考：敲击。⑫ 保：占有。⑬ 瑟：一种似琴的拨弦乐器，有二十五弦。

【赏析】

《山有枢》通篇口语，可以将这首诗理解为一位友人的热心劝勉，他看到自己的朋友拥有财富却不知享用，也许是因为节俭，抑或是因为生性吝啬，又或者是因为忙于事务没有时间，无法过上悠游安闲的生活，无法真正地享受人生，因此，不禁怒从中来，出语激烈，严厉警醒，一片赤诚。

“山有……隰有……”是起兴之语，与后文中所咏对象没有多少联系，只是即兴式的起兴。首章言友人有衣服车马，但没有用正确的方式使用，作者以为应该用“曳”“娄”“驱”“驰”的方式，尽情享用它们，否则自己死去之后，只能留给别人。这里的“曳”“娄”，是一种非同一般的穿衣打扮方式，不同于日常，“驱”“驰”所指的也并不是寻常意义上的赶路，而是郊游等娱乐活动，代表一种安闲的生活方式。

第二章与第一章相似，只是把笔触转向房屋钟鼓，说它们需要“洒扫”“鼓考”。可见主人并不是吝啬，而是节俭或太忙，因为越是吝啬的人，越会对自己的财物爱惜得无以复加，一定会把它们收拾得整齐干净，不会“弗洒弗扫”。再结合主人空有编钟大鼓，却从来都不敲不击，可以推测出主人真的是忙，虽然家资殷富，但没有享乐的时间和闲心。

这种生活方式，在作者看来是暴殄天物，作者尊敬友人的性格，但更愿意友人的生活变得更加美好，因此才有章末的出言相激：“宛其死矣，他人是保。”直言其死，。是两人关系亲近的表现，作者应该是一个性格直率的人，或者是当时因勉励劝言而感情激动。

第三章是整个诗篇的重点，关键四句为“子有酒食，何不日鼓瑟？且以喜乐，且以永日。”诗作三章都是口语，到这里突兀地出现了“喜乐”和“永日”两个内涵深远的词，显得不同寻常。关于“喜乐”的意思，有评论者提出是“诗意地栖居”“诗意地生存”，“永日”为“延日”之意，即延长自己的生命，使生命变得美好而隽永。这两个词，将诗的意志和内涵提升到一个非常高的高度，使得通篇口语和直接言死的粗俗得到了一定程度的缓和。

这两个词应该是作者和其友人都非常熟稔的词，并且双方都知道对方知晓，两人必定讨论过，或者在书信中探讨过。此时作者看到友人的生活状态，非常不满，便将这两个词提出来用以责问：“你这种生活状态是喜乐吗？通过这种生活状态能达到永日吗？”作者主张享受人生，友人更愿活得忙碌充实，作者眼见劝服无望，情感变得激越，声音也逐渐提高，以图用气势压制友人，并且以死亡恐吓友人，使其同意自己的观点：“你不享受生活，还想喜乐永日，你等着，等你死了，别人就尽情享受你辛辛苦苦创造的价值！”

由此，整篇文章的脉络和内涵变得清晰：作者和友人都是贵族阶级，家资殷富，但他们的生活方式不尽相同，诗人的主张是，生命是短暂的，应该及时行乐，通过这种方式得到喜乐，达到永日。而那个侧面描写的友人，则主张努力工作，认真创造价值。这首诗作，就是在讨论什么样的生活方式更加健康、更加有价值，诗意深刻之处正在于此。

从诗中可以看出，从很久以前，人们就开始对生活方式进行深入细致的反思，并且真正把这种思考作用于日常生活，着实难得。在《诗经》以后，这种争论，历久弥多，并且仁智共见，到现在也没有得出统一的观点，但却给人们自我的思索选择，提供了素材和借鉴。这首诗，除了生活方式之争外，还有诗的主旨，自古以来，评论界还存在其他诸多说法。

有评论者主张它是在嘲讽一个守财奴式的贵族统治者，诗旨在于针砭，一章的衣裳、车马，二章的廷内、钟鼓，三章的酒食、鼓瑟，概括了贵族的生活起居，他热衷于聚敛财富，却舍不得耗费使用，是个“葛朗台”式的悭吝者、守财奴，所以诗人予以辛辣的讽刺。这种观点，充满着训诫意义，有利于警醒世人，自有其积极价值。

又有一说也是主张针砭，但其将对象明确化，直指晋昭公的腐朽统治，《毛诗序》认为此诗是讽刺晋昭公：“不能修道以正其国，有财不能用，有钟鼓不能以自乐，有朝廷不能洒扫，政荒民散，将以危亡，四邻谋取其国家而不知，国人作诗以刺之也。”认为晋昭公没能很好地勤于政事、治理国家，导致国家秩序混乱、礼乐不存、百姓离散、外患四伏，而昏庸的晋昭公却丝毫不得而知，国人愤怒，作诗刺之。这种说法，把诗作主旨上升到政治层面，寓意变得极深，亦有可取之处，足以警告后世的统治者。

以上两者都是针砭丑恶，而朱熹《诗集传》另辟蹊径，从《诗经》中诗作的联系入手，认为此诗为答前篇《蟋蟀》之作："盖以答前篇之意而解其忧，盖言不可不及时为乐。然其忧愈深而意愈蹙矣。"即这是《蟋蟀》的姊妹篇，承《蟋蟀》篇的主旨内涵，更深入具体地劝谕应怎样在礼乐的规范下享受生活。这种说法，旨在规劝和引导人们怎样生活，更加符合诗作本义，但其服务的对象，却因此囿于吃喝不愁的贵族，显示了其局限之处。

扬之水

扬之水①，白石凿凿②。素衣朱襮③，从子于沃④。既见君子⑤，云何不乐⑥。

扬之水，白石皓皓⑦。素衣朱绣，从子于鹄⑧。既见君子，云何其忧。

扬之水，白石粼粼⑨。我闻有命⑩，不敢以告人。

【注释】

①扬：激扬。②凿凿：鲜明貌。③襮（bó）：绣有花纹的衣领。④子：你。沃：曲沃，地名。⑤既：已。君子：指桓叔。⑥何：什么。⑦皓皓：洁白状。⑧鹄：邑名，即曲沃。⑨粼粼：清澈貌，形容水清石净。⑩命：政令。

【赏析】

说来很巧，在《诗经·国风》中共有三首《扬之水》，它们分别在

《郑风》、《唐风》和《王风》中出现。这三首诗称得上同中有异，尽管在句式上三言、四言、五言不等，但每首诗的开头都是以“扬之水”起兴。

先秦时期，统治者采集诗歌的目的是“体察民情”，因为民歌的产生是一种民间感情的自然流露和宣泄，人们通常会把自己的心声编成歌词来吟咏，所以民歌均是对现实的反映。一些研究历史的学者甚至会把文学作品当作搜集历史信息的证据。《唐风·扬之水》就反映了春秋早期发生在晋国的一件历史事件。

这首诗的主旨很复杂，究其背景，与政治大有关系。《毛诗序》云：“《扬之水》，刺晋昭公也。昭公分国以封沃，沃盛强，昭公微弱，国人将叛而归沃焉。”

公元前745年，太子伯即位，即为晋昭侯，封他的叔父桓叔一块曲沃的封地，桓叔乐善好施，在受封之前就深得晋国民心，晋国百姓都愿意随他去曲沃。曲沃在晋国早期曾为国都，是晋国政治、经济、文化活动的中心，十分发达。这在一定程度上对晋国国都造成威胁。一山难容二虎，为了避免这种尾大不掉的情况，一场战争正蓄势待发。昭侯先发制人发起攻击。桓叔在攻晋失败后，返回曲沃养精蓄锐以待东山再起。在桓叔、昭侯死去后，他们的儿孙相继秉承父志，继续陷入无休无止的征战当中。《扬之水》描写了这场政变阴谋发动的知情者其复杂的内心感情。

“扬之水，白石凿凿。素衣朱襮，从子于沃。既见君子，云何不乐？”这是全诗开篇第一句，激扬的河流日日夜夜地流淌，冲刷着河底每一块石头，日复一日，年复一年，这些石头被冲刷得愈发干净，棱角也渐渐磨去。追随者面对此情此景，不禁让人想起当年跟随那个红领白衣的君子到达沃城，浩浩荡荡的一支队伍意气风发。这里所说的“君子”指的就是桓叔，现在既然已经见到了这位乐善好施的仁德君子，怎么能不打心眼里高兴呢？从这一段可以看出，桓叔的追随者以能跟随桓叔为荣，喜悦之情简直难以言表。

“扬之水，白石皓皓。素衣朱绣，从子于鹄。既见君子，云何其忧？”无论从句式还是句子上看，这一段几乎是上一章的复沓，只在个别字上有所改动，其目的便是为了增强诗歌的语气和思想感情，形成回环往复之美。湍急的河水涓涓流淌啊，河底的石头清晰可见，在河水的冲刷之下变得更加洁白，像皓月一样皎洁，像贝壳一样光亮。追随者看到此情此景不禁想起一个人，那人穿着白色带有红色绣领的外套。当初跟随你到鹄城来，至今无怨无悔，既然已经见到了你这位达官贵人，那还有什么可值得忧愁的呢？第一至二两章，主人公难以抑制喜悦之情，从字里行间都可以感受到这些追随者的荣耀。

“扬之水，白石粼粼。我闻有命，不敢以告人！”激扬的流水哗哗流淌，水底的石头在河水的耐心冲刷之下日渐晶莹剔透。当我听说军官正在密谋密令，甚至即将发生政变之时，我怎么也不敢告诉别人！从这一句可以看出跟随之人内心的矛盾和复杂，他恐惧甚至害怕。首领们似乎早就有什么密谋，对于这一切主人公早就有所耳闻，却不敢吭声。这两句的描写细腻真实，写出了主人公有满腹的难言之隐但却没办法吐露的无奈，形成了一种九曲回肠的曲折美。

诗人把激扬欢腾的流水比作自己见到桓叔后的喜悦心情。全诗从前到后层层递进，吸引读者的阅读兴趣。从最开始的跟随者的喜悦到后来透露出丝丝恐惧之情，让读者迫不及待想知道这个穿着“素衣朱绣”的人究竟是一个什么样的人，他们要做些什么。带着这些疑问，作者积蓄力量在最后一段一语道破，点明了政变真正的目的，给人恍然大悟之感。

《扬之水》以文学的形式记载这一段历史事件，不仅在一定程度上揭开了历史的真实面目，更以文学的形式使历史脱离枯燥，变得魅力四射。

椒　聊

椒聊之实①，蕃衍盈升②。彼其之子，硕大无朋③。椒聊且④，远条且⑤。

椒聊之实，蕃衍盈匊⑥。彼其之子，硕大且笃⑦。椒聊且，远条且。

【注释】

①椒：花椒。聊：草木结成的一串串果实。②蕃衍：生长众多。盈：满。升：量器名。③硕：大。朋：比。④且：语末助词。⑤条：

长。⑥匊（jū）：掬，两手合捧。⑦笃：厚重，形容人体丰满高大。

【赏析】

全诗共两章，每章六句，句式整齐，对仗工整。第一章与第二章无论在内容上还是句式上都属复沓形式，循环往复，有一咏三叹之美。

“椒聊之实，蕃衍盈升。”花椒子生长在树上，一串串非常饱满，结结实实地挂满梢头。不难看出，这两句话运用了“兴”的艺术手法。作者先抒写景物之美，粗壮繁茂的花椒树上结满了饱实的花椒，一串串像火红的小灯笼挂在树梢，十分惹人喜爱。摘下来足足有一升，十分饱满。这是丰收的象征，更有人丁兴旺的意蕴。

“彼其之子，硕大无朋。”那个女子真是好福气啊，身材魁梧，体格健壮，抚育了这么多的儿女还能如此健康，跟往常一样矫健，身体素质真是非同寻常。从这一句来看，“赞美女子体格”的观点似乎没有什么不通。“椒聊且，远条且。”花椒不仅外形美观，而且香气袭人，一串串的花椒时不时散发着阵阵清香，沁人心脾。

“椒聊之实，蕃衍盈匊。”花椒长在高高的树上，一串串非常饱满，结结实实地挂满梢头。一茬又一茬新枝更换旧芽，呈现在人们眼前的总是那么鲜活的景象。

“彼其之子，硕大且笃。”那个女子真是好福气啊，身材魁梧，体格健壮，抚育了这么多的儿女还能如此健康，跟往常一样矫健，身体素质真是非同寻常，而且满脸忠厚老实的样子，给人一种安全感。“椒聊且，远条且。”花椒一串串时不时散发着阵阵清香，若是从远处走来远远就能闻到那股沁人心脾的芳香，弥漫在整个空气当中。

这首诗歌当中比喻手法运用得很有趣，信手拈来而又浑然天成，然而细细想来却十分神似。诗中将这个家族的子子孙孙都比作一串串的花椒，众所周知，花椒呈红色，一串串生在树上，犹如挨近的石榴一样。所以用如此密实繁多的花椒来形容家中的人丁兴旺再合适不过。这一比喻从侧面上也赞扬了女子良好的身体素质和男子旺盛的生命力。这样新奇而又贴切的比喻增强了文章的感染力，使文章生趣盎然。文章一开头便运用花椒与人互化，比兴合一，借对花椒的描写赞美人物的美好，使读者能够欣然接受，并且能够留下深刻隽永的印象。

中国古代社会的大家族都讲究四世同堂，儿孙众多是家大业大的根基。尽管这种思想在今天看来有点守旧和落后，但在那个年代这却是对家族、尤其是对一家之主至高无上的称颂和赞扬。《椒聊》一诗让我们看到了一个儿孙满堂的大家庭，让我们知晓了那一段以子孙众多为骄傲自豪的历史。

关于《椒聊》一诗的主旨，《毛诗序》认为这是一首讽谏诗。在春秋晋国时期晋穆侯之子曲沃桓叔，子嗣旺盛，势大力大，《毛诗序》认为这首诗便是赞美曲沃桓叔讽刺晋昭公之作。

宋代朱熹《诗序辨说》认为“此诗未见其必为沃而作也”，后人多不认同此说，还有人纠结于“彼其之子，硕大且朋（笃）”这句话，其观点也依据是否与妇人有关而展开。有的人认为这句话是赞扬妇人身材魁梧，体格健壮，有人则反驳，体格健壮的描写一看便知是称颂男子。至于诗中到底所言何物，由于材料缺失，今人亦无从所知，只剩下对那段早已泛黄的历史所展开的无尽猜测，仁者见仁，智者见智，便是对《诗经》中一些晦涩的诗歌最大的尊重。

绸　缪

绸缪束薪[①]，三星在天[②]。今夕何夕，见此良人[③]？子兮子兮，如此良人何？

绸缪束刍[④]，三星在隅[⑤]。今夕何夕，见此邂逅[⑥]？子兮子兮，如此邂逅何？

绸缪束楚[⑦]，三星在户。今夕何夕，见此粲者[⑧]？子兮子兮，如此粲者何？

【注释】

①绸缪（móu）：缠绕，捆束。②三星：参星。③良人：丈夫，指新郎。④刍（chú）：喂牲口的青草。⑤隅：指东南角。⑥邂逅（xiè hòu）：不约而来的爱慕者。⑦楚：荆条。⑧粲者：漂亮的人，此处指新娘。

【赏析】

本诗的开头是“绸缪束薪”这四个字，“绸缪”的意思就是缠绕，也可以引申为缠绵，“束薪”两字原本的意思是扎起来的柴火，因为古代的娶嫁都是燎炬为烛的，所以束薪是一种比兴手法，暗示着娶亲。事实上，《诗经》里所有关于娶妻的诗，都是使用“束薪”来暗示的。

本诗共用三节，通过戏谑的口吻，描绘出了一幅贺新婚时闹新房的场面。诗中写出了新婚之夜的三个典型场景，通过这些场景表现出了新人的甜蜜和闹洞房的人们的欣喜。“绸缪束薪，三星在天”这两句告诉了我们婚礼举行的时间。春秋时的娶亲大多在傍晚进行，那是暮色未降，三星挂在天边，在柔和的光线下，新郎新娘期待着相见的时刻。

第一节是在戏谑新娘。婚礼刚刚结束，道贺的人们刚刚离开，这时星星三三两两升上了天空，准备闹洞房的人们将新娘团团围住，他们询问新娘子“今夜是个什么夜”，他们逼着沉浸在甜蜜的幸福之中的新娘子一定要说出答案。对于新娘来说，这天夜里显然是决定她终生命运的时刻，过了今天她就是人妇了。所以面对这样的问题，新娘感到非常羞涩，但是闹洞房的人们完全不打算放过新娘，他们继续询问着已经心跳脸红的新娘：“你如何碰见这么好的新郎的？”这样的话语让新娘感到更加害羞，也许她会把自己的恋爱经历告诉这些人，然后人们会感叹道：“有福气的你呀，把这个可心的新郎怎么办？”这是再让新娘子表态自己将来要怎样孝敬公婆和侍候丈夫。总之，他们一定要把新娘弄得面红耳赤才肯罢休。

第二节则是在考问新郎。“三星在隅”这一句告诉我们，现在屋子外面收拾桌椅板凳和锅碗瓢盆的那些大嫂们也已经离开了，那些星星已经升到了中天。刚刚那些闹过新娘的人们又开始戏谑新郎了。他们询问新郎：“今夜是个什么夜？”对于新郎来说，今夜同样是非常重要的一天。在面对幸福的婚礼的同时，人们也在提醒新郎幸福的背后还有着责任和义务，他们询问新郎：“你如何偶遇这么好的新娘的？”对于这些闹洞房的人们来说，即使已经从新娘那儿知道他们恋爱的故事，但是他们还想通过新郎的角度来听听这段故事。他们想知道新郎是怎样夺得了姑娘的芳心。听完故事之后，他们同样会感叹：“有福气的你呀，把这个漂亮的新娘怎么办？”这里闹洞房的人们同样是期待着新郎表态，说出自己打算怎样呵护自己的新娘。

第三节是人们对新人的祝福。这时夜已经深了，人们大都已经休息了，甚至已经可以听见进入睡梦中的人们的鼾声了，新婚的夫妇期盼着他们的洞房花烛夜，这时，星星已经对着窗户了。人们感叹道：“今夜是个什么夜？”今夜是一个幸福的夜，一对幸福的男女在月下老人的牵线之下，终于佳偶天成，人们赞叹新娘的美丽：“我们何时得见这么美丽的新人？”娇羞的新娘妩媚百态，看得满脸红光的新郎都沉醉了。闹洞房的人们不忍心再耽误新人的美好时光。他们询问新人：“有福气的你们呀，面对光彩美丽的对方怎么办？”其实答案大家都心照不宣，这些话语中充满着善意和祝福，本诗到这里也达到了一个高潮。

在人们闹洞房的过程中新郎的父母进来了很多次，他们通过给闹洞房的人们发放美食，来冲淡一下热烈的气氛，以此来给儿子与媳妇解围。最后闹洞房的人们带着未尽兴的遗憾，嘻嘻哈哈地各自回家了。然而也有些不死心的人会乘机钻入衣柜里或床底下，当然也有些人会躲在窗户根下偷听着新婚夫妇的悄悄话，这些都能够成为他们日后笑谈的材料。

诗中的语言活泼风趣，有极强的生活气息。这首诗描写了一场从黄昏一直持续到半夜的婚礼，通过夸张的语气，形象地刻画了闹洞房的人的形象，让人仿佛可以看到他们笑着和同伴眨眼睛，商量要如何难为新郎和新娘的情景。本诗并没有从正面描写新人，但是却通过闹洞房的人们的提问，让人看到了羞涩和窘迫的新郎和新娘，展示了他们的甜蜜与幸福。

杕　杜

有杕之杜①，其叶湑湑②。独行踽踽③。岂无他人，不如我同父④。嗟行之人，胡不比焉⑤？人无兄弟，胡不佽焉⑥？

有杕之杜，其叶菁菁⑦。独行睘睘⑧。岂无他人，不如我同姓⑨。嗟行之人，胡不比焉？人无兄弟，胡不佽焉？

【注释】

①杕（dì）：即“杕杕”，孤立生长貌。杜：木名，赤棠。②湑

(xǔ)：形容树叶茂盛。③ 踽（jǔ）：单身独行、孤独无依的样子。④ 同父：同祖父的族弟。⑤ 比：亲近。⑥ 佽（cì）：资助，帮助。⑦ 菁菁：树叶茂盛状。⑧ 睘（qióng）：孤独无依的样子。⑨ 同姓：同祖的昆弟。

【赏析】

诗作写了一个流落街头的流浪者境遇窘迫，举目无亲，亦无人过问，显得凄惨无比，让人读罢备感沉重。闻一多《风诗类钞》说："杕杜喻女之未嫁者。"《说文》：'牡曰棠，牝曰杜。'"依《说文解字》记载，棠为雄性，杜为雌性，古代常用"杕杜"比喻未曾出嫁的女子，若以此解，这流浪者竟是一位年轻稚嫩的未婚女子，更显悲哀。

诗开篇以赤棠树起兴，对照孤单一人的流浪者，更添萧索：赤棠还有繁茂树叶，兀自葱郁；女主人公却孤苦无依，毫无慰藉，有种"人不如树"的凄凉感。年轻的女子总是心思细腻的，也最容易孤独寂寞。她流亡日久，心神俱疲，初经此地，看到这株写满伤感的孤树，不禁思及自身，驻足流连。也许是对孤树有种亲近感，她想从中找到一丝安慰；也许是压根毫无目的，不知下一步去往何处，她迟迟不肯离去，对着飘摇的树叶痴痴凝望，令人倍感心酸。

接下来"独行踽踽"四字独立成句，音节凝重，节奏独特，显得既厚实又余韵未歇，产生了极大的表现张力。它一并交代了事件过程、人物状态和整篇主旨，似简实丰。寥寥四字，给读者描绘出了一幅"寻寻觅觅，冷冷清清，凄凄惨惨戚戚"的画面：一位稚嫩清秀但枯瘦羸弱、尘土满身的女子，在一条坑洼曲折的乡间小道上独自前行，身材单薄而沉重；道路两旁枯草遍野，偶有荒烟袅袅升腾，间或点缀着点点鸦鸣，浓重的压抑气息四处弥漫；人烟稀少，偶有一人也是匆匆擦过，不闻不问。此句未加铺叙，但以少驭多，给人以无限的想象空间。

其后，作者笔锋转移，由外到内，着力写了流浪女之思："岂无他人？不如我同父。"路上风尘仆仆的行人，都不是自己的亲人，径直走过，对自己不闻不问，令人顿感世态炎凉。流浪女不禁想到了自己的父母兄弟，他们才是无法相比难以替代的。亲情固然可贵，无奈他们却不在身边，或者本来就没有，或者半途离逝，正因如此，才造成了女子现在的举目无亲、孤立无援。古代的未婚女子，势单力薄，所能依靠的就只有父兄和社会上的热心人，现在，二者都对其置之不理，女子的境遇真正到了山穷水尽的地步。

面对此情此景，女子终于承受不住，发出了长长的叹息和怨诉：

“嗟行之人，胡不比焉？人无兄弟，胡不佽焉？”一“嗟”字，有无奈的叹息，也有质询的不甘，复唱四句，连问两声，直贯最末，显得情感悠长而激越。叹息的内容平实浅近：“行人为什么不来亲近我？我没有兄弟在旁，为什么不来帮助我？”物质帮助固然重要，但更重要的是“比”，是亲近，温暖的笑脸、真心的安慰，在此刻最能抚平少女疲惫的身心。但可想而知，女子只是在兀自痴想，最终得到的只能是绝望。有谁会来，有谁能来？一声令人心寒的长叹中蕴藏着浓重的绝望和忧伤。

这首流浪者之歌，视角独特，通过一个稚嫩少女的命运，以点盖面，真切地反映出当时的世事面貌和百姓的疾苦生活，向后世真实展示了一幅古代难民的流亡图，给人真实而强烈的震撼。

羔 裘

羔裘豹祛①，自我人居居②。岂无他人，维子之故③。
羔裘豹褎④，自我人究究⑤。岂无他人，维子之好。

【注释】

①祛（qū）：袖子。②自我人：对我们。自，对；我人，我等人。居居：心怀恶意的样子。③维：只。子：你。故：指爱，或解释为故旧。④褎（xiù）：同“袖”。⑤究究：同“居居”。

【赏析】

《唐风·羔裘》全诗虽然只由两个章节组成，但是脉络极其清楚。每一章的前两句，诗人重点描写一个人服饰的威猛、华贵。从“羔裘豹祛”“羔裘豹褎”来看，诗人所写的这个人正是当时的一位卿大夫，因为只有卿大夫这种身份地位的人，才可以穿袖口镶着豹皮的衣服。

卿大夫在西周、春秋时期是非常重要的官职，辅助国君进行统治，并且掌管着各个郡县的军政大权。《国语·鲁语下》就有描写卿大夫的语句：“卿大夫朝考其职，昼讲其庶政，夕序其业，夜庀其家事而后即安。”一般来说，卿大夫都是良田千顷，金银无数。这首诗讽刺的就是一个志得意满、抛弃故旧的卿大夫。

本诗每章的前两句除了讲卿大夫的服饰，还描绘出了这名卿大夫对待故人恃权傲物、趾高气扬的态度。这引起了诗人的不满，特地作此诗讽刺他。诗的后两句则采用了自问自答的方式，表现诗人作为卿大夫的老朋友愤懑不平的情绪，但是诗人并没有用歇斯底里的语句发泄自己的不满，而是通过“怨而不怒”，体现了自己高尚的情操和温柔敦厚的性格，也反衬出被讽刺之人浅薄的德行。

《唐风·羔裘》作为一首谴责的山歌或是讽刺的山歌，采用赋的表现手法。诗人以衣服作为载体，从羊羔皮制成的官服的装饰、质地、材料，联想到此人为官的品德、才能、人性。这种以物喻人的手法极其自然，也十分高明。

鸨　羽

肃肃鸨羽①，集于苞栩②。王事靡盬③，不能艺稷黍④。父母何怙⑤？悠悠苍天，曷其有所⑥？

肃肃鸨翼，集于苞棘⑦。王事靡盬，不能艺黍稷。父母何食？悠悠苍天，曷其有极⑧？

肃肃鸨行⑨，集于苞桑。王事靡盬，不能艺稻粱。父母何尝？悠悠苍天，曷其有常⑩？

【注释】

①肃肃：鸟翅扇动的响声。鸨（bǎo）：鸟名，似雁，不过比雁要大，群居水草地区，性不善栖木。②苞：草木丛生。栩（xǔ）：柞树。③靡：没有。盬（gǔ）：休止。④艺（yì）：种植。⑤怙（hù）：依靠，凭恃。⑥曷：何。所：住所。⑦棘：酸枣树。⑧极：尽头。⑨行：行列。⑩常：正常。

【赏析】

春秋时期的晋国，政治黑暗，徭役沉重，百姓终年奔波在外、辛劳服役，无法赡养父母、护佑妻子，更别提安居乐业。《鸨羽》就是在这种情形下产生的。

古今论者对其异议很少，一致赞同此诗反映了百姓痛恨徭役、渴望安居的沉重心情。在古代，繁重无休止的徭役，是悬在劳动人民头上的一把利刃，刺破无数人安居太平的美梦。自从阶级产生以后，最底层的劳动者，无不需要在统治者的强制下，从事艰苦的劳役，不能赡养父母、无法与家人团聚，服役者不堪忍受肉体与精神的双重痛苦，纷纷通过歌声向统治者发出呐喊。

要弄清楚诗歌的指向，必须首先清楚鸨鸟的特性。朱熹言："鸨，鸟名，似雁而大，无后趾。民从征役而不得养其父母，故作此诗。言鸨之性不树止，而今乃飞集于苞栩之上。如民之性本不便于劳苦，今乃久从征役，而不得耕田以供子职也。"鸨鸟属于雁类，生性只能浮水，因为爪子间有蹼，但是缺少后趾，所以无法抓握树枝，不能像其他鸟类一样在树上栖息。诗中描写鸨鸟集结在树上，这就好比农民抛弃本业，不再劳作务农一般。这是一种隐喻的手法，直接指向百姓常年从事徭役而无法过正常生活的社会现实。

"鸨羽"是一种起兴，引出下文的反常现实：农民不种地耕作，却长期在外服役，上头的差事一拨接一拨，不知何时是尽头，回家的日子自然渺不可及。主人公触景生情，想到自己的悲惨境遇，不禁放声大呼，反复控诉"王事靡盬，不能艺稷黍"，指出造成百姓无法务农的人正是人民的父母官——统治者。接着，他又反复质问："父母何怙""父母何食""父母何尝"，以及"曷其有所""曷其有极""曷其有常"，语言悲伤，感情激越。

《鸨羽》开端皆以"肃肃"领起，先声定式，奠定了全诗感伤悲凉的基调，使得诗中所写役人、主人公的感伤心绪，都如飒飒吹过的秋风和脆弱无助的黄叶，沾染上"肃肃"之感。接着。作者感情变得激越，直指王事，连用反问，给人强烈的情感冲击。陈继揆《读诗臆评》评论说："一呼父母，再呼苍天，愈质愈悲。读之令人酸痛摧肝。"分析透彻入理。

全诗勾勒出这样一幅画面：主人公在军士的鞭笞下辛劳一天，到了傍晚终于有了一刻空闲，他站在飒飒的秋风中，满脸的疲惫与沧桑，显得异常的孤独和无助。眺望天空，他发现了一幕相当怪异的情景，成群的野雁，没有自由地翱翔在空中，而是悲戚地挤在一棵树上，显得无助而又凄凉。由景及人，回想自己，不禁潸然泪下：这不是跟自己一样吗？自己也无法待在该在的地方，不能做自己想做的事情，繁重的劳役，迫使自己远离父母和故土，无法自由地享受安居乐业的幸福。想到这里，主人公心中十分酸楚。

画面的悲戚，愈显示出内涵的厚重，作者不仅描写了这种凄惨的事件和景象，也不止于抒发心中的愤懑和无奈，而是进一步展现出百姓们的美好品质，表现了统治者的无道和虚伪，直指统治阶级所推崇的治国之道——孝道和爱民。在强烈的呼号中，主人公特别提出了劳动人民尊老养老、孝顺父母，让人心生感慨，倍感动容。在“曷其有所”“曷其有极”“曷其有常”的质问中，深刻地揭露出统治者的言行不一。

无 衣

岂曰无衣？七兮①。不如子之衣②，安且吉兮③。
岂曰无衣？六兮。不如子之衣，安且燠兮④。

【注释】

①七：虚数，表现衣服之多。②子：第二人称的尊称。③安：舒适。吉：美，善。④燠（yù）：温暖。

【赏析】

《毛诗序》：“《无衣》，美晋武公也。武公始并晋国，其大夫为之请命乎天子之使，而作是诗也。”抛去时代的外衣，《诗经》呈现给读者们的往往是先民们最质朴的情感表达，而非那些政治或军事上的折射。这首《无衣》正是用一种平淡的语句，将唐地先民的伤时怀旧之感传达出来。

本篇的主旨并不是比较自己衣裳的华丽程度与他人的相差多少，而可以看作一篇览衣怀旧或伤逝之作。诗人整理衣物感怀伤时、睹物思人，想起了曾经与他相濡以沫的妻子，如今却阴阳两隔，当翻起衣物时，不禁遥想妻子在身边时的温暖。

“谁说我没有衣裳穿，七件还少吗？可是没有一件像你为我做的那样舒适好看。”“谁说我没有衣裳穿，六件不够吗？可是挑来拣去，哪一件都不如你亲身为我做的那样舒服又保暖。”这字字呕血的诗句，让人仿佛看见一位手捧着衣物怀念亡妻、黯然神伤的男子和一位心灵手巧却早逝的妻子，其中的真挚感情让人读之为之动容。

诗的结构是《诗经》惯用的重章叠韵，变化之处并不多：“七”易为“六”；“吉”易为“燠”，以适应押韵的需要。关于每章首句的句读，古今有不同的说法。旧说是为六字句，中间并无断开，今人徐培均却认为应标点为：“岂曰无衣？七兮。”前四字自问。后二字自答，这种自问自答的写法，极为婉曲地表现了诗人内心的哀伤。这样断句，对文章主旨的理解更加清楚明了，能帮助读者体会诗的意义。

诗的两章都出现了数字：“七”与“六”，关于数字的解读也颇多争执。朱熹认为这首诗是晋武公向周釐王请求封爵，所以很自然地就把“七”解释为“诸侯七命”，把“六”解释为“天子之卿六命”，而把“子”解释为“天子”。这种解读方法是从特定的文本背景出发而言的，而与本诗的主旨相去甚远了，故遇到数词时不可一概而论。

从本诗主题出发，可将“七”和“六”看作虚数，表示衣裳之多。而“子”则为第二人称的“你”，也就是为主人公缝制衣裳的妻子。

与《秦风·无衣》中秦国将士团结互助、顽强杀敌的精神气势相比，《唐风·无衣》的确少了些铮铮铁骨，但却多了更加贴近人自然本心的柔情。在先秦时期，正是有了那些战乱、疾病、贫苦，才使恶劣环境下人的感情显得尤为真诚且珍贵。一首《唐风·无衣》为我们呈现了那个时代的男子与亡妻间惺惺相惜的真挚感情。

有杕之杜

有杕之杜①，生于道左②。彼君子兮，噬肯适我③？中心好之，曷饮食之④？

有杕之杜，生于道周[⑤]。彼君子兮，噬肯来游[⑥]？中心好之，曷饮食之？

【注释】

①杕（dì）：树木孤生之貌。②道左：道路左边，古人以东为左。③噬（shì）：何。适：到，往。④曷：同“盍”，何不。⑤周：右边。⑥游：游逛。

【赏析】

《有杕之杜》的主人公是一位年轻的女子，她长久地暗恋心中的君子，但不敢一诉衷肠，只得日日思念。她在男子可能出现的地方站立良久，只求能看心上人一眼，而这种微浅收获的代价，则是伴随了整个等待过程的纠结忧思、心如鹿撞。诗作以生于道旁的杕杜比兴，具有浓重的意蕴。独自兀立的棠梨树，孤零零的，落寞不已，呈现出女主人公此刻最真实的心境：因为心有所属，相思情切，而变得孤独、寂寞异常；她日思夜想着能够有心上人的陪伴，白日焦躁不安，夜晚辗转难眠，心儿早已飞到了心上人身边。

另外，作者描画的这一场面，也是对女主人公翘首企盼的图景的摹写：她只身一人，在道旁伫立良久，等待着心仪男子的到来，也许是初次见面的地点即是这里，也许是曾经打听到男子不日要路经此处，她欣喜而又紧张地等待着，时间一分一秒地过去，但人并没有出现，只有那株同样伫立道旁的赤棠树，与柔弱的女子两相对照，更添伤感。

女子在等待中，不免变得烦躁和不安，开始默默地念叨着：“彼君子兮，噬肯适我。”看看四周荒凉的景象，显眼的就只有那孤零零的赤棠，她不免信心陡减：“那个人儿，他愿意到这儿来吗？这儿如此偏僻，也不是他经常到的地方，他能专程赶来的可能性不大啊！”女子的提心吊胆，是对环境的不自信。也是对自己的不自信，她在伤感外部环境时，也在盘算着自己的优点和长处，思考着自己哪一点能够吸引到心仪的男子，因而忧虑无限、患得患失，担心自己的一腔热情，无法换来回应。这种对自己魅力的怀疑，正是每一个陷入相思的人的共性。

最终，女子左思右想后，坚定了自己的信心：“他一定会来的！”这是女子对心上人的肯定，也是对自己的肯定。然后，她变得释怀很多，开始思考如何回应和招待男子。“中心好之，曷饮食之”，我心中喜欢他，这一点是确定的，但如何招待他，却颇费心思，是该彻底表现出自己的爱慕，还是该有所保留、稍稍透露一点呢？怎样才能让男子感觉好一些，让其既不感到疏远，又不会感到唐突？这些都还需要细细思考。这样，一个小女儿家的心思，就被作者寥寥数笔，形象生动地表现在字里行间。

诗作运用回环复沓的手法，两章仅易数字，就写出了女子缠绵、纠结的心境，达到了结构和情感的契合。

因为诗作浅短，描述的仅为外在环境和主人公的心理活动，因此，诗作呈现出很大的蕴藉性，有着很大的表意空间。对于其主旨，也因此仁者见仁、智者见智，历来有多种看法。一些喜欢附会政治的评论者，如《毛诗序》《诗集传》等，主张诗作不应该单纯从字面意义出发，而是有更加深刻的内涵，主旨应为“刺晋武公”或“好贤”，认为作者的写作目的是针砭统治者的昏聩腐败，或者是统治者以思妇自比，抒发强烈的求贤愿望。

这些说法，虽提高了诗的意旨，丰富了诗作的内涵，达到了寓教于诗的目的，但却显得牵强，将自然变为了晦涩，多不为今人所取。现代的评论者，大都基于诗作的内容，认为此诗是迎送相思之作，如“迎宾短歌说”“思念征夫说”“情歌说”“孤独盼友说”等，显得更加自然、契合。

葛 生

葛生蒙楚①，蔹蔓于野②。予美亡此③，谁与独处？
葛生蒙棘④，蔹蔓于域⑤。予美亡此，谁与独息？
角枕粲兮⑥，锦衾烂兮⑦。予美亡此，谁与独旦⑧？
夏之日，冬之夜。百岁之后，归于其居⑨。
冬之夜，夏之日。百岁之后，归于其室⑩。

【注释】

①葛：藤本植物，茎皮纤维可织葛布。蒙：缠绕。楚：灌木名，即

牡荆。②蔹（liǎn）：白蔹，攀缘性多年生草本植物，根可入药。③亡此：死于此处，指死后埋在那里。④棘：酸枣。⑤域：坟地。⑥角枕：牛角做的枕头。⑦锦衾：锦缎褥。⑧独旦：独处到天亮。⑨居：坟墓。⑩室：墓冢。

【赏析】

《葛生》整首诗从头到尾灌注了一种凄凉之感，两人分隔两地，肝肠寸断，作者到坟墓看望逝去的人，不禁勾起无限情思，顿时百感交集，倍感伤心。死者长已矣，活人空思念，作者甚至发出了“死后同穴”的悲号，读起来让人叹息。

战争总是带给人们莫大的伤害，男子壮丁在外充军，妻子在家空劳思念，更惨的是丈夫马革裹尸战死沙场，妻子独守空房甚至要追随丈夫而去。朱熹在《诗集传》中道：“妇人以其夫久从役而不归，故言葛生而蒙于楚，蔹生而蔓于野，各有所依托，而予之所美者独不在是，则谁与而独处于此乎？”朱熹这一点评很独到且一针见血，女子独自一人在家，丈夫在外久从役而不归，除了思念更有那份受不了的孤独，见到墙外的葛藤不禁触景生情。

“葛生蒙楚，蔹蔓于野。”诗从葛藤写起，开篇起兴，主人公触景生情。墙外的葛藤长得正盛，相互缠绕着一点也不放松，野外的蔹草更是肆意地长着，蔓延整个山坡。这是第一段前两句，浸透着荒凉之感。

“予美亡此，谁与独处？”我的心上人就这样走了，她的身旁有没有人陪伴着他啊？他一个人在那边会不会感到孤独啊？这几句读起来简直催人泪下，活着的人和死去的人都变成了孤苦伶仃的可怜之人，四下里举目无亲。用问句，极言主人公对逝去的人的思念和一种似自言自语的凄凉。

第二章是第一章的复沓，“葛生蒙棘，蔹蔓于域。予美亡此，谁与独息？”内容和句式都大致相同，不过这一章较上章来讲更添几分悲怆，坟墓周围长了不少酸枣树，真是大树好依傍，上面爬满了密密麻麻的葛藤，坟园附近长满了蔹草。没有人来打扫，这坟园竟变成如此光景，我的心上人你就这么撒手人寰，有没有人陪伴你？你在那是不是很孤独？

“角枕粲兮，锦衾烂兮。予美亡此，谁与独旦？”诗中第三章换了描写对象，棕色的牛角制的枕头，油光闪亮，不知道这牛角的枕头你用着习不习惯？白白的棉花软软的、柔柔的，那为你新做的棉花被子不知你盖得舒不舒服？我的心上人啊，你怎么来去如此匆匆，有人陪伴你吗？你自己一人孤不孤独啊？清代学者郝懿行首先从这两句当中破解出其诗主旨及背景。他认为，在古代“角枕”“锦衾”都是收殓死者的用具，并且指出：“《葛生》，悼亡也。”今人也多取其说。

“夏之日，冬之夜。百岁之后，归于其居。冬之夜，夏之日。百岁之后，归于其室。”这是全诗的最后两章，看起来类似互文一样的文字，实质上更是文章主旨的升华。“夏之日，冬之夜”，夏季的白日和冬夜的夜晚是一年四季中最折磨人的时刻，炎炎烈日和凛冽寒风足以让一颗孤独的心雪上加霜。自从你走后，我的每一个日子都仿佛是夏天的白日和冬季的夜晚，你不要着急，百年之后我定会与你相会，把这日日夜夜熬完就是你我团聚之时。最后一章又将这催人泪下的悲号重申了一遍。这漫长寒冷的冬季和酷日当头的夏季是我一年最无助的时刻，待我熬完这段时日，定会与你相会于穴中。

这是一首感人的悼亡诗，不仅情感真实，在描写时作者也刻意而为之。从全诗的布局来看完整且一咏三叹，“夏之日，冬之夜”和“冬之夜，夏之日”不简简单单是语序上的颠倒，更突出了主人公日复一日年复一年对逝去之人的无限怀念之情。

采 苓

采苓采苓①，首阳之颠②。人之为言③，苟亦无信。舍旃舍旃④，苟亦无然。人之为言，胡得焉⑤？

采苦采苦⑥，首阳之下。人之为言，苟亦无与。舍旃舍旃，苟亦无然。人之为言，胡得焉？

采葑采葑⑦，首阳之东。人之为言，苟亦无从。舍旃舍旃，苟亦无然。人之为言，胡得焉？

【注释】

①苓：一种药草。②首阳：山名。③为（wěi）言："伪言"，谎话。④舍旃（zhān）：放弃它吧。⑤胡：何。⑥苦：苦菜，野生，可食用。⑦葑（fēng）：芜菁。

【赏析】

从古到今的学者、论家大都认同此诗是专门为讽刺晋献公而作。如清代方玉润认为，这首诗讽刺的是听信谗言的当权者晋献公。当时的国主晋献公，亲信佞臣。听信谗言，杀了太子申生。所以民间诗人写出这样的诗来表达心中的不满也就不足为奇了。

虽然百姓因怨而发诗，规劝世间人以诚信为本，但在当时的制度下，毕竟不敢大胆地直抒胸臆，所以同《诗经》中的多数名篇一样，该诗一上来采用"兴"的手法——先言他物以引起所咏之词。第一章的"采苓采苓，首阳之颠"，第二章的"采苦采苦，首阳之下"，第三章的"采葑采葑，首阳之东"，都是用"先言他物"的手法以引出了接下来的文字，借以表达"苟亦无信""苟亦无与""苟亦无从"的理念。

这里所说的"无信"，是在强调人们所说谎言内容的虚假；"无与"则强调的是蛊惑之言千万不能理睬；"无从"则是在强调谎言的教唆不可盲目信从。三个章节的寓意层层递进，从而强有力地道出了听信谎言的可悲之处。接下来，诗人又采用"舍旃舍旃"这个叠加的句子，进一步阐述了谎言的不可靠。到这里，诗人所要表达的"无信""无与""无从"的理念已经阐述得淋漓尽致、深入人心了。他在给人们描绘一个美好的情景，只要人人能做到"无信""无与""无从"，伪言之人在这个世界上必然没有了安身立足之地。所以，诗人在每一章的最后以"人之为言，胡得焉"作为结束，表明伪言者的结果只能是徒劳无功。

历史上，有多少名人志士、忠臣良将都是被奸佞小人的谗言害死的，又有多少国君听信奸臣的伪言成为亡国之君，这样的例子不胜枚举。

面对小人当道、伪言横飞，那些忠臣、正直的士大夫、文人墨客很难实现自己的政治抱负，所以满腔的愤恨只有通过诗歌来排遣，通过讽刺昏庸的当权者，詈骂那些伪言的小人，来发泄心中的不满。

抛开诗中蕴含的讽刺意味，单就诗词的语境勾勒出的情景来说，这又是一首妇人埋怨负心之人的弃妇诗。第一章以苓起兴，之后描绘了一个女子伤心欲绝的哭诉，仿佛在诉说自己被心爱之人抛弃的遭遇，告诫其他的女子不要轻易相信男人的花言巧语，把自己的一生托付给他。结尾“胡得焉”表明了女子在深深的自责，嘲笑自己被爱情模糊了双眼。后两章，诗人又分别以“苦”“葑”来反复强调女子的命运就像这两种“苦菜”一样可怜、凄苦，使整首诗的感情色彩更加的悲悯，令人同情。

当然，把《采苓》看作一首女人的哭诉诗只是一种可以尝试的解法。至于这首诗的艺术手法，并没有什么独特之处，与《关雎》《子衿》《蒹葭》这样的优秀作品比起来，还是要略逊一筹。

不过，作为一首讽刺诗，考虑到当时语言词汇的匮乏，人们思想的界限，《采苓》已经很伟大了，它仿佛是一首轻柔悦耳的钢琴曲，在进入唯美的前奏后突然转入铿锵的副曲，这铿锵的副曲就是诗中不做伪言之人的告诫。

然而这个世界不都是好人，也不都是坏人，生活里总是有那么一些伪言之人堂而皇之地存在着，我们已经从几千年前的《采苓》中听到了古人的呼吁。

虽然诗人描绘的理想主义愿景可能并不会实现，但是真与伪、善与恶的天平往哪一边倾斜没有时间的界限，也并不是特定的某些人的责任，始终秉持《采苓》中诗人的愿景，伪言之人才有消亡的可能。

秦 风

车 邻

有车邻邻[①]，有马白颠[②]。未见君子[③]，寺人之令[④]。

阪有漆[⑤]，隰有栗[⑥]。既见君子，并坐鼓瑟。今者不乐，逝者其耋[⑦]。

阪有桑，隰有杨。既见君子，并坐鼓簧[⑧]。今者不乐，逝者其亡。

【注释】

①邻邻：同“辚辚”，车行声。②颠：头额。③君子：对友人的尊称。④寺人：近侍，常指宦官。⑤阪：山坡。⑥隰：低湿的地方。⑦耋（dié）：八十岁，此处泛指老人。⑧簧：原指笙吹管中的簧片，此处代指笙。

【赏析】

《车邻》是《诗经·秦风》的第一个篇章，主要讲述了贵族朋友之间相聚作乐、琴瑟甚欢的场景，并从中引出了诗人感叹人生匆匆，须及时行乐的理念。第一章从诗人拜会朋友的途中说起。诗人坐着华丽的马车，在路上急速奔走，车声“邻邻”。在诗人心里，这声音犹如有人在演奏美妙的音乐一般，是那么的悦耳动听。其实，这是因为诗人此刻正怀着一颗喜悦的心情前往，所以嘈杂的马车声在他听来也如同美妙的音乐。

而后他特意形容了自己的马是“有马白颠”。这不是一匹普通的马，而是毛白如雪、十分名贵的白顶马。这里诗人特别点出白马的特征，着重写出它的名贵，就是为了通过马从侧面烘托出自己身份的尊贵。

紧接着，诗人写自己到了朋友的家，下了马车之后，“未见君子，寺人之令”。显然，朋友家是一个贵族家庭，深宅大院，在见到主人之前，必须命门口的仆人前去向主人禀报，可见诗人朋友身份的高贵，进而也在暗示诗人自己的身份也不是普通人。

第一章的描述，诗人是“醉翁之意不在酒”，通过对看似与自己不相关的一些事物的描述，来暗示自己的高贵身份，而二三章，诗人则是没有遮掩地描绘自己见到朋友之后其乐融融的场景。但是这两章，诗人也并非全都是讲自己见到朋友之后是如何的兴高采烈。

“今者不乐，逝者其耋”“今者不乐，逝者其亡”。这两句是诗人在慨叹，春去秋来，花谢花开，与朋友把酒言欢的日子在渐渐变少，人生一转眼就会消失殆尽，苍老会没有预兆地爬上我的面容，等到那时，只剩下数天等死的日子了。与其那样，不如及时行乐，此刻享受欢愉，这也是诗人作此诗所要表达的人生理念。

诗中所表现出来的及时行乐思想与东汉时期《古诗十九首》中所描述的“人生非金石，岂能长寿考”“人生忽如寄，寿无金石固”“为乐当及时，何能待来兹”的观点十分相似，它们之间或许有着一脉相承的关系。

虽然本诗作者所述“今者不乐，逝者其耋”“今者不乐，逝者其亡”两句有些消极的情绪，但是把它呈现在朋友间相聚作乐的场景中，作为朋友之间袒露襟怀、以诚相待的话语，不免又流露出叹息人生短促的伤感，让人产生了怜悯光阴的共鸣。

言至此，不得不说说此诗赞美之人——秦仲。秦仲是秦国初创时期的重要人物。丰坊《诗传》有云：“襄公伐戎，初命秦伯，国人荣之。赋《车邻》。”《毛诗序》也有云：“美秦仲也。秦仲始大，有车马礼乐侍御之好焉。”而在吴懋清《毛诗复古录》中更是提到了“秦穆公燕饮宾客及群臣，依西山之土音，作歌以侑之”的句子。

秦人原来生活在东夷地区，大约在3600年前西迁到西垂，也就是今天甘肃天水一带。在3000年前，聚集在以甘肃礼县为中心的秦人，依靠着高超的养马技艺和强大的作战技能，迈开了征战天下的步伐。

公元前827年，周王利用秦人抵御西北少数民族的祸患，任命非子的重孙秦仲为西垂大夫。秦仲生活在周厉王时期，当时的周厉王残暴异常，文武百官和老百姓都已经无法忍受，揭竿而起。西部少数民族也乘机作乱。周宣王即位后，任命秦仲为大夫，命他整治西部边患。因少数民族兵力强大，结果秦仲大败。周宣王命秦仲的五个儿子前去讨伐，并借给他们七千兵马，最终大获全胜。

此诗就是为了赞扬秦仲固守边陲、安定民生的壮举而作。同时又因当地遭受连年的战争，死伤无数，家破人亡，更反映出了及时行乐的重要，固以此诗来告诉人们要珍惜活着的每一天。

《车邻》在语境上也有很浓的地域特色，像诗中描绘的“阪有漆，隰有栗”“阪有桑，隰有杨”。漆、栗、桑、杨都是产于西北陕甘地区的植物，一眼就能辨别该诗出自《诗经·秦风》，以此也就不难猜出为何《车邻》会作为《秦风》的第一篇。

驷 驖

驷驖孔阜①，六辔在手②。公之媚子③，从公于狩④。
奉时辰牡⑤，辰牡孔硕⑥。公曰左之⑦，舍拔则获⑧。
游于北园⑨，四马既闲。輶车鸾镳⑩，载猃歇骄⑪。

【注释】

①驷：四马。驖（tiě）：毛色似铁的好马。②辔：马缰。原本四匹马应有八条缰绳，但由于中间两匹马的内侧两条辔绳系在驭者前面的车杠上，所以只有六辔在手。③媚子：亲信、宠爱的人。④狩：冬猎。古代帝王打猎，四季各有专称。《左传·隐公五年》：“故春蒐、夏苗、秋狝、冬狩。”⑤奉时：指为公爷赶兽。辰牡：古代按时节进献的公兽。⑥硕：肥大。⑦左之：向左面射箭。⑧舍：放、发。拔：箭的尾部。⑨北园：秦君狩猎时休憩用的园子。⑩輶（yóu）：用于驱赶堵

截野兽的轻便车。鸾：鸾（銮）铃。镳（biāo）：勒马用具，与衔（马嚼子）合用，衔在马口中，镳是两头露在外面的部分。⑪ 猃（xiǎn）：长嘴的猎狗。歇骄：短嘴的猎狗。

【赏析】

这是一首描写秦君田猎盛况的狩猎诗。

“驷驖孔阜，六辔在手。”诗人选取阵列的一角为切入点：通过对四匹健壮高大的马的描写，凸显出一种凝重之感。然后镜头转向控制缰绳的人，也就是赶车之人。这里的赶车人，只是一个宠臣，却在这阵仗中显得胸有成竹，可见其主人更不是一般角色。

“公之媚子，从公于狩”。诗人点出了主人的身份，即秦襄公，他在一大批随从的陪伴下共同出猎，阵容颇具规模，声势也十分浩大，这正是一个国家国力强盛的表现。这一章仅仅描写了队伍的一角，就显示出了队伍的纪律严明与君主的威严，反衬出了“公”是一位治国、治军有方的君主。

“奉时辰牡，辰牡孔硕”。狩猎在第二章正式开始。一声令下，狩猎官打开牢笼，将早已准备好的“猎物”放出。所谓“猎物”是专供王家狩猎做靶子用的时令兽，而非山林中自然生长的野生猛兽。这样一场轰轰烈烈的皇家狩猎活动便开始了。读诗人会自然地在脑海中想象当时锣鼓喧天、猎物逃窜、众人追赶的壮观画面。

“公曰左之，舍拔则获。”公在众猎物中相中了靠左的一只，举起弓箭，单目瞄准，猎物不出所料地倒地，一位武艺不俗、治国有法的君主的形象似乎正慢慢清晰起来。一反人们的期待，猎后没有丰盛的猎物，也没有推杯换盏等俗套的仪式。“游于北园，四马既闲”。人们没有忙于庆祝，而是继续去北园游玩，场景急速由狩猎场转换到了北园。地点转换的作用是突出王家苑囿之广大、国土之充实，紧张的氛围随即放松下来。

“輶车鸾镳，载猃歇骄”。此处又着眼于“驷驖”，心绪却不再是首章的紧张，而是轻松悠闲。此处“闲”字语意双关：马闲，人亦闲适。末句给了一个有趣的画面特写：打猎时奋勇追捕猎物的猎狗们此刻都在輶车上休息。镜头由人再次移至马的身上，可谓一处妙笔，从动物的紧张到松弛，从人的威武到闲适，画面张弛有度而不失质感。

《诗经》中写狩猎的名篇有二，即《大叔于田》（本书未收）与本篇，二者各有所长，前者反复铺张，详实细致；本篇精要简约，惜墨如金。二者不能简单地分出伯仲，都具有不同的艺术魅力。

小 戎

小戎俴收[①]，五楘梁辀[②]。游环胁驱[③]，阴靷鋈续[④]。文茵畅毂[⑤]，驾我骐馵[⑥]。言念君子[⑦]，温其如玉[⑧]。在其板屋[⑨]，乱我心曲[⑩]。

四牡孔阜[⑪]六辔在手[⑫]。骐骝是中[⑬]，騧骊是骖[⑭]。龙盾之合[⑮]，鋈以觼軜[⑯]。言念君子，温其在邑[⑰]。方何为期[⑱]，胡然我念之[⑲]？

俴驷孔群[⑳]，厹矛鋈錞[㉑]。蒙伐有苑[㉒]，虎韔镂膺[㉓]。交韔二弓[㉔]，竹闭绲縢[㉕]。言念君子，载寝载兴[㉖]。厌厌良人[㉗]，秩秩德音[㉘]。

【注释】

① 戎：兵车。因车厢较小，故称小戎。俴（jiàn）：浅。收：轸，车后横木。② 楘（mù）：用皮革分五处缠在车辕上，起加固和修饰作用。梁辀（zhōu）：弯曲的车辕如船状，即用五束皮带系在车辕上。③ 游环：活动的环。胁驱：驾具。马的胁部加上皮扣，连在拉车的皮带上。④ 靷（yǐn）：引车前行的皮革。鋈（wù）续：以白铜镀的环紧紧扣住皮带。⑤ 文茵：有纹饰的虎皮坐垫。畅毂（gǔ）：长毂。⑥ 骐：青黑色如棋盘格子纹的马。馵（zhù）：左后蹄为白色，或四蹄皆白的马。⑦ 君子：此处指从军的丈夫。⑧ 温其如玉：女子形容丈夫性情温润如玉。⑨ 板屋：用木板建造的房屋。⑩ 心曲：心灵深处。⑪ 牡：公马。孔：甚。阜：肥大。⑫ 辔：缰绳。⑬ 骝（liú）：赤身黑鬣的马。⑭ 騧（guā）：黑嘴的黄色马。⑮ 龙盾：画龙的盾牌。⑯ 觼（jué）：有舌的环。軜（nà）：内侧二马的辔绳。⑰ 邑：秦国的属邑。⑱ 方：将。期：指归期。⑲ 胡然：为什么。⑳ 俴驷：披薄轻甲的四马。孔群：很协调。㉑ 厹（qiú）矛：头有三棱锋刃的长矛。錞（duì）：矛柄下端的金属套。㉒ 蒙：画杂乱的羽纹。伐：中型盾。苑：花纹。㉓ 虎韔（chàng）：虎皮弓囊。镂膺：在弓囊前刻花纹。㉔ 交韔二弓：两张弓，一弓向左，

一弓向右，交错放在袋中。㉕闭：弓架，用以正弓。绲（gǔn）：绳。縢（téng）：缠束。㉖载寝载兴：又睡又起，起卧不宁。㉗厌厌：安静柔和的样子。㉘秩秩：聪明多智。

【赏析】

《小戎》写妇人对出征西戎的丈夫的思念与赞美。东周初年，西戎对秦国骚扰不断，于是秦襄公率兵讨伐，一举获胜，驱赶西戎数百里。这场战役的胜利，不仅化解了危机，还扩大了秦国的版图。《小戎》所写内容，与上面所说史实有关，因此也有了“美秦襄公”说。此外，还存在“赞美秦庄公说”“慰劳征戎大夫说”“伤王政衰微说”“出军乐歌说”“怀念征夫说”等，就其文本所叙来说，“怀念征夫说”是比较可信的说法。

诗有一实一虚两条线索，先从实处着笔，回忆起丈夫出征那天自己送别时所见场景：“小戎俴收，五楘梁辀。游环胁驱，阴靷鋈续”，“骐骝是中，騧骊是骖”，“交韔二弓，竹闭绲縢”，目光所及由兵车到战马再到兵器，这些正是从征将士的象征。描写武器装备的精美、阵容的强大是为了衬托主人公的勇武高贵，但主人公又并不是一介大莽夫，作者描写他的性情是“如玉”。回忆完曾经送别的场景，诗的视角转回到女主人公身上：思想远方的征夫，“言念君子，温其如玉”“言念君子，温其在邑”。这样过去的回忆与现在的思念两条线索交替进行，蒙太奇的手法在诗人手中运用自如，可谓其妙。

这两条线索引领着全诗的走向，从宏观着眼，全诗三章，每章的前六句赞美秦师兵车阵容的强大，后四句抒发女子对征夫的思念之情。但细微之处也见功力，各章的后四句，虽然都有“言念君子”之意，但在表情达意方面仍有变化。如写女子对征夫的印象：第一章是“温其如玉”，形容其夫的性情犹如美玉一般温润；第二章是“温其在邑”，言其征夫戍守边邑，为人忠厚；第三章是“厌厌良人”，言其个性柔顺随和。写到自己的思念之情时，也略有变化：第一章是“乱我心曲”，心烦意乱；第二章是“方何为期”，盼望归期；第三章是“载寝载兴”，辗转难眠。用不同的侧面表达着同一相思之情，诗人笔调老道而不单一，可以说在艺术上颇有造诣。

除了艺术上的独特之处，《小戎》还让读者更加了解了“秦风”。在秦国，习武成风，男儿从军参战，为国效劳，成为时尚。而装备精良，阵容壮观，粮草充足都成为国力强盛、武力壮大的表现，秦地人从不掩饰自己军事力量方面的自信，这也往往成为他们炫耀的资本，这正是“秦风”一大特点。

诗的叙述者不是身在军中的军人，而是征夫的家人，从一个旁观者的角度见证了军事力量在国人心中的分量。征夫们受到国人的称赞与礼遇，妻子也为有这样一位丈夫而感到荣耀。人们心中不曾有征戍苦难的阴影，这与《诗经》其他“风”中所描述的大为不同，同样出自《诗经》，从不同国风对征戍的态度便可看出人们不同的生活境况。

蒹葭

蒹葭苍苍①，白露为霜。所谓伊人②，在水一方。溯洄从之③，道阻且长。溯游从之，宛在水中央。

蒹葭凄凄，白露未晞④。所谓伊人，在水之湄⑤。溯洄从之，道阻且跻⑥。溯游从之，宛在水中坻⑦。

蒹葭采采，白露未已。所谓伊人，在水之涘⑧。溯洄从之，道阻且右⑨。溯游从之，宛在水中沚⑩。

【注释】

①蒹葭（jiān jiā）：芦苇。苍苍：鲜明、茂盛貌。下文“萋萋”“采采”义同。②伊人：那个人，指所思慕的对象。③溯洄：逆流而上。下文“溯游”指顺流而下。④晞（xī）：干。⑤湄：水和草交接的地方。⑥跻（jī）：登。⑦坻（chí）：水中高地。⑧涘（sì）：水边。⑨右：不直，绕弯。⑩沚（zhǐ）：水中的小沙洲。

【赏析】

《蒹葭》这首诗是写一个男人痴情苦恋的心理感受。

“蒹葭苍苍，白露为霜。”河畔的芦苇青郁葱葱，深秋的白露霜凝渐浓。作者以苇草苍苍、白露成霜的清凉景象起笔。

“所谓伊人，在水一方。”那位让我日夜想念的人，就在河水对岸的那一方。主人公是一名青年男子，有位让他一直神不守舍、魂牵梦绕的姑娘，在此秋景寂寂、秋水漫漫的境地里更让他痛苦地思念着她。他仿佛在微风吹拂的秋苇中望见对岸雾气笼罩中的她，心也随之飞到她的近前，缠绕在她身上不去。

“遡洄从之，道阻且长”。我想逆流而上去追寻她，可是道路艰难阻隔又怎赶得上。表面是说青年追寻苦恋的姑娘的路上有艰难障碍追赶不上，但在青年心里，哪里真的是路难追不上，其实是她如水中仙女一样高贵难攀，但他又放不下这颗朝思暮想的心。

“遡游从之，宛在水中央”。我想顺流而下去寻找她，她宛然站立在水中与我相望。青年男子心中设想着从水中游向她的身边，这样也许能够得到她，可他尝试过，就是游不到她的近前。其实，他此时出现了幻想、幻觉，姑娘变成一个浮动的人影，扑朔迷离亦真亦幻，仿佛立在水中央向他招手，也仿佛对他轻蔑一望随之隐去身影。因而他在水边眺望对岸和水中，神魂不安、视觉模糊，出现向她游过去的幻象。他这是爱得太深以致失魂了。青年男人迷恋某人又求之不得时常会有这种失魂落魄的感觉，《蒹葭》即把这种心理感受描写得入木三分。

下面两章较第一章只换少许字词，叠唱的效应加深了诗的意旨，翻译过来就是：

河畔的芦苇青郁葱葱，清晨的露水未干天色朦胧。那位让我日夜想念的人，我想逆流而上去追寻不停，可是路有艰难阻隔又怎赶得上。我想顺流而下去寻找她，她宛然站立在水中与我心意相通。

河畔的芦苇更是繁盛，清晨的露水仍在晨色迷蒙。我那苦苦思念的人，就伫立在茫茫的对岸或水中。我想逆流而上去追寻她，可是路有艰难阻隔力不从。我想顺流而下去寻找她，她宛然就站立在水中与我心相通。

全诗反复咏唱“未晞”“未已”。变换使用“湄”“跻”“涘”“坻”“右”“沚”，绘出的是一幅白露横江、雾锁清河的迷蒙图景，描写的是求情难得、如隔深水、水中望月、镜中看花的惘然况味。演现了一种痴迷的情感，使整个诗篇都涂满了迷茫而伤感的色调。

古罗马诗人桓吉尔有一句名诗：“望对岸而伸手向往。”被后人理解为追求情人而不得才隔水伸手向往，仍是求之难得。德国古民歌描写追求女子不得也多称被深水阻隔。正所谓“隔河而笑，相去三步，如阻沧海”（但丁《神曲》）。人类恋爱的情感以及求之不得的失恋感受大概是相通的，不然古欧洲与古中国为何都以隔水向往来描述苦恋苦求的感受？

这首诗用水、芦苇、霜、露等自然事物烘托出一种清凉、朦胧的意境。秋晨淡雾，烟笼寒水，露凝霜结，烟水缥缈中一位少女隐现迷离，仿佛真的存在，又仿佛只是虚影。女人柔如水，诗中的水象征了女性的柔与美，但寒水是否又象征这女性的孤高难求将主人公苦苦折磨？女子一会儿在水边，一会儿在洲上，一会儿在水中，如魅影，如游仙，飘忽不定，牵人肚肠。再配以蒹葭、白露、秋浦，越发显得难以捉摸，变得神秘、眩惑、难舍，甚至令人痴狂。

“所谓伊人，在水一方”一句诗，不但把主人公折磨欲狂，也让多情的世人展开无限联想。“在水一方”，烟水笼罩的隔岸或水中，一定是那淡雅如水的美姿娇容，令人魂牵梦绕。怪不得“所谓伊人，在水一方”的吟唱会让人进入一种幻美境界，这恐怕就是《蒹葭》为我们营造的一种女人和水组合而成的朦胧美效应。

终　南

终南何有①？有条有梅②。君子至止，锦衣狐裘③。颜如渥丹④，其君也哉！

终南何有？有纪有堂⑤。君子至止，黻衣绣裳⑥。佩玉将将⑦，寿考不忘⑧。

【注释】

①终南：终南山。②条：树名，即山楸。③锦衣狐裘：当时诸侯的礼服。④丹：赤石所制的红色颜料，今名朱砂。⑤纪：通“杞”，杞树。堂：通“棠”，指赤棠树。⑥黻（fú）衣：黑色青色花纹相间的上衣。绣裳：五彩绣成的下衣。⑦将将：同“锵锵”，象声词。⑧考：高寿。

【赏析】

《终南》一诗，是君主出行终南山时，臣子对其的赞美之歌。作者以其宏阔的笔法，充沛的感情，诠释出了其对君主的倾心皈依之情。诗中，对君主的描摹刻画占据了相当的篇幅，在这些精彩的措辞中，作者对君主高尚品质的赞扬清晰可现，下臣对君主的爱戴和祝福溢于言表。并且，作者还在字里行间生动地描绘出了生机勃勃的政治局面，表达了对国家未来的信心。

诗作开端以终南山比兴，迎头问上一句“终南何有”，显得大气十足。然后作者自问自答，行文线索从容不迫，稳重而又热烈。第二句“有条有梅”，展现出一幅生机勃勃的图画：巍峨的终南山上，草木葱郁，山楸梅树纵横交错，一派欣欣向荣的景象。

开端两句，表现出作者宏阔的笔力，有一种指点江山的气势充盈其中，好像一望无际的大好河山，在作者笔下都可信手拈来，毫不费力，作者描摹刻画，如数家珍。当然，这两句也可以看作是君主和臣子的问答，君臣同乐，出游野外，指点江山，自有一番风情。

下一句“君子至止，锦衣狐裘”，作者的描摹镜头，从阔大的江山景色，聚焦于具体的“君子”身上。气宇轩昂的帝王，身着名贵的衣服，到终南山上游赏流连，发出阵阵爽朗的笑声。可以推想，现在并非真的仅仅君主一人，所到之处，定然随从众多，冠盖云集，一派浩大场面。由此，作者寥寥数笔，展示出的却是一种恢弘气势：无数的文臣武将，车骑坐轿，在蜿蜒的山谷中左右游走，不时锣鼓喧天、马嘶盈空，惊起一群群五颜六色的鸟儿，它们慌乱地四处躲藏，有的甚至振翅高翔，向遥远的天际飞去，在湛蓝的空中渐行渐远。

从如此的场景和气势可以看出，作者并非仅仅在描写一座山川的秀美，它是一种象征，完全可以扩展成为整座江山的代名词。由此，诗作获得了广阔的写作空间和深刻的内涵：意气风发的君王，沐浴更衣之后，在自己的大地上纵横驰骋，指点江山，多么畅快！

“颜如渥丹，其君也哉”，是人们对君王的赞美，表现出下臣对君主的心之所向，并由此形成了一种和谐融洽的政治氛围。游历时久，但君主丝毫没有疲惫倦怠之态，只是脸上稍稍呈现出红色，反而显得愈加童颜永驻，这令臣子们非常安心。君主是一个国家的机要、命脉，其身体状况直接关联着朝廷的稳定运行和国家的兴盛气数，丝毫马虎不得。如今，众臣子看到君主有如此的体魄，暗自欣喜，对江山社稷的信心也陡然增加了几分。

“其君也哉”，是臣子发自内心的肯定：这就是我们的君主，他不仅心忧天下、爱民如子，在政治上励精图治、勤于朝政，并且还如此气宇轩昂、身体强壮，一定能够长久处理国家的各种事务，不必担心体力不支、早年老暮，国家的兴旺指日可待！

第二章，作者运用回环复沓的艺术手法，反复吐露自己对君主的赞美之辞。“终南何有？有纪有堂。”终南山上不仅仅有山楸和梅花，还有杞柳和赤棠。同样，作者要说的赞美之辞，也不仅仅只是第一章的内容，还有非常之多。君主的品德之美、人们的赞扬之辞，就像这繁茂的终南山一样，各色植物充满其中，应有尽有。

接下来的“黻衣绣裳”，和第一章一样，也是用衣着的名贵和光鲜来衬托君主相貌、气质和品德的美好。在古代，尊卑制度非常鲜明，由于阶级的不同，君主是高高在上的，下臣直接描述其长相等特征，会显得非常不敬，因而，人们往往选择衣着，通过对衣着的描写，来代替对君王的描写。并且在古代，人们的穿着打扮要受到阶级身份的严格限制，衣着的类型，即为地位身份的象征。以此，这一着笔点的选择，显得非常得体、正式。

“佩玉将将，寿考不忘”一句，是全诗的诗眼，反映了作者的写作意图。“佩玉将将”，从君主的佩玉入手，描写君主如玉一样的君子风格。古代以玉比人，是一种常用的写法，玉石的品质，对应着君子的“温良恭俭让”等诸多美好品格。佩玉的当当声，传达出玉石的质地优良，进而反映了所佩戴之人的品性高洁。这种以声入手，通过两次意义的转移来表现君王品质的手法，极为巧妙。

“寿考不忘”一句，则从臣子入手，传达了臣子对君主的爱戴和衷心，对其恩情没齿不忘，语气肯定而坚决。“寿考”一词，也反映了作者对君主身体的关心，是作者对君主能够延年益寿的祝福。两句八字，字约义丰，表现力十足，展现出作者极高的艺术技巧。

黄 鸟

交交黄鸟①，止于棘②。谁从穆公③？子车奄息④。维此奄息，百夫之特⑤。临其穴，惴惴其栗⑥。彼苍者天⑦，歼我良人[8]！如可赎兮，人百其身[9]。

交交黄鸟，止于桑[10]。谁从穆公？子车仲行。维此仲行，百夫之防[11]。临其穴，惴惴其栗。彼苍者天，歼我良人！如可赎兮，人百其身。

交交黄鸟，止于楚[12]。谁从穆公？子车铖虎。维此铖虎，百夫之御。临其穴，惴惴其栗。彼苍者天，歼我良人！如可赎兮，人百其身。

【注释】

①交交：飞来飞去。②棘：酸枣树。棘之言“急”，双关语。③从：殉葬。④子车：复姓。奄息：人名。下文“子车仲行”“子车铖（zhēn）虎”与此同。⑤特：杰出的。⑥“临其穴”二句：郑笺：“谓秦人哀伤其死，临视其圹，皆为之惴慄。”⑦彼苍者天：悲哀至极的呼号，犹今语“老天爷”。⑧良人：好人。⑨人百其身：用一百人赎一条命。⑩桑：桑树。桑之言“丧”，双关语。⑪防：抵挡。⑫楚：荆树。楚之言“痛楚”，亦为双关。

【赏析】

殉葬这种制度在上古时期是非常常见的，它是奴隶社会的一种恶习。那时殉葬的人不单单只有奴隶，还有一些是统治者生前最亲近的人，像是本诗中所说的为秦穆公殉葬的“三良”（“子车奄息”“子车仲行”“子车铖虎”）。他们是《黄鸟》一诗主要哀悼的对象。

秦穆公，嬴姓，名任好，是春秋时期秦国的一位国君，是春秋五霸之一。他于公元前659年即位，死于前621年，作为一名霸主他继位的当年就亲自带兵讨伐了茅津的戎人，由此展开了他的扩张疆土的事业。

前647年，晋国攻打秦国，双方在韩原大战，秦军生俘晋惠公。前627年，“崤之战”，秦军三帅被晋俘获，“匹马只轮无返者”。前626年，与晋军再战，再次失败。前624年，秦穆公亲自率兵讨伐晋国，一雪崤战之耻。前623年，秦军出征西戎，“益国十二，开地千里，遂霸西戎”。

前621年，秦穆公死。

作为一名骁勇善战的君王，他满怀着壮志未酬的遗憾，于是对军队有着深深依恋的他就决定让奄息、仲行、铖虎这三名能够以一当百的战将和一百七十余人为他殉葬。秦穆公的这个决定，让秦国上下所有人感到十分痛心。

本诗开篇二句通过“交交黄鸟，止于棘”起兴。有学者认为，“棘”与“急”，是语音相谐的双关语，这样的写法为本诗渲染出一种紧迫、悲哀、凄苦的氛围，这就给本诗奠定了一种哀伤的基调。

“谁从穆公？子车奄息。维此奄息，百夫之特”，点明奄息为穆公殉葬的事，这里的用意是指出当权者为了自己的私欲就让一位才智超群的“百夫之特”成为了牺牲品，表现了秦人的无比惋惜之情。后六句写秦人为奄息送殉时的情状。

“惴惴其栗”这一句，充分地描写出了秦人目睹人被活埋的惨象时那种惊恐的情景。

人们看到这样的情景，先是惊恐，随即惋惜，最终感到愤怒，忍不住发出了呼号，他们质问着苍天为什么一定要“歼我良人”。

人们甚至希望用百个人来代替奄息，来挽救他的性命，他们心甘情愿牺牲自己。秦人对奄息的悼惜之情由此可见一斑。

第二章主要是在哀悼仲行，第三章是在悼惜鍼虎，这两章也是通过重章的叠句来表现人们的悲愤，这两章的结构和第一节是相同的。

优秀的人物成了殉葬品，枉然送掉了性命，这是一件很可惜、令人痛断肝肠的事情。人们“惴惴其栗”地走近殉葬者的墓穴，内心感到非常恐惧，他们战栗着，感叹上天为什么不让好人好好活着，他们愿意以身代替那些优秀的将领。

本诗一唱三叹，在三章中换了三个名字，哀悼了子车家族的三兄弟。虽然殉葬的人并不只是三个人，但诗人正是通过展现这三个声誉和知名度很高的人的悲惨结局，来表现诗人对古代殉葬制度的血泪控诉。

晨 风

鴥彼晨风①，郁彼北林②。未见君子，忧心钦钦③。如何如何，忘我实多！

山有苞栎④，隰有六驳⑤。未见君子，忧心靡乐。如何如何，忘我实多！

山有苞棣⑥，隰有树檖⑦。未见君子，忧心如醉。如何如何，忘我实多！

【注释】

①鴥（yù）：鸟疾飞的样子。晨风：鸟名，即鹯（zhān）鸟，属于鹞鹰一类的猛禽。②郁：郁郁葱葱，形容茂密。③钦钦：忧而不忘之貌。④苞：丛生的样子。栎（lì）：树名，柞树。⑤隰（xí）：低洼湿地。六驳（bó）：木名，梓榆之属。⑥棣：唐棣，也叫郁李，果实是红色的，形状如梨。⑦檖（suì）：山梨。

【赏析】

关于《晨风》的主题见仁见智，有很多种解释，不必拘泥于一说。朱熹认为这是一首含有秦俗的诗，是写妇女担心外出的丈夫已将她遗忘和抛弃。而清代方玉润认为这首诗也可当成是在说君臣之情，这要看读诗的人的心境。今人高亨在其《诗经今注》则说："这是女子被男子抛弃后所作的诗。也可能是臣见弃于君，士见弃于友，因作这首诗。"可见，这首诗存在不同的主题。

从诗的本意来看，《晨风》是一首描述妻子思念丈夫的诗。本诗为我们展现了一个痴心女子盼望出门在外久不归家的丈夫能够早日回来的心情。她朝朝暮暮地等待着自己的丈夫，但是她的丈夫已经完全将她忘记了，始终都没有回到她的身边。可以说，本诗既表现出了女子的痴情，同时也揶揄嘲弄了女子丈夫的"二三其德"。

第一章"鴥彼晨风，郁彼北林"，这两句话使用晨风鸟归林来起兴，描写小鸟飞倦还知道要飞回自己的窝里，但是人却已经忘记了自己的家，只想留在外面，不想回到自己的家。这两句话表现出了这位女子的情深意切，她焦急盼望，黯然神伤，诚心期盼丈夫回到自己的身边。

后四句"未见君子，忧心钦钦。如何如何，忘我实多"将人带入人了女子的内心世界，将她的感情展现出来。天色已经到了暮色苍茫的黄昏时分，女子守望了一天，仍然没有看到她的丈夫，她心里感到非常忧伤苦涩。她对自己的丈夫用情至深，越想越怕，她猜想丈夫是不是已经将她给遗忘了。女子和自己的丈夫也许有着许许多多甜蜜的回忆，他们花前月下、山盟海誓，但是这些美好的回忆丈夫恐怕已经不记得，可见女子被丈夫负得有多深。

第二、第三章都是通过开头的复叠句“山有……隰有……”来起兴的，这是《诗经》中常出现的起兴句。第二章告诉我们，那一直盼望着丈夫回来的女子，她向四处张望，没有看到丈夫归来，却瞥见晨风鸟像箭一样掠过，然后飞入北林。然后映入她眼帘的就是山坡上茂密的栎树和洼地里树皮青白相间的梓榆。

第三章中，女子看到树换成了棠棣树和山梨树。诗人这样写的目的一方面是为了换韵脚，另一方面是为了说明天下万物都能够各得其所，但是自己却无所适从，女子的凄凉不言而喻。第二章和第三章反复地吟咏女的“忧心”，虽然这两章只有两个字不同，但是这两层的意思却是层层递进的。从对往事和现实的欢乐，到郁闷难安：最后女子变得“如醉”，也就是如醉如痴、精神恍惚，痛不欲生。最后女子几乎要精神崩溃了。

本诗的主线就是“忧心”两个字，忧心贯彻全诗的始终，主人公的心理路程，轨迹分明。本诗通过层层递进的形式表现出了女子的惆怅和凄凉，全诗各章节的感情递进轨迹非常清晰、真实可信。诗歌的语言不事雕琢，质朴平实，感情真挚。

无 衣

岂曰无衣？与子同袍①。王于兴师②，修我戈矛。与子同仇③。

岂曰无衣？与子同泽④。王于兴师，修我矛戟。与子偕作⑤。

岂曰无衣？与子同裳⑥。王于兴师，修我甲兵⑦。与子偕行。

【注释】

①袍：长袍。②王：此处指周王。③同仇：共同对抗敌人。④泽：内衣。⑤偕：一起。⑥裳：下衣，此指战裙。⑦甲兵：铠甲与兵器。

【赏析】

“岂曰无衣？与子同袍。王于兴师，修我戈矛。与子同仇。”这是全诗开篇第一句。以这个问句作为开头别具一格，吸引了读者的阅读兴趣。

怎么会没有衣裳？谁说我们没有衣裳？和你穿着同样的战袍，意气焕发、精神抖擞。君王要起兵打仗，我们义不容辞，君王有命，我们赴汤蹈火在所不惜。修好戈和矛，检查好各种武器，我们一起上阵同仇敌忾打他个落花流水。

这种设问式的章法更加突出回答的内容，好像反问，又好像极力在证明什么，生怕打仗会遗漏了他们这群高手，秦地人民好战尚武的性格在这一章显露无疑。那种大山般深沉、大海般广阔的气势，让人读完热血沸腾。

“岂曰无衣？与子同泽。王于兴师，修我矛戟。与子偕作。”谁说我们没有衣裳，我们连汗衫都跟你们穿的一致，莫要从衣服上判别什么，我们都有一颗抗击西戎的心。君王要起兵打仗，我们义不容辞，君王有命，我们赴汤蹈火在所不惜。修好铠甲和兵器，检查好各种武器，我们和你共同做准备，共同一起上前线，同结一心、同仇敌忾打他个落花流水。

“岂曰无衣？与子同裳。王于兴师，修我甲兵。与子偕行。”谁说我们没有衣裳，我们穿着一样的战裙，莫要从衣服上判别什么，我们都是一起的，都有一颗抗击西戎的心。君王要起兵打仗，我们义不容辞，君王有命，我们赴汤蹈火在所不惜。修好铠甲和兵器，检查好各种武器，我们和你共同做准备，共同一起上前线，同结一心、同仇敌忾打他个落花流水。

《毛诗序》评此诗为：“《无衣》，刺用兵也。秦人刺其君好攻战。”读过这首诗的人都可以感觉出《毛诗序》此评显得偏颇。

整首诗从头到尾都洋溢着一种高亢的激情，只有赞美，没有讽刺。《毛诗序》此评驱散了诗歌本有的艺术魅力。

朱熹在《诗集传》中也说：“秦人之俗，大抵尚气概，先勇力，忘生轻死，故其见于诗如此。”在这首诗上朱熹眼光独到，一语中的，他看出了这首诗意气风发、豪情万丈，秦地人民好战尚武的精神势不可挡。

这首诗是整齐的四言句式，从第一章中“修我戈矛。与子同仇”可以看出这是秦地人民为了作战的心理活动，他们现在挺身而出，不管环境有多艰难都视死如归、同仇敌忾。

第二章就可以看出情感有所变化，“修我矛戟。与子偕作”，这一章秦兵似乎跃跃欲试，修好各种武器，全面做好迎战的准备，只等君王一声令下。

到了第三章感情激烈如泉涌，“修我甲兵。与子偕行”，修好武器大家团结一心上前线，如果说第二章是待发的箭，那这一章他们便像离弦的箭一般冲向前去，所向披靡。

整首诗无不渗透着那种慷慨激昂的英雄气概，大家有着一颗同仇敌忾的心，他们同穿一个战袍，同穿一件外衣，甚至是同穿一件汗衫，战士们连战衣都备不齐，但是大家团结互助，什么都不计较。就凭着这种执着劲。还有什么东西不可摧毁？相信每一位读者都会被诗中这种斗志昂扬、众志成城的精神所感动。在那样一个年代，那样艰苦的环境下，战士拥有的就是心之所向，这股热情令人心驰神往。

渭 阳

我送舅氏，曰至渭阳①。何以赠之？路车乘黄②。

我送舅氏，悠悠我思。何以赠之？琼瑰玉佩③。

【注释】

①曰：发语词。阳：山南水北曰阳。②路车：大车，指诸侯之车。③琼瑰：玉之类的美石。

【赏析】

亲情与送别是我国自古以来文人乐好的题材，这与我国优秀的文化传统息息相关。远在《诗经》年代，便有了这类题材。《渭阳》便是一首写甥舅送别的亲情之作，也有人将它具体到秦康公当太子时送重耳之事。

有了历史的依托，《渭阳》一诗的主旨就显而易见了：外甥为舅父送行，赠送礼物表达自己的情意。别时纵有千言万语，始终无法言尽。男儿有泪不轻弹，更何况公子重耳归国即位正是多年所望，于是临别之时赠以“路车乘黄”。这里有送舅氏平安回国之意，更深一层也表明了秦晋两国政治上的亲密关系。

但无论如何，其送别的主题都是不变的。而无论送与被送的双方是何人，其情义都是相似的。

《渭阳》篇幅简短，要表达的意思却无一遗漏。诗的章法变换十分巧妙，情绪转移非常自然。形式上也可圈可点。两章结构相同，用韵有别，诗歌的整体气氛却不是一个曲度，由昂扬到郁结的情感并不生涩。此诗对后世有很深的影响。方玉润《诗经原始》说此诗“为后世送别之祖”，可见《渭阳》一诗在送别诗中的地位。这首诗无论是形式还是内容，都给后人的写作提供了可贵的借鉴。

“我送舅氏，曰至渭阳”，从秦都雍出发的秦康公送舅氏重耳（晋文公）回国登上国君之位，来到渭水之阳，即将分别。这就使这简单的送别多了一重政治互动的意味。甥对舅的深情厚谊在这样的身份地位和场景之下，挥泪惜别显然是不合适的，千言万语都说不尽，送了一程又一程，一直就送到了渭阳，突出了差别路途之遥、情谊之深。

“何以赠之？路车乘黄”不仅仅是简单的送别礼物，更是秦晋两国政治上交好的体现。陈奂在《诗毛氏传疏》中说：“康公作诗时，穆公尚在。”这段考证说明，车马之赠是康公之意也是穆公所许，此礼物若仅仅是亲友之间的赠送未免太过了，而上升到两个国家的外交关系层面上，就显得十分合情合理了。

如果说第一章送礼物的政治意义更重一些的话，那么第二章便转为单纯的亲情。因为有母亲，才有舅父。送别舅父之际，作者很自然地想起了母亲，诗也借此由惜别之情转向念母之思。

“我送舅氏，悠悠我思”，“悠悠”道出了诗人心中绵延不断的思念。孔颖达《毛诗正义》言：“‘悠悠我思’，念母也。因送舅氏而念母，为念母而作诗。”想到了温暖的母亲，便自然地想到“琼瑰玉佩”这些纯洁温润的玉器。这不仅是赞美舅氏的道德人品，也有愿舅舅不要忘记母亲曾有的深情。

权 舆

於我乎[①]？夏屋渠渠[②]。今也每食无余。於嗟乎！不承权舆[③]。

於我乎？每食四簋[④]。今也每食不饱。於嗟乎！不承权舆。

【注释】

①於：叹词。②夏屋：很大的食器。渠渠：丰盛。③承：继承。权舆：原意是草木初发，此处引申为起始、当初。④簋（guǐ）：古代以青铜或陶制作的圆形食器。

【赏析】

《权舆》是一篇反映没落贵族的生活和心态的诗篇。它以对比的手法写出了士人昔日奢华的生活与今日没落潦倒的模样，具有深刻的讽刺意义。

诗的首章是对过去生活的回忆："於我乎？夏屋渠渠。今也每食无余。""我啊，曾经大碗饭菜，餐饭每顿都有富余。"作者的高明之处在于，写饮食的目的其实反映出了主人公身份地位已经发生了变化。如果这是一位贤才，就由此反映出贤者在国君心目中的位置。这样的感叹直击读者的内心，让人自然想到如今的情形是不是和曾经相差很大，为下章的今日之惨状埋下伏笔，使今昔的强烈对比就显得自然。接下来一句"於嗟乎！不承权舆"道出了内心的凄凉。

诗的末章是写今日黯淡的生活状态。末章与首章的语言相差无几，但从"每食四簋"到"每食不饱"，其中的变化让作者接连咏叹"於嗟乎！不承权舆"，充满了失望和凄凉之感。但是读罢此诗，似乎没有让读者对诗的主人公产生什么同情之心，诗中并无此人的生平事迹与贡献，无法判断其到底是一位有才能的贤士还是没落贵族，相反，其生活态度反而让人颇为担忧。《权舆》以第一人称的抒情方式，主人公的内心独白流露出抱怨、怨恨、悲观、颓废的情绪。遇到挫折，主人公既没有自我反省，也没有重新振奋精神，鼓起进取的勇气。尽管前人大都为其辩护，将责任归咎于君主对贤士的不重视，导致待遇今非昔比，甚至难以果腹。但就文本来看，诗的抒情主人公从头至尾采取的都是一种坐享其成、怨天尤人的消极态度，这样的人是否是“贤”人，是否值得君主礼遇确实有待商榷。

陈 风

宛 丘

子之汤兮[①]，宛丘之上兮[②]。洵有情兮[③]，而无望兮。
坎其击鼓[④]，宛丘之下。无冬无夏，值其鹭羽[⑤]。
坎其击缶[⑥]，宛丘之道。无冬无夏，值其鹭翿[⑦]。

【注释】

① 汤：通“荡”。② 宛丘：四方高、中央低的土山。③ 洵：确实，实在是。④ 坎：击鼓声。⑤ 值：持。⑥ 缶（fǒu）：瓦盆，一种打击乐器。⑦ 翿（dào）：一种用鸟羽毛制作的伞形舞蹈道具。

【赏析】

陈地因为生产力发展水平较高，祭祀等活动尤为盛行。巫风在陈地有着久远的历史和良好的传承。舞蹈作为巫风最主要的表演形式，在这首《宛丘》中体现了出来。因此，对于本篇的主旨，便有了刺陈好巫风说、刺陈幽公说，等等。无论是第一种说法还是第二种说法，因是刺诗，而缺乏必要的文本支持难以服众，因此学界有了第三种解释：情诗恋歌说。以后多数学者持此观点，认为《宛丘》一诗表达了诗人对一位巫女舞蹈家的爱慕之情。

男主人公在宛丘的游乐盛会上，爱上了一位能歌善舞的女子。两人佳期相会，在歌舞之中互相倾诉衷肠。全诗三章，着力描写女子“无冬无夏，值其鹭羽”的舞、击鼓、击缶等舞蹈动作，表现出男主人公对跳舞者的倾心。

诗中“宛丘之上”“宛丘之下”和“宛丘之道”可以看作舞者跳舞地点变化的线索。古代“宛丘”的形状像倒扣的碗底，有防洪、军事等作用，古代都城基本上都建在丘上。

在这样的地点，诗的首章以浓烈的感情拉开了幕布。作者以欣赏舞蹈者的眼光写巫女优美的舞姿，不仅让作者沉醉其中，连读者也不由自主地沉浸到舞蹈的画面中。首句一个“汤”字，引起了许多学者对其负面的解释，但单这一字并不能得出舞者放荡的结论。实际上，荡是摇摆的意思，解释为舞者热情奔放的舞姿并不生硬。随着舞姿的变化，诗人的心情却发生了微妙的变化。两个“兮”字，看似寻常，实深具叹美之意，流露出诗人对舞蹈之女喜不自禁的爱恋之情。巫女自顾欢舞，哪里能察觉到那位观赏者心中涌动的情愫，一边单恋的诗人不禁心生惆怅，发出了“洵有情兮，而无望兮”的慨叹。

诗的第二、三章用白描手法描绘的巫舞场景，虽全是描写的语言，并无抒情的语句，但可见其中情意。“坎其击鼓，宛丘之下”。在欢腾热闹的鼓声、缶声中，巫女不断地跳着舞，从城里舞到城外，从寒冬舞到炎夏；时空变化了，她的舞蹈却仍是那么热烈奔放；同时，正是因为有诗人的一双眼睛始终深情地关注着她，记录着她的每一个舞步。所以读者读此诗时，不仅对诗人所流露的痴情印象深刻，更能体会到一种真正原始的活力与自然的魅力。

“值其鹭羽”“值其鹭翿”说明诗中歌舞的女子是位领舞人。她用“鹭羽”来指挥全场，让众人的动作整齐划一。古代舞蹈与劳动关系密切，不可分割。在获得好的收成时，人们通常都会载歌载舞，用以庆贺。

陈地人民能歌善舞的特点，充分体现出他们对美好生活的向往。诗中舞蹈所表现出来的蓬勃生命力，令人心服。诗人对舞者的爱恋也自然而然、质朴清纯，《宛丘》似一口清泉为现代浮躁疲惫的心灵找到了律动的源头。

东门之枌

东门之枌①，宛丘之栩②。子仲之子③，婆娑其下④。

穀旦于差⑤，南方之原⑥。不绩其麻，市也婆娑。

穀旦于逝⑦，越以鬷迈⑧。视尔如荍⑨，贻我握椒⑩。

【注释】

①穀枌（fén）：木名，白榆。②栩（xǔ）：柞树。③子：女儿。④婆娑：回旋舞蹈的样子。⑤穀：好，善。旦：日。差：选择。⑥原：平地。⑦逝：过去。⑧越以：于以。鬷（zōng）：常常。迈：前往。⑨荍（qiáo）：荆葵花。⑩贻：赠送。椒：花椒。

【赏析】

《东门之枌》是一首抒情的山歌，它的内容本身就是男女间对唱的山歌。陈国在古时候盛行巫风，那里的人们大都能歌善舞，所以青年男女们在聚会的时候常常假借歌舞的名目来为自己选择情人，他们选择的方式就是通过对唱山歌互倾爱慕之情。这是古陈国的风俗习惯，这种风俗一直延续到了今天，现在贵州、云南、广西等地的少数民族依然保留着这样的风俗习惯。

“穀旦于差，南方之原”一句中的“穀旦”是一个很有意义的时间，正如后世所说的“良辰”。而“南方之原”，也不是一个普通的地点，是与“穀旦”相对应的“南方高平之原”，可以算是一个“吉祥之地”。

陈国的古风相对各地来说保存得比较完好。所以在“穀旦”这样一个适合祭祀狂欢的良辰吉日，人们会祭祀很多事情，像是祈祷丰收的火把节、腊日节等。不同的祭祀狂欢有着不同的主题，所以它们的内容也是各不相同的。

在上古时代因为人丁稀少，所以祭祀生殖神就成了非常重要的活动。在这个时期里，青年男女们可以没有禁忌地自由恋爱甚至交合，这些都体现出了那个年代的人的热情和奔放。

事实上一直到现在，壮族、侗族等少数民族仍然保留着每年三月三的古俗。类似的还有布依族在同期举办的跳花会，这种活动又因为是为男女准备的交谊活动，所以又被称为“鹊桥会”。在黎族三月三则被称为谈爱日。

这首诗展现了一个陈国男女的恋爱故事，他们在聚会中相识相知，然后相互慕悦，互赠定情信物。诗中通过“不绩其麻”和“越以鬷迈”这样的描写，表现出了热恋中的男女特点，同样也将陈国的风俗风气展现在读者面前。这首诗通过男子的口吻，叙述他中意的姑娘，即子仲家的女儿。他们在陈国郊野那种着密密的白榆、柞树的一大片高平土地上幽会谈情。

他们初见之时子仲家的少女在树下翩翩跳舞，她那美丽的身姿，吸引了不少男子的目光。和着姑娘的舞姿小伙唱起了情歌，他的歌声婉转动听。男子大胆的求爱打动了少女的心，最终他从少女那里得到了一把香气扑鼻的紫花椒作为她的定情物。在这样一个美好的时间、美好的地点，一对幸福的情侣诞生了，他们幸福的爱情之花含苞待放。在男子的眼中，少女就像荆葵花一样美丽；在少女的心中，男子就是她理想的情人，他们通过一束花椒表白各自的感情。

总之，本诗在为我们展现一段美妙爱情故事的同时，又将当时的风俗民情展现在我们的面前，有极强的艺术价值和历史价值。

衡　门

衡门之下①，可以栖迟②。泌之洋洋③，可以乐饥④。岂其食鱼，必河之鲂⑤？岂其取妻，必齐之姜⑥？岂其食鱼，必河之鲤？岂其取妻，必宋之子⑦？

【注释】

①衡门：横木为门。②栖迟：栖息，安身，此处指幽会。③泌（bì）：与“密”相同，均为男女幽约之地。在山边曰密，在水边曰泌，故泌水是指一般的河流，而不是确指。④乐饥：乐而忘饥。⑤鲂：鳊

鱼。⑥ 姜：齐国的贵族姓氏。⑦ 子：宋国的贵族姓氏。

【赏析】

《衡门》这首诗的主旨主要围绕着两种说法展开：宋代大学者朱熹将《衡门》看成一首安贫乐道之诗，这一说法在相当长的一段时间之内还产生着持久的效应。另外一种观点便是爱情。学者闻一多先生对这一观点“青睐”有加。

全诗共三章，每章四句，每句四言。“衡门之下，可以栖迟。泌之洋洋，可以乐饥。”带有衡门的屋子多半情况下都是比较简陋的屋子，但尽管是这样的屋子，仍然可以栖身，可以安家，和金碧辉煌的宫殿实质上都是一个功能。泌水清澈见底，光滑的河卵石清晰可见，但这无味的清水也可以充饥。它虽不如琼浆玉液甘甜美味，但却可以给沙漠里行走的人带来生命的希望，更可以让饥肠辘辘的人缓解燃眉之急。

第二章运用了反问的修辞手法，增强语气，别有一番滋味。“岂其食鱼，必河之鲂？岂其取妻，必齐之姜？”在众多美味当中，鱼可以称得上是上等佳品，肉质细腻光滑且对身体也大有好处。神州大地广袤无垠，江河湖海横亘万里，鲜肥味美的鱼更是数不胜数。都说黄河的鲂鱼天上难找，地下难寻，可是吃鱼时真就非它不可吗？难道就只有这黄河鲂鱼才称得上是人间美味吗？天下的姑娘千千万，谁说只有齐国的姜姑娘是最好的？把眼光放远一点，天涯何处无芳草，堂堂七尺男儿娶妻难道仅仅局限于眼前的齐国姜氏吗？

从这一段来看，《衡门》与《诗经》当中其他的诗歌大有不同，这首诗并没有把比兴放在诗首，而是在诗歌的第二章才开始展开。这就避免了一种枯燥之感，也减轻了读者的审美疲劳。

第三章是第二章的延续，无论从句法上还是句式上都可以很明显地看出，这是复沓的写作手法。“岂其食鱼，必河之鲤？岂其娶妻，必宋之子？”都说黄河的鲤鱼天上难找，地下难寻，可是吃鱼时真就非它不可吗？难道就只有这黄河鲤鱼才称得上是人间美味吗？天下的姑娘千千万，谁说只有宋国的子姑娘是最好的？把眼光放远一点，天涯何处无芳草，堂堂七尺男儿娶妻难道仅仅局限于这眼前的宋国子氏吗？

这首诗风格独特，一般诗歌的写作风格是先描写再抒情。《衡门》这首诗的特别之处在于，它是先发表议论，然后才开始展开描写，给人焕然一新的感觉。首先基本可以肯定的是，这是一首爱情诗。作者提到简陋的房屋和黄河的鲂鱼都是为了后文“娶妻”之言做铺垫，实际上这一前一后营造了一种对比关系，以景衬人。诗中还大量运用反问的写作手法，增强文章气势的同时还强调了作者的观点。

"岂其取妻，必齐之姜""岂其娶妻，必宋之子"两句是全诗的主旨句。齐国姜氏和宋国子氏秀外慧中的确是誉满天下，但这并不代表这就是男子娶妻的唯一标准。天涯何处无芳草，好的人儿多的是，未必仅眼前这一两个。只要两个人心心相印，哪怕是住在简陋的房屋，都可以生活得有滋有味。所以天地万物重在一个"情"字，没有什么事情是绝对的，有情四海为家亦是暖，无情山珍海味更觉寒。

东门之池

东门之池，可以沤麻①。彼美淑姬②，可以晤歌③。
东门之池，可以沤纻④。彼美淑姬，可以晤语。
东门之池，可以沤菅⑤。彼美淑姬，可以晤言。

【注释】

①沤（òu）：长时间用水浸泡。②淑姬：善良的姑娘。③晤歌：用歌声互相唱和。④纻：纻麻。⑤菅（jiān）：菅草。多年生草本植物，可做绳索。

【赏析】

《东门之池》是一首描写男子对淑姬爱慕的诗，本诗抒发出了两人情投意合的喜悦。本诗通过浸泡麻来起兴，写明了情感发生的地点，同时也暗示出情感在交流的过程中，得到了加深。麻可泡软，也就是意味着情意的逐渐深厚。

其实将长久浸泡的麻，从水中捞出，然后洗去泡出的浆液，剥离麻皮，是一项相当艰苦的劳动。但是，就是在这样艰苦的劳动中，男子感到能和自己钟爱的姑娘在一起，又说又唱，非常幸福，他珍惜这种在艰苦劳动中的温馨相聚，所以他们的歌声中充满欢乐的气氛。

本诗的意思十分简单，一群青年男男女女，他们聚集在护城河里浸麻、洗麻和漂麻。大家在一起劳动，他们一边干，一边谈天说地，他们谈笑间高兴地唱起了歌来。这时就有勇敢的小伙子大着胆子，向着自己爱恋的姑娘，唱出了自己的心情，于是就有了这首《东门之池》。

诗中人们所做的事情是制作衣服之前必须经历的繁冗步骤。大麻、纻麻经过人们的揉搓、洗净、梳理之后，就成了耐磨的纤维，人们可以利用它们，当作原料织成麻布，然后再用这些麻布裁制衣服。因为洗麻非常重要，所以农村中的劳动青年每年都会到护城河去沤麻，这样年年都有男女青年相聚在那里劳动、谈笑、唱歌，于是像《东门之池》这样欢乐的歌声，也就年年都会飘扬在护城河上。

诗文中的文字非常温雅，在措辞上也十分平和，因为是在表达男子对女子的爱慕之情，所以充满了清纯和恳挚的感情，让文字也有了温度。在第一章中本诗的全部意思都已经全部展现了出来，诗的第二、三章是在运用相同或相近意义的字语进行复沓。这种复沓，就是一种反复吟唱，它表现出了中国民歌传统的语言形式。

东门之杨

东门之杨，其叶牂牂①。昏以为期②，明星煌煌③。

东门之杨，其叶肺肺④。昏以为期，明星晢晢⑤。

【注释】

①牂（zāng）牂：风吹树叶的响声。②昏：黄昏。期：约定的时间。③明星：启明星，清晨出现在东方的天空。煌煌：光亮貌。④肺（pèi）肺：同“牂牂”。⑤晢（zhé）晢：同“煌煌”。

【赏析】

关于《东门之杨》这首诗，《毛诗序》认为：“刺时也。昏姻失时，男女多违，亲迎女犹有不至者也。”联系诗文可以发现这种解释政治色彩太浓。其实这是一首关于男女约会的诗，一方早早来到约会地点等候，但是等了很久却一直不见对方的到来。诗中的“东门”指的就是约会的地点，“黄昏”则是约会的时间。

诗中描述了一名终夜等待情人的人到最后都没有见到自己情人的懊恼和哀伤。通过白杨树声和“煌煌”明星景色的渲染，烘托出了他的焦灼和惆怅。所以这是一首关于情侣之间一方爽约之后另一方的心情的小诗。

在古代“明星”指的就是“启明星”。它是在黄昏的时候隐于西天，在黎明时分灼灼升起于东方的星星。启明星的出现，说明诗中等待的那个人已经等了一夜，他心中的感情不再是黄昏约会的喜悦，而是终夜不见情人到来的焦灼和惆怅。

诗中并没有直接描写感情，这也是本诗在抒写情感上的妙处。在开笔没有任何的征兆，直至结句才暗示原来是一方失约，这样的写法，使得诗中的景物带有了伴随情感逆转而改观的不同色彩，氛围替换鲜明，出人意料，令人叹为观止。

《东门之杨》全诗八句、三十二字，分为上下两章，短小精练而意蕴朦胧。这两章内容重章叠唱，只有两个词发生了变换。

“东门之杨”写出了约会的地点；“其叶牂牂”这一句写出了风吹杨树叶子的响声；“其叶肺肺”则是说明了约会的季节是盛夏；两节的后两句中“昏以为期”交代了约会的时间；表现出等待的时间很长，从黄昏时分一直等到启明星亮。“明星煌煌”“明星晢晢”这两句是在说明启明星已经闪耀在等待的人的头顶了，明星煌煌的天亮时刻，等待着的人心里也变得惶惶了。关于等待的人是男是女是很难判断的，读者只知道他在白杨树下踯躅而行。他高兴而来，却败兴而去，驻足在一排挺拔高耸的白杨附近。“牂牂”“肺肺”，叶儿繁茂、清碧满树，“牂牂”“肺肺”的树叶声就是等待的人心底的浅唱。

诗中描绘的景色非常美丽，那“煌煌”“晢晢”的启明星，高高地在青碧如洗的夜空中升了起来。它将这个静谧的世界变得灿烂非凡，这个天空都被这灿烂的星辰照耀了。

但是美丽的景色在诗人眼中都是没有意义的，因为他们明明约在黄昏，但是现在，斗转星移，清寂的凌晨到来了，启明星已经闪耀于东天，情人却依然不见身影。全诗语言十分含蓄，诗句中没有一句是描写不见情人的字。但是在字里行间，那份久久等待的焦灼，万分失望的懊恼，完全展现了出来，诗人的感情充满了全诗，就连那“煌煌”闪烁的“明星”，都感受到了诗人的焦灼和不安了。

墓 门

墓门有棘①，斧以斯之②。夫也不良③，国人知之。知而不已，谁昔然矣④。

墓门有梅，有鸮萃止⑤。夫也不良，歌以讯之⑥。讯予不顾，颠倒思予⑦。

【注释】

①墓门：墓道的门。②斯：劈开，砍掉。③夫：这个人，指作者讽刺之人。④谁昔：往昔，从前。然：这样。⑤鸮（xiāo）：猫头鹰，古人认为是恶鸟。萃：集，栖息。⑥讯：借作“谇”，斥责，告诫。⑦颠倒：跌倒。

【赏析】

这首自产生以来就备受争议的小诗，自先秦起便流传甚广，相关的传说也是十分丰富。流传的广泛证明它在劳动人民之中引起了共鸣，说明其内容定与人民密不可分。

诗的首章以棘起兴：“墓门有棘，斧以斯之。”通往墓道的门前长起了酸枣树，用刀斧就可以铲除掉。朱熹在《诗集传》中对这两句的解释是：“兴也。言墓门有棘，则斧以斯之矣，此人不良，则国人知之矣。国人知之犹不自改，则自畴昔而已然，非一日之积矣。所谓不良之人，亦不知其何所指也。”那么下面要说的定是一些无法铲除的东西，“夫也不良，国人知之”，如果国家出了一个不良之人，那么用什么方法能铲除他呢？“知而不已，谁昔然矣”，现在全国上下都知道有个只在其位不谋其职的人，而他自己却全然不知。诗句中的气愤之情直白地显露，百姓的不满对所说之人是莫大的讽刺。

诗的末章进一步地对不“良”之人进行讽刺。“墓门有梅，有鸮萃止”，是人民以自己的方式在发泄心中的怨气：你家的墓地丛生了酸枣枝，每天都有成群的猫头鹰在上面哀号。此处仍以起兴开始，有人认为“梅”古文作“槑”，与棘形近，遂致误。“夫也不良，歌以讯止”：我们唱这首歌就是希望你的不良之举有所改正。语气十所恳切，看出人们曾经对其寄以很大的希望。然而事与愿违的是“讯予不顾，颠倒思予”：但我们的歌却未打动你，你耽于享乐、声色犬马不屑于听。而等你下台潦倒之际恐怕会怀念当初我们这支歌吧！语重心长，却又无可奈何的语气在本章中颇为明显。

《墓门》其艺术上的特色有许多亮点：其一，仅仅用了短小精悍的两章，就丰富地传达出指斥和告诫的意味，整齐的四字诗句十分富有韵律感；其二，两章的开头均以动植物起兴，对恶势力的痛斥毫不容情，对国家依然坏人当道的状况表现出忧虑之情。《墓门》可以说是一篇在直露的指责中不乏蕴藉意味的作品。

防有鹊巢

防有鹊巢①。邛有旨苕②。谁侜予美③？心焉忉忉④。中唐有甓⑤，邛有旨鹝⑥。谁侜予美？心焉惕惕⑦。

【注释】

①防：水坝。一说堤岸。②邛（qióng）：山丘。苕（tiáo）：苕菜。③侜（zhōu）：谎言欺骗。④忉（dāo）忉：忧虑状。⑤唐：朝堂前和宗庙门内的大路，中唐泛指庭院中的主要道路。甓（pì）：砖。⑥鹝（yì）：绶草，一般生长在阴湿处。⑦惕惕：提心吊胆状。

【赏析】

这是一首抒发唯恐失去爱情的忧虑心情的诗歌。本诗描写了一名男子担忧自己和情人之间的关系被别人离间，而感到忧虑和恐慌的心理。朱熹说：“此男女之有私，而忧或间之辞。”细细地品味诗文，就可以感受到诗中那种浓烈悒郁的心绪。

本诗的重点就是“予美”二字。“予美”的意思就是“我所爱慕的”。在《诗经》中，美通常指的是美人、丈夫或妻子，也可以是“美丽、美好”的意思。人们会因为钟爱而觉得自己喜欢的人很美。一个“美”字表达出了诗人的感情。

诗人“予美”的对象，不一定是和他已经定情相恋的人，也可能是他暗暗相恋的人。纵观全诗，可以知道诗中被爱的那个人并不十分清楚谁在暗中爱着自己，就在这样的时刻，第三者已经悄然而至。面对这样的情况，作者感到非常焦急，他害怕自己喜欢的人会被别人抢去。在他的心中，那个第三者和自己喜欢的人是不合适、不协调的，只有自己才和那个人是最完美的一对。

这一切都是暗暗发生的，诗人暗暗地爱着一个人，暗暗地担忧、害怕，暗暗地感叹、忧伤，所以这首诗便体现出了一种暗中的情愫，表现出主人公对爱情的真挚和执著。

全诗共两章，每章三句。第一句都是比喻，原本应建在树上的鹊巢却筑在了堤坝上，原本应生长在湿地上的苕草却生长在了山丘上。这种不协调的搭配方式是诗人用来比喻诳骗之言的。第二至三句主要写诗人的心理活动。诗人怀疑现在有人在暗中接近他的心上人，这个别有用心的人正在挑拨、破坏他们的关系。

在提出了这一连串的疑问之后，诗人说出了自己心中的郁闷。他感叹到底是谁诳骗他的心上人，原本他的心上人只和他要好，是他的最爱。但是现在他却要面临最爱的人可能会被人抢走的危险，因为他的心上人突然对他冷淡了下来，他知道这中间一定有什么变故，这一切都让他感到万分忧伤。

这些大都是诗人自己的猜测、推想和幻觉，未必真的发生。诗人之所以会这样觉得，可以说是他不平常的心理活动的表现，这些都表达了诗人对心上人的爱慕之情。因为他爱之愈深，也就忧之愈切。诗人所用的比喻大都是一些自然现象，但又是一些在自然界中绝对不会发生的事情。因为喜鹊不可能把窝搭到河堤上；苕不可能长到高高的山坡上；砖不可能用来铺路；绶草也不可能生长在山坡上。这些违反常识的事物经诗人的组合之后，表明了一种不协调的感觉，同时也是在告诉世人，它们都是不会长久的。诗人虽然内心担忧，但是他在担忧的同时也相信真正的爱情是坚贞不移的，谁也不能横刀夺爱。

《防有鹊巢》一诗是通过将一些不协调的事物放在一起，来引起对危机的恐惧，以此表现诗的主旨。但是关于这个主旨，历代的诠释都是不尽相同的，由此也就引申出很多不同的观点。主要观点有两种：一种认为这首诗表现臣子担忧君主相信谗言，另一种则认为这是一首“男女之有私而忧或间（离间）之词”（朱熹《诗集传》），从诗文来看，这种说法比较贴合诗歌的情绪。

月出

月出皎兮①，佼人僚兮②。舒窈纠兮③，劳心悄兮④！
月出皓兮⑤，佼人懰兮⑥。舒忧受兮，劳心慅兮⑦！
月出照兮⑧，佼人燎兮⑨。舒夭绍兮，劳心惨兮⑩！

【注释】

①皎：月光洁白明亮。②佼：同“姣”，美好。僚：娇美。③舒：舒徐，舒缓，指从容娴雅。窈纠：与第二、三章的“忧受”“夭绍”，皆形容女子行走时体态的曲线美。④劳心：忧心。悄：忧愁状。⑤皓：洁白明亮状。⑥懰：娇美。⑦慅（cǎo）：心神不宁。⑧照：明亮貌。⑨燎：明。⑩惨：当为“懆（cǎo）”，焦躁貌。

【赏析】

月下的迷离，相思的惆怅，这一无数次出现在中国古典诗词中的意象，追根溯源，便是这一首《月出》。一位优雅而多情的诗人，心有所属，时刻不能忘怀，因而夜不能寐。他为排遣相思，披衣下床，步入小院中央，盘桓徘徊良久。月光如洗，澄澈无瑕，叫人心归纯净。朦胧间，月光照耀下，如琼如玉的远处，居然出现了那位女子的身影，体态匀称，身姿绰约，飘飘欲仙，不似凡俗。作者举步靠近，心想一靠芳泽，但幻影如雾，渐渐消散。作者方知自己思念之切，几近成痴，于是，便作了这首经典的《月出》。

自古以来，月光就是美好的象征，人们用它来代表美好的人物、事物、时刻、场景、愿望等，甚至为其编造出美好的神话故事，其皎洁、清明、澄澈，让无数的人心生向往。诗作的题目，交代了诗人活动的背景和时间，月光如水的夜晚，本身就有很大的魅力和诱惑力，容易使人生发出许多美好的联想。“月出”一词，突出了其“出”这一时刻，将这种美好，从无到有，全面而细致地展示给读者，不仅增添了动感，还有一种神秘感和朦胧感潜藏其中，宛如幽幽现出真容的月儿，就是那位狡黠多情的美人。

诗作以对月色的描摹开端，“月出皎兮”“月出皓兮”“月出照兮”，反复的回环中，营造出一幅愈来愈明亮的画面。“皎”。突出月光的明净无瑕，“皓”，突出月光的明亮广阔，“照”则是重点凸显其光线充足，普照大地，把世间的一切都浸润在那一片柔美里。这一步一步的递进，展现出时间的逐渐流逝，月亮从刚升起时的白净柔弱，最终演变为当空普照，可以看出，作者的相思和幻想并非一小会，而是持续了整整一个晚上。这也反映了作者的相思程度，随着月光越来越亮，变得愈来愈深。

以月光作为背景，更加衬托出女子倩影的秀美。接下来，作者开始描绘那位意中女子，她的面容、身姿、体态，在月光下慢慢展现，构织出一幅别样的美景：月光朦胧下，一个线条优美的女子在缓缓起步，几分神秘，几分忧愁，月光和白衣共舞，清辉和素颜映衬，让人无限动容。这一如工笔画般的景象，渗透出无限的画意，与清雅而浓郁的诗情，水乳交融，共同达到写景抒情的极致境地。

中国传统的审美标准，自有其独特性和鲜明性。对于年轻的女子，外型上，以细长柔弱为最佳，无数描摹刻画美女的诗句，都能反映出这一标准的深入人心，如“窈窕淑女，君子好逑”等。而气质上，则以闲缓贤淑为最佳，“淑女”务必要动作轻缓、举止静穆、安静持重，这样才最惹人爱惜。诗作中的女子，无疑达到了这一标准。作者在每章的开端描摹完撩人的月色之后，第二句直接写伊人的外部形态，“僚”“懰”“燎”，极尽笔墨写出其美丽的容貌、婀娜的体态；第三句写伊人苗条的身段，娴雅的举止，“窈纠”“忧受”“夭绍”，三组连绵词，显现出其身材苗条、秀美，行步时摇曳生姿、从容不迫、雍容大方。这种舒缓安静的气质美，比外表更富有魅力。

最后一句的“劳心悄兮”“劳心慅兮”“劳心惨兮”，则是作者将笔触转向自身，因爱慕伊人，作者变得心神不安、焦虑愁苦、烦闷异常。诗人对女子可能是一见钟情，也可能是相知已久，但因为某些外在阻力，或单单是因为自卑，迟迟不敢对其表白心中所想，因而生发出无限的忧愁。诗人此时此刻的心情，正如《关雎》里所写的“求之不得，寤寐思服。悠哉悠哉，辗转反侧”一样。

他可能会进一步想象：她会不会真的在月下独自徘徊，与我望着同样的星光点点，感受着同样的夜风拂面？在她的脑海中盘旋的会是什么，有没有我的一寸空间？这纷乱如麻的心绪，体现出诗人爱得深沉。另外，诗人愈赞美其美好，就愈是阻碍了自己表白的可能，女子愈姣美，自己愈觉得难以攀比，这种由对照下产生的自卑，形成了严重的可望不可即的距离感，因而令他更加忧愁，也让人觉得其情感真挚，合乎逻辑和自然。

诗作各句以“兮”收尾，声调平和舒缓，一唱三叹，余韵无穷。月色的“皎”“皓”“照”，容貌的“僚”“㤘”“燎”，体态的“窈纠”“忧受”“夭绍”，心情的“悄”“慅”“惨”，在古音中都属于相通的宵部和幽部，全诗一韵到底，和谐至极，再加上“窈纠”“忧受”“夭绍”都为叠韵词，更显舒缓缠绵。

株林

胡为乎株林①？从夏南②。匪适株林？从夏南。
驾我乘马③，说于株野④。乘我乘驹⑤，朝食于株⑥。

【注释】

①胡为：为什么。株：陈国邑名。林：郊野。②从：跟，此处意思是找人。夏南：夏姬之子夏徵舒。③乘马：四匹马。古以一车四马为一乘。④说：通“税”，此处指停车解马。株野：株邑之郊野。⑤驹：马高五尺以上、六尺以下称“驹”，大夫所乘；马高六尺以上称“马”，诸侯国君所乘。⑥朝食：吃早饭。

【赏析】

据《左传·宣公九年》记载，陈灵公荒淫无道，他经常和大臣孔宁、仪行父一起与夏姬在朝廷里做苟且之事，这些丑闻天下人无不知晓。夏姬是当时国中的绝色美女，她有一个儿子叫夏徵舒，就是诗中提到的“夏南”。夏徵舒看到自己的母亲与君臣之间的苟且之事非常气愤，最让他忍受不了的是陈灵公经常拿自己作为戏谑的对象。有时，陈灵公会问仪行父夏徵舒长得像谁，仪行父带着淫笑说夏徵舒长得像陈灵公，陈灵公又反说长得像仪行父。这种戏谑让夏徵舒既羞愧又气愤，于是有一天，夏徵舒潜伏在了皇宫的马厩中，趁着陈灵公不备，一箭将他射死，从而引发了一场臭名昭著的内乱，夏徵舒最终也在这场内乱中搭上了性命。

《株林》一诗是《诗经》中难得的一首幽默讽刺诗，它对陈灵公一伙人与夏姬所行的淫乱之事的揭露，用了讽刺幽默的独特方式，给人们留下了深刻的印象。《毛诗序》在评论这首诗时也略带讽刺地说：“《株林》，刺灵公也。淫乎夏姬，驱驰而往，朝夕不休息焉。”可见，陈灵王做人做到这个地步，实在是悲哀至极！

统治者的生活对于一般百姓来说是神秘、封闭的，但是，如果某个国君的荒淫行为成了街头巷尾议论、讽刺的话题，那么就可以想象这个国君已经昏庸淫乱到了何种地步。《株林》一诗中所描述的陈灵公就是这样一个昏庸无用的国君。

诗人在第一章以百姓的口吻来议论陈灵公的淫乱行为。当大家看到陈灵公大张旗鼓地驾着马车前去找夏姬幽会时，有的百姓就问：“咱们的国君为何这么着急忙慌的，这是去哪里呀？”有人回答：“去株林邑啊！”有的人则反驳说：“咱的国君不是去株林邑，是去看望夏徵舒（实际上是去看夏姬）！”其实百姓们都知道陈灵王是去株林邑，但是诗人偏偏要否定这个事实，用这种欲擒故纵的方式渲染出对陈灵公赶赴夏姬处淫乱丑态的讽刺。陈灵公去哪里并不重要，重要的是他是去找夏姬寻欢作乐。那么，为何诗人又不直接说出陈灵王是去找夏姬，而是说去看望夏徵舒呢？

原来诗人在这里又用了一个巧妙的写作手法，对于这种龌龊之事，诗人不愿意直接提及，而是用一个与夏姬最为亲近的夏徵舒，将人们的思维引领到所要讽刺的事上。这也反映出诗人对陈灵王的所作所为的不屑，这种狡黠的文笔比那种直接表达自己观点的文字更能烘托出全诗的讽刺意味。

“驾我乘马，说于株野。”第二章中诗人把自己当成了陈灵王，一路上通过炫耀所乘的宝马，来抒发出自己已经抑制不住的喜悦之情。等到陈灵王到了株林邑，便不用再假借去探望夏徵舒的借口，也不用顾及周遭百姓的议论，因为他马上就要见到朝思暮想的夏姬了。于是陈灵王兴高采烈、眉飞色舞地大声说道："说于株野。"

接下来，诗人变换身份，又以孔宁、仪行父的口吻说出："乘我乘驹，朝食于株。"这两个大臣对此时陈灵王的心情一定是深有体会，他们适时宜地奉承陈灵王赶快"朝食于株"。"朝食"的意思是吃早饭，古人常以比喻男女情欲之事。诗人此处提到"朝食于株"，这一句与前面"说于株野"相对应，并且一语双关，反映出陈灵王一伙人欲盖弥彰的丑事。更为巧妙的是，诗人在第二章一直用的是"参与者"的口吻，从这个角度讲，仿佛陈灵王一伙人自己在讽刺自己，再加上百姓的议论与君臣的洋洋自得形成鲜明的对比，一下子使全诗达到了绝佳的讽刺效果。

泽　陂

彼泽之陂①，有蒲与荷②。有美一人，伤如之何③？寤寐无为，涕泗滂沱④。

彼泽之陂，有蒲与蕳⑤。有美一人，硕大且卷⑥。寤寐无为，中心悁悁⑦。

彼泽之陂，有蒲菡萏⑧。有美一人，硕大且俨。寤寐无为，辗转伏枕。

【注释】

①陂（bēi）：堤岸。②蒲：香蒲，一种生在河滩上的植物。③伤：因思念而忧伤。④涕泗：眼泪和鼻涕。⑤蕳（jiān）：兰草。⑥卷（quàn）：通"鬈"，头发卷，形容鬓发很美。⑦悁悁：忧伤愁闷的样子。⑧菡萏（hàn dàn）：荷花。

【赏析】

春秋战国时代，女性在生活、思想的各个方面，都还有着同男子相差无几的权利和自由。厚重而无情的礼教，当时还没有成为社会的主流，人们处事言行，都还能够依循自己心中最本真的想法，而很少顾及太多的社会压力和约束。

当时，男女之间的相恋和欢会，都是非常自然的，特别在民间，男女相恋发而为歌，唱将出来，也都是极为普通的，并不像后世所说的违反伦理纲常。《泽陂》一诗所具有的独特气质，直至今日依然显得率直坦诚、大胆火热。《泽陂》是一首写女子相思之情的诗歌，场景是在水草依依、风荷高举的池塘边，对象是一位高大壮硕又英俊的男子，而女子的爱之切、情之深，则是“涕泗滂沱”“辗转伏枕”。

诗作每章意思基本相同，采用回环复沓的艺术手法，将情感酝酿得浓烈而悠长。作者以所见的池塘起兴，寥寥数语，就将读者带进了一个青葱水嫩、如诗如画的艺术幻境：池塘边众草丛生、百卉争艳，高树与低蔓携手，葱绿与粉嫩辉映，蓬蓬勃勃、盈盈满满，生气蒸腾；池水轻漾，波光潋滟、明净如玉，游鱼青蛙一览无余，清风吹过，波面缓缓荡开，犹如初受碰触的心境。此种场景，很能够撩动相思之心。女子身处其中，不自觉地受到感染，产生出爱恋的悸动，又想到了自己心仪的那位男子：他的强健高大、俊美优雅，像清风拂过水面一样，早已撩拨得那片心湖不再平静。

四下再无旁人，女子任随思绪飞舞，再也难以抑制心中的思念，开始默默地低声自语：“有美一人，伤如之何？”那位健美的男青年，你知不知道对我造成了多大的伤害？女子因相思而神情恍惚，也许已经成疾已久，经常会陷入对两人相会的幻觉当中，好像那位男子就在自己的身边相伴，于是开口埋怨。这种倾诉，更加传神地显现出女子的情深意切。接下来，作者又将笔锋转向现实，着力描写了女子平时的惨状：“寤寐无为，涕泗滂沱。”女子陷入相思之后，无时无刻不在心烦意乱、情迷神伤，晚上因思念而彻夜难眠，白天又因伤感而几度泪下，变得憔悴不堪。

第二章，主人公仅易数字，依然矢志不渝地吟唱着自己的相思和爱慕。在这一章中，女子对心仪的男子热切地赞美：“有美一人，硕大且卷。”那个健美的男儿，即身材高大，又容貌英俊。这是一种赞扬的口吻，女主人公的爱慕和自豪溢于笔端。想到男子的美好后，她丝毫不在意男子对她造成的伤害，也丝毫不顾及男子心中会不会有她，而是不顾一切地付出自己的痴心。章末的“中心悁悁”一句，体现出女子依然因相思郁郁不乐，但却不再像首章那样“涕泗滂沱”。然而，其原因不是自己得到满足和慰藉，而仅仅是因为想到了男子的美好，这种对心上人只要想想就能开心满怀的女子，显得单纯善良。

两章的歌唱仍不足以排遣心中的爱恋，女子在第三章中，又从不同角度赞美了男子的优秀，表现了自己的相思。“硕大且俨”，是从性格上对男子进行的描写，端庄谨严，是一个人有涵养的外在表现，也是最让人放心的品质之一，说明这位男子积极向上，丝毫不虚度光阴。他一定是在忙于事务，没有机会儿女情长。女子明白这些，因此才深深地把思念埋在心底，尽力忍受着相思之苦，不去打扰、影响男子的生活。“辗转伏枕”，是对女子相思之状的极尽描摹，夜晚翻来覆去、想睡又睡不着、睡不着又命令自己睡的形态，最能表现思念心上人时的煎熬。

桧风

羔 裘

羔裘逍遥①，狐裘以朝②。岂不尔思？劳心忉忉③。
羔裘翱翔，狐裘在堂。岂不尔思？我心忧伤。
羔裘如膏④，日出有曜⑤。岂不尔思？中心是悼。

【注释】

①逍遥：悠闲地走来走去。②朝：朝堂。③忉忉：忧愁状。④膏：油脂。⑤曜（yào）：闪闪发光。

【赏析】

《羔裘》大多数人认为是一首讽喻之作。一般来说，《诗经》中与君主相关的题材大多有这样几种方向：对君主贤能的赞美、对国家强大昌盛的歌颂以及对不贤之君的讽喻，等等。根据诗意推测，此诗应是桧国大臣因国君治国不力被迫离去后所作。忠诚的臣子与不务国事的君主在此成为一种比衬。诗的讽刺的因此显得更意味深长。

诗的首章直叙主题，没有用起兴手法。“羔裘逍遥，狐裘以朝”一句不是对国君服饰单纯的描绘或赞美，而是流露出作为臣子的担心与忧思。大国之君身处盛世，尚须似礼视朝、谨慎地以国事为务，何况当时桧国“国小而迫”，已经被周边的强国所觊觎，国家已经到了生死存亡的紧要关头，这种处境之下的国君却有心情锦衣玉食，有良知的臣子怎能不心焦如焚？

“岂不尔思？劳心忉忉”，这是身处末世的臣子内心深处深深的痛楚，不能对君主言说，于是化为诗篇以哀伤即将逝去的家国。第二章在回环往复中语气更深重，痛心之感也愈发深切。重复的作用是反复强调主旨，让感情更加强烈。读者就是从这样层层递进的语气中，感受到诗作者对国之将亡的痛心，和对只知游玩宴乐、追求享乐的昏君的怨愤。诗的末章则用特写镜头，放大羔裘在日光照耀下的情景，使读者的视觉感更加开阔。

一般来说，当人们第一眼看到柔润而有光泽的羔裘时，第一直觉是赞叹它的雍容、华美、富贵，但在诗中，这种华丽给人的感觉不是美好而是一种负担，是另一种形式的“过目不忘”。难以忘记的不是华美服饰给人带来的美感，而是在这服饰背后对国君昏聩、国家危在旦夕的忧虑之情。

“岂不尔思？中心是悼”这一句，让上面的羔裘顿时黯然失色，读到这时，难免会联想作者看到这样的情境时会有什么样的选择，这就回到了开篇时对主旨探讨的问题：这样的君是奉还是弃？诗人心中也纠结万分，于是便自然有“劳心忉忉”“我心忧伤”“中心是悼”的情感流露。

在这样急切且繁复的情感流露中，读者才真切地感受出诗作者的深切思虑。诗人的选材角度独特，笔下的国君并没有什么“大恶”，只是通过小小的华丽服饰入手，这便是“见微知著”的手法的运用。

从小处出发，从细节出发，一件小小的衣服竟然有大文章，国家不保之时君主尚思服饰，反衬出了不务国事的君主的大问题来。这位忧国忧民的大夫，从这些所谓“小事”看出大问题，国君又不听谏言，只能作诗讽刺，以明心迹，这是本诗的特色之一。

同时，这也证明作者“劳心忉忉”“我心忧伤”“中心是悼”并非是杞人忧天，伤感的情绪随诗的递进，心情愈加沉重，其中的忧国之情也愈加强烈，“岂不尔思”一句于三章中反复咏叹之，对国君的忧怨也暗含其中，从而获得强烈的感染力，取得了很好的艺术效果。这也是本诗的重要特点。

素冠

庶见素冠兮①，棘人栾栾兮②，劳心慱慱兮③。
庶见素衣兮，我心伤悲兮，聊与子同归兮。
庶见素韠兮④，我心蕴结兮⑤，聊与子如一兮。

【注释】

①庶：幸。②棘人：罪人；一说，瘦的人。栾（luán）栾：瘠瘦的样子。③慱慱（tuán）：忧苦不安。④韠（bì）：蔽膝，古代官服装饰，革制，缝在腹下膝上。⑤蕴结：郁结。

【赏析】

对于《素冠》一诗所要表达的内容，历来众说纷纭。有人说这是一首悼念亡者的丧葬诗，有人说这是一首对遵守传统礼乐之人的赞扬诗，也有人说这是诗人去监狱探视友人的探监诗。

之所以会出现这么多争议，主要还是因为不同的人对诗中“素衣素冠”和“棘人”理解的不同。把这首诗看作悼亡诗的人认为“素衣素冠”是家中有人过世时穿的丧服，“棘人”就是为先辈守孝服丧之人；把这首诗看作探监诗的人，则认为“素衣素冠”就是平时穿的普通衣服，“棘人”看成关押在监狱的有罪之人。真可谓“仁者见仁，智者见智”。

但是，古时候一些释评《诗经》的著作大都认为这是一首赞美孝子的诗。像《毛诗序》、朱熹所著的《诗经传》中都认为“素衣素冠”为凶服、孝服，强调的是晚周时期，人们已经开始不遵守传统礼乐制度，家中有人去世，作为子女大都不能守孝三年，而诗中所说的“素衣素冠”之人，是尽孝道、遵守传统礼乐的好榜样。

但是随着时间的递进，后人开始将“棘人”解释为囚犯、罪人。“棘”在古代就被看作囚禁有罪之人的场所，相当于现在的监狱。所以有观点认为这是一首忠良之士在朝廷遭到奸臣陷害，被贬入狱的诗。诗的第一章着重描写一位遭受迫害的贤臣，他头戴“素冠”，身穿“素衣”，身体消瘦羸弱、弱不禁风。诗人从外在的容貌到内在的心理活动，将一个落魄之人的形象一步一步展现出来，颇有屈原在江畔行吟，“形容枯槁，颜色憔悴”的意味，带给读者一息悲剧的气氛。

二三两章，诗人仍是从衣着写起，并以“素衣”“素韠”作为托物喻人的引子，并且与第一章的“素冠”相呼应，自上而下地描绘出了这位受到迫害的贤臣的穿着。然而，不管哪一种衣服，诗人都在前面加了一个“素”字，究其用意，这个“素”字正是在暗含“棘人”高风亮节、清白如雪的形象。

到了第二章第二句，诗人以一句“我心伤悲”直接、明确地抒发了自己的情感，连同接下来的“我心蕴结”“聊与子同归”“聊与子如一”，一步一步，递进地阐明了诗人的意愿，使刚才“伤悲”“蕴结”的思想感情得到了升华。

其实，这首诗还蕴含了诗人悲喜交加的情感变化。作为探监之人，诗人面对屈打成招、关在监狱里的贤臣感到既悲伤又悲愤。但是当他走进牢房，还能与“棘人”有幸相见，瞬间又感到了一丝欣喜，这种情感的变化，虽然可贵，但也实属无奈。

监狱是一个关押罪人的地方，凡是被关进里面的人，严刑拷打、受伤送命并不是什么新鲜的事情，但是送进监狱里的人难道全都是坏人吗？答案是否定的。君主专制时代，一个人的生命往往掌握在最高统治者的手里，有时无意的一句话就可能让君主产生怀疑，进而引火烧身。而那些只会给君主进谗言的奸臣，更是破坏贤良之士的罪魁祸首，所以在当时，好人因为遭受诬陷、蒙冤而死的事情数不胜数。

诗人探望的这位“棘人”就是蒙冤者之一。虽然诗中没有详细描述诗人探视的具体情节，对“棘人”究竟所犯何罪也不得而知，但是从侧面不难看出，身处当时的险恶环境，当一位贤臣遭到迫害之时，诗人仍然不顾危险，毫无避讳地到监牢中探望这位友人，表明自己的心与蒙冤的“棘人”同归的态度。可见，诗人也是一个重情重义的贞良之士，这种患难与共的精神实在难能可贵。

诗人在诗中勾勒出的人物形象十分鲜明，并且感情丰沛，每句的最后一个字都以语气词“兮”结尾，悲情的音调始终环绕在耳畔。

隰有苌楚

隰有苌楚[①]，猗傩其枝[②]。夭之沃沃[③]，乐子之无知。隰有苌楚，猗傩其华[④]。夭之沃沃，乐子之无家[⑤]。隰有苌楚，猗傩其实。夭之沃沃，乐子之无室。

【注释】

①隰：低湿的地方。苌（cháng）楚：藤科植物，也就是今天的阳桃、猕猴桃。②猗傩（nuó）：同“婀娜”，轻盈柔美的样子。③夭：少，此指幼嫩。沃沃：润泽的样子。④华：花。⑤无家：指无家庭拖累。

【赏析】

《隰有苌楚》主要表达的是人不如草木的悲伤情感。桧国的民歌《桧风》留存较少，仅有四篇收入《诗经》。周代的诸侯国桧国，地处河南省密县一带地方，于春秋初年为郑武公所灭。由于周王朝和各诸侯国对其横征暴敛，劳动人民生活在水深火热之中，因此《桧风》大都表达人民的不满、怨愤和伤感情绪。

从这个角度来看，本诗的作者确是有感而发，或许是生活不如意而流露出羡慕草木的感情来。朱熹《诗集传》有论：“政烦赋重，人不堪其苦，叹其不如草木之无知而无忧也。”就文本来说，诗人反复表达的是对苌楚无思家国的羡慕之情，对“人不如草木”的感叹。

本诗中“人不如草木”之叹，对后来的文人影响很大，草木自此便经常被用来与人尤其是不如意的人生相比较。如陶渊明《归去来兮辞》中就叹息：“木欣欣以向荣，泉涓涓而始流。善万物之得时，感吾生之行休。”

得出“人不如草木”结论的诗人，想必人生中遭遇了诸多不幸，才会羡慕起摇曳的植物来。“苌楚”，是指野生的猕猴桃，到唐代它才第一次被植入庭院，之前，只是荒野群林中的拇指般大的小桃子。《隰有苌楚》以猕猴桃起兴，引发诗人内心的忧虑，诗中的人十分向往猕猴桃在风中伸展枝条的自由。全诗三章，重章叠咏，每章第二至四句各换一字，重复诉说同一个意思，可见其感念之深。

全诗各章的首两句均为起兴，把苌楚的枝、花、实分解各属一章，这是《诗经》重叠形式之一种：即分别讲一事物的各个部分。诗人看到洼地上猕猴桃藤蔓蜿蜒，开花结果，生机蓬勃。其自由生长、生命力旺盛的样子使诗人对自己的遭际十分不满，小小的植物活得如此旺盛，而诗人联想到自己的境遇难免愁苦起来。

诗人在不知不觉中就将猕猴桃与自己的生活状况联系到一起，视角自然而然地从植物切换到人身上。第三至四句是描述，又好像是对自己处境的嘲讽。因为赞叹猕猴桃充满生机时作者渗透了主观情感。第四句变换了人称，直呼猕猴桃为“子”，以物为人，人与物对话，人与物对比。诗人心中的苦闷在这里宣泄出来了，究竟是怎样的处境让诗人不仅自叹不如草木，而且还与猕猴桃对起话来？“我活得还不如你啊”，不如之处就在“知”与“家”上。人比草木高级的地方就在于有“知”，人有家室能享受天伦之乐，这一点也是草木不能及的；而恰恰是这两点成为诗人认为不如草木之处，寥寥五个字中包含着诗人诸多痛苦与愤慨。

诗人运用“宛转表达”的手法，以猕猴桃为赞美对象来表示羡慕的同时，宛转曲折地表达内心的苦恼。该诗先后赞美猕猴桃枝条柔美、花儿盛开、硕果累累，但是每一章的末句又分别说因为它无知觉、无思想，所以没有苦恼；因为没有养家糊口的负担，所以不必辛苦操劳；也因为没有家室，所以生长得格外自由茂盛。换而言之，如果它有思想，有知觉，便会感到苦恼；如果它有了家室，便会承受生命中那些负担与沉重。《隰有苌楚》以写美好景象来为苦恼心情作反衬，达到利用气氛来反衬心境的艺术效果。

匪　风

匪风发兮①，匪车偈兮②。顾瞻周道③，中心怛兮④。匪风飘兮，匪车嘌兮⑤。顾瞻周道，中心吊兮⑥。谁能亨鱼⑦？溉之釜鬵⑧。谁将西归？怀之好音。

【注释】

①发：犹“发发”，风吹声。②偈（jié）：疾驰。③顾瞻：回头看。

④怛（dá）：痛苦，悲伤。⑤嘌（piāo）：疾速。⑥吊：凭吊。⑦亨：通“烹”。⑧溉：洗。鬵（xín）：大锅。

【赏析】

朱熹将这首诗解释为一首怀周的政治抒情诗。但从文本上理解，这首诗也可以理解成一首游子思乡诗。家住西方的诗人，远游东土，久滞不归，于是他通过这首诗来寄托思乡之情。

诗人原本只有在看到风吹车跑时，心中才会忧伤不已。但是现在他只要回头看一眼周道，就会感到十分忧伤。这些都表现出了他对旧室的思念之情。

在诗中，诗人叹息自己可能再也回不到故乡去了，于是他只好洗干净大锅做饭烹鱼。他不知道谁能够和他一起分担这思乡的痛苦，他希望那个能够西归的人，带上他的问候，帮助他向家里报个平安。

此诗开篇即进入环境描写：那风呼呼地刮着，那车儿飞快地跑着。诗人回头望一望远去的大道，禁不住悲从中来。前两节的字句大致相同，意思也有些重复，写法也大致相同。前两句写的是诗人看见的场景，后两句则是诗人在直抒胸中的忧思。远游在外的诗人滞留在东土，他站在大路旁边，看见车马疾驰而过，他的思归之情一下子就被触动了。随着飞驰而去的马车，他的心也一起飞向了西方。

当再也看不到马车的影子之后，孤身一人的诗人站在空荡荡的大道上，备感孤单。看到别人都可以很快回到家乡，自己却依然滞留在外不得归家，这种对比，更显出了诗人的悲凉。

“顾瞻周道”就是诗人彷徨无奈情状的写照。诗人心中满腔的忧伤再也按捺不住了，发出了“中心怛兮”“中心吊兮”的呼喊，这都表现出了他思归之心的急切。第三章用“谁能”二句来起兴，同时在兴中还有比，诗人无可奈何地发出了求援的呼声。“谁将”二句，表明诗人自己回不了家，只好托能回家的人帮他捎信回家，这是他万般无奈下的选择。但是，即使是这样的愿望也不一定能够实现。

“谁能”“谁将”这样的词说明，这些只是诗人的希冀之词，而这些希冀还没有任何着落。最后一句，诗人想着，谁能烹制鱼宴？我愿为他洗净锅子。谁将西归回家？我想让他为我的亲人捎去好消息。虽然我在外很辛苦，但不能让家人为我操心，颇见游子情怀。诗人并没有说自己是如何思乡殷切的，也没有感叹羁旅的愁苦，只是用“好音”来安慰亲友，可见他对家人的深厚情感。

曹　风

蜉　蝣

蜉蝣之羽，衣裳楚楚。心之忧矣，于我归处[①]？
蜉蝣之翼，采采衣服。心之忧矣，于我归息？
蜉蝣掘阅[②]，麻衣如雪[③]。心之忧矣，于我归说[④]？

【注释】

①於我归处：何处是我的归宿。②掘阅：通“掘穴”，即掘地而出。③麻衣：指古朝服。④说（shuì）：通“税”，歇息。

【赏析】

关于《蜉蝣》这首诗，《毛诗序》认为它是一首讽刺曹昭公奢侈的诗，对这种说法，后人看法不一。

曹国是一个位于齐、晋之间的较小的诸侯国。曹国的曹共公（姬姓，伯爵，春秋时曹国第17位国君）和晋文公（公子重耳）是同时代的人。曹公（曹国君主谥号皆称公）的生活非常腐化，令当时曹国的百姓感到悲观失望。之所以用“蜉蝣”来起兴，是因为曹国有很多湖泊，这样的环境非常适宜于蜉蝣生存，那里的人们对于这种生物十分熟悉。再加上当时曹国国力单薄，时常处在大国的威逼之下，这样的国情，也让曹国的士大夫们对人生产生了很多忧惧和伤感。

蜉蝣是一种十分漂亮的小虫。它的身体非常软弱，有一对相对其身体来说非常巨大的、完全透明的美丽翅膀，翅膀上还有两条长长的尾须，所以当它们在空中飞时，姿态就像在跳舞一样，显得纤巧动人。但是蜉蝣又是一种朝生暮死的渺小昆虫，它生长在水泽地带。蜉蝣的幼虫时期是比较长的，有些甚至可以活二三年。但是当它们长成成虫之后，就不饮不食，在空中飞舞交配，在完成繁衍物种延续后代的使命之后就结束生命，成年蜉蝣的生命一般只有一天。因此，古人常用蜉蝣来叹息人生易逝、生命短暂。

喜欢在日落时分成群飞舞的蜉蝣，在繁殖完成之后就会死去，然后坠落在地面上，不用一会，地上就会积成一层厚厚的蜉蝣尸体。即使是这种小生命的死，也会变得引人瞩目，甚至给人惊心动魄的感觉。但是蜉蝣“衣裳楚楚”“采采衣服”的美丽，并不能掩盖它生命短暂的事实。这首叹息人生短促、生命无常虚幻的诗，表达了曹国人民对于好景不长、年华易老、生命短促、人生不知何处是归宿的伤感悲叹。

本诗将人生和一种弱小的生物联系到一起，将人生比喻为朝生暮死的昆虫，这种比喻可以引起人们对人生意义和价值的思考。它让人开始思考和探索如何度过这短暂的一生，同时也开始思索自己的行为会对子孙后代产生什么影响。

蜉蝣的幼虫期是在水中度过的，它们的育化过程长达五六年。在这漫长的时间里，蜉蝣积蓄着力量，吸取着能量，壮大着自己，等到有朝一日它们化育为成虫后，就将所有的力量爆发出来。它们披着美丽的外衣，用短暂的生命换来辉煌的一刻，我们不知道蜉蝣的心情，也就不能确认它们对这样的选择是否后悔。诗人借这朝生暮死的小虫写出了脆弱的人生在消亡前的短暂美丽，以及人们对于生命终要面临消亡的困惑。

这样简单的一首诗却有着很强的表现力。蜉蝣小小的翅膀在阳光下显得异常美丽，有一种不真实的艳光，朝生暮死的命运使这种小虫的一生带上了华丽的色彩，这种美丽让诗人深深感喟。他感叹美丽的事物总是会很快消亡，那种昙花一现、浮生如梦的感觉显得十分强烈。所以本诗的情调是消沉的，那种忧愁伤感几乎是深入骨髓的。

候 人

彼候人兮[①]，何戈与祋[②]。彼其之子[③]，三百赤芾[④]。
维鹈在梁[⑤]，不濡其翼[⑥]。彼其之子，不称其服[⑦]。
维鹈在梁，不濡其味[⑧]。彼其之子，不遂其媾[⑨]。
荟兮蔚兮[⑩]，南山朝阶[⑪]。婉兮娈兮[⑫]，季女斯饥[⑬]。

【注释】

① 候人：官名，是看守边境、迎送宾客和治理道路、掌管禁令的小官。② 何：通“荷”，扛着。祋（duì）：武器，殳的一种，竹制，长一丈二尺，有棱而无刃。③ 彼：他。其：语气词。之子：那人，那些人。④ 赤芾（fú）：赤色的芾。芾是祭祀时穿的衣服，是一种用皮革制作的蔽膝，上窄下宽，上端固定在腰部以上，按官品不同而有不同的颜色。⑤ 鹈（tí）：鹈鹕，喙下有囊，食鱼为生。梁：伸向水中用于捕鱼的堤坝。⑥ 濡（rú）：沾湿。⑦ 称：相称，相配。服：官服。⑧ 咮（zhòu）：禽鸟的喙。⑨ 遂：终，久。媾：厚待，厚受。此处指厚禄。⑩ 荟（huì）、蔚：云层蔽日，天空阴暗昏沉的样子。⑪ 朝：早上。阶（jī）：升，登。⑫ 娈：貌美。⑬ 季女：少女。

【赏析】

对于《候人》所处的时代背景，《春秋左传》有记载：“二十有八年春，晋侯侵曹，晋侯伐卫。三月丙午，晋侯入曹，执曹伯。曹伯襄复归于曹，遂会诸侯围许。侵曹伐卫。”曹共公亲小人而远贤臣，最后当然是落得个亡国的下场。这样的时代背景，为本诗的对比写法提供了可能性。

《诗经》里的讽刺诗不在少数，《候人》位列其中。与其他诗歌不同的是，这首诗的讽刺对象不是某一个特定的人物，而是对好人沉下僚、庸才居高位的社会现实的讽刺。

《候人》这首诗无论内容与形式都取得很好的艺术效果，赋比兴手法无一漏用，由表及里，对候人、季女等弱势一方的同情，对无才而贵的强势一方的批判都写得十分到位。陈震《读诗识小录》对本诗评论道:“三章逐渐说来,如造七级之塔,下一章则其千丝铁网八宝流苏也。”现在看来,这样的评价并不为过。

诗的首章就将两种不同的人、两种不同的遭际进行了对比。前两句写“彼候人”扛着戈、扛着祋,其辛苦之状可见一斑,后两句写“彼其之子”即“那个(些)人”,或更轻蔑一些呼为“那些小子”。“三百赤芾”如作为三百副赤芾解,则极言其官位高、排场大。如真是有三百副赤芾的人,其身份之高可想而知,恐怕是统率大官的人,即国君。

两两对比之中,已将两方的差距言说清楚。虽然诗人没有直接对双方进行善恶评价,但爱憎之情还是可以体味出的:“何戈与祋”,显示出“彼候人”官位之卑微、工作之辛苦,诗人对其寄寓了同情之心;而“三百赤芾”的“彼子”却无功受禄,谴责、不满之情已溢于言表。仅仅四句,就将本诗的主旨概括了出来,所以这章可以看作全篇的统领,其他章节在此基础上渐次展开,同情之心慢慢收拢,讽刺批判占据主要内容。

接下来诗人弃用赋说,改用“比”法:前两句比喻,后两句主体。“维鹈在梁,不濡其翼”,用了鹈鹕的一个生活中的细节来打比方。鹈鹕是一种水鸟,它们捕食的特点是不必下水更不必打湿翅膀,只需站在鱼梁上,颈一伸、喙一啄就可以吃到鱼,安然之态令人瞠目。由于地位的优势,近水鱼梁自然可以不劳而获。这样一说,读者自然会联想到诗人要比喻的对象是不劳而获的“彼子”,于是接下来矛头直指“彼子”,说其“不称其服”。“服”即其身份地位的象征。身份高的服高“百赤芾”。特权也就多,无才无德也可加官受禄、显贵一生,这与站在鱼梁上低头吃鱼的鹈鹕并无二致。诗人的不满情绪到这里显然没有结束,于是便有了下面第三章的继续。

“维鹈在梁,不濡其咮”,即鹈鹕不仅不沾湿翅膀,甚至连喙也可以不沾湿。这是因为鱼有时会跃出水面,有的则会跳到坝上。而站在坝上的鹈鹕就可连喙都不湿,轻易地吃到鱼。而后两句写到“彼子”也深一层,“彼其之子,不遂其媾”:正如不劳而获的水鸟般,“彼子”也可无才受禄。

“彼子”描写完毕后,诗似乎要接近尾声,第四章前两句以写景起兴。“荟兮蔚兮,南山朝跻”为读者描绘了天色昏暗、云山雾绕的景色。这句起兴并非无缘无故,与后面的叙事有着某种氛围或情绪上的联系。“婉兮娈兮,季女斯饥”,相貌婉娈的女子却在这样的环境中忍饥挨饿,艰难地生存，其惨象可想而知，阴沉的南山似乎预示着她的明天：希望渺茫，不见光明。"季女斯饥"与"荟兮蔚兮"正相映相衬。"婉""娈"都是美的褒赞，与"斯饥"形成强烈的反差，引起人们的同情。

诗至此戛然而止，没有结局的结局引人反思。"候人"是否依旧苦而无功，"彼子"是否依然无功受禄，诗人没有言明，其批判的意味跃然纸上，引人深思。对于这种人不称其职、不守其责，在其位不谋其事的社会现实，作为叙述者的诗人显得很无奈，除了作诗讽刺之外也无办法。

鸤 鸠

鸤鸠在桑①，其子七兮。淑人君子②，其仪一兮③。其仪一兮，心如结兮④。

鸤鸠在桑，其子在梅。淑人君子，其带伊丝⑤。其带伊丝，其弁伊骐⑥。

鸤鸠在桑，其子在棘⑦。淑人君子，其仪不忒⑧。其仪不忒，正是四国⑨。

鸤鸠在桑，其子在榛⑩。淑人君子，正是国人。正是国人，胡不万年⑪？

【注释】

①鸤（shī）鸠：布谷鸟。②淑人：善人。③仪：仪表，仪态。④心如结：比喻用心专一。⑤其：他的。⑥弁（biàn）：皮帽。骐：青黑色的马。⑦棘：酸枣树。⑧忒（tè）：偏差，差错。⑨正：法则。⑩榛：丛生的树，树丛。⑪胡：何。

【赏析】

本诗以鸠起兴，是以鸟的优点对"淑人君子"进行颂扬。

“淑人君子，其仪一兮。”即君子良人始终如一地仪容端庄，这包括人格的独立，也包括对仪表的要求。在《诗集传》中，朱熹引“陈氏曰”解说得很好：“君子动容貌斯远暴慢，正颜色斯近信，出辞气斯远鄙倍。其见于威仪动作之间者，有常度矣。”相由心生，庄严的外表也代表了一个人正义的内心，而始终如一的内里与外表才是真正的君子。这章毫不掩饰地赞美了“淑人君子”稳如磐石的品格。

次章“淑人君子，其带伊丝”，将“仪”所代表的内容具体化，形象化。丝带、缀满五彩珠玉的皮帽等饰物均可以看出一个人的品位与修养，因此这些东西常常可用来作为判断“仪”是否正确的标准，使“淑人君子”的华贵风采形成具体可感的形象。

从第三章起，开始从颂“仪”之体转换为颂“仪”之用，即内修外美的“淑人君子”对于安邦治国、佑民睦邻的重要作用。“淑人君子，其仪不忒”是一句恰到好处的过渡之句，承上启下，意在说明君子佩带飘扬的仪态，有如其德行遍布四方，这样的品德足以治理四方，这就是“仪”之用。

第四章的“淑人君子，正是国人”，进一步强调君主贤德的作用。末句“胡不万年”，则是全篇赞颂的极致：这样表里如一、端庄贤能的君主怎能不被万年拥护呢？反问其实是坚定地承认，也是赞颂的终极目的，即人民所需的正是这样的君主。分析至此，说文章是讽刺的观点似乎就有些牵强了。但这并不是此诗的重点，《诗经》中有部分为君主歌功颂德之作，本篇的赞颂却非此目的，而是通过赞颂去为贤德的君主提供了一条可循的道路，赞美背后其实有着一颗期待贤德君主的心。

下 泉

冽彼下泉①，浸彼苞稂②。忾我寤叹③，念彼周京④。冽彼下泉，浸彼苞萧⑤。忾我寤叹，念彼京周。

冽彼下泉，浸彼苞蓍⑥。忾我寤叹，念彼京师。

芃芃黍苗⑦，阴雨膏之⑧。四国有王⑨，郇伯劳之⑩。

【注释】

①冽：寒冷。②苞：丛生。稂（láng）：童粱。一种野草。③忾（kài）：叹息。寤：醒。④周京：周朝的京都。与下文“京周”“京师”同义。⑤萧：艾蒿。⑥蓍：一种用于占卦的草。⑦芃（péng）芃：茂盛而茁壮。⑧膏：滋润。⑨有王：有周天子。⑩郇（xún）：古国名。春秋时为晋地。在今山西临猗县南。劳：慰劳。

【赏析】

《下泉》大多数人认为是一首东周遗老怀念旧都的诗歌。之所以怀念旧都，是因为现状不如往昔，才会常常让人怀念过去。本诗可以分为两个层次，前三章为一层，最后一章自成一层。

诗的前三章以“冽彼下泉”起始，继而转向对旧都的怀念。朱熹在《诗集传》中解释说：“诗首章是比而兴也。王室陵夷，而小国困弊，故以寒泉下流，而苞稂见伤为比，遂兴其忾然，以念周京也。”“下泉”的起兴是感叹现在的境遇进而怀念从前：从下面涌出的寒泉，浸泡了丛生的莠草，致使这些草木无法生长，我的境遇不正是这样吗？叹息是因为想起了从前的京师。这三章，是《诗经》中典型的重章叠句结构，各章仅第二句末字“稂”“萧”“蓍”不同，第四句末二字“周京”“京周”“京师”不同，句式一样，只是换了韵脚，使反复的咏唱不致过于单调，而三章的意思则是完全重复的，都只为了强调自己现在的境遇每况愈下，愈加怀念起旧都来。

诗至此似乎已经可以完结，但诗人又加上了与前三章句式内容都不尽相同的第四章，而且笔锋忽然一转，与上文的关联不是很明显，这一章的出现的意义让人十分迷惑。因此古往今来，不乏对此特加注意的评论分析。有人对这样的写法大加赞赏，认为是作者自己从消极的情绪中走出来，转向激昂的畅想。但也有人表示疑惑，认为最后一章画蛇添足，甚至怀疑是编纂出现误差。

细味之，最后一章与前三章在内容上也是互有关联的。前三章复沓叠咏将诗人内心的凄凉与悲剧感推向了最高点，悲伤得无以复加；末章由悲转向喜，在悲的极点给人以希望，这样的艺术效果也是有其独到之处的。

豳风

七月

七月流火①，九月授衣②。一之日觱发③，二之日栗烈④。无衣无褐，何以卒岁？三之日于耜，四之日举趾。同我妇子，馌彼南亩⑤，田畯至喜⑥。

七月流火，九月授衣。春日载阳，有鸣仓庚⑦。女执懿筐⑧，遵彼微行⑨，爰求柔桑。春日迟迟，采蘩祁祁⑩。女心伤悲，殆及公子同归。

七月流火，八月萑苇⑪。蚕月条桑⑫，取彼斧斨⑬，以伐远扬⑭。猗彼女桑⑮。七月鸣鵙⑯，八月载绩。载玄载黄，我朱孔阳⑰，为公子裳。

四月秀葽⑱，五月鸣蜩⑲。八月其获，十月陨萚⑳。一之日于貉㉑，取彼狐狸，为公子裘。二之日其同，载缵武功㉒。言私其豵㉓，献豜于公㉔。

五月斯螽动股㉕，六月莎鸡振羽㉖。七月在野，八月在宇，九月在户，十月蟋蟀入我床下。穹窒熏鼠㉗，塞向墐户㉘。嗟我妇子，曰为改岁，入此室处。

六月食郁及薁，七月亨葵及菽。八月剥枣，十月获稻。

为此春酒，以介眉寿。七月食瓜，八月断壶[29]。九月叔苴[30]，采荼薪樗[31]，食我农夫。

九月筑场圃，十月纳禾稼。黍稷重穋[32]，禾麻菽麦。嗟我农夫，我稼既同[33]，上入执宫功[34]。昼尔于茅，宵尔索绹[35]。亟其乘屋[36]，其始播百谷。

二之日凿冰冲冲[37]，三之日纳于凌阴[38]。四之日其蚤[39]，献羔祭韭。九月肃霜[40]，十月涤场。朋酒斯飨[41]，曰杀羔羊。跻彼公堂，称彼兕觥[42]，万寿无疆！

【注释】

①火：大火星自南方高处向偏西方向下行。②授衣：裁制冬衣。③觱（bì）发：风吹过物体发出的声响。④栗烈：凛冽、寒冷。⑤馌（yè）：送饭。⑥田畯（jùn）：为领主监工的农官。⑦仓庚：黄莺。⑧懿筐：很深的筐。⑨微行：小路。⑩蘩：白蒿。祁祁：形容采蘩妇女众多。⑪萑（huán）苇：芦苇。⑫条桑：修整桑枝。⑬斨（qiāng）：方孔的斧。⑭远扬：长得特别高或特别长的桑枝。⑮猗彼女桑：用绳子拉住柔桑。⑯鵙（jú）：伯劳鸟。⑰孔阳：色彩十分鲜明的样子。⑱秀：长穗。葽（yāo）：远志，一种药用植物。⑲蜩（tiáo）：蝉。⑳陨萚（tuò）：落叶。㉑于貉：猎取貉。㉒缵：继续。㉓豵（zōng）：小野猪。㉔豜（jiān）：大野猪。㉕斯螽（zhōng）：即螽斯，昆虫名。㉖莎（suō）鸡：纺织娘，昆虫名。㉗穹窒：堵住洞穴。㉘塞向：堵塞北窗。墐户：将泥涂在竹木所制的门上，堵住缝隙，抵御寒风。㉙壶：葫芦。㉚叔苴（jū）：拾麻籽。㉛荼：苦菜。樗（chū）：苦椿树。㉜重穋（lù）：重，通“穜”，后熟曰穜，先熟曰穋。㉝既同：已收齐。㉞上：同“尚”。功：事。㉟索绹（táo）：搓草绳。㊱乘屋：覆盖屋顶。㊲冲冲：凿冰的声音。㊳凌阴：冰窖。㊴蚤：同“早”，此指早朝，古代一种祭祀仪式。㊵肃霜：凝露成霜。㊶朋酒：两壶酒。㊷兕觥（sì gōng）：古代一种用犀牛角制成的大酒杯。

【赏析】

《豳风·七月》是一首信息量非常大的农事诗。全诗八章，每章各十一句，这首诗基本上按时序依次叙事，类似民歌中的四季调或十二月歌。

《七月》是一幅描绘农民四季活动的风情画。它反映了一个部落一年四季的劳动生活，涉及衣食住行各个方面。作者当是部落中的成员，所以角度找得十分精准，对一年四季的农事也是如数家珍。

这首诗从七月而并非我们现在所用的阳历的一月写起，因为诗中使用的是周历，周历以夏历（今之农历，一称阴历）的十一月为正月，七月、八月、九月、十月以及四、五、六月，皆与夏历相同。“一之日”“二之日”“三之日”“四之日”，即夏历的十一月、十二月、一月、二月。“蚕月”，即夏历的三月。这些是理解此诗的前提，我国古代的历法在周朝就已经形成并一直流传下来。

首章直接把读者带进那个凄苦艰辛的岁月，奠定了文章辛劳艰苦的基调。朱熹《诗集传》云：“此章前段言衣之始，后段言食之始。二章至五章，终前段之意。六章至八章，终后段之意。”总分的写作方式是十分严谨的。

“七月流火，九月授衣”：七月火星向下降行，八月将裁制冬衣的工作交给妇女们去做，准备过冬了。“一之日觱发，二之日栗烈”写出了冬日自然环境的恶劣：十一月天气寒冷，北风发出觱发的声响。十二月寒风“栗烈”，是一年最冷的月份。

“无衣无褐，何以卒岁”是下层劳动人民发自内心的心酸呐喊：我们没有御寒的衣服，怎么挨过这寒冷的冬天？挨过了寒冬，正月里又要马不停蹄地修理农具。二月里下田耕种，男人在田里干着重活，女人和小孩们则承担着送饭的任务。“田畯至喜”一句的出现显得很不和谐，在这样艰苦的劳作过程中，还有人会面露喜色：原来是因为看着我们这样辛苦地劳动，那些农官感到很高兴。诗人在首章先勾勒出大体框架，呈现出当时农业生活的整体风貌，以后各章便从各个侧面进行细致刻画。

第二章是采桑图。“春日载阳，有鸣仓庚。女执懿筐，遵彼微行，爰求柔桑”，一幅美丽的春光图在眼前展开：春日渐暖，鸟儿争春。妇女们提着筐子，出去采摘养蚕用的桑叶。妇女们辛勤地工作了很久，采了很多的桑叶。

“女心伤悲，殆及公子同归”：她们看见了贵族公子，不由得感到害怕，担心自己被掳去而遭凌辱。“田畯至喜”点到了当时社会的阶级关系，这里便慢慢地加以展开。这里的“公子”，许多论者认为是指豳公之子。当时的豳公占有大批土地和农奴，权势浩大，他的儿子们自然也趾高气昂，且享有与农家美貌女子“同归”的特权。可见，妇女的生存状态在那时十分堪忧。

诗的第三章是纺织图。“蚕月条桑，取彼斧斨。以伐远扬，猗彼女桑”：蚕月即三月，三月时节，人们开始修剪桑枝，用刀锯和斧子砍，砍去高枝与长条，然后再采摘柔嫩的桑叶。

“我朱孔阳，为公子裳”：亲手纺织的布染成黑红色或黄色，最美的则是朱红色。可惜这些布不是为自己所织，而要用来给贵族公子做衣裳。正如宋人张俞的《蚕妇》诗：“昨日入城市，归来泪满巾。遍身罗绮者，不是养蚕人。”劳动人们的疾苦都是相似的。

第四章是狩猎图。农事既毕，他们还要为统治者猎取野兽。“一之日于貉，取彼狐狸，为公子裘”：他们猎取的大野猪，要贡献给豳公。阶级地位又一次显示出来：那些在底层劳作的人只能过最差的生活，而贵族们却过着不劳而获的寄生虫生活。

第五章是备冬图。五月里，蚱蜢齐鸣。六月里，纺织娘鼓翅发声。天愈来愈冷了。“穹窒熏鼠，塞向墐户。嗟我妇子，曰为改岁，入此室处”：用烟熏老鼠，把它赶出屋里；堵住北窗，用泥把门缝封上，以御严寒。一年辛苦忙碌，直到新年才能稍稍歇一会儿，其中心酸让读者动容。

第六章是副业图。除了以上的那些农事，农民还要从事一些副业，而享用其成果的仍不是自己，而是供统治者享用。七月里烹煮葵菜，八月里打枣，九月里拾取芝麻，十月里收稻。“食我农夫”，农奴食不果腹，并非因为田地里的作物少，而是因为都被奴隶主残酷地掠去，而农民们却只能煮些苦菜维生。

第七章是修屋图。农民不但要种地织布，还要为统治者修盖房屋。农民住的屋子如此破烂简陋，却要为贵族修缮房屋，其中鲜明的对比，不露自显。

第八章是祝寿图。尽管农民一年到头辛苦干活，上有剥削，下无余粮，却仍旧要举杯向剥削他们的贵族高呼“万寿无疆”。诗人笔调虽愉快，但其中复杂的情愫却可任由读者想象。

《七月》以叙事为主，以赋的手法为读者展开了一幅幅生动的农事图，“敷陈其事”“随物赋形”，在图景中始终穿插着阶级关系，在叙事中写景抒情，感情流露自然，诗意浓郁。通过娓娓叙述，真实地展示了当时的社会生活和劳动场面，在朴实的叙述中，暗藏着底层劳动人民的血与泪。诗中对农夫这忙碌而一无所有的十二个月的描述，正是劳动人民对剥削者的无声控诉。

鸱 鸮

鸱鸮鸱鸮[①]，既取我子[②]，无毁我室[③]。恩斯勤斯[④]，鬻子之闵斯[⑤]！

迨天之未阴雨[⑥]，彻彼桑土[⑦]，绸缪牖户[⑧]。今女下民[⑨]，或敢侮予[⑩]！

予手拮据[⑪]，予所捋荼[⑫]，予所蓄租[⑬]，予口卒瘏[⑭]，曰予未有室家[⑮]。

予羽谯谯[⑯]，予尾翛翛[⑰]，予室翘翘[⑱]，风雨所漂摇，予维音哓哓[⑲]！

【注释】

①鸱鸮（chī xiāo）：猫头鹰一类的鸟。②子：幼鸟。③室：鸟窝。④恩：通“殷”，言殷勤于幼子。斯：语气助词。⑤鬻（yù）：育，养育。闵：病。⑥迨（dài）：及。⑦彻：通“撤”，撤去。桑土：桑根。⑧牖（yǒu）户：窗门。⑨下民：下面的人。⑩侮：欺侮。⑪拮据：辛苦。⑫捋：一把一把地摘取。荼（tú）：茅草花。⑬蓄租：积蓄。⑭卒瘏（tú）：尽瘁。⑮室家：鸟窝。⑯谯（qiáo）谯：羽毛稀疏的样子。⑰翛（xiāo）翛：羽毛干枯无光泽的样子。⑱翘翘：危险不稳的状况。⑲哓（xiāo）哓：惊恐的叫声。

【赏析】

《鸱鸮》这首诗，《毛诗序》称它是“周公救乱”之作，方玉润在《诗经原始》、魏源在《诗古微》中认为它是“周公悔过以儆成王”“周公戒成王”之作，朱熹认为此诗是：“比也，为鸟言以自比也。”意思是，这首诗运用了比喻的手法，来告诉我们一些道理。所以可以将其理解为一首寓言诗，也可以将它视作一首弱者悲怆呼号的诗。

在诗中运用寓言的写作手法，是从战国的诸子百家开始的，在先秦时并不多见。寓言是一种通过讲故事来表现人生感慨或哲理的文学类别。寓言故事中的主角可以是现实中的人，也可以是神话、传说中才有的虚幻人物，但是被运用得更多的是自然界中的虫鱼鸟兽、花草木石。

本诗共有四节，以一只失去孩子的孤弱无助的母鸟为主角。

第一节中，母鸟第一次出现在读者眼前，当它出现时，正是它的雏鸟被恶鸟“鸱鸮”攫去之时。“鸱鸮鸱鸮，既取我子。无毁我室”：母鸟面对着刚刚被鸱鸮洗劫了的危巢，看着自己的雏鸟被得意盘旋的鸱鸮叼在嘴里，不由得发出了悲怆的呼号。它目睹了这场飞来横祸，因而感到极度惊恐和哀伤。母鸟悲叹着，可恶的鸱鸮，不但夺走了我的孩子，还捣毁我的巢，我含辛茹苦、小心翼翼养大的孩子，就这样失去了。

这句话中充满了母鸟的无奈和心酸。诗的开篇没有描述出一个场景，而是让读者听到了母鸟的哀号。但就是在这怆然的呼号中，读者看到了母鸟悲伤的姿态及其子去巢破的惨淡景状。

那只瞪大眼睛、仰对高天、发出凄厉呼号、哀怒交集的母鸟形象栩栩如生。但是面对强大的鸱鸮，孤弱的母鸟没有办法惩治它。所以它只能看着鸱鸮渐渐远去的身影发出怆怒的呼号。

“恩斯勤斯，鬻子之闵斯”，这是母鸟发出的伤心呜咽。这短短的几个字表现出一种深切的悲伤，在风高巢危的树顶，母鸟的鸣叫声更显得凄凉。

第二节进入了母鸟的回忆和抗争。面对自己被毁坏的巢，母鸟想起了当初建巢的辛苦。它在阴雨时节还没有到来的时候开始建巢，四处寻觅建巢用的桑树根须，然后一点一点把它们叼回来，口衔着这些韧须紧紧地缠绑窠巢。但让母鸟无奈的是，现在那些恶人都已经欺负到它的身上来了。

接下来，诗作展示了母鸟筑巢的艰辛，表达了母鸟付出辛勤的劳作之后，依然无法把握自身命运的凄凄泣诉。母鸟用自己的嘴衔草，用自己的脚爪抓树根，四处去捋白色的茅草花，然后把这些茅草花一点一点地垫在巢底作为垫子。它为了这个小窝，付出了极大的代价。艰苦的劳作下，它的羽毛一根根疏落，尾巴一天天残破，最后自己都累病了，高高地挂在树枝上的家，依然岌岌可危。面对风吹雨打，它会变得动荡不安，面对恶鸟，它也毫无抵抗之力。

“予手拮据”“予口卒瘏”“予羽谯谯”“予尾翛翛”，这几句都是对母鸟建造自己窠巢的描述。面对天地间的烈风疾雨，母鸟毫无回天之力。诗的结尾句“予室翘翘，风雨所漂摇。予维音哓哓”，正是母鸟“哓哓”的叫声，这样的叫声穿透了天地的风雨，喊出了母鸟无助的哀伤。这首诗写出了母鸟失去雏鸟、窠巢被破坏的伤痛，同时我也通过这只鸟看到了那些备受欺凌、艰辛生存、不能把握自身命运的人们。

东 山

我徂东山，慆慆不归①。我来自东，零雨其濛。我东曰归，我心西悲。制彼裳衣，勿士行枚②。蜎蜎者蠋③，烝在桑野④。敦彼独宿⑤，亦在车下。

我徂东山，慆慆不归。我来自东，零雨其濛。果羸之实⑥，亦施于宇⑦。伊威在室⑧，蠨蛸在户⑨。町畽鹿场⑩，熠耀宵行⑪。不可畏也，伊可怀也。

我徂东山，慆慆不归。我来自东，零雨其濛。鹳鸣于垤⑫，妇叹于室。洒扫穹窒，我征聿至⑬。有敦瓜苦⑭，烝在栗薪⑮。自我不见，于今三年。

我徂东山，慆慆不归。我来自东，零雨其濛。仓庚于飞，熠耀其羽。之子于归，皇驳其马⑯。亲结其缡⑰，九十其仪⑱。其新孔嘉，其旧如之何？

【注释】

①慆（tāo）慆：久。②士：通“事”。行枚：行军时衔在口中以防止出声的竹棍。③蜎（yuān）蜎：幼虫蜷曲的样子。蠋（zhú）：毛虫。④烝：乃。⑤敦：团状。⑥果羸（luǒ）：葫芦科植物。⑦宇：屋檐边。⑧伊威：一种小虫，俗称土虱。⑨蠨蛸（xiāo shāo）：一种蜘蛛。⑩町畽（tuǎn）：屋旁的空地，禽兽践踏的地方。⑪熠耀：光明貌。宵行：萤火虫。⑫垤（dié）：小土丘。⑬聿：将要。⑭瓜苦：瓜瓠，瓠瓜。一种葫芦。古时有一种习俗，在婚礼上剖瓠瓜成两张瓢，夫妇各执一瓢，装满酒用来漱口。⑮栗薪：束薪，即柴堆。⑯皇：指马

的毛色黄白相杂。驳：指马的毛色不纯。⑰亲：此处是指女方的母亲。结缡（lí）：将佩巾结在带子上，这是古代婚仪。⑱九十：形容很多。

【赏析】

从诗的内容上看，这是一首征人在解甲还乡途中所写的抒发思乡之情的诗。这首诗通过抒发返乡士卒复杂的内心世界，从客观上暴露出这样一种事实：战争只能给人民的生活带来灾难，只能给人带来心灵上的痛楚。诗中流露出从军士卒渴望和平安定的心情。

诗的每一节前四句文字相同，它们构成了全诗的主旋律。每节的后四句都是叙事性内容，它们大抵可分为前后两部分。前两节主要是写主人公在还乡途中悲喜交加的心情，这时他的喜悦已经远远高于悲伤。为了表现出这种心情，诗人首先描写着装的改变，可以说，就是这样一个小细节，让读者看出这是一个解甲归田的退役士兵。通过他的喜悦，可以看出人们结束战争、回归和平的渴望。接下来，诗人描写了自己在回家途中餐风露宿的样子，他夜住晓行，非常辛苦。

第二节描写归家的士兵看到家园荒芜、民生凋敝、杂草丛生、野兽昆虫出没的情景，这些都倍增了他的怀念之情。后两节主人公的脑中出现了妻子在家中忧思的情景，出现了新婚时的情景，也有对久别重逢的想象。诗中提到葫芦（瓜瓠），是因为古代有一种风俗，夫妇在合卺时须剖瓠为瓢，彼此各执一瓢，盛酒漱口以成礼。这些描写主要是为了表明诗人有自己重视、在意的人。

最后一节，诗人回忆了三年前自己举行婚礼时的情景，那时迎亲的车马、参加婚礼的人们全都洋溢出喜气，丈母娘为新娘子“亲结其缡，九十其仪”，为她结上佩巾，要她安分做人。回忆中的欢乐与“妇叹于室”形成了鲜明的对比，联系主人公日后的遭际，可以看出他新婚即与妻子别离的悲痛与伤感。

这首诗的想象力十分丰富，几乎都是靠回忆、幻想、再现来支撑起诗的细节。本诗通过第一人称的口气，直截了当地喊出了主人公久征在外不得归的怨愤，表现出思念家乡与诅咒战争的情绪。

破 斧

既破我斧，又缺我斨①。周公东征，四国是皇②。哀我人斯③，亦孔之将④。

既破我斧，又缺我锜⑤。周公东征，四国是吪⑥。哀我人斯，亦孔之嘉⑦。

既破我斧，又缺我銶⑧。周公东征，四国是遒⑨。哀我人斯，亦孔之休⑩。

【注释】

①斨（qiāng）：斧的一种。②皇：匡正。③斯：语气词，相当于“啊”。④孔：程度副词，可解释为“很、甚、极。”⑤锜（qí）：古代一种凿类工具。⑥吪（é）：教化。⑦嘉：善，美。⑧銶（qiú）：独头斧。⑨遒（qiú）：安定。⑩休：休整。

【赏析】

豳是周人先祖公刘的居住之地，“豳风”则是周人居豳时的音乐。那个时代诸国战争频繁，局面动荡，民不聊生，对战争的憎恶与对和平的向往催生了这一时代赞歌的出现。

“既破我斧，又缺我斨”，意为家中从事生产劳动的工具不是破损就是残缺了。斧、斨均为生产工具，但是这些工具都被使用得过于频繁，导致残破不堪，之所以如此，是因为服劳役的时间太长，由此可见那个时代的战事之频，生活之艰。这是以小言大、以物代情的手法。在这样水深火热的生活中，终于等来了一线生机：“周公东征，四国是皇”，周公率兵东征了，四国将得到安匡。“哀我人斯，亦孔之将”一句，省略了主语周公，主要表达对周公哀怜体恤人民的感激之情，并将他出征的举动称为伟大之举，赞颂之意溢于言表。

诗的第二章描写其他四国的人民准备逃奔到周国来的举动。“锜”与第一章的“斨”意义相同，都是劳动生产的工具，这两句也与上文一样，都是在“恶四国”。下四句同样是赞美周公。

“周公东征，四国是遒”，使四国之民重新团聚，这无疑是对周公的赞美，那些流离失所的人民有了家园，人心牢固，是人民对统治者最好的肯定。“哀我人斯，亦孔之嘉”，这两句也与上文相似，是对周公之举的嘉赞。诗的末章则是写四国即将覆灭，军民皆庆祝。末章与第二章的内容基本相同，写战事即休，直接赞美周公。

对周公的赞颂并不意味着对战争的肯定，而是人民对幸福安定的生活的渴望。全诗主要写的是周公东征平叛这一历史事件。虽然周公的正义之举受到人民的拥护，但这首诗也从另一个侧面提醒读者，无论战争正义与否，都是以牺牲人民的性命为代价的，国家之间的战争，受苦的只是那些血肉之躯的军人们，换来的仅仅是一方的利益，老百姓仍是战争中最大的受害者。

伐　柯

伐柯如何①？匪斧不克②。取妻如何③？匪媒不得。伐柯伐柯，其则不远④。我觏之子⑤，笾豆有践⑥。

【注释】

①伐柯：采伐做斧头柄的木料。②匪：同“非”。③取：通“娶”。④则：原则、方法。此处是强调砍伐时应遵照一定的方法。⑤觏：遇见。⑥笾（biān）：竹编的礼器，用来盛果脯。豆：木制、金属制或陶制的器皿，用来盛放腌制的食物和酱。

【赏析】

《伐柯》是一首写婚恋礼俗的诗，这首诗反映出我国先民结婚时必须要依媒妁之言的习俗。

本诗描写一名未婚男子渴求媒人为他做媒。这个勤劳的青年男子一边砍削着树木，一边想着应该给自己砍柴的斧头安装上一个合适的斧柄，这其实是在暗示他想要为自己寻找一名妻子。他在心中暗暗祈祷着会有媒人上门来帮他搭桥牵线。

全诗共有两节，诗人通过设问的方式和比喻的手法，生动形象地表明了古代男女双方家庭约为婚姻的习俗，说明“媒妁之言”是当时人们建立家庭的前提，也是每一对男女想要结成百年好合必须遵守的行为准则。

分析《伐柯》一诗，可以从它语义上的两重意义来展开分析：一是文本的表层语义，二是引申出来的深层语义。

本诗表面上描写的是斧把与斧头。这两种物品引申出来的含义就是：斧把代表妻子，斧头则代表丈夫，一个成年的男子想要找一个意中人做妻子，就像一把斧头必须有一个合适的斧把一样。

如果斧把过粗或过细，就难以插进斧头眼中，这样斧头就不能使用了；如果砍来的斧把有结疤或对榫有问题，那么这把斧头同样会因为不称手而变得难以使用；如果砍来的斧把七歪八扭，斧子使用起来一定会非常别扭，所以只有合适的斧头和斧把结合在一起，才能很好完成工作。同样的道理，要找到自己的意中人，娶回心仪已久的意中人，就要有一定的方法和程序，这就是媒人的存在意义。

诗人看到自己中意的女子之后，就央求媒人去女子家中提亲，最终他和女子的姻缘确定了下来，举行一场十分隆重的迎亲礼之后，男子如愿将女子娶到家中。男子感到十分得意，也很兴奋，这首诗就是一首凝聚了他自得自悦的心情的欢歌。

古代诗歌常有很多的谐音。这首诗中的“斧”字就和“夫”字相同，柄子配斧头，就是指的妻子配丈夫。而诗中的“匪媒不得”“笾豆有践”，则展示了古时娶妻的具体过程：首先是媒人替两家人介绍牵线，然后经过多道程序，双方同意结为亲家，最后两家人为新人举办隆重的迎亲礼仪。

诗中所描述的就是中国古代的喜庆场景，同时也将中国人对婚姻大事的严肃和重视完整地展现了出来。后代的人经常会将媒人称为“伐柯”，而将为人做媒之事称作“作伐”。从诗的引申和隐喻意义来看，其意义的重点在于“伐柯伐柯，其则不远”这两句。在这里，“伐柯”这两个字，已经从丈夫找妻子这样狭义的比喻，上升到了广义的比喻中。从斧与柄的关系出发，诗人强调只有两种事物相互协调才能发挥作用：砍伐树枝的斧头就要和斧柄相协调，同样，在做其他事情的时候，也要考虑两方面的相互协调。而且在协调两方面的关系时，一定要有原则和方法。

九 罭

九罭之鱼①，鳟鲂②。我觏之子③，衮衣绣裳④。

鸿飞遵渚⑤，公归无所，於女信处⑥。鸿飞遵陆⑦，公归不复，於女信宿⑧。

是以有衮衣兮⑨，无以我公归兮⑩，无使我心悲兮！

【注释】

① 九罭（yù）：网眼较小的渔网。九，虚数，此处表示网眼很多。② 鳟鲂：鳟鱼和鲂鱼。③ 觏：遇见。④ 衮：古时的高级礼服。⑤ 遵：沿着。渚：沙洲。⑥ 女（rǔ）：汝。信：再住一夜称信。处：住宿。⑦ 陆：水边的陆地。⑧ 信宿：同“信处”，住两夜。⑨ 有：持有、留下。⑩ 无以：不要让。

【赏析】

《毛诗序》将《诗经》中很多诗都解释为赞美周公的诗，其历史渊源尚需考证。关于这首诗，闻一多《风诗类钞》说“这是燕饮时主人所赋留客的诗”，是比较让人信服的。不难看出，《九罭》与大多数《诗经》中的诗不同，其形式一改整齐的句式，没有重章叠咏，也没有一唱三叹，而是以时间顺序为线索进行叙述。

“九罭之鱼鳟鲂”，手忙脚乱地拿了渔网去捕鳟鱼、鲂鱼，是因为“我觏之子，衮衣绣裳”：身着华服的高官来了。“九罭”是网眼较小的渔网，此处强调这一点，是为了体现主人的志在必得。

“鸿飞遵渚，公归无所，于女信处”，鸿雁留宿沙洲水边，第二天就飞走了，不会在同一地点多逗留。诗人发现并巧妙地运用了这一自然现象，用来比喻那位因公出差到此的高级官员的短暂行程：过了今晚您就要回去了。

“鸿飞遵陆，公归不复，于女信宿”，人与鸿雁不同，相逢相聚不易，怎么忍心匆匆告别呢？请您再住一晚吧！挽留的诚意与巧妙的比喻结合，感情真挚，笔法精巧。

“是以有衮衣兮，无以我公归兮”提供了一个古老的传统：留帽，即下层官员或者平民百姓把高级官员的礼服留下来，表达对客人诚恳的挽留。《九罭》为后人提供了先民优秀的待人礼节，此处也是一个重要的考证。这种风气，到后代演变成“留靴”：把离任官员的靴子留下，表示实在不愿让他离去。

“无使我心悲兮”正面点出全诗的感情核心：因客人的离去而悲伤。这是读者可以预料到的结局。与之前活动不相称的是主人的心愿没有达成，那么多真诚的举动仍是没有留下客人，不禁让读者都为之遗憾，同时也为主人的真诚所感动。这个感情总爆发，使读者回顾上文，深感挽留客人的心情诚恳真实，并非只是出于形式。

正是采用这种层层推进的结构，这首诗才取得了强烈的抒情效果，达到了与重章叠咏的诗相异的艺术效果。此诗按时间顺序叙事，其中又巧妙地穿插了起兴手法，艺术手法可谓老道自然。本诗不但形式上值得借鉴学习，更加重要的是它还承载了我国古代先民的好客礼节，为后人留下宝贵的精神财富，也为后人更好地继承和发扬民族精神提供了最初的蓝本。

狼 跋

狼跋其胡①，载疐其尾②。公孙硕肤③，赤舄几几④。狼疐其尾，载跋其胡。公孙硕肤，德音不瑕⑤。

【注释】

①跋：踩。胡：颈下垂肉。②疐（zhì）：跌倒。③公孙：诸侯之孙。硕肤：大腹便便。④赤舄（xì）：锡与金合做的鞋头饰物。几几：鲜明。⑤瑕：疵病，过失。

【赏析】

《狼跋》是一首备受争议的诗。其争议点在于狼的意象是褒是贬。《毛诗传》认为是褒其猛；而高亨等人以现代人对狼的理解，用贬义嘲笑其窘。

诗的首章以老狼进退的可笑之态写起。“狼跋其胡，载疐其尾”应与下一章首句放在一起理解：老狼往前走，就会踩着自己脖子下的赘肉：向后退，又会踩着尾巴。言外之意是老狼无论怎样都令自己很难堪。写物大都要喻人，诗人笔下的这位“公孙”难道也与老狼一样难堪？

“公孙硕肤，赤舄几几”，一位肥硕的公孙，穿着色彩鲜明的“赤舄”走路，肯定是憨态可掬。诗人所描摹的，是一位穿着五颜六色衣服与饰物、大腹便便的贵族，让人忍俊不禁，调侃、揶揄的意味也就自然地流露出来。这时再回头去体会“狼跋其胡，载疐其尾”的比喻，便会觉得先人的比喻确实妙极。

诗的第二章继续以老狼起兴，但是语气稍有缓和。“公孙硕肤，德音不瑕”，在用老狼的体态调侃公孙之余，又收起笑容补上一句：“您那德性倒也没什么不好。”“德音不瑕”句的跳出，由此化解了揶揄的分量，打趣的语气让诗有了一种诙谐之感，而对人的品德也不忘赞扬，可见这人也是可亲近之人。无论所美之人是谁，都让人在发笑之后明白一个道理：人的外表举止难看无关大雅，品德高尚，就能赢得世人敬重。

此诗的分寸把握得也好。这样的调笑，对于公孙来说，也确有不恭之嫌；但诗人却用了最后一句将全诗的基调大逆转，将调侃转为对人品的赞颂。

《狼跋》用日常化的语言。百姓式的调侃，独具幽默地为读者描绘出一位其貌不扬却品德高尚的人的形象。在《诗经》中这种幽默焕发出了奇特的魅力。